Alle in dem Roman beschriebenen Personen und Geschehnisse sind frei aus meiner Fantasie erfunden und haben mit der Realität nichts zu tun. Ähnlichkeiten zu wirklichen Personen und Handlungen sind rein zufällig und dürfen nicht als die Wahrheit betrachtet werden.

AF235329

© 2020
Herstellung und Verlag: BoD – Books on Demand, Norderstedt
ISBN: 978-3-7519-9642-6

Der Virus

Der Komplott der Mächtigen

In einer geheimen Konferenz beschließen einige der mächtigsten Männer und Frauen der Welt wie das weltweite Bevölkerungswachstum gestoppt werden muss. Um die Macht der westlichen Industrienationen weiterhin zu sichern und die Umweltzerstörung in den Griff zu bekommen, beschlossen die Anwesenden einen für die meisten Menschen tödlichen Komplott. In den Labors der führenden Pharmaunternehmen sollen Virologen ein Virus und gleichzeitig ein Gegenmittel herstellen, dass dann heimlich auf die Weltbevölkerung losgelassen werden soll. Nur eine ausgewählte Anzahl von Menschen sollte das Gegenmittel verabreicht bekommen und so die weltweite Bevölkerungszahl wieder in eine Richtung reduziert werden, dass ein wirkliches Leben der Nachhaltigkeit garantiert. Doch eine Handyaufnahme könnte die Öffentlichkeit warnen und das Vorhaben zum Scheitern bringen.

Ein verregneter Herbsttag irgendwo in Brandenburg in Deutschland. Der Himmel mit seinen grau verhangenen Wolken, die so nah an den Baumwipfeln hingen, dass der Betrachter meinen könnte, diese mit ausgestreckten Händen berühren zu können, verschluckte alle anderen Farben der Landschaft. Es regnete schon seit Tagen und der Boden konnte das Ganze auf ihm fallende Wasser nicht mehr absorbieren. Die Temperaturen näherten sich dem Gefrierpunkt und trugen so zu der miesen Wetterstimmung bei. Die sich hinter den Wolken versteckende Sonne war schon längst untergegangen und spendete dem frühen Abend kein Licht mehr. Die Privatstraße, die der schwarze Maybach nahm, war an dieser Stelle durch den parkähnlichen Wald unbeleuchtet und die hellen Scheinwerfer der Edellimousine waren die einzige Lichtquelle, die dem Fahrer den Weg wies. Als sich der dunkle Wald öffnete, sah der Chauffeur das jetzt beleuchtete Herrenhaus einer seit dem Mittelalter ansässigen Grafenfamilie. Einige Minuten später öffnete sich das große eisern vergitterte Eingangstor wie durch Geisterhand, indem sich die beiden Torflügel nach innen zur Seite bewegten. Ohne seine Geschwindigkeit zu reduzieren durchfuhr der Maybach das Eingangstor und dieses schloss sich danach wieder. Der Wagen bremste vor dem Eingangsportal ab und wartete auf den Angestellten, der mit einem Regenschirm bewaffnet den hohen Gast schützend vor dem Regen ins Haus begleiten sollte. Die dunkelschwarz getönten Scheiben schützten die Insassen auch am helllichten Tag vor neugierigen Blicken von außen. Der feine Kies der Einfahrt vor dem Haus knirschte unter den Sohlen des Butlers, als dieser mit dem offenen Regenschirm auf die hintere Tür im Fond des Maybachs zutrat. Kurz bevor der alte Hausbutler des Grafen die zu öffnende Autotür erreichte, wurde die Beifahrertür aufgeschlagen und ein Hüne von zwei Metren Größe und einem Kampfgewicht von 130 Kilogramm schwang sich aus dem

4

Beifahrersitz. Vor Schreck blieb der im schwarzen Dienstanzug gekleidete Butler einen kurzen Moment wie angewurzelt stehen, bevor er die letzten zwei Meter zurücklegte. Vor dem Wagen musste er sich von dem ausgestiegenen Leibwächter nach Waffen oder Ähnlichem durchsuchen lassen, wobei der schwergewichtige Bodyguard nicht zimperlich und mit festen Handgriffen den wehrlosen Angestellten filzte. Erst danach öffnete sich an der gegenüberliegenden Seite die Autotür und ein zweiter Leibwächter mit dem gleichen Gardemaß wie der Erste stieg aus dem Wagen. Seine rechte Hand hielt eine entsicherte Uzi. Seine Augen umfassten geübt und routinemäßig den ganzen Eingangsbereich. Erst als dieser in sein am Mantelkragen hängenden Mikrophon sprach, öffnete sich die rechte Hintertür und der letzte erwartende Gast stieg aus der Limousine. Während der Gast abgeschirmt von seinen Leibwächtern, in gebückter Haltung unter dem Regenschirm weiter unerkannt im Eingang des Domizils verschwand, fuhr der Fahrer den Maybach auf dem ihm zugewiesenen Platz. Der Chauffeur parkte den Wagen auf dem ersten Parkplatz. So konnte er als erster nach der Konferenz oder bei Not seinen Passagier von dem Anwesen fahren. Hinter ihm warteten rauchend, unter dem Schutze des Vordachs mehrerer Garagen, seine Kollegen, die die anderen parkenden Luxuslimousinen steuerten. Zwölf weitere Luxuskarossen der Marken Mercedes, BMW und Audi warteten darauf wieder über die Straßen rollen zu dürfen. Der Butler zog sich im Inneren des Hauses in der Vorhalle dezent zurück und der Gastgeber begrüßte den Letzten seiner Gäste schweigend mit festem Händedruck und führte ihm wortlos zu der großen Hausbibliothek in der die anderen Gäste schon warteten. Der Gast aus dem Maybach trat in dem großen Saal, in dem ein offener Kamin mit Holzscheite brannte und der Graf schloss von außen die schwere Holztür. Der gastgebende deutsche Adlige durfte nur die Räumlichkeiten zur Verfügung stellen. Bei der geheimen Unterredung durfte er nicht anwesend sein. Die beiden Leibwächter blieben auch außen an der Tür stehen und wachten darüber, dass die im Inneren diskutierenden Männer und Frauen ungestört blieben. Alle in der Bibliothek Anwesenden mussten ihre Handys in einem bereitgestellten Korb legen und dieser wurde dann von einem schon vorher anwesenden Agenten in einem Nebenzimmer gebracht. Dieser Agent überprüfte danach jeden Teilnehmer der Konferenz auf elektronische Geräte. So wurde ausgeschlossen, dass die Gespräche aufgezeichnet wurden. Jedem, der hier im Raum Anwesenden leuchtete ein, dass das hier Gesagte niemals an die Öffentlichkeit gelangen darf. Die meisten der Teilnehmer waren sich persönlich bekannt, trotzdem stellten sich alle noch einmal vor. Nur der Gast aus dem Maybach brauchte nichts zu sagen. Jeder kannte den mächtigsten Mann der Welt. William Smith, in der Presse und unter vorgehaltener Hand, wird er auch wegen seines jungen Alters von 38 Jahren oft als Billy the Kid beschrieben, besetzte das Amt des amerikanischen Präsidenten. Mit ihm waren weitere hohe Persönlichkeiten an diesem Ort. Der englische Premierminister, der deutsche Bundeskanzler, übrigens ein Freund des gastgebenden Grafen und das französische Staatsoberhaupt waren genauso anwesend, wie die Vorstandvorsitzenden der drei mächtigsten amerikanischen, eines deutschen und französischen Pharmaunternehmen. Dazu gesellte sich der Entwickler und Firmengründer des größten global aufgestellten Softwareunternehmens. Zwei naturwissenschaftliche Professoren starteten dann ihren Vortrag und berichteten von ihren Forschungsergebnissen. Ihre Forschung wurde von allen der im Raum befindlichen Personen finanziell unterstützt. Die beiden Forscher standen unter Aufsicht des amerikanischen Geheimdienstes CIA. Nichts von deren Forschung würde je die Öffentlichkeit erreichen. So wird ihre Arbeit auch nie von dem

Nobelkomitee mit dem begehrten Preis ausgezeichnet werden. Die beiden sprachen über die Bevölkerungsentwicklung und dem anstehenden Problem der Ernährung dieser rasant anwachsenden Weltbevölkerung. In den reichen Industrienationen stagniert oder reduziert sich die Bevölkerungsdichte eher, aber in den Ländern der Dritten Welt explodieren die Einwohnerzahlen unkontrolliert an. Genau in diesen Ländern gibt es aber zu wenig Trinkwasser, noch genügend Nahrungsmittel, um die Bevölkerung zu ernähren. Dazu die fehlende oder unterbezahlte Arbeit in den Ländern mit den höchsten Bevölkerungszahlen. Seit Jahren setzte deswegen eine Bevölkerungswanderung in die reichen westlichen Länder ein. Ungebildet und ohne Arbeit geht es den Migranten dann in deren asylsuchenden Staaten auch nicht besser und sie verdienen sich ihr Leben meist durch Kriminalität. Die Forscher klärten den zuhörenden Anwesenden in der Bibliothek auf, dass es in einigen Jahren zu bürgerkriegsähnlichen Zuständen kommt, wenn sich nicht jetzt etwas ändern wird. Im Jahr 2050 wird es nach heutigen Berechnungen 20 Milliarden Menschen geben und die meisten davon kämpfen ums Überleben. Ohne Arbeit, ohne Wasser und ohne Nahrung werden sie sich in Zukunft ungeachtet der geltenden Gesetze einfach nehmen was sie zum Leben brauchen. Auch die Anbauflächen, um genügend Getreide ernten zu können, fehlen auf dieser Erde. Jetzt schon trägt die Viehzucht den größten Teil zu der weltweiten Umweltzerstörung bei. Das Fazit der Forscher ist eindeutig. Der Anstieg der Weltbevölkerung muss gestoppt und sogar verringert werden. Nur so wird die Natur sich von der Umweltzerstörung erholen und die Industriestaaten ihren Wohlstand erhalten können. Als die beiden Professoren ihren Vortrag beendeten, mussten sie die Bibliothek verlassen. Danach diskutierten die Mächtigen der Welt über das Ergebnis der Forschung. Die Pharmaunternehmen bekamen den Auftrag einen tödlichen Virus und dessen Gegenmittel innerhalb der nächsten zwei Jahre zu erschaffen. Das Budget für die Entwicklung, das Herstellen der Viren und die Gegenimpfung sollten durch die Schwarzkassen der Geheimdienste aller beteiligten Länder finanziert werden. Der amerikanische Präsident nickte das Vorhaben genauso wie die beteiligten Regierungsoberhäupter der anderen Staaten ab. Den Rest erledigten die zusammenarbeitenden Geheimdienste. Ungesehen von nicht am Meeting teilgenommenen Personen verabschiedete William Smith sich von seinen geheimen Partnern und war genauso unsichtbar, wie er zum Anwesen des Grafen kam, auch wieder weg. Der Parkplatz war innerhalb von fünf Minuten leer und der Graf konnte seine Garagen wieder benutzen. Da der Gastgeber von dem deutschen Kanzler beauftragt wurde sein Haus für das Treffen, ohne sein Beisein zur Verfügung zu stellen und die Techniker den ganzen Tag die Bibliothek nach Wanzen absuchten, wusste der Graf um die Gefährlichkeit dieses Treffens. Mitwisser würden nicht mehr lange unter den Lebenden weilen. Über den Lüftungsschacht der angrenzenden Räume zu der Bibliothek nahm der Graf aus seinem Schlafgemach mit dem Handy die Diskussion der am Meeting teilgenommenen Mächtigen auf. Diese Aufnahme sollte seine Lebensversicherung sein. Noch am gleichen Abend kopierte der Graf das aufgenommene Gespräch auf einen USB-Stick und deponierte diesen in seinem versteckten Safe hinter dem eigentlichen Geldschrank. Dazu sendete er die Aufnahme zur Sicherheit noch an eines seiner Prepaidhandys. Dieses Handy besaß seine in Paris an der Universität Sorbonne studierende Tochter Anne.

Das Tötungskommando kam in der Nacht. Schwarz gekleidet und mit Tarnfarbe in den Gesichtern, bewegten sich die Profikiller fast unsichtbar durch das Anwesen des Grafen. Die Alarmanlage war für die Experten des Einbruchs kein Problem und auch die schwere Eingangspforte des Herrenhauses hielt die Handvoll Agenten nicht auf. Ohne ein Geräusch zu hinterlassen standen sie vor dem Bett des Grafen. Noch bevor der Adlige sich bewusst wurde was geschah, lag er geknebelt und gefesselt auf seinem Himmelbett. Mit stark amerikanisch versetztem Akzent befragte einer der Einbrecher den Grafen nach dem Meeting am Abend. Zuerst schüttelte der überwältigte Hausherr nur den Kopf. Doch sein Gegenüber machte ihm schnell klar, dass das Verleugnen der Wahrheit keinen Sinn machen würde. Ohne Vorwarnung brach er ihm den kleinen Finger. Der Schmerzensschrei des Grafen erstickte im Knebel und mehr als ein Grunzen war von niemanden im Raume zu hören gewesen. Der Graf sollte einfach nur mit dem Kopf nicken oder schütteln und so die Fragen des Mannes in Schwarz beantworten. Jetzt nickte der Graf und die Befragung wurde erneut gestartet. Auf die Frage wer die anwesenden Gäste waren antwortete der Gefesselte zuerst nicht. Ohne mit der Miene zu zucken brach der Fragende dem Grafen alle weiteren drei Finger und den Daumen der rechten Hand. Der Graf konnte vor Schmerzen und durch den Knebel gehandicapt kaum noch atmen. Die Schmerzen waren unerträglich, sollten aber erst der Anfang in dieser Nacht sein. Bei der Frage nach dem amerikanischen Präsidenten schüttelte der Graf wieder den Kopf und dieses Mal war der Befrager nicht mehr so gütig wie bei den anderen Fragen. Des Grafen Butler stand plötzlich vor dem Bett des Grafen. Sein Dienstherr sah ihm ängstlich in die Augen und erkannte, dass sein loyaler Angestellter die gleiche Tortour hinter sich hatte, die ihm noch bevorstand. Schwer von der Misshandlung gekennzeichnet konnte der Butler nicht mehr allein stehen und wurde von zwei in schwarz gekleideten Männern gestützt. Der Mann mit dem amerikanischen Akzent fragte den Grafen erneut und wartete die Reaktion seines Opfers ab. Als der Graf wieder nur mit dem Kopf schüttelte, stach dem Butler einer der anderen Männer ein Messer in die Brust und die anderen beiden warfen den sterbenden Butler auf den im Bett liegenden Grafen. Der Butler an den Händen hinter dem Rücken gefesselt zuckte auf dem Körper des Grafen hin und her und kämpfte hoffnungslos gegen den Tod an. Der Graf wollte seinen Angestellten von sich rollen, doch all seine beschränkten Bemühungen schafften es nicht, sich von dem mit dem Tod Kämpfenden zu befreien. Als der Butler des Hauses sich nicht mehr bewegte rollten die Einbrecher ihn vom Bett und ließen ihn auf den Fußboden fallen. Der Graf nun vom Blut seines Angestellten besudelt, wusste in diesem Moment, dass er die Nacht nicht mehr überleben wird. Er verfluchte seinen Freund den Bundeskanzler, ihn in die Situation des Gastgebers gedrängt zu haben. Bei der erneuten Frage nach William Smith schüttelte der Graf erneut den Kopf und wurde prompt bestraft. Mit dem Messer, das vorher die Brust des Butlers durchstoßen hat, schnitt der Mann dem Grafen die Pyjamahose vom Leib. Alles Zucken und Wenden nutzte dem Grafen nichts, seine Peiniger kannten ihr Geschäft und ließen keine Gnade walten. Sie schnitten ihrem Opfer die Hoden ab. Jetzt wusste der Graf was Schmerzen sind. Kein Vergleich zu den gebrochenen Fingern seiner rechten Hand. Er spürte wie das Blut aus ihm herauslief und an seinem Unterleib erkaltete. Der Graf war gebrochen und nickte nun bei jeder Frage, die ihm gestellt wurde. Auch die Safe Kombination teilte er ihnen mühsam mit. Nach dem stundenlangen Verhör waren die Auftragskiller zufrieden und beendeten ihren Besuch bei dem Grafen noch bevor der Tag anbrach. Von dem Safe hinter dem Tresor wussten die Einbrecher allerdings nichts.

10

Das Wetter in Paris war furchtbar. Ein Tiefdruckgebiet setzte sich seit Tagen in der Mitte Frankreichs fest und brachte dem Land den Regen, der im letzten trockenen Sommer von den Landwirten so vermisst wurde. Die Sonne verlor den Kampf gegen die grauen Regenwolken und die braungefärbten Blätter verloren ihren Halt an den Zweigen der Bäume. Der Wind vom Atlantik kommend fegte durch die Straßen und peitschte die Regentropfen in die Gesichter der Fußgänger. An diesem Morgen in der Früh war Anne mit einem gelbleuchtenden Regenmantel über ihrem roten Kleid und gelben Gummistiefeln über ihre dicke gegen die Kälte schützende Strumpfhose bekleidet unterwegs. In ihrer Tasche hatte sie neben den Schreibutensilien noch ihre weinroten Doc Martens Stiefel dabei. Der Weg zur Sorbonne an der sie Medizin studierte war nicht mehr weit. Ihre aus der Kapuze herauslugenden blonden Haarsträhnen klebten nass an ihrer Stirn. Anne war müde, denn am Vortag arbeitete sie in der Rue du Cherche Midi in dem bekannten Swingerclub Olympique als Bardame. Eigentlich reichte der monatliche finanzielle Zuschuss ihres Vaters für das Studium aus, doch den Job im Olympique verrichtete sie aus Überzeugung an der Sache. Normalerweise arbeitete sie dort nur an den Abenden der Wochenenden, doch gestern ist sie für eine erkrankte Bekannte eingesprungen. Müde und in Eile, dazu ohne gefrühstückt zu haben, bereute sie nun ihren dreimal summenden Wecker ausgedrückt zu haben. Anne stand dann verschlafen auf den letzten Drücker auf und hatte keine Zeit mehr für einen Kaffee. So schaute sie auch nicht nach den Nachrichten ihres Handys vom Vortag. Der Vorlesesaal war nur halb gefüllt und Anne legte ihren nassen Regenmantel und die Gummistiefel auf dem leeren Sitz neben ihr. Die Anhörung war lang und öde und Anne fielen mehrmals die Augen zu. In solch einer Schlafphase bemerkte sie nicht den Fremden, der hinter ihr verspätet mitten in der Vorlesung Platz nahm. Der Mann hinter ihr war eigentlich schon zu alt, um ein Student im neunten Semester des Medizinstudiums zu sein, aber heute studieren ja noch Rentner, um sich selbst und allen anderen etwas beweisen zu müssen. So nickte Anne öfters ein und der Herr hinter ihr nutzte die Gelegenheit und durchsuchte ihre Tasche. In der Seitentasche des Regenmantels fand er dann was er suchte und war genauso schnell wieder verschwunden, wie er gekommen war. Anne bekam davon nichts mit. Erst nach der Vorlesestunde in der Aula beim Essen eines Baguettes wollte sie nach ihren Nachrichten auf dem Handy sehen. Aber egal wo sie in ihren Sachen suchte, sie fand das Telefon nicht. Obwohl sie sicher war, ihr Handy eingesteckt zu haben, hoffte sie doch, dass es vergessen in ihrer kleinen Wohnung auf sie warten würde. Auf dem Rückweg zu ihrem Appartement lief sie an einem der vielen Zeitungsständen vorbei und ihr Blick fiel auf das größtes Boulevardblatt Deutschlands. In der Gazette war die Hauptschlagzeile der Tod des Grafen. Mit zitternden Händen bezahlte sie den Euro an den Zeitungsverkäufer und nahm die oberste Zeitung vom Stapel. Der Reporter berichtet davon, dass der Graf mit einer angezündeten Zigarre in seinem Bett eingeschlafen war und sein Schlafzimmer so Feuer fing. Bei dem Versuch seinen Dienstherren zu retten, verstarb auch der im Haus lebende Butler. Das Anwesen sei nun unbewohnbar zerstört und müsste abgerissen werden. Anne traute ihren Augen nicht und wollte das Gelesene nicht glauben. Sie musste an ihr Handy kommen und ihren Vater anrufen. Mit schnellem Schritt, dem einsetzenden Regen ignorierend stand sie völlig durchnässt einige Minuten später vor dem vierstöckigen Haus, in dem sie in der obersten Etage ein gemietetes Appartement besaß. Um schnell in ihre Wohnung zu kommen beachtete sie den alten vergitterten Käfig, der als Aufzug diente nicht und rannte zwei Stufen auf einmal nehmend die Treppe hinauf. Völlig aus der Puste und heftig nach

12

Luft atmend stand sie vor ihrer Haustür und glaubte nicht was sie sah. Ihre Wohnungstür stand einen Spalt auf offen. Vorsichtig öffnete sie die Tür ganz und erkannte sofort die Unordnung in ihren Räumen. Die beiden Zimmer wurden hektisch von irgendwelchen ungebetenen Gästen durchwühlt und alles auf den Fußboden geworfen. Viel Zerbrechliches ging dabei zu Bruch. Sogar ihre Unterwäsche und Dessous lagen zerwühlt auf der Erde. Eine Etage tiefer konnte sie den Nachbarn dazu bewegen die Gendarmarie zu verständigen und eine halbe Stunde später hörte sie die Sirene eines Polizeiautos vor ihrer Haustür. Einer der beiden Kriminalbeamten stellte sich als Louis Bernard vor und schaute durch die offenstehende Wohnungstür. Der Commandant de Police schaute Anne mit seinen hellblauen Augen über den Rand seiner Sonnenbrille an. Er fragte sie, ob sie irgendetwas vermissen würde. Doch Anne viel zu aufgeregt fiel nichts ein, denn sie hatte noch gar nicht daran gedacht nach vermissten Dingen zu suchen. Sie besaß nicht wirklich etwas von finanziellem Wert und verstand deshalb auch die Unordnung der Einbrecher nicht. Der Partner des Kommandanten machte mit dem Fotoapparat seine Beweisfotos und verabschiedete sich nach zehn Minuten wieder. Lois Bernard gab Anne seine Dienstkarte, schrieb seine private Mobilenummer auf die Rückseite und verabredete sich mit ihr für morgen früh in der Polizeidienstelle des Distriktes. In der Zwischenzeit wechselte der herbeigerufene Schlüsseldienst das aufgebrochene gegen ein neues Türschloss aus. Erst jetzt durchsuchte Anne ihre Wohnung und räumte das Durcheinander wieder auf. Sie hob ihre Dessous vom Boden auf und fragte sich, ob der gutaussehende Kommandant ihre Berufskleidung dort liegen gesehen hat. Sie hob den ledernen schwarzen BH in die Höhe und musste trotz allem lächeln. Plötzlich fiel ihr das vergessene Handy wieder ein und sie begann danach zu suchen. Egal wo sie nach dem mobilen Telefon sah, sie fand es

13

nicht. Noch einmal bewegte sie sich eine Etage tiefer und klopfte bei ihrem Nachbarn an der Tür. Es dauerte eine Weile und gerade als sie sich umdrehte und wieder gehen wollte öffnete sich die Tür. Zu ihrer Überraschung stand nicht ihr Nachbar, sondern eine nackte, fast schwarze Frau afrikanischer Herkunft dort. Ihre Brüste waren klein und die Brustwarzen schwarz wie die mondlose Nacht. Mit einem Lächeln zeigte sie Anne ihre ebenmäßigen weißen Zahnreihen und bat sie einzutreten. Die unbekannte Dame drehte sich um und ging den langen Korridor entlang. Anne sah auf ihr Hinterteil und folgte der Frau. Im letzten Zimmer des Flures saß ihr Nachbar in dem abgedunkelten Raum auf einer Couch. Anne roch den Geruch des Marihuanas sofort und fragte den dort nackt sitzenden Nachbarn nach seinem Telefon. Anscheinend hatte sie gerade eine erotische Party der beiden gestört. Die Frau zog an der Wasserpfeife und drückte kurz danach Anne das Telefon in die Hand. Anne bedankte sich und tippte die Nummer ihres Vaters ein. Dabei stand sie an der Wand gegenüber dem Sofa und bemerkte, dass die beiden ihre Party ungestört weiter feierten. Sie ließen sich von Anne nicht im Geringsten stören. Anne wartete eine Ewigkeit das am anderen Ende ihr Vater oder der Butler den Hörer abnahmen, doch es geschah nichts. Währenddessen beobachtete sie, wie sich die schwarze Frau rücklings auf den Schoß ihres Nachbarn setzte und Anne provozierend anschaute. Mit langsamen Bewegungen ihres Beckens eröffnete sie den Liebesakt. Anne hielt noch immer den Hörer an ihrem Ohr, ohne das auf der anderen Seite der Leitung ein Gespräch zustande kam. Sie starrte zudem die Frau auf den Schoß ihres Nachbarn an. Nun bewegte sie sich etwas schneller und ihre keinen Brüste schwangen im Rhythmus mit. Die Brustwarzen der Liebesdame wurden hart und lang und sie schien Gefallen daran zu haben, Anne zuschauen zu lassen. Ihr Nachbar zog weiter wie unbeteiligt an seiner Wasserpfeife und genoss den

14

inhalierten Rauch. Genau in dem Moment als Anne aus ihrer Starre erwachte und das Telefon beiseitelegte, erhob sich die schwarze Frau und ging auf Anne zu. Direkt vor ihr blieb sie stehen und hielt ihr einen Joint vor dem Mund. Anne schon ein wenig benebelt von dem Rauch im Zimmer zog einmal kräftig an diesem und merkte sofort die Wirkung des Marihuanas. Noch einmal zog sie an den Joint und vor ihren Augen wurde alles schwammig. Ein Gefühl der Erleichterung stellte sich nach dem Schrecken des Tages ein und Anne inhalierte zum dritten Male an dem Glimmstängel. Jetzt erst bemerkte sie, dass die Frau dicht vor ihr, an ihren Brüsten spielte. Sie fühlte sich frei vom Stress des Tages und ließ es geschehen. Nach dem letzten Zug von dem Joint spürte sie den Mund der Frau auf ihrer linken Brustwarze. Das Zungenspiel der Unbekannten erregte Anne und ihre Brustwarzen richteten sich auf. Bevor Anne überhaupt klar wurde was hier geschah, stand sie nackt an der Wand gelehnt und genoss die Küsse der schwarzen Frau. Ihr Nachbar schaute gegenübersitzend mit glasigen Augen zu und zog ab und zu an seiner Wasserpfeife. Jetzt kniete die schwarze Schönheit vor ihr und leckte über den Schlitz zwischen ihren Beinen. Vor Geilheit und berauscht durch den Joint, spreizte Anne ihre Beine etwas weiter und öffnete so den Weg zu ihrer Vagina. Mit der Zunge brachte ihre Gespielin sie schnell zum Höhepunkt und bot ihr danach einen weiteren Joint zum Rauchen an. Noch in völliger Erregung und zugedröhnt wechselte der Joint abwechselnd die Münder der beiden Frauen.

Am nächsten Morgen erwachte Anne mit starken Kopfschmerzen. Mit Übelkeit blickte sie in den Spiegel über ihrem Waschbecken und fragte sich, wer ihr dort gegenüberstand. Sie schlich in die kleine Küche und warf die Kaffeemaschine an. Während das heiße Wasser durch den Kaffeepulver lief und die Aromen der zermahlenen Kaffeebohnen extrahierte, bereitete Anne sich ein zwei Tage altes, schon hart gewordenes Baguette zu. Die zweite Tasse Kaffee vertrieb die Müdigkeit und das harte Käsebaguette den Hunger. Die Kopfschmerzen aber blieben. Jetzt musste nur noch die Kriegsbemalung aufgetragen werden und Anne konnte sich wieder unter das Volk begeben. Kurze Zeit später stand sie am Place du Marche Saint Honore vor dem Commissariat de Police und überlegte kurz was ihr alles gestohlen wurde. Egal was die Fremden noch mitnahmen, Anne fiel nur ihr fehlendes Handy ein. Louis Bernard sah seine Verabredung durch die Glastür auf sein Büro zukommen und stand aus seinem Schreibtischstuhl auf und öffnete Anne die Tür. Er zeigte auf den Stuhl vor dem alten Mahagonischreibtisch und wartete bis die hübsche Blondine sich setzte. Er bot ihr einen Kaffee und frische Croissants an und Anne nahm dankbar an. Louis Bernard tippte bei all seinen Fragen in der vor ihn liegende Tastatur und einige Minuten später lag frisch ausgedruckt die Anzeige auf Papier geschrieben vor Anne. Mit dem von Louis Bernard übereichten Kugelschreiber setzte Anne ihren Namen unter dem Geschriebenen. Der offizielle Teil wäre damit erledigt, doch die Neugier des Kommandanten war damit noch nicht befriedigt. Sein sechster Sinn sagte ihm, dass irgendetwas an der ganzen Geschichte faul war. Anne erklärte ihm nach ihrer Unterschrift, dass sie es eilig hätte und zum Pariser Hauptbahnhof Gare de`l Est müsste. Um viertel vor Elf fuhr dort der ICE mit einer Fahrtzeit von fast neun Stunden und zweimaligen Umsteigen nach Berlin. Sie klärte Louis Bernard auf, warum sie die lange Strecke nach Berlin so eilig zurücklegen wollte und im Kopf des Kommandanten gingen alle Lichter an. Erst heute Morgen berichteten mehrere Pariser Tageszeitungen von dem ungewöhnlichen Tod des Grafen in Brandenburg. Le Figaro berichtete sogar über die französischen Wurzeln der adligen Familie des Grafen und machte die Story so für die Leser in Paris noch spannender. Louis bot Anne das Du und eine schnelle Fahrt im Polizeidienstwagen zum Gare de`l Est an. Keine zwei Minuten später, rasten die beiden unter Blaulicht und Sirengeheul in Richtung Bahnhof. Louis nahm Anne während der Fahrt noch das Versprechen ab, sich nach ihrer Wiederkehr in Paris sofort bei ihm zu melden. Mit einem typisch französischen Kuss auf die Wange verabschiedeten sich die beiden und Anne spurtete zum Ticketschalter, um die Fahrkarte zu lösen. 44,50 Euro musste sie bezahlen und kam sekundengenau am Bahnsteig an. Der Schaffner ließ sie noch einsteigen und schloss danach die Türen. Der ICE lief an und rollte langsam aus dem Schienengewirr des Bahnhofes heraus. Bei dreihundert Stundenkilometern döste Anne in ihrem Sitz vor sich hin.

Der Boulevard Haussmann in Paris verläuft durch das achte und neunte Arrondissement. Mit seinem zweieinhalb Kilometern Länge und seinen Baumbestand ist die Straße eine der Schönsten von Paris. Dort auf dem Schreibtisch des Stationschefs der CIA in Frankreich, lag das veraltete Handy von Anne. Der Chief sah seinen Agenten, der in dem Vorlesesaal das Mobiltelefon besorgte, an und fragte nach dem Kennwort. Techniker hatten dieses in Sekunden durch eine neue Entschlüsselungssoftware geknackt und dem Agenten zukommen lassen. Jetzt durchsuchten die beiden Geheimdienstler den Inhalt des gestohlenen Handys. Sie stießen sofort auf die gesuchte Nachricht des Grafen und hörten seine Sprachnachricht und die dazugehörende Aufnahme ab. Kopierten diese und archivierten das Ganze in ihren Computerakten. Bei der Durchsuchung schauten die beiden sich auch die Selfies und geschossenen Fotos der Besitzerin an und fanden private nicht jugendfreie Bilder der jungen Dame aus der Pariser Swinger Szene. In laissez-fairen Stellungen rekelte die Tochter des Grafen sich vor dem Fotografen und schien dabei in erotischer Ektase. Mit ihrem Auftrag hatten die Bilder zwar nichts zu tun, Fotokopien ließen die beiden trotzdem von den Fotos machen. Das Handy fand danach den geheimen Postweg nach Langley ins CIA-Hauptquartier, dass von allen nur die Farm genannt wurde. Dort in Virginia würde das mobile Telefon noch einmal untersucht und es dann archiviert. Die beiden Pariser Agenten erkannten sofort, dass die Nachricht des Grafen noch nicht abgehört wurde und wiesen in ihrem Bericht darauf hin. John Carter saß seinem Chief gegenüber und wartete auf weiter Instruktionen, die den Fall betrafen. Er sah seinem Boss an das dieser überlegte. Nach zwei Minuten der Stille bekam John die Order, das Subjekt erst einmal weiter aus dem Hintergrund zu beobachten und nur bei Gefahr des Falles wegen einzuschreiten. Für John Carter war der Befehl eindeutig. Die besagte Person beobachten und bei der Annahme, sie wüsste über das geheime Treffen Bescheid, zu eliminieren. Er verabschiedete sich und verließ das Büro seines Vorgesetzten. Am eigenen Schreibtisch angekommen, gab er sein Passwort in den vorhandenen Computer und rief alle Daten von Anne auf. Wie nicht anders vorausgesehen, winkte als erstes die Anzeige aus dem Polizeirevier vom Bildschirm des I-Mac`s. Louis Bernard war der aufnehmende Kommandant der Anzeige. John Carter gab nun diesen Namen in das Suchsystem ein und die Software öffnete im Bruchteil einer Sekunde eine neue Datei. Louis Bernard, 29 Jahre alt, eigentlich zu jung, um den Posten des Commandant de Police zu besetzen, dachte der Agent und las weiter. Wohnhaft in Paris, das Elternhaus, die Schulen und die Ausbildung bei der französischen Polizei. Nichts Außergewöhnliches bisher. John sah sich weiter um und fand folgende Presseberichte die von einem Helden, der bei einer islamistischen Geiselnahme, sein Leben riskierte und 27 Menschen aus der Geiselhaft von vier Geiselnehmern des islamischen Staates befreite. Die Überschrift im El Figaro lautete: Pariser Held rettete 27 jüdische Franzosen aus Geiselhaft. Louis Bernard war zufällig zur Aufklärung eines anderen Falles in der Rue-Notre-Dame-de-Nazareth-Synagoge, als ein Trupp bewaffneter Geiselnehmer alle Anwesenden unter vorgehaltenen Maschinenpistolen in einer Ecke drängten und sich in dem Glaubenshaus verbarrikadierten. Louis Bernard wartete unter den anderen Geiseln den richtigen Moment ab und sah seine Chance gekommen, als alle vier arabischsprechenden Geiselnehmer sich zusammenstellten und das weitere Vorgehen berieten. Genau in diesen Augenblick achteten die Vier nicht auf ihre Gefangenen und der Adjoint de securite zögerte nicht lang. Vier Schuss aus seiner Dienstwaffe und die Geiselnehmer lagen alle unbeweglich auf dem Boden. Drei der Isis-Kämpfer waren sofort tot und der Letzte starb auf dem Weg ins Krankenhaus Notre-Dame-de-Grace-Gosselies.

Danach ging es für den jungen Polizisten schnell die Karriereleiter nach oben. Er schüttelte genügend prominente Hände und war der Held der französischen Bevölkerung. Jeder wollte mit ihm gesehen werden und so gab es Medienfotos mit ihm und allen führenden französischen Politikern oder sonstigen Prominenten. John Carter studierte die Akte weiter und beschloss danach ein Auge auf Louis Bernard zu werfen. Er fragte sich nur, warum übernimmt ein Commandant de Polis einen einfachen Einbruch bei einer Studentin. Diese Antwort gab ihm der Computer seiner Firma nicht.

Gegen 19:28 Uhr erreichte der ICE den Hauptbahnhof von Berlin. Anne suchte das erste Mietwagenunternehmen auf und mietete einen Dreier der Marke BMW. Sorgenfrei und ohne eine schlechte Ahnung zu haben, benutzte sie ihre Kreditkarte für Notfälle und bezahlte das Auto. Eine Stunde später war sie auf der Bundesstraße 96 in nördlicher Richtung unterwegs. Das Haus ihres Vaters lag am großen Stechlinsee und dort wollte sie hin. Doch die abendliche Dunkelheit brachte sie zum Umdenken und Anne nahm sich in der Ortschaft Ravensbrück ein Zimmer. An der Rezeption trug sie sich in die Gästeliste ein und bezahlte wieder mit der Kreditkarte. Als die Rezeptionistin ihren Namen auf der Anmeldung las, wurde ihr bewusst, wen sie vor sich hatte und sprach Anne ihr Beileid aus. Nun war es die Tochter des Grafen, die plötzlich blass wurde und ihr die Beine den Dienst verzagten. Bisher hatte Anne immer an ein Missverständnis geglaubt und niemals daran gedacht, dass ihr Vater wirklich gestorben war. Mit der Beileidsbekundung wurde ihr bewusst, dass sie nun eine Vollwaise war, denn Annes Mutter starb bei ihrer Geburt. Ihr Vater heiratete aus Liebe zu ihrer Mutter nie mehr und nun war sie die einzig Überlebende aus dem Geschlecht des Grafen. Anne bezog nach kurzer Erholung auf einem Stuhl vor der Rezeption ihr Zimmer, bestellte sich eine Lieferpizza und duschte sich den Stress des Tages von ihrem Körper. Der Tag war wieder einmal lang und die Nacht würde zu kurz mit zu wenig Schlaf werden, waren ihre letzten Gedanken, bevor sie sich in einem wirren Traum wiederfand. Der Wecker rettete Anne aus dem Albtraum und nassgeschwitzt suchte sie die Nasszelle des Badezimmers erneut auf. Das Frühstück nahm sie im Erdgeschoss der kleinen Pension ein und danach fuhr sie zum Haus ihrer Kindheit. Eine Reihe von Autos versperrten ihr den Toreingang. So musste sie sich den Weg zum Eingangstor des Anwesens durch eine Schar von Leuten und dessen Autos freikämpfen. Die Presseleute schimpften wegen ihrem Gedränge und böse Blicke wechselten den Besitzer. Erst als Anne den Türcode verdeckt in die Tastatur eingab und sich die Nebentür öffnete, errieten die Berichterstatter wer ihnen da wohl gerade durch die Fänge ging. Anne nahm die letzten Meter zu Fuß in Kauf und stampfte über den Kies zum Eingang des Herrenhauses. Martha, die Köchin und Putzfrau des Grafen öffnete ihr schon vorher die Tür und umarmte die Tochter des Grafen mit weinenden Augen. Beide Frauen, die vollschlanke und ältere Martha und die junge sportliche Anne weinten nun um die Wette und gaben sich gegenseitig Trost. Von außen sah es gar nicht so schlimm aus, doch von innen hat das Feuer das Holzkonstrukt des Hauses schwer beschädigt. Die hinteren Räumlichkeiten waren unbewohnbar zerstört. Die obere Etage durfte nicht mehr benutzt werden und so blieb nur der rechte Anbau mit der Küche und den Zimmern des Butlers und von Martha übrig. Martha hatte Glück gehabt, denn sie wurde des Treffens wegen von dem Grafen für den Tag in den Urlaub geschickt. Er spendierte ihr einen Tag in Berlin mit der dazugehörigen Nacht im Kempinski Hotel auf dem Kudamm. Dieser Tag in Berlin rettete ihr das Leben. Martha gab sich daraufhin wieder ihrer Arbeit hin und räumte das übriggebliebene Haus auf. Anne trat in die Bibliothek und musste mit schweren Herzen ansehen, wie jahrhundertalte Bücher und Meisterwerke vernichtet worden waren. Dieser Verlust ließ sich finanziell gar nicht bezahlen, waren ihre Gedanken als sie an den in der Schrankwand versteckten Tresor dachte. Nur ihr Vater und sie kannten die Kombination. Es war ihr Geburtsdatum Minus der Geburtsdaten ihrer Mutter plus die des Grafen. Die schwere Tresortür öffnete sich und alles lag fein säuberlich sortiert dort, als hätte es nie den Feuerunfall gegeben. Anne schloss die Tür des Panzerschranks und ging zu Martha. Auf ihre Frage nach einem funktionierenden Telefon zeigte die Dienstfrau in die Küche. In dem Anbau wurden die Strom- und

22

Wasseranschlüsse separat nachträglich verlegt und so auch ein eigener Telefonanschluss, der den Brand heil überstand. Aus ihrem Portomaine zog sie die Visitenkarte des Familienanwaltes und klärte der abnehmenden Anwaltsgehilfin auf mit wem sie spräche. Nach einer halben Minute meldete sich Dr. Udo Schmitt an der anderen Seite der Leitung, begrüßte Anne, sprach ihr sein Beileid aus und versicherte ihr in einer Stunde bei ihr zu sein. Anne legte auf und aus der einen Stunde wurden drei Stunden als der Rechtsanwalt hupend vor dem eisernen Tor stand. Er nahm sich einfach das Recht heraus, sich mit seinem Jaguar F-Type den Weg durch die wartenden Reporter zu fahren. Er warnte jeden, der vor dem Tor Herumlungernden mit einer Anzeige wegen Hausfriedensbruch, sollte auch nur einer beim Öffnen des Tores das Anwesen betreten. Kurz danach öffnete Martha das Tor und verschloss es wieder als der Jaguar es passiert hatte. Anne saß in der halb abgebrannten Bibliothek als der Anwalt und Freund der Familie eintrat. Seit Generationen vertraten die Juristen der Familie Schmitt die Familie des Grafen. Noch einmal gab es Beileidsbekundungen und dann sprach der Anwalt über das Geschäftliche. Anne betraute den Freund der Familie mit den Aufträgen sich um die Versicherungsdinge zu kümmern und ein Beerdigungsinstitut zu beauftragen, dass die Beisetzung organisiert. Auch des Butlers Beerdigung sollte Udo Schmitt organisieren. In geschäftlichen Dingen hat der Graf schon vorgesorgt und seiner Tochter über all seine Bankkonten eine Vollmacht zu seinen Lebzeiten ausgestellt. Martha klopfte an der noch funktionierenden Bibliothekstür an und kündigte einen gewissen Kommissar Vollmer vom LKA an.

Zwei Minuten später stand der Landeskriminalbeamte in der Eingangstür des Hauses und wartete auf Anne. Für seine Untersuchungen benötigt er noch einige Antworten, die wohl nur die Tochter des Grafen beantworten konnte. Anne, Udo Schmitt und Kommissar Vollmer saßen gemeinsam in der Küche am Tisch und der Polizist erklärte Anne die vermeintliche Ursache des Brandes. An der Stelle seiner Erklärung, dass der Graf mit einer Zigarre im Bett eingeschlafen sein soll und dies nach der Meinung des Brandspezialisten der Auslöser des Hausbrandes war, legte Anne heftigen Protest ein. Ihr Vater rauchte nicht. Er war absoluter Gegner der krebsverursachenden Tabakindustrie. Für Anne war diese Aussage des Kriminalbeamten absoluter Unsinn. Der Grund des Brandes musste ein anderer gewesen sein. Da der Ermittler schon in den Fünfzigern war und sehr viele Berufsjahrzehnte Erfahrung in Untersuchungen und Aufklärungen von polizeilichen Ermittlungen hatte, hörte er Anne genaustens zu. Der Kugelschreiber, den er führte, schrieb alles in seinem Notizblock mit. Nach der Befragung von Anne, entschied Vollmer noch einmal die Spurensicherung ihre Arbeit aufnehmen zu lassen. Dazu sei es aber unbedingt nötig das Herrenhaus so zu belassen, wie es war und nicht weiter aufzuräumen und Ordnung zu schaffen. Vollmer rief über sein Handy die Thanatologie an und ließ sich mit dem zuständigen Forensiker verbinden. Der Kommissar beauftragte den Gerichtsmediziner die Leiche das Grafen noch nicht zur Bestattung freizugeben. Vollmer verabschiedete sich von des Grafen Tochter und drückte ihr seine Visitenkarte in die Hand. Als er das große Tor durchfuhr, sah er, dass nur noch ein Reporter dort auf eine große Story hoffte. Diesen dort im Gras gegenübersitzenden Kerl kannte er sogar. Martin Kerber, freiberuflicher Reporter, verkauft seine Geschichten meist an irgendwelche Revolverblätter oder der Boulevard Zeitung Blitz. Unangenehmer Zeitgenosse, den man schlecht los wurde, dachte der Polizist noch beim Vorbeifahren.

Martin Kerber sah den Berliner Kommissar Vollmer an ihm in seinem alten Opel Omega vorbeifahren und dachte noch, ein neueres Auto würde dem schweigsamen Polizisten besser zu Gesicht stehen. Alle anderen seiner Reporterkollegen oder besser die Konkurrenz haben die Zelte hier wegen Erfolglosigkeit abgebrochen, doch Martin Kerber hatte so ein Gespür und haderte noch eine Weile vor dem Tor aus. Als auch er schon an die Aufgabe dieser angeblichen Story dachte, fuhr die Spurensicherung an ihm vorbei und hielt vor der Einfahrt zum Anwesen. Als das Tor sich öffnete und der graue Van hindurchfuhr, quetschte der Reporter sich durch das schließende Tor. In einem Gebüsch, etwa fünfzig Meter vor der Haustür, sah er, wie sich die Tochter des Grafen von ihrem Anwalt verabschiedete. Er dachte kurz an dessen Drohung, sollte irgendjemand unbefugt das Grundstück betreten und zog sich etwas weiter in die Sträucher zurück, als der Jaguar an ihm vorbeifuhr. Zwei Techniker der Spurensicherung gingen ins Haus und nahmen ihre Arbeit noch einmal auf. Martin Kerber fragte sich nur, warum sind die Jungs der Spurensicherung noch einmal hier?

Anne vermisste ihr Handy und gab Martha Bescheid, dass sie nach Ravensbrück fahren würde. So fuhr auch sie ahnungslos an den versteckten Medienmann vorbei. Ravensbrück mit seinem knapp 6000 Einwohnern hat eine unrühmliche Vergangenheit. Zu Zeiten des Nazi Regimes ließen die Gefolgsleute Adolf Hitlers hier das größte Frauen Konzentrationslager des Reiches errichten. Als Mahnmal und Gedenkstätte soll es heute die Touristen vor dem Nationalsozialismus warnen. Da die Ortschaft keinen Handyladen besaß, fuhr Anne weiter nach Fürstenberg an der Havel. Hier in der Seenlandschaft eine gute Autostunde über Berlin gaben sich die Urlauber in den warmen Monaten die Hotelklinken in die Hand. Jetzt im kalten Herbst sind die Ortschaften eher leergefegt und fremde Personen fallen dort den Anwohnern auf. In Fürstenberg erwarb Anne dann ein Prepaid Handy und fühlte sich wieder im Kontakt mit der Welt. Sie zückte ihre Kreditkarte und bezahlte das Smartphone mit dem angebissenen Apfel als Logo. Der Ladenbesitzer war noch so nett und nahm die Einstellungen für das Handy vor. Über ihre Cloud hatte sie alle Kontakte des alten Handys wieder in ihre Adressenliste.

Währenddessen wartete Martin Kerber auf die nächste Gelegenheit und die kam als die Leute von der Spurensicherung die Haustür offenstehen ließen. Ohne lange zu warten, schlich sich der Reporter ins Haus. Er blickte sich um und erkannte, dass die Arbeit der Spurensicherung im hinteren Teil des Hauses stattfand. Er ging in den Anbau und stolperte in der Küche fast über Martha. Schnell fing er sich wieder und stellte sich bei der überraschten Frau als Vertreter von Kommissar Vollmer vor. Martha dachte, ihr Gegenüber wäre mit den Leuten der Spurensicherung gekommen und bot dem lügenden Reporter einen Platz am Tisch an. Schnell stand für den angeblichen Polizisten ein Becher mit Kaffee auf dem Tisch und Martha beantwortete vertrauensvoll die Fragen des Reporters. Mit der Gewissheit der ermittelnden Polizei zu helfen, erzählte sie mehr als eigentlich gefragt wurde und Martin Kerber ließ heimlich in seiner Jackentasche sein Diktiergerät mitlaufen und zeichnete das ganze Gespräch auf. Kerber verabschiedete sich dann von Martha und verließ das Haus. Die Angestellte war noch so höflich und öffnete für ihn das Eingangstor. Der Reporter schwang sich auf seine Fat Boy und fuhr die Straße durch den Wald zurück nach Berlin. Noch bevor er auf die Bundesstraße abbog kam ihm Anne im Dreier BMW entgegen.

John Carter tippte auf die vor ihm liegende Tastatur, als sein Computer einen Ton von sich gab. Sofort stoppte er seinen Bericht und klickte den blinkenden Ordner auf seinem Desktop an. Nachdem er durch die Benutzung der Kreditkarte Annes Weg nach Berlin verfolgen konnte, wusste er nun in welchem Hotel sie abgestiegen war. Ravensbrück war für ihn ein unbekannter Ort mit scheußlicher Geschichte. Er nahm den Telefonhörer ab und wählte die Nummer eines in Berlin stationierten Kollegen. Jimmy Kaufmann, amerikanischer Agent mit deutschen Wurzeln meldete sich am Ende der Leitung. John und Jimmy waren zusammen durch die Agentenschule der CIA gegangen und seitdem enger befreundet. Von Paris aus schickte John Carter seinem Freund die Unterlagen zu Anne und gab ihm die Order sie zu beschatten. Natürlich wusste Agent Kaufmann nichts über das geheime Treffen der Mächtigen und sein Freund John beließ es auch dabei. So wurde schnell ein Trupp von drei Leuten durch Jimmy Kaufmann zusammengestellt, die, die Tochter des Grafen im Blick behalten sollten. Jimmy Kaufmann dagegen war ein IT-Spezialist und hackte sich mit einer Fremdsoftware in den Computer des Landeskriminalamtes Berlin-Brandenburg. Er tippte den Namen von Anne in die Suchfunktion und bekam den Bericht von Hauptkommissar Vollmer in voller Länge zu lesen. Danach tippte er auf seiner Tastatur und kam über Annes Kreditkarte zu dem Handyladen in Fürstenberg. Kurze Zeit später hatte er sich in Annes Handy gehackt und konnte sie nun unbemerkt verfolgen.

Mittlerweile lag Annes Handy in Washington im Oval Office des Weißen Hauses. Bis auf dem Direktor der CIA schickte William Smith alle um ihn herum aus dem Büro. Sogar der Stabschef und sein engster Berater staunten nicht schlecht, als sie die Tür von außen schlossen. Es dauerte eine ganze Weile, bis die beiden das Treffen

27

vollständig abgehört hatten und danach sehr verängstigt wegen des Grafen waren. Der Direktor teilte dem Präsidenten mit, dass der Graf und sein Butler leider bei einem selbstverschuldeten Unfall ums Leben kamen. Der Präsident nickte dem Direktor zu und fragte nach Angehörigen und eventuellen Mitwissern. Der Direktor garantierte seinem Chef, dass die Firma alles im Griff hätte und es keine weiteren Beweise oder Mitwisser geben würde. William Smith gab sich mit der Aussage seines Geheimdienstchefs zufrieden und entließ den Direktor für heute.

Am anderen Morgen war die Hauptschlagzeile in der Boulevard Zeitung Blitz folgende. Graf doch ermordet? Martin Kerbers Reportage enthielt etwas Wahrheit, aber mehr Spekulationen und war ohne richtige Indizien oder Beweise geschrieben worden. Der Text war kurz, aber in großen fetten Buchstaben klebte die Überschrift auf der Titelseite. Martin Kerber öffnete mit seiner Berichterstattung die Büchse der Pandora, wusste dies aber noch nicht.

Jimmy Kaufmann pfiff am frühen Morgen auf die Uhrzeit und rief seinen Freund John Carter an. Carter las den Bericht der Blitz im Internet und rief sofort in Virginia seinen Führungsoffizier an. Mitten in der Nacht, im Schlaf überrascht, hörte der Vorgesetzte Johns sich das Dilemma an und rief daraufhin selbst den Direktor an. Dieser wütend über die nächtliche Störung gab die Order heraus, den berichtenden Reporter zu einer Befragung einzuladen. Der Befehl war also eindeutig. Martin Kerber ausfragen und dann eliminieren. Jimmy Kaufmann hatte eine halbe Stunde später den Auftrag auf dem Schreibtisch liegen. Er tippte den Namen des Reporters in dem geöffneten Programm und hatte alle nötigen Daten über Martin Kerber die er benötigte.

Hauptkommissar Vollmer las den Artikel der Blitz auch und war davon nicht angetan. Er tippte die Nummer des Küchenanschlusses des Grafen in sein Handy und bekam Martha an den Apparat. Der Polizist kündigte sich für den Nachmittag im Anwesen an und wollte beide Frauen sprechen. Martha verstand die ganze Aufregung nicht, bekam aber trotzdem ein wenig Angst. Sie hatte doch schon alles dem Kollegen von Kommissar Vollmer erzählt. Vollmer machte sich zuerst in den Keller des Krankenhauses der Charite` auf und besuchte dort die Abteilung für Rechtsmedizin. Der zuständige Thahologe sah auf seinen Bericht und klärte Vollmer auf. Der Graf hatte alle Finger und den Daumen der rechten Hand gebrochen. Hämatome im Genitalbereich und die Lunge war die eines Nichtrauchers. Auch sei der Graf nicht durch eine Rauchvergiftung, sondern durch Ersticken ums Leben gekommen. Patsch, das saß. Vollmer fühlte sich wie geohrfeigt. Warum nur hatte er es immer wieder in seiner Abteilung mit Amateuren zu tun? Jetzt stand er dumm da und musste der Tochter des Grafen und den Rest der Welt eröffnen, dass die Untersuchung zum Fall des Grafen weitergehen würden. Wieder an seinem Schreibtisch angekommen, sah er sich den vorläufigen Bericht der Spurensicherung an und wunderte sich nun nicht mehr, dass sie im ganzen Haus keine einzige Zigarre oder Zigarette gefunden haben. Einen Beweis, dass es Mord und kein Unfall war hatte Vollmer aber auch nicht. Der Kommissar machte sich nun auf den Weg nach Kreuzberg. Dort in der Nähe des Check Point Charly bewohnte Martin Kerber eine Dachgeschosswohnung eines aus dem neunzehnten Jahrhundert erbauten Mehrfamilienhauses. Die Haustür war nicht verschlossen und so konnte der Ermittler direkt die Treppen im Flur zu Kerbers Wohnungstür benutzen. Oben angekommen lauschte der Kommissar erst auf irgendwelche Geräusche an der Tür, bevor er klingelte. Ein Klopfen an der Tür hätte ihn verraten, dass er schon oben vor der Wohnung stand. Erst beim dritten Klingeln hörte er Geräusche in der Wohnung. Kurz danach öffnete der freiberufliche Reporter die Tür und steckte den Kopf hinaus. In dem Moment stellte der erfahrene Beamte seinen rechten Fuß in die Tür und Kerber konnte die Tür nicht wieder schließen. Der Kommissar hatte einige Fragen und machte dem miesgelaunten Reporter klar, dass er die Fragen jetzt sofort oder nach einer richterlichen Verfügung auf dem Polizeirevier beantworten könnte. Kerber gab auf und öffnete die Tür ganz. Als Vollmer die Wohnung betrat, roch er noch den Shit, den Kerber am Abend geraucht haben muss. Vollmer setzte sich erst gar nicht in der unaufgeräumten Wohnung hin, sondern führte seine Befragung im Stehen durch. Kerber verriet seine Bezugsquelle und sagte dem Polizisten das, was jeder Leser des berichtenden Boulevardblattes lesen konnte. Als der Kommissar wieder aus dem Haus ging, war für Kerber klar, er hatte mit seinem Artikel in einem Wespennest gestochen und würde an die Story dranbleiben wollen. An seinem Wagen angekommen entfernte Vollmer das Knöllchen wegen Falschparkens unter dem Scheibenwischer und ärgerte sich an diesem Morgen zum wiederholten Male.

Es war sehr früh am Nachmittag, als Martha ihm das Eingangstor aufdrückte und die beiden Torflügel sich zum Öffnen bewegten. Kurz danach stand der Ermittler in der Küche des Grafen. Martha brühte gerade einen Kaffee auf und bereitete kleine Gebäckstücke für den Nachmittag vor. Vollmer saß am Küchentisch und konnte durch den Schlitz der leicht geöffneten Badezimmertür Anne beim Duschen sehen. Die Tochter des Grafen seifte sich gerade die Beine ein und leicht vorgebeugt streckte sie dem beobachtenden Kommissar ihr wohlgeformtes Hinterteil entgegen. Vollmer sah bei ihren Bewegungen ihre Brüste wackeln und konnte nicht mehr wegsehen. Völlig in sich vertieft bemerkte er leider zu spät, dass Martha ihn beobachtete und die Badezimmertür schloss. Sie hatte ihn bei seiner Peinlichkeit ertappt und der Kommissar wechselte kurz die Gesichtsfarbe. Um sich selbst aus dem Dilemma zu manövrieren, startete er die Befragung von Martha, ohne auf Anne zu warten. Schnell stellte sich heraus, mit welcher Lüge Kerber an seine Informationen kam und der Hausangestellten liefen die Tränen über die Wangen. Genau in diesem Moment platzte Anne nur mit einem Handtuch bekleidet aus dem Badezimmer in die Küche herein. Mit den Worten, Vollmer sei zu früh, begrüßte sie den Beamten. Anne aus Jobgründen nicht prüde, verzichtete sich anzuziehen und setzte sich mit dem Badetuch um ihren Körper gewickelt an dem Tisch zu den anderen beiden. Der Kommissar, auch nur ein Mann konnte den Blick nicht von ihr lassen und ertappte sich immer wieder selbst, wie er Anne anstarrte. Ihre nassen Haare waren streng nach hinten gekämmt und ihre Zehen mit dunkelrotem Nagellack bepinselt. Ihre Haut war makellos von hellem Teint. Vollmer sah eine hübsche junge und selbstbewusste Frau vor sich sitzen. Er klärte Anne zum Stand er Ermittlung auf und verlangte Stillschweigen darüber zu bewahren. Bis die Ermittlung abgeschlossen sei, würde er den Leichnam ihres Vaters nicht freigeben und bis dahin müsste die Beisetzung verschoben werden.

Martin Kerber durchsuchte im Archiv des Medienhauses des Meier Verlages nach alten Bildern und Artikeln über den Grafen. Dabei las er auch den Lebenslauf der einzigen Erbin des Grafen. Anne besuchte schon mit zehn Jahren ein Schweizer Internat. Ihre Mutter lernte sie nie kennen, denn sie starb nach Komplikationen bei ihrer Geburt. Alten Bildern zu urteilen, war die Tochter der Mutter aus dem Gesicht geschnitten. Die Beziehung zu ihrem Vater, war eher eine Fernbeziehung. Anne begann ihr Studium in Zürich an dessen Universität. Mit dreizehn bisherigen assoziierten Nobelpreisträgern gehört die Universität Zürich zu den Eliteunis in Europa. Um ihre französischen Kenntnisse zu perfektionieren wechselte Anne dann an die Sorbonne nach Paris. Dort sollte sie das Medizinstudium in diesem Semester mit den bestandenen Prüfungen abschließen. Mit ihren 27 Jahren war die Tochter des Grafen eine hübsche Frau in der Blüte ihres Lebens, fand der untersuchende Reporter. Kerber fiel später auf, dass der Graf in vielen Unternehmen investiert und wohl ein erhebliches Vermögen angesammelt hatte. Bei vielen Wohltätigkeitsveranstaltungen spendete der Graf beträchtliche Beträge und war somit oft in den Medien abgelichtet worden. Der Graf schien ein netter Mensch ohne wirkliche Feinde gewesen zu sein. Kerber fragte sich, worin der Graf da hineingeraten war. Als er die vielen Pressefotos des Grafen durchsah, stellte er fest, dass der jetzige Bundeskanzler sich oft mit dem Grafen ablichten ließ. Kerbers Gedanken rasten und er kopierte einige Fotos und sendete diese an sein E-Mail Account. Kerber benutzte den Computer im Archiv und schrieb einen weiteren Artikel zu dem Fall des Grafen. Als er fertig war, sendete er den verfassten Bericht zur Überprüfung an den Chefredakteur der Blitz und wartete auf dessen Kommentar. Es dauerte eine Zeitlang und Kerbers Handy summte vor sich hin. Der Chefredakteur gab Kerbers Artikel in abgespeckter Form grünes Licht für die morgige Ausgabe der Blitz. Zufrieden mit sich selbst fuhr Kerber noch in den Supermarkt und erwarb zwei Flaschen Dornenfelder. Danach noch einen Döner am Stand des Türken in seiner Straße verdrückt und zur Feier des Tages noch in der Shishabar unter der Theke etwas zum Rauchen besorgt. Mit dem Glücksgefühl des Tages endlich mal wieder die Titelseite einer Zeitung gefüllt zu haben, betrat der mit sich zufriedene Kerber den Flur des Hauses, dass er bewohnte. Wie immer nahm er zwei Stufen der Treppen auf einmal und war so schnell vor seiner Wohnungstür. Was ihn noch wunderte, war, dass die Tür nur zugezogen und nicht abgeschlossen gewesen ist, als er seinen Korridor betrat. Danach wurde ihm Schwarz vor den Augen und Kerber verlor das Bewusstsein.

Anne hatte nicht mit einem längeren Aufenthalt in Brandenburg gerechnet und war ohne Koffer in ihr Zuhause gefahren. Sie benötigte Kleidung und fuhr deshalb ins KaDeWe nach Berlin. Auf dem Weg dorthin ging sie ihren Gedanken nach. Im nächsten Frühjahr stehen die Abschlussklausuren an und sie durfte sich eigentlich gerade jetzt keine Auszeit vom Studium nehmen. Zeit zum Trauern hatte sie sich des Stresses wegen auch noch nicht nehmen können und sie dachte an ihren Vater, den alle nur den Grafen nannten. Eine richtige Vater Tochter Beziehung hatten die beiden nie aufgebaut. Zu früh in ihrer Kindheit verließ sie das Haus und lebte in dem Schweizer Internat bei Zürich. Nur die Ferien verbrachte sie mit ihrem Vater. Oft war sie dabei gar nicht zuhause, sondern verbrachte mit dem Grafen die schulfreie Zeit in irgendwelchen Urlaubsorten dieser Welt. Das Anwesen war nie wirklich ihre Heimat gewesen. Sie parkte im Parkhaus einer Seitenstraße des Kudamms und ging zum KaDeWe. Dort besorgte sie sich ihre Toilettenartikel und machte danach ihre Besuche in den Boutiquen des Kurfürsten Damms. Im Dessous Laden fand sie unter anderem einen Overt-BH in dunkelroter Farbe, dazu den passenden Slip und stöberte weiter durch die Regale. In dem Bereich der Lederwaren hat es ihr ein BH mit offenen Cups und hufeisenförmigen Metallringen an den Öffnungen der Brustwarzen angetan. Auch hierzu erwarb sie den passenden offenen Lederslip. Dazu muss noch das richtige Schuhwerk her dachte Anne, als sie danach noch ein paar Stücke einfache Unterwäsche kaufte. An der Theke der Kasse erwarb sie noch ein paar Nylons und verabschiedete sich um ein paar hundert Euro erleichtert. Ihre Kreditkarte benutzte sie noch in drei weiteren Boutiquen und schleppte danach mehrere Edeltüten mit dem Logo irgendwelcher Modedesigner zu dem wartenden Wagen in dem Parkhaus. Ihr kam dann die Idee, den Leihwagen am Hauptbahnhof wieder abzugeben und mit dem Zug nach Fürstenberg zu fahren. Von dort wollte sie ein Taxi zum Herrenhaus nehmen. Am frühen Abend erreichte Anne dann ihr zuhause und war hungrig und erschöpft. Udo Schmitt hatte versucht sie zu erreichen, hatte aber ihre neue Handynummer nicht. So überreichte Martha ihr einen Haufen Papiere, die sie unterzeichnen sollte. Es waren alles Versicherungs- und Erbangelegenheiten. Eigentlich hatte sie dafür jetzt keine Lust und deshalb legte Anne die Dokumente erst einmal zur Seite. Nach dem Essen schlief sie auf das ehemalige Bett des Butlers ein. Martha hatte ihr das Zimmer hergerichtet und schlief nebenan.

Am nächsten Morgen war ihr Anwalt in aller Herrgottsfrühe auf dem Anwesen und wollte die fertig unterschriebenen Dokumente abholen. Martha öffnete die Tür, ließ ihn rein und weckte Anne. Übermüdet und nicht ausgeschlafen stapfte sie in die Küche. Das erste was sie sah, war die Überschrift der Blitz, die vor Udo Schmitt lag. Die Schlagzeile lautete über dem gemeinsamen Foto: Bundeskanzler integriert? Der Reporterartikel war ohne Beweise nur auf Vermutungen aufgebaut und völlig aus der Luft gegriffen. Nicht ein Indiz konnte dem Kanzler nachgewiesen werden, dass er mehr über den Tod des Grafen wusste.

Erst als Anne alle Dokumente des Anwalts gegengezeichnet hatte, übergab er ihr einen dicken Umschlag und beurkundete ihr die alleinige Erbschaft. Anne kamen die Tränen und fragte sich immer wieder, warum der Tod eines geliebten für die Hinterbliebenen mehr als einmal ein Geschäft war Menschen. Sie brauchte für den Tag eine Pause von dem ganzen Stress und wollte an diesem Samstagabend nach Berlin in den Kit-Doggy-Club auf der Köpenicker Straße. Sie zückte ihr Handy und rief den Geschäftsführer des Clubs an. Von seinen Paris Besuchen im Olympique kannte Anne den Boss des Kit-Doggy-Clubs und ließ sich von ihm für den Abend auf die Gästeliste setzen. Danach verabschiedete sie noch ihren Anwalt und war mit Martha allein im Haus. Die beiden Frauen unterhielten sich nun ausgiebig und Martha bestätigte Anne, indem sie ihr bescheinigte, dass der Graf nicht geraucht hat. Anne kam das alles merkwürdig vor. Der geheimnisvolle Reporter, der mehr schrieb als alle anderen wussten. Der nichtfreigegebene Leichnam ihres Vaters und die weiteren Ermittlungen von Kommissar Vollmer. Dazu der Einbruch bei ihr in Paris ohne Diebstahl, mit Ausnahme ihres Handys. Anne wurde aus dem Ganzen nicht klug. Sie blickte gedankenverloren auf den Küchentisch und sah auf den dicken Umschlag von Udo Schmitt. Sie zog das Kuvert zu sich heran und untersuchte ihn mit den Augen. Wog ihn in den Händen ab und erst dann öffnete sie die Versiegelung. Ein dicker handgeschriebener Ordner ihres Vaters an sie geschrieben lag in ihren Händen. Anne überflog das Geschriebene, in dem der Graf sich von seiner Tochter verabschiedete. Ergänzend für den Falle seines Todes beschrieb er ihr einige Bankkennwörter und andere wichtige Informationen zu seinem Geschäftsleben. Auch die Versicherungsdetails beschrieb der Graf ganz genau. Da ihr Vater niemanden vertraute, noch nicht einmal seinen Anwalt, sollte sie den Umschlag auf die Unversehrtheit des Siegels prüfen. Zum Schluss erwähnte er seinen Safe hinter dem großen Tresor. Er beschrieb ihr ganz genau, wie sie die hintere Tresorwand mechanisch öffnen konnte und welchen Zahlencode sie eingeben musste, um an das Innere des Geldschrankes zu gelangen. Anne sollte sich nur den Code für den hinteren Safe merken, der dieses Mal ihr Geburtstag plus der beiden Geburtstage ihrer Eltern wäre. Eine Kopie dieses Schreiben und weitere wichtige Urkunden und Schriftstücke, sowie Bargeld seien in dem kleinen Geldschrank deponiert. Anne verbrannte in der Spüle das Geschriebene ihres Vaters und ging in die Bibliothek.

Sie stand vor dem großen Tresor und gab die Kombination ein. Die Tresortür öffnete sich und ein Haufen Geldbündel lagen dort sauber übereinandergestapelt. Ein paar Aktienpakete und das Testament des Grafen. Jetzt gab Anne an der offenen Tresortür den weiteren Zahlencode ein und die hintere Wand des Tresors schwang einen kleinen Schlitz auf. Anne räumte einige Bündel zur Seite und öffnete die Tresorwand zur Hälfte. Einen Haufen an Papiere lagen dort, der Schmuck ihrer Mutter und ein USB-Stick. Anne schloss den Safe und auch den Tresor wieder und verließ die Bibliothek. Am Montag wollte sie ein Bauunternehmen beauftragen, die ganze Statik des Hauses zu stützen und so vor dem Teileinsturz zu schützen. Martha rief sie in die Küche und stellte ihr von dem selbstgemachten Linseneintopf einen Teller voll hin. Noch immer gibt es hier samstags Eintopf dachte Anne, pustete auf den heißen Löffel und probierte die Hausmannskost. Nach der leckeren Mahlzeit ruhte sie sich den Nachmittag aus. Nach dem sie wach geworden war, duschte sie, schminkte sich und zog ihr neuerworbenen ledernen BH mit den offenen Cups über. Sie beschaute sich im Spiegel und sah ihre Brustwarzen durch die hufeisenförmigen Ringe herausgucken. Das Metall war anfangs kühl und deshalb wurden ihre Brustwarzen hart. Danach schlüpfte sie in den offenen Lederslip. Sie sah in ihrem Spiegelbild die Schamlippen durch den Schlitz ihres Slips hervorgucken. Sie zog dazu halterlose schwarze Nylons über und schob ihre Füße in die ebenfalls schwarzen High Heels. Der Spiegel an der Wand zeigte nun eine Frau, der kein Mann, aber wohl auch keine Frau widerstehen könnte. Sie warf sich ein blaues Kleid über und darüber ihre schwarze Lederjacke. In der Handtasche steckte sie ein paar Banknoten und suchte den Schlüssel des Mercedes SL AMG im Schlüsselfach am Eingang zur Bibliothek. Auf der Bundesstraße 96 fuhr sie schneller als erlaubt war und hatte Spaß das Gaspedal des Autos mit seinen über 400

Pferdestärken durchzutreten. Ihr Adrenalinspiegel stieg während der Fahrt an und verwandelte sich in erotischer Erregung. Anne spürte ein Kribbeln zwischen ihren Beinen. Als sie am Kit-Doggy-Club ankam, wartete eine riesige Menschenschlange auf Einlass in dem angesagten Club. Anne war froh nicht zu den Wartenden zu gehören und ging an der Schlange vorbei dem Eingang zu. Sie hörte einige Leute die dort frierend warteten ihren Unmut über ihr Verhalten äußerten. Der Türsteher versperrte ihr dann den Weg und fragte nach ihrem Namen, schaute auf die Gästeliste und machte den Weg für sie frei. Der Bass der Housemusik dröhnte ihr schon am Eingang entgegen. Im Foyer bekam Anne das Bändchen eines VIP`s um ihr linkes Armgelenk gebunden und suchte danach die Umkleide auf. Ihre Kleidung gab sie dann an der Theke ab. Nun konnte sie sich in ihrem Lederdessous unter den fast nackten Partygästen mischen. Der Beat brachte ihre Armhärchen zum Schwingen und Anne machte sich als erstes auf, um den Geschäftsführer zu begrüßen. Vor seinem Büro stand die Security und verwehrte ihr den Zugang zum Büro. Erst nachdem der Aufpasser Anne im Büro angemeldet hatte, durfte sie eintreten. Ahmed sah wie immer umwerfend aus. Der dunkle Teint und die schwarzen gegelten Haare, dazu der im Fitnessstudio durchtrainierte Körper machten ihn zum begehrten Sexsymbol. Ahmed saß in einem engen Dolce und Gabbana-shirt hinter seinem Schreibtisch und unterhielt sich mit seinem Security-Chef. Als Anne eintrat stand Ahmed auf und umarmte Anne zur Begrüßung herzlich. Danach stellet er sie dem ihm gegenübersitzenden Chef der Türsteher vor, der auch sie mit einem festen Handschlag begrüßte. Es wurden ein paar Höflichkeiten ausgetauscht und Ahmed sprach ihr noch sein Beileid aus. Als Anne danach in den Clubräumlichkeiten zurückkehrte, schaute sie sich erst einmal um. In der großen Halle, auf der überfüllten Tanzfläche, tummelten sich

38

zu dem Rhythmus der Musik bewegend, die fast nackten Körper der feiernden Gäste. Anne stiefelte an dem Swimming Pool vorbei und sah sich liebende Pärchen jedes Geschlechts in den Liegeecken paaren. Eine Treppe führte sie in den Bereich der VIP-Gäste und auch dort stand ein Angestellter, der ihr den Weg frei machte. Oben angekommen blickte Anne sich um und ging auf die Bedienung hinter der Theke zu und bestellte einen Aperol Spritz. Mit ihrem Getränk saß sie nun auf dem Hocker und beobachtete zunächst das bunte Treiben der anderen Gäste. Anne erkannte einige Profis des beheimateten Fußballvereins, sowie einige Prominente aus den Medien und Fernsehen. Nachdem Anne ihr ersten Aperol ausgetrunken hatte, stellte die junge gutaussehende Barfrau ihr mit dem Hinweis auf ein in der hinteren Ecke sitzenden Pärchen einen Zweiten auf die Theke. Mit einem Lächeln prostete sie dem jetzt herüberblickenden Pärchen zu und nippte an dem Getränk. Eine Minute später stand die Frau des ausgebenden Pärchens vor ihr. Mit nichts anderem bekleidet als einem Kettenstring und offenen High Heels stellte die Dame sich als Eva vor und lud Anne ein sich zu ihr und ihrem Begleiter zu setzen. Die Frau hatte eine schlanke sportliche Figur. Ihre Brüste standen fest von ihrem Oberkörper ab. Die Frau hatte noch kein Kind gestillt und die Schwerkraft schien den Kampf verloren zu haben. Ihre kurzen roten Haare betonten das feminine Gesicht der Frau. Anne schätzte sie auf Anfang 40 und nahm das Angebot an. Als die beiden Frauen an der Sitzecke ankamen, stand Evas Begleiter zart lächelnd auf und stellte sich als Mike vor. Anne sah ihm in die Augen, schüttelte seine Hand und setzte sich hinter dem Tisch auf die Couch. Eva gesellte sich links von Anne und als Mike sich setzen wollte, blickte Anne ihm mehr zufällig zwischen die Beine. Durch seine enge Boxer Short zeichnete sich trotz der dunklen Beleuchtung ein überdurchschnittliches Geschlechtsteil ab. Danach saß Mike rechts neben Anne. Die drei tranken ein wenig und unterhielten sich angeregt. Teilten Informationen der Vorlieben und Tabus aus und kamen sich so näher. Die Kellnerin brachte eine neue Runde Getränke und Annes bemerkte die die immer häufiger werdenden absichtlichen unauffälligen Berührungen Evas an ihrem Oberschenkel. Irgendwann blieb die Hand von ihr einfach streichelnd auf ihrem oberen Bein liegen und die Unterhaltung ging weiter. Anne bemerkte die sich bewegenden Finger näher zu ihrer Scham wandern. Jetzt schaute sie der neben ihre sitzende Frau ins Gesicht und erkannte die Wollust in Evas Augen. Die Hand Evas streichelte jetzt den Bereich zwischen Annes Beinen und Anne spreizte ihre Oberschenkel ein wenig. Die rothaarige Frau kam dem Mund Annes ganz nahe und küsste Anne auf dem Mund. Die Tochter des Grafen öffnete ihre Lippen und die Zungen der beiden Frauen tänzelten gemeinsam um die Wette. Jetzt behielt Anne ihre Hände auch nicht mehr bei sich und massierte die festen Brüste Evas. Es dauerte nicht lang und Anne merkte ihre Feuchte zwischen den Beinen mehr werden. Sie saugte jetzt an den Brustwarzen Evas, die sich sofort aufrichteten und erhärteten. Eva stöhnte in Annes rechtem Ohr. Mittlerweile ließ sich Eva in die Sitzecke fallen und lag mit geöffneten Beinen vor Anne. Anne beugte sich über ihr und leckte mit ihrer Zunge an der Innenseite von Evas Oberschenkeln. Dabei streckte Anne ihren wohlgeformten weiblichen Po reizend und unwiderstehlich Mike entgegen. Der Mann zu ihrer Rechten konnte sich nicht mehr zurückhalten und fing mit Küssen auf Annes Hinterteil an und beteiligte sich so an dem Liebesspiel. Anne selbst schob jetzt die metallene Kette des Kettenstrings Evas zwischen ihren Schlitz etwas zur Seite und saugte an Evas Kitzler. Evas Bewegungen wurden hektischer und ihr Stöhnen lauter. Ihr Unterleib bewegte sich im Rhythmus mit Annes saugenden Lippen. Auch Anne spürte nun die Zunge Mikes zwischen ihren Pobacken.

40

Ihre Erregung wuchs und sie hob ihren Po noch etwas weiter an. Eva überkreuzte mit ihren Beinen nun Annes Rücken und hielt die saugende Gespielin so fest an ihrem Unterleib. Der Saft aus Evas Vagina tropfte nun von Annes Kinn. Eva spielte sich bei dem Liebesakt selbst an den Brustwarzen und war kurz vor ihrem ersten Höhepunkt. Mike hielt es nun nicht mehr aus und befreite sein aus der Hose wollendes Glied. Er stülpte ein Kondom über und drang vorsichtig von hinten in Annes Scheide. Annes spürte, dass ihr Geschlechtsteil beim Eindringen weit auseinandergedehnt und voll ausgefüllt wurde. Sie bewegte ihr Becken im Gleichklang mit den Stößen des Mannes hinter ihr. Annes Geilheit wuchs mit jedem Stoß weiter an und sie spürte das auch bei Eva. Die Frau unter ihr erreichte ihren Höhepunkt und der Orgasmus squirte aus ihr heraus. Kurz danach nahmen Mikes Bewegungen an Fahrt auf und Annes spürte seinen aufkommenden Höhepunkt. Sie gab sich dem jetzt völlig hin und kam mit ihm zusammen zum Orgasmus. Nach der ersten Runde an diesem Abend lächelten die Drei sich an und tranken weiter an ihren Getränken. Nach dem ganzen Stress der letzten Tage, war dies genau das, was Anne zur Entspannung gebraucht hatte. Das Pärchen bei Anne war geübt und an diesem Abend wiederholten sie noch zwei Mal ihr Liebesspiel in verschiedenen Positionen. Es war gegen vier Uhr in der Früh, als Anne sich von ihren unbekannten Pärchen verabschiedete und eine halbe Stunde später nach drei Aperol Spritz über den ganzen Abend verteilt in dem AMG Mercedes auf dem Weg nach Ravensbrück war.

Das Telefon läutete und Kommissar Vollmer blickte auf die Uhr. Halb sechs an einem Sonntagmorgen und übelgelaunt meldete er sich am Telefon. Der anrufende Gesprächsteilnehmer stellte sich als Polizeikriminaldirektor des Landeskriminalamtes vor und beorderte Vollmer sofort in seinem Büro. Ohne zu frühstücken und unrasiert marschierte Vollmer eine Stunde später anklopfend in das Büro des Polizeidirektors. Als der Kommissar sich seinem übergeordneten Vorgesetzten gegenübersetzte, hielt der sich nicht lange mit Floskeln auf und befehligte Vollmer sofort die Untersuchungen im Fall des Grafen einzustellen. Vollmers Abschlussbericht lag fertig ausgedruckt auf dem Schreibtisch und benötigte nur noch des Kommissars Unterschrift. Vollmer traute seinen Augen nicht was er las. Der Graf starb bei dem selbstverschuldeten Brand durch eine Zigarre und sein Butler gab sein Leben bei dem Versuch seinen Dienstherren zu retten. Das zweite Schriftstück, dass der Direktor Vollmer herübereichte, war die Genehmigung der Pension aus gesundheitlichen Gründen. Vollmer musste sofort seinen Dienstausweis und die Dienstwaffe abgeben, bekam einen Karton mit seinen persönlichen Dingen aus seinem Büro und war aus dem Polizeidienst entlassen. Wie in Trance versetzt, ohne einen klaren Gedanken fassen zu können verließ Vollmer die Polizeidienststelle. Der Dienst als Polizeibeamter war bisher für den Junggesellen sein Leben. Ohne den Beruf des Polizisten konnte Vollmer sich das Leben gar nicht vorstellen. Er überlegte auf der Fahrt nach Hause, wie es nun für ihn weitergehen sollte. Seine Abschiebung aus dem Dienst der Polizei, konnte nur mit seinen Ermittlungen im Fall des toten Grafen zu tun haben. Vollmer wollte den Reporter Martin Kerber in seiner Wohnung aufsuchen und seinem Rausschmiss in die Pension auf dem Grund gehen. Was wusste der Zeitungsartikelschreiber wirklich? Der Kommissar a.D. parkte direkt vor dem Haus in der Kerbers Wohnung lag. Aus Gewohnheit sah sich Vollmer zuerst um

42

und sah Kerbers Fat Boy auf dem Hinterhof stehen. Die Chance, dass er in seiner Wohnung war erhöhte sich durch die abgestellte Harley-Davidson. Vollmer drückte die Türklinke am Hauseingang nach unten und die Haustür öffnete sich. Als der Mittfünfziger in der oberen Etage ankam, fehlte ihm etwas der Atem und er holte drei Mal tief Luft, bevor er die Klingel betätigte. Kein Geräusch fand den Weg zu des Ermittlers Ohr. Vollmer klingelte mehrere Male, aber aus der Wohnung öffnete niemand die Tür. Der neue Pensionär ließ sich nun wegen seiner Neugier zu einer nicht legalen Tat hinreißen und öffnete mit seinem Schweizer Taschenmesser und einem Dittrich die Wohnungstür. Der erfahrende Polizeipensionär erkannte wegen des Durcheinanders sofort, hier haben Eindringlinge die Wohnung durchsucht. Von Martin Kerber fehlte jede Spur. Vollmer sah sich noch kurz um, wusste aber, dass hier für ihn nichts mehr zu finden gab. Wo steckte dieser neugierige Schmierfink nur, fragte sich der Kommissar und ließ sich von der Blitzredaktion am Handy Kerbers Nummer geben.

Die Wirtschaftsteile der großen Zeitungen berichteten weltweit über das Joint Venture der fünf großen Pharmariesen. Die Virologen dieser Unternehmen wollten offiziell zusammen den Kampf gegen die weltweiten Infektionskrankheiten aufnehmen. Inoffiziell arbeiteten die führenden Wissenschaftler an ein nicht für die Öffentlichkeit bestimmtes geheimes Projekt. Auf Plum Island vor den Toren New Yorks gab es ein Hochsicherungsforschungslabor für Tierseuchen und dort starteten die Virologen ihre Forschung. Sie begannen mit den Schweinegrippeerregern Influenza A/H1N1 und den Vieren der Vogelgrippe H5N1 zu experimentieren. Beides waren hochpathogene Influenza-Krankheiten, die für den Menschen oft tödlich enden können.

Martin Kerber öffnete die Augen und fand sich in einem kalten graubetonierten fensterlosen Raum wieder. Sein Kopf schien bei jedem Herzschlag zu explodieren. Er hatte keine Ahnung, wo er und wie er hierhin gekommen war. Der Reporter auf einem Stuhl sitzend war mit Klebeband um die Handgelenke an den Armlehnen und mit seinen Knöcheln an den vorderen Stuhlbeinen gefesselt. Er sah an sich herunter und wusste, warum er so fror. Nackt wie Gott ihn erschaffen hat, saß er dort und wartete auf seine Entführer. John Carter betrat hinter ihm den Raum und setzte sich auf den Stuhl ihm gegenüber. Ohne irgendeine sonstige Ankündigung las der Agent Kerber seinen ersten und zweiten Artikel aus der Blitz vor und verschwand aus der Sicht des Gefangenen. Mit einem klirrenden Rollwagen kam Kaufmann daher und setzte sich auf den verwaisten Stuhl. Kerber sah auf den metallenen Rollwagen und erkannte einige einschüchternde Folterinstrumente, die ihm Angst einflössen sollten. John Kaufmann sah dem Reporter schweigend in die Augen und wartete auf einen Kommentar des Gefangenen. Das psychologische Spiel ist so von ihm eröffnet worden. Es herrschte einsames Schweigen zwischen den beiden Parteien, bis Carter einem zweiten bisher unbeteiligten Agenten ein Zeichen gab. Mit zwei Klemmen eines Überbrückungskabels in den Händen trat der Helfer vor und klammerte diese an Kerbers Brustwarzen. John Carter lächelte Kerber an und fragte nur einmal was er über den Tod des Grafen wusste. Kerber wiederholte nur, was er in den Artikeln veröffentlicht hat. Zu wenig für die beiden Agenten und der Strom floss durch die beiden Klemmen in Kerbers Körper. Schreiend flehte der Reporter aufzuhören, doch seine Antworten befriedigten Carter nicht und der Strom floss immer öfter. Vier Mal holten die Agenten ihr Opfer aus der Ohnmacht zurück und spielten das Spiel von Neuem. Als Carter merkte mit den Stromschlägen nicht weiter zu kommen, änderte er seine Methode. Mit einem

Zimmermannshammer in der Hand stand er nun vor dem Gefangenen und schlug ihm als erstes auf das linke Knie, es folgte das Rechte, danach beide Füße und später die Hände. Carter hörte jedes Mal die Knochen Kerbers brechen und glaubte nun, dass der Reporter nichts mehr zu erzählen hatte oder konnte. Sein Pech war der, in seinen Artikeln über den Grafen zu viel spekuliert und zufällig ins Schwarze getroffen zu haben. Jetzt stellte sich die Frage, was tun mit dem Reporter? Kerber lag mehr auf dem Stuhl, als er saß. Die Ohnmacht hatte ihn wieder gefangen genommen. Carter wusste, er konnte ihn nicht am Leben lassen. Er zog eine letale Injektion Midazolam in Kombination mit Hydromorphon auf und spritzte diese dem bewusstlosen Kerber in die Armvene. Des Reporters Herz hörte auf zu schlagen und die Öffentlichkeit wird nie mehr einen Artikel von Kerber zum Lesen bekommen. Carters Handlanger vergruben den Toten im Wald der Schorfweide bei Finowurt und fuhren danach die Autobahn 11 wieder nach Berlin.

Um die Mittagszeit öffnete Anne die Augen, reckte und streckte sich und machte sich auf dem Weg ins Badezimmer. Martha zauberte in der Küche derweil an dem Sonntagsmenü. Später am Esstisch überlegte Anne wie es jetzt weitergehen sollte. Sie hoffte auf die Freigabe des Grafens Leichnam durch Kommissar Vollmer. Nach der Beerdigung musste sie ihr Studium an der Sorbonne in Paris beenden und was danach kommt, wüsste nur der liebe Gott. Anne holte den dicken Umschlag von Udo Schmitt hervor und studierte die Schreiben und notariellen Urkunden, die den Nachlass regelten. Martha holte sie aus ihrer Konzentration in die Realität zurück, indem sie Kommissar Vollmer ankündigte. Anne bot dem Polizisten einen Stuhl am Esstisch ihr gegenüber an und Martha stellte ihm ungefragt einen Pott Kaffee an seinem Platz. Der sonst auf sein Äußeres sehr bedachte Kommissar sah übermüdet und ungepflegt aus. Unrasiert erzählte er Anne über die Einstellung der Ermittlungen und seiner sofortigen Pensionierung. Er sprach auch über Kerbers Artikel und fragte Anne nach ihrem Wissen über dessen Wahrheitsgehalt. Vollmer kombinierte sein Wissen über den Fall und kam zu dem Entschluss, dass irgendetwas faul an der ganzen Sache war und von oberster Stelle blockiert wurde. Mit seiner Unterschrift auf dem vorgelegten Abschlussbericht gab er die Leiche das Grafen zur Bestattung frei. Die Einäscherung konnte somit nächste Woche stattfinden. Nachdem der ehemalige Kommissar gegangen war, rief Anne ihren Anwalt auf seinem privaten Handy an und klärte ihm über den neusten Stand auf. Danach suchte sie auf ihrem Smartphone im Internet nach einem Architekten der sich die Statik des Hauses ansehen und eine Reparatur durchführen würde. Sie schrieb mehrere Architekten über E-Mail an und bat um Rückruf. Anne schaute noch immer am Küchentisch sitzend aus dem Fenster und sah, dass die Sonne schon untergegangen war. Die Dunkelheit kam dieser Tage im November

46

früh und brachte Wind und Regen. Das Wetter und der Stress der letzten Tage trugen zu Annes Müdigkeit bei und die Tochter des Grafen schaltete im Bett liegend den Fernseher an. Der Sender RBB sendete in den Nachrichten das Ergebnis der Ermittlungen über den Unfalltod des Grafen. Jetzt zur Ruhe kommend kamen Anne die Tränen und sie weinte in das Kopfkissen hinein. Sie realisierte nun, dass sie ab jetzt allein ohne Familie auf dieser Welt war.

Vier Tage später fand an einem kalten, aber sonnigen Tag die Beisetzung des Grafen statt. Der familieneigene Friedhof auf dem Anwesen platzte bei der Beerdigung aus allen Nähten. Bekanntester Trauergast war der Bundeskanzler. Sogar der amerikanische Präsident ließ einen Kranz durch seinen Botschafter in Berlin ans Grab stellen. Einige Paparazzi versuchten Fotos von bekannten Prominenten vor ihre Objektive zu bekommen, um diese dann hochaktuell an die Illustrierten zu verkaufen. Medienwirksam hielt der Bundeskanzler nach der Andacht des Pastors eine Lobesrede auf den toten Grafen. Nicht nur das Land Brandenburg verlor einen spendablen Sohn, nein auch er, der Kanzler musste sich heute von seinem Freund aus Jugendzeiten verabschieden. Er zählte einige Wohltaten des Grafen auf und beendete seine Rede mit dem Versprechen immer für Anne da zu sein. Danach drückte er die trauernde Grafentochter, ließ sich von zwei Bodyguards zu der wartenden Limousine bringen, stieg ein und war schneller fort als die Trauergäste gucken konnten.

Sechs Monate später saß Anne in einem der Räume in der Sorbonne und wartete auf das Ergebnis ihrer Doktorarbeit. Das Medizinstudium hatte sie nun erfolgreich abgeschlossen und suchte demnächst einen Job als Assistenzärztin in einem Krankenhaus nahe Berlin und Brandenburg. Es war ein warmer Freitag im Mai und der Frühling brachte die Hormone der Pariser Einwohner auf Schwung. Überall sah Anne bei den Frauen kurze Röcke, Kleider und leichte Oberbekleidungen. Die Männer verzichteten auf ihre Jacken und in den Grünflächen und Cafés in Paris tummelten sich fisch verliebte Pärchen. Auch Annes Hormone klopften bei ihr an und heute Abend wollte sie nicht jobben, sondern sich selbst in das Partyvergnügen der Franzosen werfen. Am Nachmittag saß Anne allein am Tisch eines Cafés am Boulevard Saint German und war in einer Lektüre vertieft, als eine bekannte Männerstimme sie aufblicken ließ. Anne musste gegen die Sonne blicken, erkannte Louis Bernard aber trotzdem. Der Polizist lächelte Ann an und setzte sich ungefragt an ihrem Tisch. Er bestaunte Annes weißes Sommerkleid und sah an ihr herunter. Was er erblickte, gefiel ihm. Ihre Füße trugen elegante weiße offene Pumps, die ihre rotlackierten Zehen eine gewisse Note gaben. Ihr sommerliches Kleid war ein wenig durchsichtig, verdeckte aber noch genügend, um es tagsüber in Paris tragen zu dürfen. Louis erkannte, dass Anne keinen BH trug, denn ihre Brustansätze waren deutlich zu erkennen. Als der Kellner die Bestellung des neuen Gastes aufnehmen wollte, bestellte Bernard noch einmal einen Espresso für Anne und für ihn selbst einen Café au lait. Die beiden amüsierten sich und lachten gemeinsam bei ihrer Unterhaltung. Nachdem Bernard die Rechnung übernommen und bezahlt hatte, machte das junge Paar sich auf und besuchte das naheliegende Musee Rodin. Das Museum ist den Namen nach dem Künstler und Bildhauer Auguste Rodin gewidmet. Es wurde nach dem ersten Weltkrieg im Jahre 1919 in der Rue de Varenne eröffnet und ist eines der Touristenmagnete neben dem Louvre in Paris. Als der Nachmittag in den frühen Abend überging, verabschiedete Anne sich von Louis Bernard und wollte gerade gehen, als er ihr sie für den morgigen Samstag zu seiner kleinen Geburtstagsparty einlud. Louis würde morgen sein drittes Jahrzehnt beginnen und wollte dieses Ereignis mit einigen Bekannten bei sich zuhause befeiern. Anne gab ihm ihre Handynummer und verließ den Commandant de Police. Keine zwei Minuten später, spürte sie, wie ihr Handy in ihrer Handtasche vibrierte und sah auf die eingegangenen Nachrichten die Adresse Louis Bernards. Mit einem herbei gewunkenen Taxi fuhr Anne in die Rue du Cherche Midi in dem Swingerclub Olympique in der sie bisher als Bardame gelegentlich gejobbt hatte. Heute ging sie als Gast auf den Eingang zu. Auch hier ignorierte sie die anderen Gäste, die auf Einlass warteten und die beiden Türsteher begrüßten sie freudig mit Küsschen auf den Wangen und öffneten die Eingangstür. Anne legte das weiße Sommerkleid im Locker Room ab und war nur noch mit ihren weißen Pumps und einem im gleichen Weiß gefärbten String der Marke Plot bekleidet. Die Spagettiträger des Slips verdeckten nichts und nur ein winziges, mit Rüschen versetztes kleines dreieckiges Stück Stoff verdeckte ihre rasierte Scham. Anne begrüßte ihre ehemalige Kollegin hinter der Theke und bestellte einen Aperol Spritz. Mit dem Getränk in der Hand lief sie durch das Etablissement und schaute sich in den unterschiedlichen Räumlichkeiten um. Hier gab es für jede sexuelle Ausrichtung den passenden Platz. Anne sah den Raum mit dem Frauenarztstuhl und da die Räumlichkeit verwaist war, setzte sie sich breitbeinig auf den Untersuchungsstuhl. Mit dem Getränk in der Hand blickte sie in die als Sterne im Nachthimmel mit LED-Leuchten bekleidete schwarze Zimmerdecke und träumte mit geschlossenen Augen vor sich hin. Als ihr siebter Sinn sich meldete, öffnete sie die Augen und sah eine Frau auf sich zukommen. Mit dominantem Schritt ging sie auf Anne zu. Ihre schwarze Courtage pressten ihre Brüste nach oben, so dass es aussah, als würden die Melonen der Dame in jedem Augenblick herausfallen. Ohne ein Wort zu verlieren kniete die Unbekannte sich vor Anne hin und küsste sie zwischen ihren Beinen. Da der Slip die Frau beim Küssen störte, zog sie ihn Anne über die Beine aus. Jetzt drang sie mit ihrer Zunge in Anne hinein und bewegte diese flink und gekonnt mit gesammelter Erfahrung. Anne spürte die angenehmen Bewegungen der in ihre tanzende Zunge und ihr Unterleib zuckte leicht. Als die dominante Frau sich ihren Kitzler vornahm, lief Anne die Feuchtigkeit aus der Grotte der Herrlichkeit und bewegte sich über ihren Anus tropfend zu Boden. Mit den immer heftiger werdenden Zuckungen meldete sich bei Anne der Orgasmus an. Sie konnte jetzt ihr Gestöhne nicht mehr verschlucken und ließ dem freien Lauf. Ihre Laute machten einen vorbeigehenden Mann auf das Liebesspiel aufmerksam und er beobachtete die beiden mit großer Erregung in seiner Hose. Er zog seine Boxer-Short ein wenig herunter und spielte während Anne dem Höhepunkt entgegenfieberte an seinem Liebesstab. Kurz danach zuckte Annes Becken unkontrolliert auf und ab und sie schrie den Orgasmus laut heraus. Anne löste sich aus dem Stuhl und die unbekannte Schönheit setzte sich hinein. Ihre Oberschenkel bedeckenden schwarzen Lackstiefel ragten in die Höhe und machten den Weg zu ihrer Vagina frei. Mit den eigenen Fingern spielte sie provozierend an ihrem eigenen Geschlechtsteil und lud dem an sich selbst spielenden Typen mit ihren Augen ein, sie zu befriedigen. Anne hatte ihren String wieder übergezogen und sah beim Verlassen des Doktorraumes noch dem vor der Frau knienden Mann mit dem Gesicht zwischen den Beinen der geilen Dame eintauchen. Den Aperol hatte Anne noch immer in der Hand und nippte jetzt auf dem Weg zur Tanzfläche an ihrem Getränk.

Auf Plum Island arbeiteten die Forscher auf die Ziellinie zu. Sie hatten Vogelgrippe- und Schweinegrippeviren gekreuzt und ließen diese mutieren. Sie nannten den neuen Erreger SARS-Co-Vx und die Laborversuche an den Labortieren waren tödlich erfolgreich. Aber es gab nicht nur Erfolgreiches zu berichten, die Hauptaufgabe der Virologen auf Plum Island konzentrierte sich auf einen Impfstoff, der gegen den im Labor entwickelten Erreger schützt. Nur mit dem Impfschutz ließ sich der ausgearbeitete Plan der damals Anwesenden im Haus des Grafen durchführen. Doch die Zeit lief den Forschern davon. William Smith müsste sich nächstes Jahr zur Wiederwahl für das Amt des amerikanischen Präsidenten stellen und ob er der mächtigste Mann der Welt bleiben würde ist nicht garantiert. Billy the Kid machte Druck auf den Direktor der CIA und dieser gab den ausgeübten Druck an die Forscher weiter. Kein Mensch, außer den Forschern und die an dem Treffen im Herrenhaus des Grafen beteiligten Personen, noch nicht einmal die anderen Angestellten auf Plum Island ahnten was in dem geheimen Laboratorium vor sich ging. Eine interne Studie der fünf beteiligten Pharmaunternehmen sagt diesen bei Ausbruch der Epidemie Milliarden von Dollar oder Euros an Gewinne durch die durchgeführten Testverfahren und der Produktion von Impfdosen voraus. Jeder der beteiligten Personen beim Meeting im Haus des Grafen besaßen riesige Aktienpakete der entsprechenden Pharmaunternehmen und würden noch reicher werden, als sie ohnehin schon sind.

Kommissar a.D. Vollmer saß inzwischen ungepflegt mit Vollbart, bekleidet in einer grauen dreckigen Jogginghose, einem weißen Doppelrippunterhemd am frühen Morgen auf seiner Couch im Wohnzimmer und schaute sich die morgendlichen Talkshows der Privatsender im Fernsehen an. Der Couchtisch und der Fußboden waren mit leeren Bierflachen und Kartons eines Fastfood-Lieferdienstes übersät. Er versuchte seinen Kummer durch das Trinken von Bier oder manchmal auch Schnaps zu ertränken. Vollmer hatte den Boden unter seinen Füßen verloren. Der einzige Grund, warum er am heutigen Morgen noch nichts getrunken hatte, war der, dass Vollmer kein Bier mehr im Hause hatte. Er grübelte über die letzten Monate nach und konnte sich noch immer nicht erklären, warum er in die Pension geschickt wurde. Der Reporter Martin Kerber war trotz seiner anfänglichen Suche für Vollmer nicht aufzufinden gewesen und so ergab sich der ehemalige LKA-Beamte seinem Schicksal und versuchte durch das Trinken von Alkohol sich durch den Tag zu schlagen. Aber an diesem Morgen war er nicht alkoholisiert und schaute auf den Flachbildschirm, als in den Nachrichten über den Bundeskanzler während eines Wohltätigkeitsempfanges berichtet wurde. Die Fernsehaufnahmen zeigten einen lachenden und zufriedenen Mann, der sich seiner Stellung in Deutschland und der Welt bewusst war. Vollmer spürte wie die Wut über diesen Mann in ihm aufstieg und schleuderte eine leere Flasche Bier in den Bildschirm des Fernsehers. Danach war das Bild schwarz und der Kommentar weg. Vollmer stand auf, zog den Netzstecker aus der Steckdose und machte sich auf ins Badezimmer. Als er vor seinem Waschbecken in dem darüber hängenden Spiegel blickte, sah er einen Mann, den er nicht mehr wiedererkannte. Er wollte so nicht mehr weitermachen und entschloss sich, die ganze Sache noch einmal aufzuarbeiten. Als Vollmer das Badezimmer verließ, war er frisch geduscht und rasiert. Die Haare wurden Opfer seiner Haarschneidemaschine und der Pensionär war nicht mehr wiederzuerkennen gewesen. Als er in sein Opel Omega stieg, war er in blauen Jeans und einer schwarzen Lederjacke bekleidet. Dazu trug er schwarze Boots an den Füßen und ein weißes Shirt unter der Jacke. Im Gegensatz zu seinen Auftritten als Staatsdiener, war

Vollmer äußerlich nicht mehr die gleiche Person. Er befuhr die Bundesstraße 96 und nahm die Abfahrt in Ravensbrück. Kurz danach stand er vor dem großen geschlossenen Durchfahrttor des Anwesens der Grafenfamilie. Er schaute durch die Windschutzscheibe zu dem alten Gebäude herüber und sah von weitem mehrere Bauarbeiter aus zwei Firmen Vans steigen. Vollmer klingelte und bat um Einlass. Kurz danach öffnete sich das schmiedeeiserne Tor und der Omega fuhr auf das Anwesen. Martha stand an der Tür und empfing ungläubig schauend den ehemaligen Kommissar. Als Vollmer das Haus betrat, sah er, dass Anne die Brandschäden wieder restaurieren ließ. Er ging mit Martha in die Küche und setzte sich am Tisch. Die nun Angestellte der Gräfin stellte Vollmer einen Pott mit Kaffee auf dem Tisch und setzte sich ihm gegenüber hin. Der Kommissar a.D. bot Martha das Du an und stellte sich als Kai mit Vornamen noch einmal vor. Martha lächelte und fühlte sich durch diese Aktion geschmeichelt. Kai begann also seine Fragen zu stellen und wollte als erstes wissen, was Martha am Todestag des Grafen getrieben hat. Die ihm gegenübersitzende Angestellte überlegte kurz und erzählte ihm von ihrem Tag in Berlin. Als sie erwähnte, dass der Graf ihr diesen wunderschönen Tag spendierte und sie außer der Reihe dienstfrei nehmen musste, horchte Vollmer auf. Warum der Graf sie wegschickte konnte sie nicht sagen, nur das der Butler des Grafen im Hause bleiben durfte, erzählte sie Kai. Vollmer fragte weiter und schrieb alles in einem neuen Notizbuch auf. Auf die Frage, ob der Graf sie öfters wegschickte, schüttelte Martha den Kopf. Als Martha mit dem Taxi in den Morgenstunden, es war so gegen 5 Uhr in der Früh, zu dem Anwesen kam, roch sie beim Öffnen der Haustür schon den Brandgeruch. Eigentlich sollte sie in Berlin noch das Frühstücksbuffet des Hotels genießen, doch ihrer selbst aufgelegten Pflicht dem Grafen gegenüber, konnte sie die ganze Nacht nicht schlafen und kehrte zurück, um das Frühstück vorzubereiten. Über den Taxifunk riefen sie die Feuerwehr und versuchten mit den beiden in der Küche stationierten Pulverlöschern den Brand zu löschen. Schnell merkten der Taxifahrer und Martha, dass der Versuch mit den beiden Feuerlöschern ein sinnloses Unterfangen war. Das Schlafgemach des Grafen war nicht mehr zu retten gewesen. Durch die Ritze der geschlossenen Tür drang dichter Rauch in das Foyer und Martha, sowie der Taxifahrer schauten nur zu und versuchten ein Übergreifen der Flammen auf die Nachbarräume irgendwie zu verhindern. Zehn Minuten später öffnete Martha das Tor und die blaulichtfahrenden Feuerwehrlöschzüge standen vor dem Haus. Der Brand verursachte hinterher weniger Schaden als die Feuerwehr mit dem Löschwasser. Doch eins wurde Vollmer klar, wäre Martha nicht vorzeitig aus ihrem Tag Zwangsurlaub zurückgekehrt, wäre das ganze Anwesen in Schutt und Asche zerfallen. Der Brand durfte kurz vor ihrem Eintreffen erst verursacht worden sein. Vollmer ahnte, dass Martha gar nichts von ihrem Glück noch am Leben zu sein wusste. Der oder die Brandverursacher mussten erst kurz vor Marthas auftauchen verschwunden gewesen sein. Die Frau ihm gegenüber sah Vollmer naiv in die Augen und lächelte ihn an. Plötzlich blitzten ihre Augen kurz auf und sie erzählte dem Ermittler, dass sie sich noch über das ihnen entgegengekommene Auto auf der Straße vom Anwesen um diese Zeit wunderte. Der Wagen fuhr viel zu schnell und hätte das Taxi fast gerammt. Auf die Frage Vollmers nach mehr Information über den Wagen, konnte Martha aber nichts sagen. Vollmer notierte alles und schrieb seine Überlegungen in seinem Notizbuch. Er fragte sich, was passierte an diesem Abend während Marthas Abwesenheit in diesem Gemäuer. Wer waren die Gäste des Grafen an diesem Abend? Wo war Martin Kerber? Als nächsten Schritt wollte Vollmer bei der Polizeidienststelle in Kreuzberg eine

Vermisstenanzeige für den verschwundenen Reporter aufgeben. In Gedanken verloren starrte er geistesabwesend auf den Ausschnitt der Küchenangestellten und überlegte. Martha sah worauf der Blick Vollmers fiel und wurde ein wenig verlegen. Mit ihren fünfzig Jahren, hatte sie schon mehr als ein ganzes Jahrzehnt keinen Mann mehr erlebt, der ihr auf den Ausschnitt oder sonst wo hinstarrte. Sie fühlte sich schon wieder geschmeichelt. Mit dem Vortäuschen eines kleinen Hustens holte sie Kai, wie sie ihn jetzt ja nennen durfte, wieder in die Realität zurück. Vollmer entschuldigte sich für seine kurze geistige Abwesenheit und bedankte sich bei Martha für die vielen wichtigen Informationen. Noch am selben Abend gab er die Vermisstenanzeige bei den Behörden auf und verdrückte danach vor lauter Hunger drei Berliner Currywürstchen an einer Verkaufsbude auf dem Kudamm.

Jimmy Kaufmanns Computer meldete sich mit einem Piepton und der Agent schaute auf. Für ihn war seit Monaten die Akte Kerber geschlossen und nun übermittelte sein Softwareprogramm ihm, dass Kai Vollmer, ehemaliger Kommissar des Landeskriminalamtes eine Vermisstenanzeige bei der Berliner Polizei aufgegeben hatte. Er kopierte den Bericht und sendete diesen John Carter über eine gesicherte E-Mail zu. Kaum hatte er die Eingabetaste auf der Tastatur losgelassen, klingelte auch schon sein gesichertes Telefon auf dem Schreibtisch. Carter war außer sich und wollte den Grund wissen, warum sich plötzlich jemand für den toten Reporter interessierte. Kaufmann bekam den Auftrag der Sache nachzugehen und Carter erwartete täglich einen Bericht. Als der CIA-Agent den Computer nach Kai Vollmer fragte, sah Kaufmann, dass Vollmer der ermittelnde Polizist im Fall des Toten Grafen war. Aus gesundheitlichen Gründen aber dem Polizeidienst den Rücken kehren musste und seitdem seine Pension genoss. Auch der Abschlussbericht mit Vollmers Unterschrift lag auf dem Desktop vor ihm. Kaufmann notierte sich Vollmers Adresse und verließ das Büro. Kurze Zeit später stand er mit einem Kollegen vor Vollmers Haus und beobachtete die nächtlichen Fußgänger. Mit einem Foto aus der Akte des ehemaligen Polizeibeamten bewaffnet, schauten sie sich um.

Mit vollem Bauch bog Vollmer in seinem Opel in die Pommersche Straße in Wilmersdorf ab, als er gegenüber seiner Haustür mit geschultem Blick zwei Männer zigarettenrauchend auf sein Haus blickend stehen sah. Er selbst stand in den letzten Jahrzehnten mehr als einmal genauso wie die fremden Männer bei irgendwelchen Observationen und wusste, diese beiden Unbekannten hatten es auf ihn abgesehen. Vollmer fuhr an den beiden Beschattern vorbei, parkte sein Auto ungesehen abseits deren Blickes und schlich sich durch die Hintertür in seine Wohnung. Ohne das Licht einzuschalten, suchte er die ganze Wohnung nach Wanzen und Kameras ab. Er fand nichts. Noch war kein Fremder hier in seiner Wohnung gewesen und hatte diese durchsucht. Er sah vorsichtig aus dem Fenster und sah die Zwei immer noch wartend gegenüberstehen. Vollmer räumte den Müll und die leeren Flaschen zusammen und deponierte alles in der Küche in einem großen Müllsack. Einen weiteren Blick aus dem Fenster zeigte ihm, dass die beiden noch immer auf ihn warteten. Vollmer überlegte sich etwas und griff in die Nachttischkonsole. Als er seine Hand aus der Schublade der Konsole zog, umfasste sie eine Beretta 92. Er schloss die Stehlampe des Wohnzimmers an eine Schaltuhr und stellte den Timer auf fünf Minuten ein. Vollmer lief nach unten und wartete versteckt hinter den Müllcontainern auf das Geschehen.

Die beiden beobachtenden Agenten trauten ihren Augen nicht, als plötzlich in der observierten Wohnung das Licht anging. Das Subjekt ist von ihnen unerkannt in das Haus gekommen. Jimmy Kaufmann und sein Partner überquerten die Straße und teilten sich auf. Jimmy nahm den Vordereingang, während sein Partner über den Hintereingang in den Hausflur kommen sollte. Der Vordereingang war verschlossen und Jimmy klingelte an Vollmers Klingel. Sein Partner schlich ums Haus und wollte gerade die Hintertür öffnen, als er etwas Kaltes in seinem Nacken spürte. Vollmer trat ihm in die Kniekehle und der Agent fiel auf seine Knie. Danach schlug der pensionierte Polizist einmal zu und der unbekannte Beobachter ging in das Traumland über. Vollmer legte ihm noch Handschellen an und befestigte ihn an einem der drei Müllcontainern. Er öffnete die Hintertür und die direkt dahinterliegende Kellertür, knipste das

Licht im Keller an und versteckte sich erneut hinter den Müllcontainern.

Als die Tür sich auch nach dem fünften Klingeln nicht öffnete machte sich Jimmy Kaufmann auf und wollte auch den Hintereingang benutzen. Als er dort ankam, war sein Partner nicht zu sehen, was ihn wunderte, denn hätte er das Treppenhaus betreten, würde er die Tür geöffnet haben. Jimmy sah das schummrige schwache Licht im Keller des Hauses und rief leise im Türrahmen stehend nach seinem Partner, den er im Keller vermutete. Den Schlag im Nacken spürte er gar nicht mehr und fiel mit dem Kopf voran die Treppe herunter. Der Keller im Mehrparteienhaus benutzte so gut wie niemand mehr und er diente als Müllablage für die Hausbewohner. Als die beiden Agenten durch einen kalten Eimer mit Wasser über ihren Köpfen aufwachten, saßen sie geknebelt, mit Handschellen und Kabelbindern unbeweglich in einem dunklen Kellergewölbe. Beide waren nackt und ihre Kleidung lag auf einem Haufen vor ihnen. Vollmer hatte ihre Dienstwaffen, zwei SIG Sauer P226 an sich genommen. Sonstige Papiere bis auf die beiden schwarzen Diplomatenpässe hatten die beiden Männer nicht dabei. Vollmer wusste jetzt mit wem, aber nicht warum er von den Amerikanern observiert wurde. In gebrochenem Englisch stellte er den beiden seine Fragen und bekam natürlich keine Antworten. Vollmer klebte mit Isolierband aus seinem Keller eine leere Kunststoffflasche am Ende des Laufes einer SIG. Die beiden Agenten wussten Bescheid und Vollmer fragte sie erneut. Wieder antworteten die Zwei nicht. Der kahlköpfige Pensionär, hielt Jimmy Kaufmann die eigene Pistole mit der leeren Colaflasche ans Knie und rückte ab. Die Flasche unterdrückte den lauten Knall und Vollmer hoffte, keine Nachbarn aufgescheucht zu haben. Kaufmann wollte schreien, doch der Knebel verhinderte jedes laute Geräusch aus seinem Mund. Mit dem Gürtel eines der beiden Männer band Vollmer die Blutung ab und fragte den anderen Agenten mit vorgehaltener Pistole auf dessen Knie. Dieser war jetzt bereit zu antworten und Vollmer stellte seine Fragen. Einige Minuten später war er durch das Nicken und Schütteln des Kopfes ein wenig schlauer. Es ging um Kerber und dem Fall des Grafen. Kerbers Tod war nun von den Agenten bestätigt worden und Vollmer war in einer aussichtslosen Situation. Er konnte die beiden nicht einfach laufen lassen, noch konnte er sie einfach erschießen. Mit den Amerikanern war nicht zu spaßen und er nun auf dessen Abschussliste. Er ließ die beiden dort liegen, wo sie waren, packte oben seine beiden Sporttaschen mit Kleidung und anderen brauchbaren Utensilien, steckte alles Bargeld ein, was er in der Wohnung hatte und rief den Notruf der Polizei. Er meldete zwei Einbrecher und gab die Adresse an, danach legte er auf. Mit den Dienstwaffen und den Pässen der Agenten machte sich der Kommissar a.D. erst einmal für die Welt unsichtbar.

Anne stand vor dem Spiegel ihres Schlafzimmers und begutachtete ihren Lialbert Mesh G-String Bandage Tanga und fand sich selbst als erotisch anziehend. Ihre Brüste standen aufrecht und deshalb verzichtete sie auf einen BH. Sie zog sich einen weißen kurzen Rock und ein bauchnabelfreies Top über. Ihre Füße versteckte sie in schwarzen Stiefeletten und machte sich auf dem Weg zu Louis Bernards Appartement. Als das Taxi vor seinem Wohnhaus hielt war die kleine Party schon voll in Gange. Anne ging einfach nur der lauten Musik nach und fand sich im Obergeschoss wieder. Die Tür war geöffnet und sie trat ein. Louis wartete eigentlich schon die ganze Zeit nervös auf seine neue Bekannte und beobachtete die Eingangstür. Als er schon nicht mehr mit der deutschen Schönheit rechnete, sah er sie umschauend im Türrahmen stehen. Louis bekam den Mund nicht zu, als er sie in ihrem Outfit sah und wusste, an diesem Abend wird sie die Blicke der anderen Gäste auf sich ziehen. Unsicher schaute Ann sich um und ging langsam in das Appartement, wobei sie die Blicke der Partygäste auf sich spürte. Als sie den Gang im Flur etwa zur Hälfte zurückgelegt hatte, erblickte sie den ihr entgegenkommenden Gastgeber. Louis schien sich sehr zu freuen und umarmte Anne zur Begrüßung fest und auf die Wange küssend. Er hielt sie an der Hand, ging einen Schritt rückwärts und schaute Ann von oben nach unten an. Die Gräfin lächelte und wünschte dem Kommandanten alles Gute zu seinem runden Geburtstag. Sie flüsterte ihn dabei noch ins Ohr, dass was er gerade so begutachtet hätte, sei sein Geschenk für diesen Abend. Louis glaubte sich verhört zu haben und sah seine Traumfrau irritiert an. Im Laufe des Abends stellte er Anne eine Menge seiner Gäste vor, die meisten von ihnen, waren wie er, bei der französischen Polizei im Dienst. Die Damen bei der Party waren deren Begleitungen. Es wurde am aufgestellten Buffet im Stehen gegessen und der Alkohol floss auch übermäßig. Anne nippte mal

60

wieder an einem Aperol Spritz und amüsierte sich beim Flirten mit dem einen und anderen Mann. Als die Nacht anbrach leerte sich das Appartement und die Gäste verabschiedeten sich von ihrem Gastgeber. Als alle anderen die Party verlassen hatten, setzte sich Louis zu Ann auf das Sofa im Wohnzimmer. Jedes Mal, wenn sie sich vorbeugte, um ihr Getränk vom Tisch zu holen oder wieder hinzustellen konnte Bernard in den Ausschnitt unter ihrem T-Shirt schauen. Louis wusste, dass Anne seine Blicke bemerkte und mit ihm ihr Spiel spielte. Er sah die unbedeckten rosa Knospen ihrer handvollgroßen Brüste. Plötzlich ganz unerwartet landete Annes Hand auf Louis Oberschenkel und brachte in völlig aus dem Gleichgewicht. Da Anne die Hand während der Unterhaltung nicht mehr wegnahm, konnte Louis seine Erregung unter der Hose nicht mehr verbergen. Anne bemerkte seine flachere Atmung und streichelte mit der Handinnenfläche das Bein von Louis. Mit festem Blick in seinen Augen provozierte sie ihn weiter. Erst als ihre Hand sein steifes Glied durch die Hose berührte, verlor Louis die Kontrolle. Er zog sie an sich und küsste sie auf dem Mund. Anne öffnete die Lippen und spürte wie seine Zunge sich um ihre wendete. Sie erwiderte den Kuss und fasste etwas fester bei dem zu, was sie durch die Hose in ihrer Hand hatte. Louis stöhnte laut auf und jetzt suchten seine Hände unter ihrem Top ihre Brüste. Er massierte ihre Brustwarzen, die jetzt hart geworden nach Liebe schrien. Anne ließ sich das Top über den Kopf ziehen und saß nun mit blanken Busen vor ihm. Während Louis sich küssend um die Nippel ihrer Brüste kümmerte, öffnete Ann den Gürtel an seiner Hose. Als sie den ersten Knopf der Jeans geöffnet hatte, guckte sein steifer Freund schon heraus. Anne streichelte mit ihren Fingern an der glatten Eichel und spürte das Zucken zwischen seinen Beinen. Eine knappe Minute später stand Anne über dem Tisch gebeugt. Mit ihren Armen stützte sie sich auf der Tischplatte ab, ihren Rock hatte sie bis zu den Hüften hochgezogen und Louis stand mit heruntergelassener Hose hinter ihr. Er fummelte das Kondom aus der Verpackung und stülpte es sich über. Anne hob ihr Gesäß etwas weiter an und Louis drang vorsichtig von hinten in sie ein. Ann lief der Liebessaft aus ihrer Scheide und gab Louis die richtige Schmierung für den Liebesakt. Anne bewegte nun ihren Hintern heftiger gegen den stoßenden Louis und fühlte auch seine härteren Stöße. Kurz bevor der Samen aus Louis herausschoss, fasste er ihr feste in die Pobacken und gab Anne zu verstehen, dass sein Höhepunkt kurz bevorstand. Anne ließ ihre Erregung jetzt freien Lauf und unterdrückte den aufkommenden Orgasmus nicht mehr weiter. Einen Sekundenbruchteil nach dem Louis sein Ejakulat ins Kondom spritzte, zuckte Annes Hintern und sie rief ihrem Höhepunkt laut heraus. Beide behielten die Position noch kurz bei und gingen dann zusammen duschen. Louis trocknete Annes Körper mit einem Badetuch ab und gemeinsam gingen sie in seinem Bett schlafen.

Von einem Großaufgebot an Polizeiwagen deren Blaulichter aufblitzten wurden die Anwohner in Wilmersdorf auf den Polizeieinsatz in der Pommerschen Straße aufmerksam gemacht. Zwei Rettungswagen der örtlichen Feuerwehr und ein Notarztauto komplettierten das Blaulichtspektakel. Die Polizisten hatten nach dem der Notruf eingegangen war, zwei unbekannte nackte Männer mit Kabelbindern in einem Kellergewölbe gefesselt vorgefunden. Einer der beiden war am Knie durch eine Schusswunde verletzt und wurde notärztlich versorgt. Der Verletzte wurde ins Militärkrankenhaus der Bundeswehr auf der Scharnhorststraße in Berlin Mitte gefahren und dort von einem Beamten in Uniform bewacht. Der unverletzt Gefesselte kam zum Polizeiverhör in die örtliche Polizeiwache und sollte dort verhört werden. Der gekränkte Agent forderte ein Telefonanruf mit seinem Anwalt machen zu dürfen. Die Rechtslage gestattete ihm den einen Anruf und so rief er seinen Stationsführer in Berlin an. Danach blieb der Mann schweigend sitzen und sagte keinen Ton. Eine halbe Stunde später betraten zwei mit Dienstausweisen der Bundespolizei bewaffnete Beamten das Polizeirevier, zeigten den Diensthabenden ein Schriftstück und nahmen den schweigenden Mann mit. Fünf Minuten später und zwei Straßen weiter hielten sie an und ließen den Unbekannten kommentarlos aus dem Auto aussteigen. Für die beiden Bundespolizisten war somit ihr Auftrag beendet. Der amerikanische Agent stieg in einen wartenden schwarzen Van und wurde aus der Sicht der Bundesbeamten gefahren.

Jimmy Kaufmann wurde von einem Chirurgen der Bundeswehr operiert und danach wieder in das bewachte Krankenzimmer gebracht. Auch hier stand plötzlich ein Major der Bundeswehr mit zwei Bundespolizisten in der Tür des Krankenzimmers und hielten dem Wachmann eine richterliche Befugnis vor die Nase. Mit einer

Bahre trugen sie Jimmy Kaufmann aus dem Krankenhaus und verluden ihn in einem schwarzen Cadillac-Escalade. Kurz danach war auch Jimmy Kaufmann verschwunden.

Aus Paris reiste John Carter in einem Lear-Jet der CIA an und übernahm persönlich die Befragungen an seinen Freund Jimmy und dem anderen Agenten.

Kai Vollmer wusste nicht, wo er sich verstecken sollte. Doch der erfahrende Ermittler warf sein Handy in die Spree und hob noch einmal 2000 Euro von seinem Konto am Bankautomaten ab. Danach waren die Bewegungen und der Aufenthaltsraum von Vollmer durch keine Behörde mehr zu verfolgen. Der ehemalige Kommissar versteckte sich in der ersten Nacht in einem kleinen Waldstück bei Ravensbrück. Er wollte versuchen am frühen Morgen bei der Angestellten der Gräfin Zuflucht zu bekommen. Morgens um fünf Uhr stand Vollmer in seinem Opel-Omega sitzend vor dem Tor des Anwesens und beobachtete das Haus. Als er ein Licht in einem der Zimmer aufflackern sah, klingelte er und wartete bis er Marthas Stimme durch den Lautsprecher hörte. Vollmer meldete sich und das Tor öffnete sich sofort. Martha noch im Schlafanzug und Morgenrock in der Tür stehend, wartete auf den fast nächtlichen Besucher. Vollmer fuhr vor, kurbelte noch von Hand das Fenster an der Beifahrerseite herunter und fragte Martha, wo er sein Auto ungesehen parken könnte. Annes Angestellte ging voraus und öffnete eine der Garagen. Bevor Vollmer aber seinen Wagen dort verstecken konnte, musste er die zwei Harley-Davidsons noch so an die Wände positionieren, dass sein Omega auch hineinpasste. Danach begleitete er die verblüffte Martha in die Küche und erklärte ihr bei einem Pott Kaffee seine Zwangslage. Natürlich erzählte er ihr nur so viel, wie sie wissen durfte, damit er bei ihr Unterschlupf fand.

Carter war außer sich vor Wut über die Inkompetenz seiner Kollegen. Wie Anfänger haben Jimmy Kaufmann und seine Begleitung sich überrumpeln lassen. Zumindest wusste die Firma jetzt, dass der entlassene Polizist Kai Vollmer privat weiter den Fall des Grafen verfolgte und zu einer Gefahr geworden ist. Carter gab die Order heraus Vollmer so schnell wie möglich aufzuspüren und zum Verhör in eine der Agency-Stationen zu überführen. Der Befehl hatte oberste Priorität und ging an alle Firmenangestellten in Europa. Jimmy Kaufmann und sein Agent wurden noch am selben Abend aus Berlin nach Paris ausgeflogen und dort mit Papieren für den Weiterflug über New York nach Virginia ausgestattet. Humpelnd und mit schmerzverzerrtem Gesicht musste Kaufmann die lange Reise über sich ergehen lassen. Den deutschen Behörden ist er und sein Kumpan so aus den Händen genommen worden. John Carter dirigierte den Fall des Grafen von Paris aus und delegierte die Agenten der Firma durch ganz Europa. Das letzte Lebenszeichen Vollmers war die Abbuchung der 2000 Euro an einem Bankautomaten in Berlin. Vollmers Wohnung wurde von einem Agenten der Firma bewacht und vorsichtshalber noch verwanzt. Noch einmal würde der pensionierte Kommissar ihm nicht durch die Lappen gehen, schwor sich John Carter.

Louis Bernard saß einige Tage später im Café auf der Rue Neuve Popincourt. Er wartete auf seine Verabredung mit Anne. Beide wollten gemeinsam das Musee National Picasso-Paris besuchen. Er beobachtete an diesem sonnig milden Nachmittag zwei Amseln beim Balzen in den nahestehenden Bäumen und war in seinen Gedanken vertieft. Seit seiner Party vor einigen Wochen, waren die Deutsche und er ein Paar. Frisch verliebt klopfte sein Herz immer etwas fester, wenn er an Anne dachte. Er sah sie nicht kommen und erschrak ein wenig, als sie ihn mit ihrem deutschen Akzent aus seinen Träumereien holte. Anne setzte sich an den kleinen Bistrotisch und bestellte einen Latte Macchiato. Sie hielt dem lächelnden Kommandanten einen Brief vor die Nase und erklärte ihm, dass sie eine Assistenzarztstelle in der Abteilung für Molekularmedizin der Charité in Berlin bekommen hat. Louis lächelnde Gesichtsmuskeln fielen von einem auf den anderen Moment zusammen. Das hieße ja, sie würde Paris verlassen und in Berlin sesshaft werden, waren seine ersten Gedanken. Anne konnte seine Gedanken erkennen und lud Louis ein, sie bei ihrem Umzug zu begleiten. Einige Wochen Urlaub würden ihn guttun und Berlin ist im Sommer immer eine Reise wert, versuchte sie es ihm schmackhaft zu reden. Die Enttäuschung saß bei dem charmanten Franzosen tief und er schluckte den sich im Hals gebildeten Klos herunter. Anne war die Frau seines Lebens und nun sollte er sie schon wieder nach so kurzer Zeit verlieren, fragte er sich selbst. Er wollte das Museum nicht mehr besuchen und stattdessen stellte er Anne die Frage, wie es mit ihnen beiden weitergehen soll. Die frischgewordene Doktorin der Medizin wusste es auch nicht, doch erst einmal wollte sie so viel Zeit wie möglich mit Louis verbringen. Sie nahm ihren rechten Fuß aus dem Flip-Flop und streichelte mit ihren nackten Fuß das rechte Bein ihres Freundes. Louis sah den weißen Fuß mit den rotlackierten Zehnägel auf seinem Bein hoch und runterwandern und wurde liebeshungrig abgelenkt. Anne hatte das blonde Haar hochgesteckt und betonte so ihre hohen Wangenknochen. Louis fand sie mal wieder umwerfend und machte ihr französische Komplimente. Anne errötete dabei etwas und machte sich so für ihn noch hübscher. Louis ließ sich die Rechnung bringen und zusammen verließen die beiden händchenhaltend das Café. Als das Pärchen nach einer kurzen Taxifahrt vor der Wohnungstür von Annes Appartement standen, wurde plötzlich die Tür aufgerissen und zwei Männer mit Kapuzen über dem Gesicht stürmten aus der Wohnung. Dabei rempelten sie die schlüsselsuchende Anne so an, dass sie auf den nicht mehr reagierenden Louis fiel. Diese Aktion versetzte die beiden Eindringlinge in die Lage vor dem französischen Polizisten zu fliehen. Louis wollte im ersten Moment hinterherjagen, doch die Vernunft siegte, denn wer sagte ihm, dass die Wohnung und somit Anne jetzt sicher wären. Als seine Freundin das Apartment betreten wollte, hielt er sie zurück und rief seine Kollegen von der Spurensicherung an. Anne konnte es nicht fassen, dass ihre Wohnung schon wieder Opfer einer Durchsuchung irgendwelcher Eindringlinge geworden war. Die Unordnung, die die Täter hinterließen, war erheblich und Anne kamen die Tränen. Der Inhalt aller ihre Schränke lag auf den Zimmerböden verteilt. Die Schubladen, Schranktüren und Regalbretter wurden demontiert und auf den Fußboden geworfen. Die Matratze ihres Bettes und die Polster ihres Sofas lagen zerschnitten auf ihre durchsuchte Kleidung. Sogar die Unterwäsche wurde von den Einbrechern überprüft. Anne konnte sich keinen Reim daraus machen, was die Verbrecher suchten. Sie wusste nur eins, sie wollte jetzt nicht mehr in diesem Apartment wohnen. Nachdem die Spurensicherung gegangen war, fing Anne an, ihre Sachen in ihren Koffern und Taschen zu verstauen. Louis Half ihr bei dem Einräumen ihrer Kleidung. Für ihm war jetzt klar, dass der erste

Einbruch kein Zufall von normalen Kleinkriminellen, sondern mit der jetzigen Durchsuchung zu tun hatte. Er wollte den Fall persönlich untersuchen und dem ganzen auf den Grund gehen. Als alle Koffer und Taschen gepackt waren, bestellten die beiden ein Taxi und fuhren in das Apartment von Louis. Hier beratschlagten Anne und Louis über die nahe Zukunft und ihre weitere Beziehung. Am Ende holte die Aufregung und die Müdigkeit die beiden ein und eng zusammengeschlungen schliefen sie ein.

Seit fast drei Wochen versteckte sich Kai Vollmer bei Martha in dem Anwesen der Gräfin. Martha, endlich mal, nach so vielen Jahren wieder, in einer Wohngemeinschaft mit einem Mann, genoss das Zusammenleben mit dem pensionierten Kommissar. Sie kümmerte sich weiter um das Haus. Sie putzte, nachdem die Restaurationsarbeiten beendet waren, ein Raum nach dem anderen und schaffte so wieder Ordnung in dem Anwesen der Gräfin. Sie kochte für sich und Vollmer und zusammen saßen sie abends zusammen. An diesem Abend holte Martha einen guten alten Galatrona Merlot Val d`Arno di Sopra aus dem Keller der Gräfin. Mit diesem Rotwein kreierte der Inhaber Luca Sanjust sein neustes Meisterstück. Rubinrot schlummert das edle Gesöff in der Flasche und wartet geöffnet zu werden. Im Bouquet schwarze Beeren, feine Holzwürze und etwas Leder. Die extremen Fruchtaromen gleiten dem Genießer am Gaumen entlang in die Tiefe, bis sie von den Geschmackzellen aufgefangen werden und in einen langen und finessenreichen Abgang übergehen. Der Preis des guten Italieners übertraf das monatliche Einkommen Marthas, doch sie voll der Liebe zu dem ehemaligen Kommissar, wollte ihm etwas Gutes tun. Vollmer war sich bewusst, was Martha ihm da ins Glas einschenkte und sah sie fragend an. Martha schüttelte den Kopf und sagte nur, dass der tote Graf den Wein nicht vermissen wird. So unterhielten sich die beiden bei einem guten Merlot und aßen dabei das zubereitete Bruschetta Brot. Der Wein zeigte seine Wirkung und die Stimmung der beiden wurde lockerer. Vollmer schaute immer sehnsüchtiger zu Martha und fixierte sie. Die Frau ihm gegenüber war nicht schlank, aber auch nicht übermäßig dick. Mollig schien der richtige Ausdruck zu sein. Ihr Busen war üppig und schien aus der weißen Bluse herausquollen zu wollen. Ihr dunkelbraunes Haar war auf dem Kopf zu einem Dutt zusammengesteckt und ihren schwarzen Dienstrock trug sie über den Knien. Dazu schwarze

Nylonstrümpfe und flache schwarze Pumps. Tagein und tagaus war dieses Outfit Marthas Dienstkleidung. Mehrerer dieser Blusen und Röcke hingen fein säuberlich gebügelt in ihrem Schrank. Die Frau hielt ihr ganzes Leben Ordnung und opferte bisher loyal ihr Leben für die Grafenfamilie. Mit dem Stibitzen des Merlots übertrat die Angestellte zum ersten Male ihre Befugnisse. Ihre Wangen wurden nach dem zweiten Glas rot und sie lachte jetzt immer öfter. Dabei senkte und hob sich ihr Brustkorb und die Brüste bewegten sich mit. Vollmer bekam Geschmack nach dieser ihm gegenübersitzenden Frau und schüttete den Rest der Flasche aufgeteilt in beide Gläser ein. Martha fühlte sich zu Vollmer hingezogen und machte ihm den Hof. Sie nippte an ihrem Glas und entschuldigte sich kurz. Im Badezimmer schaute sie in den Spiegel und machte sich etwas zurecht. Sie gurgelte mit Mundwasser für frischen Atem, knöpfte ihre Bluse einen weiteren Knopf auf und begutachtete sich erneut. Sie sah die weiße Spitze ihres prallgefüllten BH´s aus der Bluse hervorgucken und war zufrieden. Bevor sie das Bad verließ, schlüpfte sie aus ihrem Baumwollslip und deponierte diesen in dem Wäschekorb. Danach betrat sie lächelnd die Küche und setzte sich zu Vollmer. Der untergetauchte Ex-Polizist konnte seine Augen nicht mehr von dem Brustansatz Marthas nehmen und wurde sexuell angeregt. Der Plan der Küchenfrau schien aufzugehen. Martha bewegte ihre Oberschenkel ein wenig weiter auseinander und fühlte eine leichte Kühle an ihrer nackten Vagina. Dieses Gefühl stimulierte sie und Martha bemerkte ein leichtes Kribbeln im Unterleib. Sie reichte Vollmer das letzte Stück von dem Tomaten-Knoblauch-Brot und ließ ihn aus ihrer Hand abbeißen. Dabei berührten seine Lippen ihre Finger. Nachdem das Stück Brot verschwunden war, leckte sich Martha die Finger ab und sah dabei die größer werdende Wölbung in Vollmers Jeanshose. Sie rückte mit ihrem Stuhl ganz nah an ihm heran und streichelte ihm den linken

70

Oberschenkel. Kai Vollmer dachte seine Hose würde jeden Moment zerreißen und seinen steifen Freund in die Freiheit entlassen.

Martha streichelte ihm den Schenkel und ihre rechte Hand berührte dabei immer öfter sein eingepacktes Geschlechtsteil. Mit der linken Hand knöpfte sie einen weiteren Knopf ihre Bluse auf und ihre Busenoberseite war jetzt ganz zu sehen. Vollmer konnte sich nicht mehr zurückhalten, beugte sich herüber und steckte Martha seine Zunge in den Mund. Das war der Startschuss für beide, alle bisherige Zurückhaltung aufzugeben und ihren Sehnsüchten freien Lauf zu lassen. Während Vollmer sie küssend den Busen durch ihre Bluse und den BH massierte, öffnete sie ihm die Hose und zog sie dem erregten Vollmer bis unter die Knie. Mit den Händen spielte sie an seinem Glied und er stöhnte lustvoll auf. Ohne Hemmungen zog er ihr die Bluse und den BH aus. Löste den Dutt und ihr Haar fiel über ihre Schultern. Er sah die harten Knospen ihrer Brustwarzen und saugte sich an diesen abwechselnd mit dem Mund fest. Jetzt stöhnte auch Martha und spürte die Feuchtigkeit in ihrem Schritt. Sie setzte sich auf seinen Schoss und ließ seinen steifen Penis in sich eindringen. Während er ihre Brüste massierte, an ihnen saugte und leicht daran knabberte, ritt sie ihm immer heftiger. Beide Liebenden hatten schon Jahre keinen sexuellen Beischlaf mehr genossen und kamen darum nach nur ein paar Bewegungen zum Höhepunkt. Als Vollmer aufstöhnte und Martha merkte, wie sein Saft in ihr lief, nahm sie ihre eigenen Finger zu Hilfe und rieb bei den letzten Reiterbewegungen an ihrer kleinen Knospe zwischen ihren Beinen. Es dauerte nicht lang und auch sie kam zu ihrem Orgasmus. Vollmer rang nach Atem und Martha blieb erschöpft auf ihm sitzen, sah ihn an und küsste Vollmer voller Leidenschaft.

Der ICE fuhr in den Hauptbahnhof der deutschen Hauptstadt ein und pünktlich öffneten sich die Zugtüren. Anne wartete schon vor der Einfahrt des Zuges in den Bahnhof an der Tür zum Ausstieg. Hinter ihr standen zwei schwere Koffer und um die Schulter hatte sie eine Reisetasche hängen. Der Rest ihrer Kleidung wartete auf ihre Abholung in Louis Apartment. Sie hatte deswegen auch einen Grund, so schnell wie möglich wieder nach Paris zu reisen und Louis in die Arme zu fallen. Ein Fahrgast hinter ihr half ihr die Koffer auf den Bahnsteig zu tragen und Anne dankte ihm für seine Hilfe. Mit einem rollenden Kofferwagen bewegte sich die Gräfin zu den Taxis und ließ den Fahrer ihr Gepäck verstauen. Bei der Fahrt im Fond des Taxis fielen ihr die Augen zu und der Fahrer weckte sie, als sie in Ravensbrück einfuhren. Anne dirigierte das Taxi zu ihrem Haus, gab am Tor den Code ein und stieg vor dem Portal des Anwesens aus. Der Fahrer half ihr bei den Gepäckstücken und bedankte sich noch für das großzügige Trinkgeld, bevor er davonfuhr. Als das Taxi die Durchfahrt passierte, schloss Anne das große Tor indem sie den Tordrücker im Foyer an der Tür betätigte. Da der Abend schon weit fortgeschritten war, drang von außen kein Licht durch die Fenster ins Innere des Hauses und alles schien dunkel und verlassen zu sein. Ann schlich durch die Dunkelheit in die Küche und sah trotz der schlechten Sicht Martha sich anziehen. Neben ihrer Angestellten zog sich ein kahlköpfiger Herr gerade sein Oberteil über. Anne knipste das Licht an und erkannte Kommissar Vollmer wieder. Die Gräfin fragte nichts, setzte sich an dem Küchentisch und wartete auf die Begründung ihrer Angestellten und die des Polizisten. Martha peinlich berührt stotterte vor sich hin und Anne verstand nichts von dem Geprassel. Sie schaute Vollmer an und verlangte von ihm eine Begründung seines Tuns in ihrem Haus. Während Martha Kaffee aufsetzte, erklärte Vollmer Anne die Situation. Es dauerte eine ganze Weile und die Zeit verstrich, bis der Kommissar a.D. seinen

72

Vortrag beendete. Anne war hungrig und bestellte bei Martha eine Kleinigkeit zum Essen. Kurz danach stellte die Küchenfrau ihr einen Teller mit Rührei und Speck auf den Tisch. Anne verschlang die dargebotene Speise und verabschiedete sich für die Nacht von Martha. Sie ließ sich das Gepäck von Vollmer auf ihr früheres jetzt frisch renoviertes Zimmer tragen und verschob die weitere Unterhaltung auf morgen früh. Auf dem Bett liegend dachte sie über das Gesagte von Vollmer und den Einbrüchen in Paris nach und kam zu dem Entschluss, dass es einen Zusammenhang geben müsse.

In Paris klingelte im Büro von Luis Bernard das Telefon. Nach dem dritten Läuten nahm der Kommandant den Hörer ab und meldete sich mit Namen und Dienstrang. Eine Stunde später stand Louis vor dem Eingang der Polizeipräfektur in der Rue de la Cite. Im Büro des Directeur General de la Police Nationale wartete der Chef der Pariser Polizei schon auf den Helden von Paris. Mit im Büro saß der amerikanische Botschafter und begrüßte Louis Bernard mit festem Händedruck. Nachdem sich Louis unwohl setzte, befahl der Direktor ihm den Einbruchsfall in Sachen seiner deutschen Freundin ohne Aufklärung abzuschließen und die Akte zu schließen. Um ihm für seine Unterstützung den Fall abzuschließen zu danken, ernannte der Direktor Louis zum Commandant divisionnaire fonctionnel de Police. Auch hier lag der Abschlussbericht zur Unterschrift bereit vor. Louis unterschrieb und verließ zum Vergnügen des Direktors und des Amerikaners das Büro. Wieder in seinem Büro tippte Louis sein Passwort in den Computer und wollte die Akte um Anne noch einmal einsehen. Doch es gab keine Akte mehr. Auch die Aktennummer existierte im System nicht mehr. Den Fall der Einbrüche wurde also von allerhöchster Stelle für immer gelöscht. Louis konnte es nicht glauben, was hier gespielt wurde und er haderte mit sich selbst. Er klopfte bei dem Commissaire de Police an dessen Bürotür an und beantragte 4 Wochen seines noch ausstehenden Urlaubes. Fuhr nach Hause, packte einen Koffer und buchte online ein Ticket mit der Air France vom Airport Charles de Gaulle nach Schönefeld in Berlin. Spät am Nachmittag saß er im Taxi und war auf dem Weg zu seiner geliebten Anne.

Anne wachte der ersten Nacht als Gräfin in ihrem Haus auf. Die Nacht war mal wieder viel zu kurz und sie stieg noch immer Schlaf wünschend aus dem weichen Bett aus. Im Slip und T-Shirt marschierte sie barfuß die Treppen zu Martha in die Küche herab.

Die Küchenangestellte war schon auf den Beinen und hatte das Frühstück und den Kaffee vorbereitet. Martha war immer zuverlässig und loyal gegenüber der Grafenfamilie, deshalb wollte Anne ihr auch wegen ihrer kleinen Privatparty gestern Abend nicht böse sein. Als Anne die Küche betrat schaute Vollmer sie mit offenem Mund an. Ihr fast durchsichtiges T-Shirt zeigte mehr als es verdeckte und die Brustwarzen der Gräfin zeichneten sich von dem Oberteil ab. Anne sah den Liebhaber Marthas sie angaffen und bedeckte ihre Brüste mit den Armen. Während des Frühstücks erklärte sie den beiden am Tisch sitzenden Personen ihr zukünftiges Vorhaben. Sie wollte dem pensionierten Polizisten die Chance geben sich seinen versteckten Aufenthalt in ihrem Hause zu verdienen und bot ihm den Hausmeisterposten und das Zimmer des Butlers als Alternative an. Marthas Gesicht hellte sich nach dem Vorschlag Annes sichtlich auf und auf eine schnelle Antwort wartend blickte sie zu Kai Vollmer. Mit der Angst, das wohlgehütete Versteck verlassen zu müssen, sagte der Kommissar zu. Ab nun war er für die Gräfin und für Martha der Hausmeister Kai. Vollmer bezog das alte Zimmer des Butlers und richtete sich ein wenig ein. Nachdem Anne das Badezimmer verlassen und sich angezogen hat hielt sie sich in der Bibliothek auf. Von dem Brandschaden war nichts mehr zu sehen. Neue Schränke und Regale zierten die neu renovierten Wände. Anne öffnete den Tresor und danach die zweite Tür des versteckten Safes. Den ganzen Tag, bis spät in den Nachmittag studierte sie die darin abgelegten Unterlagen ihres Vaters. Als sie durstig zu dem auf dem Schreibtisch stehenden Glas Wasser griff, fiel ihr der abgelegte USB-Stick aus dem hinteren Safe auf. Indem Moment als sie ihren Laptop hochfuhr, um die Daten des Speichersticks zu öffnen, klopfte es an der Tür und Martha trat herein. Sie sagte, dass am Tor vor dem Anwesen ein Mann mit französischem Akzent um Einlass bat. Irgendjemand namens Louis oder ähnlich. Kaum hatte Martha den Namen Louis ausgesprochen, vergaß Anne den USB-Stick und ihren Laptop, sprang auf und öffnete im Foyer das Durchfahrttor. Louis stieg staunend aus dem Taxi und war von dem Anwesen sprachlos begeistert. Anne rannte auf ihm zu und sprang ihm in die Arme. Kai schnappte sich den Koffer und trug diesen ins Haus. Anne und Louis folgten ihm. Der Franzose wusste gar nicht wohin er zuerst schauen sollte und fragte Anne, ob dies die Residenz eines Königs sei. Anne lachte über seinen Kommentar und führte ihn durch das Haus. In der Küche stellte sie Martha Louis vor und bestellte für den frühen Abend einen kleinen Imbiss für sich und ihren Gast. Als sie in der nur noch halb voll mit Büchern gefüllten Bibliothek Platz nahmen, berichtete Louis ihr von seiner Beförderung und wie diese zustande kam. Anne war geschockt und überlegte kurz, worin sie da reingeraten war. Sie hatte absolut keine Ahnung, warum ihr Vater und sein Butler sterben mussten, warum Vollmer seinen Job verlor und von den Amerikanern verfolgt wird. Sie packte den Schreibtisch leer und legte alles wieder in den kleinen Safe. Als sie ihr Notebook zusammenklappte, fiel ihr der noch steckende USB-Stick auf. Sie zog ihn ab und platzierte ihn auch in dem kleinen Geldschrank. Louis schaute ihr dabei zu und lächelte sie glücklich an. Nach dem Essen in dem extra hergerichteten Speisesaal verabschiedete das frisch verliebte Paar sich von Martha und begaben sich in Annes Zimmer in der ersten Etage. Louis stand als erster unter der Dusche und Anne wartete ungeduldig auf ihn. Louis genoss wohl das warme Wasser auf seiner Haut, denn Anne verlor die Geduld, zog sich aus und schlich ins Badezimmer. Sie öffnete die Glastür der Duschkabine und umarmte ihren eingeseiften Liebhaber. Der Franzose spürte Annes Hände an seinem Brustkorb streicheln und drehte sich zu ihr um. Dabei stieß er mit seinem erregten Glied an Annes Bauch. Sie umfasste den steifen Penis und seifte in kräftig ein. Louis schaute zu ihr herunter und streichelte ihre Brüste. Ihre Brustwarzen wurden fest und erreichten eine riesige Länge. Louis küsste ihren Hals und spürte das warme Wasser über seinen und ihren Körper laufen. Anne packte seine Pobacken und zog ihn ganz an sich. Sein Knüppel lag jetzt ausgestreckt zwischen ihren Schenkeln unter ihrer Scham. Anne rieb sich daran und nach kurzer Zeit drang er fast von allein in ihre feuchte Muschi ein. Mit überkreuzten Beinen hinter seinem Lendenbereich liebten sie sich im Stehen in der Dusche, während das Wasser weiter auf ihnen herabprasselte. glücklich und abgetrocknet schliefen beide danach in Annes Bett ein.

John Carter war verzweifelt. Jeder seiner Leute in Europa recherchierte nach Kai Vollmer, doch niemand hatte bisher auch nur die geringste Spur. Der letzte Hinweis war vier Wochen alt und zeigte ein Foto, wie Vollmer mit einer Kappe auf dem Kopf versucht sein Gesicht vor der Kamera über dem Bankautomat zu verbergen. 2000 Euro müssen doch auch irgendwann zu Ende gehen, fragte sich Carter. Keine Verkehrskamera, kein Blitzgerät, keine Bezahlung mit seiner Geldkarte, einfach nichts. Der pensionierte Kommissar scheint sich in Luft aufgelöst zu haben oder war nicht mehr unter den Lebenden. Aber eine Leiche, die auf die Beschreibung von Vollmer passen würde, wurde nicht gefunden. Der Agent in Paris rekonstruierte die letzten Schritte Vollmers und versuchte ihn so auf die Spur zu kommen. Jetzt verfluchte er, den Kommissar in den Ruhestand geschickt zu haben. Als Polizist wäre er und sein Handeln für die Firma einsichtbar gewesen. Warum nur war Jimmy Kaufmann, als erfahrender Observator wie ein Amateur von dem deutschen Beamten überrumpelt worden, dachte Carter noch, als er seine Gedanken auf den toten Reporter Martin Kerber lenkte. Er las die Übersetzung über die beiden Artikel, die Kerber im Fall des

Grafen veröffentlichte und wusste nicht, warum und woher der Reporter seine Informationen hatte. Auch der Journallist brachte ihn nicht weiter. Carter überlegte und schrieb sich die Namen aller Beteiligten auf ein Blatt Papier auf. Als erstes stand mit einem blauen Kugelschreiber auf weißem Papier geschrieben, der Name Annes auf seiner Liste. Sie soll eine Liebesbeziehung zu dem französischen Beamten der Police National Louis Bernard haben. Mit ihr im Haus wohnt die Angestellte Martha, die ihr im Kindesalter als Ersatzmutter diente. Er gab alle diese Namen in seiner Suchsoftware ein und bekam nur wenige Informationen. Trotzdem spukte der Bildschirm Louis Bernards Flug von Paris nach Berlin aus und bekam die Aufmerksamkeit des Agenten. Einen Rückflug des Kommandanten der Pariser Polizei gab es nicht und Carter griff zum Telefon. Fünf Minuten später hatte er die Information, dass Bernard seinen Urlaub bei Anne in Brandenburg verbringen würde und in vier Wochen zurückerwartet wurde. John Carter griff erneut zum Telefon und beorderte ein Observationsteam zum Anwesen der Gräfin und zu der Charité in Berlin. Einige Stunden später lagen zwei Mitarbeiter der Firma getarnt in den Büschen des Waldes vor dem Tor der Gräfin und beobachteten mit Ferngläsern das Haus und die Umgebung. Louis wollte Anne am Morgen mit dem AMG Mercedes nach Berlin zu ihrer neuen Arztstelle in die Charité fahren. Die Sonne war noch nicht aufgegangen und die Dunkelheit hüllte die Umgebung noch ein als Louis den AMG durch das Tor auf die Privatstraße durch den Wald steuerte. Die Scheinwerfer des über 400 PS starken Autos leuchteten bei der Ausfahrt in den Wald hinein und ganz kurz reflektierte der Feldstecher eines der Agenten das Licht der Scheinwerfer. Wie ein kurzer Blitz leuchtete die Reflektion auf und wurde von Louis erkannt. Er erzählte während der Fahrt Anne von seiner Beobachtung und vermutete observiert zu werden. Er rechnet bei der Observation auch damit, dass die

78

Telefone heimlich illegal abgehört werden. Er brachte Anne nur noch zum Bahnhof nach Fürstenberg und die Doktorin nahm den Zug nach Berlin. Der Kommandant lenkte den Sportwagen danach sofort zum Anwesen der Gräfin zurück, gab den Tor Code ein und parkte nach der Durchfahrt das Auto am Eingang des Hauses. Ohne das Licht im Haus anzuknipsen schritt er in die Küche und rief Martha und Kai zu sich. Er zog die Vorhänge an den beiden Fenstern zu und hielt den Finger auf die Lippen als die beiden in die Küche traten. Auf einem Blatt Papier, schrieb er seine Befürchtungen der Observation für die beiden Ahnungslosen auf. Auf gar keinen Fall dürfte Kai sich vor dem Haus oder an den Fenstern blicken lassen. Auch das Sprechen sollte von ihm oder zu ihm eingestellt werden. Auch beim Telefonieren sollte genaustens überlegt werden, welche Worte sie beim Gespräch wählen. Die beiden in den Büschen liegenden Agenten wurden durchgefroren von einem anderen Team abgelöst und fuhren zum Rapport in die mobile Station ein paar Kilometer weiter versteckt im Wald. Der schwarze Kleintransporter war mit der neusten Abhörtechnik ausgestattet und überwachte die Telefone und Handys der im Anwesen befindlichen Personen. Nur Kai Vollmer hatte zum Glück kein mobiles Handy und konnte so nicht geortet und abgehört werden. Die Einsatzleitung wollte das Haus verwanzen und musste einen Mitarbeiter auf das Anwesen schicken.

Auf Plum Island haben sich zum Tode verurteilte Straftäter freiwillig bereiterklärt sich mit dem Virus impfen zu lassen. Ihr Preis war der Tod oder die Freiheit. Die Forscher probten an den menschlichen Probanden und erhofften so, dass Gegenmittel schnell zu finden. Die mit Viren kontaminierten Kriminellen starben schneller als sie nachkamen und wurden auf Plum Island verbrannt und eingeäschert. Bis der Proband Nr.107 die schweren Symptome überlebte. Aus seinem Blut wurden die gefundenen Antikörper herausgetrennt und im Labor nachgezüchtet. Als die Forscher genügend Antikörper hergestellt hatten, injizierten sie diese an weitere Kriminelle. Von Proband Nr.108 bis Nr.124 überlebten durch die Impfung des Gegenmittels, bis auf Nr. 112 alle anderen Versuchspersonen. Die zweite Versuchsreihe konnte gestartet werden. Die Wissenschaftler impften den Antivirus drei Tage bevor sie das tödliche SARS-Co-Vx in die Probanden injizierten. Der Erfolg war mit 88 % beachtlich. Das Krematorium auf Plum Island lief wie in der Nazizeit in Ausschwitz-Birkenau auf Hochtouren, denn keiner der überlebenden Probanden durfte die Insel vor den Toren New Yorks lebend verlassen. Es war an der Zeit das Virus in die Welt zu lassen. Deshalb produzierten die beteiligten Pharmaunternehmen jetzt auch außerhalb von Plum Island unter strengster Geheimhaltung in ihren Produktionslaboratorien die Antikörperseren für eine Impfung von mehr als eine Milliarden Menschen.

Die Regierung in Brasiliens Hauptstadt Brasilia beschloss unter enormen Druck ihres Präsidenten als erstes Land des Kontinents die Einkindpolitik. Paare die mehr als ein Kind in die Welt setzten, wurden mit enormen Steuern beaufschlagt, die sie meist in den finanziellen Ruin führen würden. Obwohl die Mächtigen und Regierenden wussten, dass die arme Bevölkerung dann ihre

Neugeborenen töten und illegal entsorgen werden, verabschiedeten sie das Gesetz. Zwei Wochen später zog Indien mit dem gleichen Gesetz nach. Das Militär und die Polizei hatten daraufhin in dem südamerikanischen Staat alle Hände voll zu tun, um einen Massenaufstand unter der protestierenden Bevölkerung zu kontrollieren. Die erst friedlichen Demonstrationen gingen in Gewalt über und das Militär erschoss die randalierenden Demonstranten. Der Regierungssitz wurde schützend von einer Panzerbrigade des Militärs umstellt. Auch in Indien blieben die Proteste nicht gewaltfrei und in dem Land mit der zweithöchsten Bevölkerungszahl der Welt zögerte auch hier das Militär nicht lange, um den Aufstand niederzuschlagen. In beiden Ländern herrschten bürgerkriegsähnliche Zustände und der Notstand wurde dort ausgerufen. Die Nachrichtensender überstürzten sich mit den Reportagen, doch der Rest der Welt schaute nur zu. Im Gegenteil, der amerikanische Präsident unterstützte das Vorgehen dieser beiden Länder und erklärte in einem offiziellen Statement, dass in Ländern mit einer Überbevölkerung und den knappen Wasserreserven eine andere Politik nicht mehr möglich sei und regte andere Länder an, dem brasilianischen Vorgehen zu folgen. Die Welt war im Wandel und die großen Industrienationen, sowie ihre Unternehmen bangten um ihre Macht. Es setzten Flüchtlingsströme in Südamerika in Richtung der vereinigten Staaten ein. William Smith wiederum unterstützte den Grenzschutz an der mexikanischen Grenze mit Elitetruppen der Marines. Auf gar keinen Fall wollte er illegale Grenzübertritte dulden.

Anne saß auf ihrer Nachtschicht in dem Ärztezimmer der Charité und beobachtete mit Besorgnis all diese Ereignisse in einer Berichtsreportage der Hauptnachrichten im Fernsehen. Sie hatte 48 Stundendienst und war nach der Hälfte der Arbeitszeit ausgelaugt und müde. Während die Doktorin in Berlin ihrer Arbeit nachging, war Louis Bernard wieder im Polizeidienst in Paris. Martha führte den Haushalt und bestellte die zu erledigten Einkäufe bei dem örtlichen Lieferdienst. Vollmer blieb die ganze Zeit im Haus und ihm fiel langsam die Zimmerdecke auf dem Kopf. Er wusste nicht, wer ihn beobachtet oder, ob er überhaupt noch observiert wird. Aber er wollte auch kein Risiko eingehen und riss sich zusammen. Mit einer Wärmebildkamera filmten die getarnten Agenten das Haus der Gräfin und stellten fest, dass sich dort eine zusätzliche, bisher ungesehene Person befindet. Mit dem abgehörten Gespräch von Martha und dem Lieferdienst, sahen die Agenten ihre Chance unerkannt auf das Grundstück des Anwesens zu gelangen. In Absprache mit den deutschen Behörden und deren Gespräch mit dem Lieferanten, saß dann bei der Lieferung ein Mitarbeiter der Firma als Beifahrer mit im hinteren nicht einsehbaren Teil des Lieferwagens. Als er mit dem Lieferanten das bestellte Zeug in die Küche trug, nutzte er die Möglichkeit und versteckte ein Abhörgerät im Schirmständer des Foyers. Eine weitere Wanze platzierte er unter dem Küchentisch als er sich von Martha unbeobachtet fühlte. Die unbekannte Person entzog sich allerdings seinem Blick. Vollmer schaute aus seinem Zimmer durchs Schlüsselloch und sah einen der Lieferanten am Küchentisch fummeln. Zur Vorsicht hatte er seine Beretta in die rechte Hand genommen und legte diese wieder in die Schublade seines Nachttischchens als die Lieferanten das Anwesen verließen. Kai öffnete vorsichtig die Zimmertür und trat in die Küche zu Martha, blieb wortlos und zeigte auf den großen Esstisch. Er untersuchte die Stelle, an die der Lieferant Hand angelegt hatte und

82

fand die Wanze unter der Tischplatte aufgeklebt. Immer noch schweigsam zeigte er Martha das elektronische Abhörgerät. Er notierte eine Bemerkung in großen Buchstaben auf einem Blatt Papier und klebte dieses von außen an die Küchentür. So konnte jede Person im Foyer beim Betreten der Küche lesen, dass sie abgehört wurden. Vollmer drückte auf dem Knopf für das digitale Radio und stellte einen Rockmusiksender ein. Dabei drehte er die Lautstärke ein wenig über dem normalen Maß hoch und flüsterte Martha genauste Verhaltensweisen ins Ohr. Sie selbst sollte ihn nicht mehr mit seinen Namen, sondern mit Otto ansprechen. Vollmer erhoffte sich so noch ein wenig länger vor den Amerikanern verstecken zu können. Auch sollte Martha niemanden mehr ins Haus und die zukünftigen Lieferungen vor der Haustür abstellen lassen.

Als Anne am nächsten Abend nach Hause kam, staunte sie nicht schlecht, als sie erfuhr was gestern hier vorgefallen war. Sie war empört und wütend. Überlegte lang, warum sie im Visier der Behörden geraten ist. Vollmer, der sich jetzt Otto riefen ließ, ging davon aus, dass alle elektronischen Kommunikationsgeräte in diesem Haus, wie die Computer, Handys und das Telefon abgehört werden. Jedes Gespräch und jede Eingabe auf der Tastatur bekamen die Spitzel mit. Er warnte Anne und Martha vor jedem Gespräch, die gesprochenen Sätze genaustens abzuschätzen und nicht einfach unüberlegt loszureden.

Die Agenten in dem Kontrolltransporter suchten am Computer bisher ohne Ergebnis nach dem sich im Hause aufhaltenden Otto. Weder der alte Graf noch seine Tochter haben einen Otto auf ihre Gehaltsliste eingetragen. John Carter wurde ungeduldig und wollte einen schnellen Bericht über diesen Otto. Die Berliner Agenten entschieden sich noch einmal auf das Anwesen zu schleichen und irgendwie ein Foto von der unbekannten Person zu machen. Mittlerweile hatten sie die Kennwörter oder besser die Kennzahlen für das Einfahrtstor und für die Alarmanlage des Hauses. Die beiden angebrachten Wanzen im Haus funktionierten zwar einwandfrei, brachten bisher aber keine wirklich neuen Erkenntnisse. In der Nacht kletterten zwei schwarz gekleidete Personen so über die Mauer des Anwesens, dass sie den Kontakt der ersten Alarmanlage nicht berührten. Sie schlichen über das Anwesen und bewegten sich vorsichtig um die Lichtschranken der Beleuchtung und kamen im Dunkeln unerkannt an die Gebäudemauer des Anbaus. Sie klebten an dem linken Küchenfenster eine winzige funkübertragende Kamera auf. An den beiden hinteren Fenstern waren die Rollos abgelassen und so konnten dort keine Kameras montiert werden und das Badezimmerfenster hatte ein undurchsichtige Milchverglasung im Fenster. Die Agenten installierten dafür noch am rechten Küchenfenster ein weiteres Mikrophon. Mit der Hoffnung nun mehr Informationen zu bekommen, verließen die schwarz gekleideten Personen das Grundstück der Gräfin genauso, wie sie hergekommen waren.

Mit einem unguten Gefühl wachte Vollmer an diesem Morgen auf. Sein siebter Sinn klopfte bei ihm an und warnte ihn. Vollmer wusste nur nicht vor welcher Vorahnung er von seinem Inneren gewarnt wurde. Das ungute Gefühl nahm auch beim Frühstück nicht ab, da konnte Martha ihn noch so viel anlächeln, wie sie wollte. Gesprochen wurde an diesem Morgen auch nicht, nur die Musik lief wieder aus dem Radio etwas lauter als normal. Anne betrat die Küche kurz nach dem Hausmeister und schlürfte ihren Kaffee im Stehen herunter. Sie ließ sich das Frühstückbrötchen von Martha in die Bibliothek bringen und studierte erneut die Unterlagen ihres

Vaters. Nur im Slip und Trägershirt bekleidet, die Beine im Schneidersitz zusammengefaltet, saß sie auf dem schweren Ledersessel am Schreibtisch der Bibliothek. Seit ungefähr 200 Jahren steht das antike Stück hier im Raum und die Generationen vor Anne wickelten über diesen Mahagoni-Schreibtisch schon ihre Geschäfte ab. Der Tresor stand offen als Martha mit dem Brötchen hereinkam, den Teller abstellte und nach weiteren Aufgaben fragte. Anne schüttelte den Kopf und Martha verließ den Raum. Anne hatte nie wirklich gewusst, woraus der finanzielle Reichtum ihrer Familie bestand. Jetzt sah sie dies alles in den Unterlagen ihres Vaters. In den Depots mehrerer Banken lagen haufenweise Aktienpakete. In Brandenburg gehörten der Grafenfamilie viele Grundstücke, Forste und landwirtschaftliche Flächen, die verpachtet waren. Ein Gestüt mit edlen Pferden gehörte genauso dazu, wie der Fuhrpark ihres Vaters. In mehreren Immobilien hatte der Graf investiert und nun durfte Anne alles ihres nennen. Es gab mehrere Konten in Lichtenstein, der Schweiz, Luxemburg und den Cayman Inseln auf denen Geld in vielen Währungen jedes Jahr einen Haufen an Zinsen abwarf. In Deutschland hatte der Graf seine offiziellen Geschäftskonten und diese nutzte Anne bisher. Im kleinen Safe fand sie einen ganzen Packen an Kreditkarten aller üblichen Kreditkarteninstitute. Sie steckte sich zwei Karten ein und studierte den in den Unterlagen versteckt hinterlegten Code der Geldkarten. Sie beschäftigte sich stundenlang mit dem Inhalt des Safes und schaute erst auf die Uhr, als ihr Magen vor Hunger laut knurrte. Es war spät am Nachmittag und Anne ging so wie sie heute Morgen aufgestanden war in die Küche, um Martha wegen einer kleinen Mahlzeit zu bitten. Die Küche war verwaist und das Radio lief. Als sie an der Tür zu Marthas Zimmer stand, hörte sie das Gestöhne sich zweier Liebenden. Kai, ihr Hausmeister und die Küchenfrau trieben es gerade. Anne wollte nicht stören und füllte sich selbst einen Teller mit kleinen Snacks aus dem Kühlschrank. Als sie an den zugezogenen Fenstern vorbei ging, zog sie den Vorhang etwas zur Seite und schaute kurz aus dem Fenster nach draußen. Die Sonne versteckte sich hinter den Wolken und lud nicht wirklich zu einem Spaziergang ein. Anne schob den Vorhang wieder zu und arbeitete weiter in der Bibliothek. Das Fenster der Küche war jetzt einen spaltbreit nicht mehr von dem Vorhang verschlossen und die Techniker der Firma in ihrem Kleintransporter sahen zum ersten Mal einen Teil der Küche. Das Licht war zwar schlecht, aber erkennen ließ sich trotzdem etwas. Als Martha dann das Licht einschaltete und mit den Vorbereitungen für das Abendessen begann, erkannten die Spitzel in dem Van die Küchenfrau ganz deutlich. Sie hatten nur einen Blickbereich von etwa zwei Metern, doch Martha lief oft genug in ihrem Blickwinkel hin und her. Als Martha dann die Kartoffeln an der Spüle direkt vor der Kamera schälte, sahen die Überwacher plötzlich zwei Hände von hinten kommend der Frau an die Brüste packen. Wessen Hände dies waren, konnten die Agenten zunächst nicht erkennen. Marthas Busen wurde massiert und sie schien freudig vor Wollust. Jeder im Kleintransporter sah die beiden dicken Brüste aus ihren BH gucken, während die Brustwarzen durch die Massage immer härter wurden. Vollmer schob ihren Rock etwas hoch und rieb sich an Marthas Hintern. Jetzt erst schaute er über ihre Schulter und sein Gesicht wurde von der Kamera groß auf dem Bildschirm der Agenten übertragen. Eine Minute später hatte in Paris John Carter das Foto von Kai Vollmer auf seinem Desktop und bestätigte die Identität des pensionierten Kommissars. Endlich nach so langer Zeit hatten sie ihn entdeckt. Er selbst wollte in Brandenburg dabei sein, wenn die Mitarbeiter der Firma Vollmer kidnappten und in eine der Stationen brachten. Der erste Flug der Lufthansa am nächsten Morgen, brachte den Ermittlungschef der Firma von Paris nach Berlin. Carter stellte eine Einsatztruppe für den Einbruch in das Grafenhaus zusammen und arbeitete mit den vorhandenen Informationen einen Plan zur Entführung Vollmers aus. Sie wollten in der nächsten Nacht, wenn Anne wieder Dienst in der Charité hatte zugreifen.

In der Zwischenzeit lief die Herstellung des Impfstoffes auf höchster Produktion und die Pharmaunternehmen gaben ihren Auftraggebern grünes Licht die angestrebte Anzahl an Seren in einem Jahr zu erreichen. In Davos in den Schweizer Alpen trafen sich die Regierungsoberhäupter der mächtigsten Industrienationen zu ihrem üblichen Wirtschaftsforum. Diese Gelegenheit nutzte Billy the Kid aus, um heimlich mit seinen Mitstreitern die Strategie und den Zeitpunkt des biologischen Attentats zu bestimmen. Einlass zu dem geheimen Treffen hatten nur Mitglieder der Justitia-Loge. Die Eintrittskarte im Kellergeschoß einer Burg in der Nähe von Davos im Karton Graubünden war der Siegelring der Logenmitglieder. Ein privatfinanzierter Wachdienst überprüfte bewaffnet jeden der dort nach Einlass fragte. Obwohl der Kreis der Mitwisser so klein wie möglich gehalten werden sollte, warteten in dem Raum mehr als hundert Mitglieder der Loge. Minister, Adlige und Unternehmensbosse aus ganz Europa und Nordamerika warteten auf die Ansage des amerikanischen Präsidenten. William Smith liebte große Auftritte und genoss sein Eintritt zu seinen Logenfreunden unter deren Beifall sichtlich. Er hob am Rednerpult die Arme und ließ sich feiern, bevor er mit seiner Ansprache startete. Nach einer dreiviertel Stunde beendete er seinen Vortrag unter noch lauteren Jubel als bei seinem Antritt. Danach löste sich das Treffen langsam auf und alle Mitglieder verschwanden wieder unerkannt aus der Schweiz.

Anne räumte am frühen Abend ihre Urkunden und Unterlagen in den hinteren Safe. Dabei fiel ihr Blick auf den schon vergessenen USB-Stick. Sie nahm ihn heraus und behielt ihn in der Hand. Sie schloss die Tür des Safes so, dass er nicht mehr erkannt werden konnte, packte die herausgenommenen Dinge wieder in den großen Tresor und verriegelte auch diese Tür. Danach benutzte sie die Treppe und begab sich in ihrem Zimmer. Den USB-Stick noch immer in ihrer Hand haltend, zog sie sich aus und verstaute den Speicherstick in der Hosentasche ihrer Jeans. Eine Minute später ließ sie sich das warme Wasser der Dusche über den Körper laufen. Sie dachte an Louis und seifte sich mit einer Duschcreme ein. Sie streichelte das schäumende Gel auf ihrer Haut und rieb sich damit ein. Ihre Hände massierten dabei ihre Brüste und Anne dachte an die vielen Liebesakte mit ihrem Franzosen. Ohne es vorher gewollt zu haben, erregte der Gedanke an die Zeit mit Louis und das Berühren ihres eigenen Körpers sie so sehr, dass sie selbst an ihrer Klitoris spielte. Die Duschcreme schon längst abgewaschen lief ihr das Wasser aus dem Duschkopf über den Rücken. Anne saß erregt mit ihrem Po in der Duschtasse und hatte die Beine hoch ausgestreckt an der Glastür lehnen. Ihre Finger spielten automatisch an ihr herum und brachten ihren Unterleib zum Zucken. Ihr Orgasmus kam schnell und heftig. Sie spürte das Sekret, aus ihr über die Finger laufen und blieb einen Augenblick der Entspannung in der Stellung liegen. Als Martha sie zum Essen rief, war die Gräfin wieder angezogen und frisch geföhnt.

Der AMG fuhr mit fast 250 km/h über die A10 bei Berlin. Es war früh am Morgen und der Berufsverkehr hatte noch nicht begonnen. In dem Parkhaus der Angestellten stellte Anne ihr Auto ab und begann ihren Dienst in der Charité etwas früher als erwartet. 24 Stunden sollten heute für sie eine lange Zeit werden. In der molekularmedizinischen Abteilung hatte Anne anstrengende Stunden vor sich, um die Themen für die Studenten in den Fächern zusammenzustellen. Im Gegensatz zum auf die Tätigkeit als Arzt ausgerichteten Medizinstudium, werden Fächer wie Biochemie, Physiologie, Pharmakologie, Immunologie, Genetik, Mikro-, Entwicklungs- und Neurobiologie gelehrt. Ab den späten Nachmittag hat sie dann Bereitschaftsdienst in der Notaufnahme der Charité. Als Assistentin des Professors vertrat sie ihm bei dessen Abwesenheit im Hörsaal. An diesem Morgen leitete sie den Vortrag vor den Studenten zum ersten Male und war ein wenig nervös. Während einer solchen aufgeregten Phase, fasste sie in ihre Hosentasche der Jeans und fühlte den Speicherstick. Sie nahm sich vor in den Abendstunden in ihrer freien Zeit den Stick an ihrem Computer anzuschließen und zu sehen, was ihr verstorbener Vater ihr darauf hinterlassen hat.

Das Einsatzkommando unter der Führung von John Carter stand um Mitternacht für ihren Einsatz bereit. Online hakten die Techniker der Firma die Alarmanlagen des Anwesens für die Dauer des Einsatzes. Das Licht im Haus wurde vor zwei Stunden ausgeschaltet und Carter ging davon aus, dass Martha und Vollmer tief und fest schliefen. Das geübte Einsatzkommando hatte keine Probleme ins Haus zu gelangen und die schwarz gekleideten Männer orientierten sich mit Hilfe ihrer Infrarotbrillen. Sie versuchten keine Geräusche zu hinterlassen, trotzdem stolperte einer von ihnen über einen gespannten Draht und die daran befestigten Konservendosen rappelten. Vollmer schrak auf, griff in die Schublade des Nachttischschränkchens und holte die zwei an sich gebrachten SIG`s heraus. Als sich die Türklinke langsam nach unten bewegte, rollte sich Vollmer aus dem Bett und sah die Tür langsam aufgehen. Als er die Silhouette eines Mannes im Türrahmen stehen sah, schoss er dem Einbrecher in den Hals und zerfetzte seinen Kehlkopf. Der amerikanische Agent fiel auf den Boden und röchelte vor sich hin. Der sterbende Einbrecher lag jetzt in der Tür von Vollmers Zimmer und versperrte den Weg. Die übrigen Einsatzkräfte konnten ihren Kameraden nicht aus dem Weg räumen, ohne in die Schussbahn des auf der Lauer liegenden ehemaligen Polizisten zu geraten. Martha wurde von dem Schuss geweckt und wollte nachsehen was passiert war. Dabei lief sie den Einbrechern direkt in die Arme. Einer der in schwarz gekleideten Männern benutzte sie als Schutzschild und stellte sich vor der Zimmertür zu Vollmer auf. Geschützt durch den Körper Marthas warf er eine Rauchgranate in den vor ihm liegenden Raum. Vollmer sah nichts mehr und hustete den eingeatmeten Rauch wieder aus. Die mit Atemschutzmasken und Infrarotbrillen ausgestatteten Männer des Einsatzkommandos waren ihm gegenüber jetzt im Vorteil und konnten Vollmer überwältigen. Während der ganzen Aktion schrie Martha wie verrückt und wehrte sich gegen die Männer. Mit einem gezielten Schlag auf den Kopf, sackte die Küchenfrau dann ohnmächtig zusammen. Beide wurden Kabelbinder angelegt und mit einem in Chloroform getränkten Lappen geknebelt. Beide schliefen narkotisiert die ganze Zeit, bis sie von John Carter im Verhörraum der Agency einzeln geweckt wurden. Vollmer öffnete die Augen. Ein kleiner Mann schien in seinem Kopf mit einem Hammer gegen seine Schädelwand zu hämmern. Ihm war übel und er übergab sich auf dem Stuhl sitzend vor Carter. Vollmers Hände und Beine waren an dem Stuhl angebunden. Seine Hals war ebenfalls so festgebunden, dass wenn er sich bewegen wollte, sich selbst erstickte. Carter sah ihn durch eine über den Kopf gezogene Einsatzmaske, die sein Gesicht verhüllte, an und nickte einen Companion an. Mit einem ein Zoll breiten und einen Meter langen Metallrohr schlug der Begleiter Carters seinem Opfer das Rohr vor die Kniescheibe. Vollmer blieb die Luft weg, vor seinen Augen drehte sich sein Umfeld und der eintretende Schmerz ließ ihn laut aufschreien. Gerade als der zugefügte Schmerz nachzulassen schien, traf das Rohr die gleiche Stelle des Knies. Carters Gefährte wusste was er tat und war ein Spezialist bei Verhören. Er konnte recht große Schmerzen zufügen, ohne das seine Opfer starben. Zumindest nicht während des Verhöres. Mit zerschmettertem rechtem Knie saß Vollmer dort weinend vor Schmerzen und wusste, dieses Knie ist für ewig nicht mehr zu gebrauchen. Sollte er die Tortur hier überstehen, dann nur als Krüppel. Kai Vollmer würde kooperieren, dachte John Carter und stellte seine erste Frage. Bevor Vollmer überhaupt antworten konnte, setzte es wieder einen Hieb auf das lädierte Kniegelenk. Der Schrei, den der Pensionär herausschrie, ließ die Beteiligten kalt. Sie waren nur an seinen Antworten interessiert. Carter blickte zu seinem weinenden Opfer und wartete auf eine Antwort. Um die Überlegungen Vollmers ein wenig zu beschleunigen, ließ er Martha zu sich bringen und auf dem in der Raummitte stehenden Tisch legen. Mit den Füßen und Beinen an den Tischbeinen gefesselt, lag sie dort, wie eine Schildkröte auf ihrem Panzer, während die Sonne langsam den Tod herbeiführt. Vollmer konnte Martha nur aus dem Augenwinkel sehen und antwortete wahrheitsgemäß auf die ihm gestellte Frage. John Carter nickte und sein Folterfreund holte mit dem Metallrohr aus und schlug zwischen die Beine der bewegungslosen Freundin Vollmers. Der Ex-Kommissar schrie auf, als er das Metallrohr zwischen ihren Beinen verschwinden sah. Doch der schlagende Mann war geschickt und traf die Tischkante genau dort, wo das Dreieck Marthas begann. Vollmer war schnell gebrochen und erzählte seinem Gegenüber alles was er über den Fall des Grafen wusste. John Carter war froh Vollmer jetzt für eine lange Zeit beherbergen zu dürfen, denn er erkannte jetzt welche Gefahr von ihm für das Vorhaben der Nachhaltigkeit ausgehen könnte. Nur das die Tochter des Grafen nichts wissen sollte, wollte er doch lieber selbst herausfinden, beschloss er als Agent der Firma.

Erst gegen drei Uhr in der Nacht hatte Anne ihre erste Pause. Aus der Notaufnahme ging sie in das Ärztezimmer des diensthabenden Arztes oder Ärztin und setzte sich an dem Schreibtisch. Fuhr den Rechner hoch und legte den Speicherstick in die USB-Buchse. Es lief eine Aufnahme und Anne musste erst den Lautsprecher des Bildschirms einschalten, um mithören zu können. Sie wusste nicht genau wer dort sprach, doch schien der Redner eine wichtige Person von Macht zu sein, denn seine Ansprache wurde dominant und beherrschend vorgetragen. Anne verstand nicht alles aus dem im englisch vorgetragenen Vortrag. Sie startete die Aufnahme erneut und nahm mit ihrem Diktiergerät einen Teil der Rede soweit auf, bis ihr Diensthandy sie dringend in die Notaufnahme rief. Sie rannte aus dem Zimmer, steckte das Diktiergerät in die Kitteltasche und fand sich bei der Behandlung eines Autounfallpatienten wieder. Als sie den Kopf wieder frei hatte und den Rest er Aufnahme anhören wollte, sah sie beim Betreten des abgeschlossenem Ärztezimmers, dass der Stick nicht mehr in der Buchse des Computers war. Zuerst glaubte sie, dass sie selbst in der Hektik den Speicherstick abgezogen hätte, doch egal wo sie auch suchte, den Stick fand sie nicht wieder. Ihr verlorenes Handy in Paris fiel ihr wieder ein und sie vermutete Parallelen zu dem Stick.

Der Agent, der Anne observierte legte seinem Vorgesetzten John Carter den USB-Stick auf dem Schreibtisch und wartete auf weitere Anweisungen. Carter schickte ihn vor die Tür und schloss den Stick an einem nicht mit dem Internet verbundenen Notebook an. Er tippte den Namen der Überprüfungssoftware ein und sah, dass der

Stick noch nie kopiert wurde. Es sollte also keine weitere Kopie von der Aufnahme geben.

Als Anne die Einfahrt ihres Anwesens durchfuhr und vor dem Portal anhielt, wunderte sie sich, dass Martha ihr nicht wie üblich die Haustür öffnete. Sie gab den Türcode ein und betrat das Haus. Da ihre Haushälterin noch immer fehlte, wollte Anne sie jetzt aus dem Bett mit Vollmer holen. Doch auch er war nicht in seinem, noch in Marthas Zimmer aufzufinden. Anne suchte weiter. Sie rief deren Namen. Sie schaute im ganzen Haus inklusive des Kellers nach ihren beiden Angestellten. In der Garage standen all ihre Autos und Marthas Schrank war noch mit ihrer Kleidung vollgepackt. Kein Zettel mit einem Hinweis, wie, sind im Kino, lag auf dem Tisch oder sonst wo. Ganz langsam beschlich Anne die Angst. Zum ersten Mal in ihrem Leben war sie wirklich allein in diesem großen Haus. Die Wanze unter dem Küchentisch war nicht mehr da und Anne beschlich das Gefühl, die Observierer hätten hier aufgeräumt. Nur wo waren Kai und Martha, stellte Anne sich immer wieder die gleiche Frage. Sie drückte auf ihr Diktiergerät und hörte sich den Teil des Meetings in der Bibliothek noch einmal an, dass sie vorher noch aufgenommen hatte. Danach sprach sie ihre ganzen Informationen und Befürchtungen in das Gerät und verschloss es im hinteren Safe des Tresors. Dann rief sie Louis an und sagte ihm, was hier geschehen ist. Die Einsamkeit in diesem Haus machte sie ängstlich und nervös. Es war Samstag und sie wollte unter Menschen sein. Sie duschte schnell, gelte die nassen Haare streng nach hinten, zog ein schwarz-rotes Korsett an und schlüpfte in ihren kniehohen roten Lackstiefeln. Einen schwarzen Ledermantel übergeworfen und mit überhöhter Geschwindigkeit ging es über die B96 nach Berlin. Als sie die Köpenicker Straße entlangfuhr, sah sie vor dem Kat-Doggy-Club eine lange Menschenschlange am Eingang auf Einlass warten. Sie zückte ihr Handy aus der Tasche und wählte Ahmeds Nummer. Fünf Minuten später wartete der Geschäftsführer persönlich auf seinen Gast und Anne lief in aller Ruhe an der wartenden Menschenschlange vorbei und mit Ahmed im Arm dann durch die Eingangstür.

John Carter wusste durch Annes Telefongespräch mit dem Besitzer des Clubs für besondere Interessen, wo die Gräfin jetzt zu finden war. Der Agent, der ihr folgen sollte, verlor die Doktorin auf der Bundesstraße bei über 200 km/h. Carter machte sich selbst auf den Weg nach Berlin Mitte. Er parkte auf der Alexanderstraße und musste einige Meter zum Club laufen. Er sah die Menschentraube vor dem Eingang und zuckte sein Handy, rief einen Bekannten des BND an und stand eine Zigarettenlänge später auf der Gästeliste des Amüsierclubs. Er entledigte sich seiner Jacke und gab diese und sein Oberhemd an der Garderobe ab. Packte den Bon als Nachweis in die Hosentasche seiner schwarzen Slim fast Jeans und mit nacktem Oberkörper wühlte er sich durch die Menschenmenge. Als Carter die Treppe zum VIP-Bereich erblickte, steuerte er darauf zu als genau im selben Moment Anne seinen Weg kreuzte. Die beiden stießen zusammen und Carter half sofort gentlemanlike Anne wieder auf die Beine. Er entschuldigte sich mehrere Male und lud sie zu einem Getränk ein.

Anne hatte den Blick stur zur Treppe in den vornehmeren Bereich gewidmet, als sie mit einem Mann zusammenstieß und sich auf dem Boden wiederfand. Der Fremde mit starkem französischen, aber auch amerikanischem Akzent half ihr sofort entschuldigend in den Stand zurück. Nachdem er ihr zum dritten Mal ein Angebot machte, mit ihr etwas zu trinken, nahm Anne sein Angebot an und beide suchten sich einen Sitzplatz zwischen den anderen Pärchen. Als der

Fremde aufstand, um die Getränke zu bestellen, sah Anne ihn sich von oben nach unten an. Kurz geschorene Haare im GI-Style. Breite Schulter und eine schlanke Taille. Eine sportliche Brust und die dazugehörenden kräftigen Arme bestätigten das Bild eines Kraftsportlers. Anne dachte noch, wenn er unter der Hose genauso durchtrainiert gebaut ist, bekommt er meinen Respekt, als er wieder mit einer Flasche Aperol im gekühlten Sekteimer und zwei Gläsern vor ihr stand. Carter stellte sich mit seinen Namen John, aus Louisiana vor und lächelte Anne mit seinen weißen Zähnen an. Er füllte beide Gläser und reichte eines Anne herunter. Sie nahm den Aperol entgegen und lächelte zurück. Sie saß auf einer großen Couch und teilte diese mit noch einem Pärchen. Die schwachen Lichter hielten die Räumlichkeit dunkel und erzielten so den gewissen Charme, der von seinen Gästen in solch einen Club erwartet wird. Anne rutschte etwas mehr zu dem anderen mit sich beschäftigten Pärchen hin und schaffte so noch etwas Platz für John auf dem Sofa. Als er das Angebot Annes annahm, setzte er sich aus Versehen, der Enge wegen, auf ein Stück von Annes langen Mantel, den sie noch trug. Der Mantel spannte sich und Anne fühlte sich gefangen. Rechts der nette Amerikaner, der etwas tollpatschig auf ihren Mantel sitzt und links das knutschende Paar. Als John sein Missgeschick bemerkte entschuldigte er sich nochmals und ließ Anne wieder frei, indem er seinen Hintern etwas anhob. Anne lächelte und wollte den schweren Ledermantel der Gestapo von den Schultern nehmen. Sie stand auf und zog den Mantel direkt vor dem Ami aus. Carters Augen waren jetzt genau in einer Höhe mit Annes Becken und als sie den Mantel herunterrutschen ließ, schaute er direkt auf ihrer nackten Scham. Nur mit einem Korsett und den roten Stiefeln bekleidet legte sie ihren Mantel auf die Couch und setzte sich dann darauf. Sie nahm das Glas in die Hand und stieß mit John an. Carter schaute in das Korsett und betrachtete ihren nicht allzu großen Busen. Dann wanderten seine Augen nach unten und er erblickte noch so eben den kurzgeschorenen, aber dichten Haaransatz ihres dunklen Dreiecks. Anne erlöste ihn aus seiner Peinlichkeit, indem sie ihn fragte, ob ihm gefiele was er so begutachtete. Eigentlich brauchte er gar nicht zu antworten. Jeder Gast hier würde an seiner ausgebeulten Jeanshose erkennen, dass ihm die Frau an seiner Linken sehr anzog. Die Gläser wurden geleert und Carter schüttete während einer eigentlich belanglosen Unterhaltung die Gläser wieder voll. Als einer der Kellner vorbeikam, bestellte er eine neue Flasche Aperol. Anne und John wurden mit jedem Schluck etwas lockerer und irgendwann störte es Anne dann nicht mehr, immer von dem anderen Paar bei ihrer Beschäftigung angestoßen zu werden. Anne wunderte sich, dass Johns Hose den von innen kommendem Druck, mit der mittlerweile enormen Wölbung, noch standhielt. Als die zweite Flasche zu Neige ging, erlöste sie den Amerikaner und fasste ihm auf dem Oberschenkel. Sie sah ihn kurz die Augen schließen, bevor er sie wieder anschaute. Annes Hand wanderte den Oberschenkel aufwärts und öffnete die Gürtelschnalle. Der Ami hatte sich äußerlich noch im Griff und versuchte cool rüberzukommen. Anne wusste, dass er sich nicht mehr selbst kontrollieren konnte und knöpfte einen Knopf seiner Jeans nach dem anderen auf. Danach suchte ihre Hand den Weg sein bestes Stück aus seinem Freiheitsentzug zu erlösen. Sein Liebesstab entwickelte sich endlich in der Freiheit angekommen weiter zu seiner völligen Größe. Anne zollte ihm ihren Respekt und massierte das prächtige Stück. John, das erste Mal in einem Club wie dem Kat Doggy, wusste nicht wie ihm geschieht. Erst als Anne ihm die Jeans geöffnet hat, kam er wieder zur Besinnung. Jetzt packte ihn einfach nur das Verlangen nach des Grafen Tochter und er vergaß seinen beruflichen Einsatz. Seine Hände wanderten jetzt zu ihren Schenkeln und er streichelte sie zärtlich. Dabei bemerkte er, wie sie die Beine ein wenig mehr auseinander bewegte. Mit der linken Hand wanderte er weiter Richtung haariges Feuchtgebiet und suchte dort ihren kleinen nach Liebe schreienden Punkt. Einige Minuten später lagen die beiden übereinander in der 69er Stellung. Anne war in der oberen Position und spürte wie seine Zunge zwischen ihren Pobacken den Weg nach unten zu ihrer Vagina suchte. Als er die Klitoris mit seiner tänzelnden Zunge liebkoste, ging ein angenehmes wollüstiges Gefühl durch ihren ganzen Körper. Die Geilheit siegte über die zögerliche Zurückhaltung und Anne nahm seinen riesigen Prügel in den Mund und saugte oder lutschte abwechselnd an ihm. Er hatte einen hengstähnlich großen Schwanz und Anne wusste gar nicht, ob es überhaupt Kondome in dieser Größe gab. Sie sollte es kurz danach erfahren, denn als die Stellung wechselte, streifte er sich ein Gummi aus dünnem Kautschuk über und drang vorsichtig in die unter ihm liegende Frau ein. Ihre Beine lagen weit gespreizt in den roten Stiefeln bekleidet auf seinen Schultern und ihr Becken tanzte zu seiner Freude mit ihm. Als die Bewegungen schneller und tiefer wurden, stützte Anne sich mit ihren Stiefeln auf seinem Brustkorb ab, dabei bohrten sich die spitzen Stiefelabsätze in das Fleisch seiner Brüste. John erregte der dabei empfundene Schmerz noch mehr und seine Stöße wurden hektischer. Anne kam zuerst und stöhnte ihren Höhepunkt laut heraus und sah, dass ihre Couchnachbarn sie und John mit lüsternen Augen beobachteten. Kurz nach ihr kam John zum Orgasmus und schoss sein Ejakulat in das auffangende Kondom. Danach lagen beide nach Luft holend ruhig beisammen und chillten für einige Minuten. Als Anne ihren Kopf zur Seite legte, sah sie das fremde Pärchen es direkt vor ihrem Gesicht treiben. John brachte Anne noch zu ihrem Auto und bestaunte neidisch den AMG SL von Mercedes. Als sie einstieg, gab er ihr eine einfache weiße namenlose Visitenkarte, auf der nur eine

Handynummer stand. Anne schüttelte den Kopf und wollte ihm erklären, dass dieses Spiel im Club für sie etwas Einmaliges war, überlegte es sich aber dann doch anders und nahm die Karte ablegend auf dem Beifahrersitz an.

Als sie zuhause ankam, waren Martha und Kai noch immer nicht da und sie war wirklich über die sonst so loyale Haushälterin, die früher wie eine Muse für sie war, sehr verwundert. Anne legte sich schlafen und wollte den beiden vermissten Angestellten noch bis heute Abend Zeit geben sich zu melden. Doch am Abend stand Anne in der kleinen Polizeidienststelle in Fürstenberg und gab eine Vermisstenanzeige für die beiden auf. Marthas Handy lag übrigens bei ihr im Zimmer neben dem Bett und wer geht heutzutage überhaupt noch ohne sein Handy aus dem Haus, sagte Anne und unterschrieb den Bericht des aufnehmenden Uniformierten.

In Hong Kong in der Tiefgarage eines Hotels, trafen sich der Vermittler Chang Lee, Amerikaner chinesischer Herkunft, mit einem Mann der im Untergrund operierenden Opposition in China. Dieser gab ihm ein Jahr nach dem Meeting im Haus des Grafen einen kleinen metallenen Aluminiumkoffer. Dieser Koffer war optisch von außen allen anderen gleich. Doch in Wirklichkeit, war dieser Koffer nach außen hin luftdicht versiegelt. Nichts konnte in den Koffer hinein oder heraus, ohne dass der Koffer durch einen Code geöffnet wird. Nachdem die Übergabe ohne Probleme vonstattenging, verabschiedete Lee sich und saß eine Stunde später in einer Boing 747 und war auf dem Weg nach San Franzisko. Der chinesische Oppositionsmann öffnete den Koffer und nahm vier der fünf Injektionsampullen an sich. Die rot gefärbte Ampulle legte er wieder in den schützenden Schaumstoff und verschloss den Koffer, der jetzt nicht mehr luftdicht war. Sein Zug, in dem er saß, war auf den Gleisen in die Millionenmetropole Wuhan, in der zentralchinesischen Provinz Hubei. Dort fließen der große Jangtse und Han-Fluss durch die Stadt der Seen. Nach seiner Ankunft dort injizierte der Mann sich auf der Bahnhofstoilette eine der Ampullen und bewahrte die anderen drei fein säuberlich für seine Frau und seinen beiden Töchtern auf. Am nächsten Morgen in der frühsten Zeit, direkt nach der Öffnung des Fischmarktes, spritzte der Oppositionelle unbeobachtet den Inhalt seiner Spritze auf die dort angebotenen Fische. Mit dem ersten Zug nach Hong Kong war der Unbekannte wieder aus Wuhan verschwunden.

Anne wusste nicht, wie sie ihr Wissen über das geheime Treffen erweitern sollte. Sie hörte zwar einen Amerikaner in Englisch reden, aber die Stimme war ihr unbekannt. Sollte sie zur Polizei gehen? Das Verschwinden von Vollmer und Martha hinderten sie daran, denn wenn ein LKA-Polizist einfach so entlassen wird und dann vom Erdboden verschwinden kann, zeigte ihr nur wie mächtig die Leute des Komplotts waren. Ihr Vater musste wegen seines Wissens sterben, dessen war Anne sich jetzt sicher. Sie saß allein in der Bibliothek und weinte zum ersten Male um ihren verstorbenen Vater. Kein Mann war tröstend an ihrer Seite und da auch Martha als Trostspender ausfiel, flüchtete sie unter bitteren Tränen in ihr Bett. Sie brauchte jetzt starke Arme des Trostes, doch Louis war über 1000 Kilometer weit weg und konnte sie nicht in den Arm nehmen. Ihr fiel John ein und der hatte nicht nur starke Arme. Nur im Slip und BH gekleidet öffnete sie die Haustür und lief zu den Garagen. Der SL stand draußen davor und Anne öffnete die Fahrertür, beugte sich zum Beifahrersitz und fasste nach der dort liegenden Visitenkarte. Sie tippte in ihrem Handy die Nummer ein und wartete auf Johns Stimme. Als sie den französischen Akzent hörte, meldete sie sich und erzählte John ihre schreckliche Gemütsverfassung. Der Mann, den sie erst kennengelernt hatte, legte auf und machte sich auf den Weg zu Anne. Die Gräfin selbst beendete das Gespräch und lief barfuß über den Kies zurück zum Haus. Sie rannte die Treppen hinauf, suchte ihr Badezimmer auf, duschte und zog sich eine Bluse über. In dem Moment, als sie in ein Höschen schlüpfen wollte läutete die Glocke im Foyer. Anne sprintete nach unten und öffnete John das Tor. Carter fuhr auf das Anwesen und sah Anne in der Haustür stehen. Er sah ihre weiße Bluse in dem leichten Abendwind an ihrem Körper flattern und als der Wind die Bluse etwas anhob, ihr nacktes Nichts darunter. Er stieg lässig aus seinem Auto und ging lächelnd auf sie zu. Anne

100

erkannte auf einen Blick den maßgeschneiderten Anzug eines italienischen Modedesigners und war von seinem Geschmack begeistert. Als John vor ihr trat ließ sie ihn ins Haus und umarmte ihn für einige Wimpernschläge. So kam Carter dann ganz offiziell in das Haus der Gräfin und wollte die Chance weitere Informationen zu finden nutzen. Eine Stunde nachdem Carter das Haus betrat lag er neben Anne im Bett und goss ihr weiteren Dornenberger aus dem Weinanbaugebiet des Ahrtals nach. An diesem Abend wollte sie nur reden und keinen Beischlaf. John trank den Rotwein und hörte zu, streichelte sie, wenn er das Gefühl hatte, dass es nötig war und hielt sie in seinen Armen festgedrückt als ihr die Tränen kamen. Mit dieser erlernten Taktik gewann er ihr Vertrauen und schmeichelte sich bei ihr ein. Es dauerte auch nicht lang und Anne schlief in seinen Armen ein. Der Agent der Firma wartete, bis sie richtig fest eingeschlafen war, deckte sie zu und schlich sich aus dem Zimmer. Die Flasche Rotwein leerte Anne größtenteils allein und er hoffte deshalb auf einen tiefen Schlaf von ihr. Carter machte von allen Räumen Fotos, so auch aus der Bibliothek und vor allem von dem alten eingemauerten Panzerschrank. Die Spezialisten der Firma würden sich so schnell wie möglich um alles weitere kümmern. Er suchte oberflächlich alles ab, fand aber in dem aufgeräumten Haus nichts Brauchbares. Als er mit seiner Untersuchung fertig war, legte er sich wieder neben Anne und verbrachte die Nacht bei ihr.

Als der Wecker Anne um halb fünf weckte, schreckte sie auf. John lag noch bei ihr und öffnete müde seine Augen. Sie musste um sechs in der Charité ihren Dienst antreten und hatte noch eine gute Stunde Fahrt vor sich. Ohne Frühstück oder Kaffee verließen die beiden in getrennten Autos das Anwesen Richtung Berlin und trennten sich auf der Bundesstraße 96. Carter konnte mit seinem

Auto Annes Sportwagen kein Paroli bieten und verlor sie aus den Augen.

Martha lag wieder über den Tisch gebeugt an den Tischbeinen angebunden und musste die Fragen des Mitarbeiters der Firma beantworten. Kai Vollmer geknebelt und an seinem Stuhl angebunden, musste sich das Schauspiel gezwungenermaßen mit ansehen. John Carter war mit den Aussagen der beiden Gefangenen noch nicht zufrieden und gab seinem Assistenten den Auftrag die Befragungen nach seinem Willen weiterzuführen. Da Vollmer bisher nichts Neues erzählte, nahm der Befrager sich jetzt Martha vor. Sie trug bis jetzt ihr Nachthemd und genau dieses Nachthemd zog der Firmenmitarbeiter ihr jetzt über die Hüften. Den weißen Baumwollslip entfernte er und Marthas blanker Hintern schaute in den Raum. Sie selbst weinte leise, wehrte sich aber nicht. Mit einem dünnen Bambusstock holte er aus und traf die nackten Pobacken der vor ihm gebeugten Frau. Martha schrie laut auf und jammerte im Einklang mit dem Nachlassen des Schmerzes. Vollmer sah den roten Striemen auf Marthas Gesäß. Die Fragen, die ihm gestellt wurden, beantwortete er wahrheitsgemäß, doch der Kerl mit dem Stock in der Hand schien nicht zufrieden zu sein. Der zweite Hieb saß genau so wie der erste und auf dem Hintern seines Opfers lief langsam eine kleine Spur ihres Blutes in Richtung Fußboden. Martha weinte, schrie und schluchzte gleichzeitig. Egal wie oft und fest der sadistische Folterer noch zuschlagen würde, Vollmer hatte alles gesagt, was er wusste. John Carters Mann war erfahrend in Befragungen dieser Art und wusste, mehr war aus dem Mann nicht herauszuholen und er ließ ihn von zwei Mitarbeitern in einem gefängnisähnlichen Raum einsperren. Er war jetzt mit dem weiblichen Opfer allein und schaltete im Nebenraum die Kamera hinter dem durchsichtigen Spiegel aus. Der Agent kehrte zu Martha zurück und setzte die Befragung fort. Die Frau war aber ahnungslos und naiv. Sie wusste nichts, was Vollmer nicht schon verraten hatte und der Assistent Carters wurde um seinen Spaß gebracht. Er fasste Marthas dicke Pobacke an und massierte diese feste durch, bevor er ihr von hinten in den Schritt packte. Martha zuckte so weit hoch, wie sie es angebunden konnte und erschrak erneut. Auf dem Bauch und der Brust liegend, die Füße auf dem Boden stehend konnte sie jetzt nur erahnen, wie es weitergehen würde. Genau in dem Moment als Martha sich auf die Vergewaltigung einstellte öffnete John Carter die Tür und beendete das Verhör. Auch Martha wurde in einem Gefängnisraum eingesperrt und durfte dort erst einmal warten, bis irgendjemand das ganze Treiben hier beenden würde.

Zwei Wochen waren seit dem Verschwinden von Annes Haushälterin und ihrem Hausmeister vergangen und es gab keine weiteren Informationen über ihren Aufenthaltsort durch die Polizei. Anne klappte ihr Notebook auf und recherchierte nach einem privaten Detektiv. Joe Dexter, der Name klang wie aus einem Hollywoodfilm, machte mit seiner Onlineanzeige beste Werbung für sich und seine Arbeit. Anne wählte seine Nummer und nach dem zwanzigsten Läuten nahm er mit forschem Ton ab. Anne meldete sich als die Gräfin, die sie auch war und Dexters Ton wurde sanfter. Er saß an seinem Schreibtisch und zeigte seiner unter der Tischplatte hockenden Sekretärin, dass sie ihre Aktivität zwischen seinen Beinen für einen Moment unterbrechen sollte. Sein großer Freund wurde ganz schnell klein und er am Telefon lammfromm. Die Gräfin bestellte ihn zu ihrem Anwesen und legte auf. Nach wochenlanger Auftragsabstinenz endlich wieder die Arbeit aufnehmen und mit dem Lohn zumindest einen Teil der ausstehenden Rechnungen bezahlen zu können, hellte Joe Dexters Laune auf. Als seine blonde, noch immer unter dem Schreibtisch hockende Assistentin sich aus der Position verabschieden wollte, legte Dexter ihr seine Hände über den Kopf und ließ sie dort weitermachen, wo das klingelnde Telefon sie unterbrochen hatte.

Anne öffnete das Tor und sah den bestellten Detektiv mit seinem grauen Peugeot 206 auf das Haus zufahren. Die Karre ist ja mehr als zwanzig Jahre alt dachte Anne noch als der Schnüffler lächelnd ausstieg. Mit ausgestreckter Hand ging er auf seine Auftragsgeberin zu und schüttelte ihr sich vorstellend die Hand. Anne führte ihn ins Haus und beide setzten sich an dem Küchentisch in Marthas Reich. Sie klärte Dexter über das Verschwinden der beiden auf. Über die Aufnahme des Treffens sagte sie nichts, nur über den Tod ihres Vaters und des Butlers klärte sie ihn auf. Dexters Instinkte waren geweckt und er fühlte, dass die ihm gegenübersitzende Frau nicht alles gesagt und irgendetwas ausgelassen hat. Er machte sich Notizen und schrieb einen Betrag auf ein Blatt seines Abreißblockes. Das kleine Blatt riss er ab und reichte es Anne herüber. Seine Entlohnung inklusive der Spesen beliefen sich auf 500 Euro am Tag, dass las Anne von dem Zettel ab und nickte ihm zu. Dexter benötigte eine Anzahlung für die ersten beiden Tage und danach sollte Anne die Beträge der ihr zugestellten Rechnungen einfach überweisen. Der Detektiv ließ sich von Anne die Zimmer der beiden Vermissten zeigen und stellte dabei seine Fragen. Er schrieb alles auf seinem Block und hatte viele Informationen zu verarbeiten. Joe Dexter war nicht immer privater Ermittler gewesen. In den Zeiten des kalten Krieges arbeitete er als junger unerfahrener Mann für die Firma. Bei seinem ersten Einsatz 1990 starb durch seine Schuld ein Überläufer des KGB und Joe Dexter wurde in seinem Einsatzgebiet West-Berlins vor die Tür gesetzt. Um seine damalige Frau und seine beiden deutschen Töchter zu ernähren, eröffnete er mit dem Fall der Mauer die Detektei. Am Anfang hagelte es Aufträge. Dexter Auftraggeber waren meist Ostdeutsche, die wissen wollten, was in ihrer Stasiakte stand. Doch mit den Jahren wurden die Aufträge weniger, er älter und seine Frau die Ex-Frau. Seine Kinder studierten und gingen eigene Wege. Er blieb in seiner Wahlheimat Berlin und schnüffelte für seine Kunden weiter. Vor seinem Auto telefonierte er mit seiner Assistentin und sprach ihr jede Menge über den Computer herauszufilternde Informationen zu. Danach stieg er in seinem alten französischen Auto und fuhr von dem Anwesen seiner Auftraggeberin.

Als Anne am anderen Tag in ihrer ersten Pause nachts in der Charité die Nachrichten eines öffentlichen Senders im Fernsehen verfolgte, berichtete die Sendung von einem bisher unbekannten Virus, der in der chinesischen Großstadt Wuhan zum Ausbruch kam. Es gab schon mehrere Tote unter der Bevölkerung und die Behörden stellten die ganze Millionenmetropole unter Quarantäne. Niemand durfte Wuhan verlassen und keine Personen nach dort einreisen. Menschen mit grippeähnlichen Symptomen wurden von der örtlichen Polizei und dem Militär in ihren Wohnungen eingesperrt. Die Behörden ließen sogar die Türen und Fenster der betroffenen Einwohner zunageln. Mit Unterstützung der Franzosen errichteten die Chinesen Jahre zuvor vor der Stadt ein Virenlabor und die Reporter waren der Überzeugung, der Virus sei versehentlich aus dem Labor in die Umwelt gelangt. Die chinesischen Behörden dementierten diese Vermutungen und machten den Fischmarkt für den Ausbruch verantwortlich.

Eine Sondersendung berichtete nach den Nachrichten über die tödliche Gefährlichkeit des Erregers. Der Virus wurde als SARS-Co-Vx von den Virologen benannt und bei den üblichen Interviews als für die westliche Welt ungefährlich eingestuft. Die amerikanischen regierungsnahen Sender berichteten dagegen, dass aus dem Virenlabor in Wuhan der Virus in die Umwelt gelangte. Sogar William Smith gab in einer Erklärung im Presseraum des Weißen Hauses die Vermutung ab, dass der Wuhan-Virus aus dem Viren-Labor der Chinesen stammen könnte. Die restlichen Berichterstatter aus den Industrieländern nahmen das Statement des amerikanischen Präsidenten auf, vergaßen aber in ihren Artikeln, dass es nur eine Vermutung der Amerikaner war. Am nächsten Tag stand in der Blitz die Titelüberschrift, dass in China aus einem Labor, eine tödliche Seuche ausgebrochen ist. Der Artikel beschrieb die biologische Kriegsführung und das Experimentieren des chinesischen Militärs mit biologischen Waffen in dem Labor bei Wuhan. Mit solcher Berichterstattung wurde die Öffentlichkeit belogen und die Chinesen als Schuldige an den Pranger gestellt. Der Plan der Loge Justitia mit ihrem Anführer William Smith schien aufzugehen.

Anne fiel es wie Schuppen von den Augen. Die gestohlene Aufnahme ihres Vaters enthält genau den Inhalt, über den jetzt alle Nachrichtensender der Welt berichteten. Sie steckte sich die Ohrhörer in die Ohren und spielte die kopierte Aufnahme des Diktiergerätes noch einmal ab. Sie wiederholte dies drei Mal und war dann sicher, die Stimme, die sie hörte, ist die gleiche Stimme wie bei der Presseerklärung des Weißen Hauses. Sie gehörte dem amerikanischen Präsidenten William Smith. Jetzt erkannte Anne plötzlich alle Zusammenhänge. Ihr gestohlenes Handy, der Tod ihres Vaters, das Verschwinden von Martha und Vollmer, die Wanze unter dem Küchentisch, all dies hatte mit dem Plan zu tun, das Virus auf die Menschheit loszulassen. Anne verzweifelte und rief Louis in Paris an. Auf seiner abhörsicheren Dienstleitung bat sie ihm, das Gespräch aufzunehmen und spielte ihm den Teil des Vortrags vor, den sie aufgenommen hatte. Louis hörte sich danach ihre Sorgen an und versuchte sie mit dem Versprechen, der Sache nachzugehen, zu beruhigen. Ein Notfall unterbrach ihr Gespräch mit Louis und lenkte sie kurz von der neuen Kenntnis ab.

Eine Minute nachdem Anne aufgelegt hatte, hörte sich John Carter in seinem Büro das Telefongespräch zwischen Anne und Louis Bernard an. Woher stammte die Aufnahme des Treffens der Loge, wenn der USB-Stick nicht kopiert wurde? Er hatte die Situation unterschätzt und musste sofort wieder nach Berlin zurück. Vorher aber musste das Problem hier in Paris gelöst werden und Carter tippte auf die Handynummer des französischen Premiers. Er erklärte dem angerufenen Zuhörer die Dringlichkeit seines Anrufes und legte wieder auf. Das Telefon des Direktors der Direction Generale de la Securite Interieure, dem französischen Inlandgeheimdienstes klingelte und er nahm persönlich ab, hörte zu und versprach dem Anrufer sich persönlich um das Problem zu kümmern.

Joe Dexters Assistentin saß bei seinem Eintritt im Büro hinter ihrem Schreibtisch, die Füße mit gespreizten Beinen lagen auf der Tischplatte, ihr Rumpf so vorgebeugt, dass ihr hereinkommender Chef ihr Brüste sehen konnte und lackierte sich die Zehnägel mit rotem Nagellack. Sie unterbrach das Lackieren ihrer Zehnägel, ohne ihre Stellung zu ändern und zeigte auf einen von ihren neuangelegten Ordnern. Dexter schnappte sich die Mappe und verschwand im Büro. Er studierte noch die Ausdrucke seiner Assistentin und bemerkte gar nicht wie schnell der Abend den Tag ablöste, als die Tür seines Büros geöffnet wurde und die mit dem Lackieren ihrer Füße fertige Blondine Anne ankündigte. Die Gräfin schien verzweifelt und war völlig aufgelöst. Sie setzte sich ihm gegenüber und spielte ihm die Aufnahme vor. Dexter hörte zu und konnte nicht glauben was er da hörte. Ein internationaler, globalgesponnener Komplott in dem der mächtigste Mann der Welt einen biologischen Krieg aus dem Hintergrund anzettelte. Dexter erkannte die Gefahr in der Anne und nun auch er und alle die davon wussten steckten. Die Strippenzieher dieses Komplotts wollten mehrere Milliarden Menschen töten und würden vor dem Ermorden einiger Mitwisser sicher nicht zurückschrecken. Er warnte seine Klientin davor ihr Anwesen und ihren Arbeitsplatz aufzusuchen. Auch die Kreditkarten durfte sie nicht benutzen. Sie sollte auch keine öffentlichen Plätze wie Bahnhöfe oder Flughäfen besuchen, denn alles würde überwacht werden. Anne sollte heute Abend noch so viel Bargeld abholen, wie sie konnte und sich dann verstecken. Dexter hatte dann noch den Plan den Vortrag des Diktiergerätes erneut aufzunehmen und diese Aufnahme zu verstecken. Mit Anne fuhr er durch Berlin Mitte zum Bahnhof Zoo, schloss die Kassette des analogen Aufnahmegerät aus den Achtzigern des letzten Jahrhunderts ein und steckte den Schlüssel in seine Hosentasche. Anne stand dabei am Bankautomat und holte den Maximalbetrag ihrer beiden Kreditkarten ab. Mit 10000 Euro in der Tasche verließ Anne mit Dexter den Bahnhof und fuhr mit dem AMG Mercedes die Autobahn A3 Richtung Helmstedt an der früheren Zonengrenze. Kurz vor dem Überfahren der Landesgrenze von Sachsen-Anhalt zu Niedersachsen hielten sie am Magdeburger Hauptbahnhof an und legten den Schließfachschlüssel vom Bahnhof Zoo in einem weiteren Schließfach. Wieder steckte Dexter den Schlüssel weg und die im Auto wartende Anne nahm mit ihm die Fahrt wieder auf. Dieses Vorgehen wiederholten sie noch in Hannover, in Dortmund, Köln und Luxemburg. So wollte Dexter die Spur zu seiner Lebensversicherung verwischen und den Verfolgern das Finden der Aufnahme erschweren. Anne tankte noch günstig in dem Großherzogtum und fuhr mit Dexter auf der französischen Autobahn A34 Paris entgegen. Kurz vor Paris hörten sie in den Nachrichten im französischen Radio über den Tod des Helden von Paris. Louis Bernard sei bei einem Raubüberfall im Rotlichtviertel Pigalle, von einem Drogenabhängigen erstochen worden. Der Mörder wiederum sei auf seiner Flucht vor der Polizei ebenfalls getötet worden. Mit einer Vollbremsung fuhr Anne von der Überholspur auf die fast schon vorbeigezogene Ausfahrt eines Rastplatzes, hielt den Wagen an, stürmte auf die Wiese mit seinen Rastbänken und Tischen und schrie weinend ihren Frust in den wolkenbehangenen Himmel. Ihr Plan sich bei Louis in Paris zu verstecken löste sich jetzt in Luft auf. Dexter blieb im Auto sitzen und beobachtete Anne wie sie schreiend mit den Füßen auf die Wiese hin und her sprang. Als sie nach einigen Minuten wieder auf dem Fahrersitz Platz nahm, sagte Dexter nichts. Anne kannte eine abgelegene mietbare Hütte in der Nähe von Albertville im Parc Naturel Regional du Massif des Bauges. Die Hütte lag auf einem Bergplateau und war nur durch einen kleinen schmalen Pfad zu Fuß erreichbar. Sie kannte den Vermieter und wollte ihn in Albertville aufsuchen.

Dexter bat Anne an der nächsten Tankstelle anzuhalten, nahm ihr das Handy ab, zog seines aus der Hosentasche und deponierte sie auf der Ladefläche eines Trucks mit litauischem Kennzeichen. Im Shop der Tankstelle erwarb er ein neues Billighandy mit einer Prepaid Karte und kaufte etwas zu Essen und Trinken ein. In der Zwischenzeit tankte Anne und Dexter bezahlte die Rechnung. Auf der A6 fuhren sie dann aus Paris heraus in Richtung des ehemaligen olympischen Wintersportortes.

Dexter hoffte darauf, dass seine Assistentin so schlau war, seinen Rat beherzigte und Unterschlupf bei einer Bekannten außerhalb Berlins suchte und fand. Ihr Handy bat er im Büro zu lassen und gab ihr den Vorschuss der Gräfin als Barreserve mit auf dem Weg. Auf gar keinen Fall sollte sie ihr Handy benutzen noch ihn oder ihre Eltern kontaktieren.

Der Wuhan-Virus fiel erst in den südeuropäischen Ländern auf unseren Kontinent ein. Viel zu langsam und träge arbeiteten die europäischen Behörden und der Virus eroberte ein Land nach dem anderen. Am schlimmsten erwischte es die unvorbereitete Bevölkerung in Italien und in Spanien. Wie die Fliegen starben die Menschen und die Regierenden schauten angeblich machtlos zu. Viel zu spät wurden Quarantänevorschriften erstellt, um die Bevölkerung zu schützen. Danach traf es die Amerikaner. New York zählte die höchsten Todeszahlen weltweit. Trotzdem verharmloste der U.S.-Präsident das Virus in seinen öffentlichen Statements. In Deutschland landeten weiter die Flugzeuge aus China und auch dort wurde nicht rechtzeitig von der Führung gehandelt, um den Virus einzudämmen. Die Nachrichtensender zeigten Bilder von Toten auf den Straßen der norditalienischen Städte. In New York waren die Leichenhäuser überfüllt und die durch das Wuhan-Virus gestorbenen Menschen wurden in den Kühltransportern der Trucks zwischengelagert. Zuerst befiel der Virus nur die Alten und Kranken, doch mit der Zeit traf es auch die jüngere Bevölkerung, die vorher noch uneingeschränkt ihre Partys feiern durften. Erst als einzusehen war, dass der Wuhan-Virus sich auf alle Länder der Welt verteilt hatte und die Todeszahlen enorm anstiegen, wurde die Quarantäne ausgerufen. Es dauerte Monate, bis die Todesrate zurück ging. Obwohl Virologen das Virus mit der Spanischen Grippe, die vor hundert Jahren fast 50 Millionen Opfer forderte, verglichen, hoben die regierenden Politiker die Quarantäneverordnungen wieder auf. Einige Wochen danach brach der Erreger wieder über den Planeten aus und dieses Mal gab es noch mehr Todesopfer als davor. Die Regierenden versprachen uns einen Impfstoff so schnell wie möglich in Aussicht zu stellen, doch trotz aller Bemühungen gelang es keinem Forscherteam das Virus zu Fall zu bringen. Die Wirtschaft der westlichen Welt, immer nur auf Produktionserhöhung und

112

Wachstum ausgerichtet, stand in einer nie dagewesenen Rezession. Zuerst traf es die kleinsten Firmen, wie das Handwerk oder die Reisebranche. Danach folgten die mittelständischen und zuallerletzt, die Großunternehmen. Eine Pleite nach der anderen folgte und die Menschen gerieten in die Arbeitslosigkeit. Es gab Unternehmensinsolvenzen und Privatinsolvenzen. Der globalfinanzielle Kollaps überschwemmte die Kontinente. Irgendwann traf es sogar die Staaten, die ihren finanziellen Abkommen nicht mehr nachkommen konnten. Um dem ganzen noch die Krone aufzusetzen, erklärte William Smith den Chinesen den Wirtschaftskrieg. China konterte und erlaubte keine amerikanischen Importe mehr ins eigene Land zu lassen. Die Börsen auf der ganzen Welt stürzten ins Bodenlose und es wurde etwa 90% des eingesetzten Kapitals der Anleger verbrannt. In Afrika hungerten die Menschen noch mehr als normal und eine Flüchtlingskolonne von mehreren 100 Millionen Afrikanern machte sich über den Balkan auf in die westeuropäischen Staaten. Anfangs duldeten die Regierenden die illegalen Grenzübertritte, trotz großer Proteste der eigenen Bürger, doch die Verbreitung des Virus und das extreme Ansteigen der Kriminalität zwangen Europa dann den Ansturm der Flüchtlinge mit Zäunen und bewaffnetem Grenzpersonal zu stoppen. Die Inflation stieg in den Himmel und es kam auf der ganzen Welt zu Plünderungen. Die Polizei und das Militär gingen mit Waffengewalt gegen die Plünderer und Randalierer vor und jetzt forderte nicht nur das Wuhan-Virus seine Opfer, sondern auch die Kugeln aus den Pistolen und Gewehren der Einsatzkräfte. Die Krankenhäuser sortierten schon vor dem Eingang aus und schickten die hoffnungslosen Fälle ohne Behandlung zum Sterben nach Hause. Die Krematorien konnten die Berge an Leichen nicht mehr verarbeiten und es wurden vor den Toren der Städte mit Baggern riesige Massengräber geschaffen. Die Todeszahlen konnten

nicht mehr gezählt werden und die amtlich ausgegeben Zahlen
dienten eher zur Beruhigung der Öffentlichkeit als dem Preisgeben
der Wahrheit. Der Virus machte vor niemanden halt und es traf
auch die Behörden. Die Krankenpfleger und Ärzte wurden immer
weniger und viele Hospitale mussten daraufhin schließen. Die
ärztliche Versorgung brach ab und erhöhte so immer weiter die
Opferzahlen des Wuhan-Virus. Auch die Polizei und das Militär
verloren die meisten ihrer Leute und so sorgte keine Staatsmacht
mehr für Ordnung. Die Grenzen wurden für die Flüchtlinge
brüchiger und eine Welle der Afrikaner überschwemmte den
europäischen Kontinent. Um zu überleben überfielen sie die
ansässige Bevölkerung, vergewaltigten die Frauen und nahmen sich
einfach was sie wollten. Dabei übertrugen sie das Virus und
innerhalb eines Jahres waren mehr als die Hälfte der Menschen des
Planten gestorben.

In der ganzen Zeit waren Anne und Joe Dexter, trotz der unermüdlichen Suche der Firma, unentdeckt in der Hütte in den französischen Alpen nahe Albertville. Ihre Vorräte waren genauso wie ihr Bargeld aufgebraucht und sie mussten ihr Versteck in den Bergen verlassen. Fast ein Jahr waren die beiden dort oben allein, während die Welt ins Chaos stürzte. Beide haben sich äußerlich verändert. Joe trug jetzt einen grauen Vollbart und hatte gute 10 Kilogramm abgenommen. Sein sonst so kurzes Haar hatte nun die Länge, um sie hinter dem Kopf zu einem kleinen Zopf zu binden. Anne verlor drei Kilogramm an Körpergewicht und ihr sowieso schon langes Haar reichte ihr jetzt bis an die oberen Lendenwirbel. Auch die Blondierung wuchs heraus und ihr dunkelblondes natürliches Haar übernahm immer mehr von ihrer Frisur in Besitz. Obwohl Dexter anfangs nicht ihr Typ war, stellte sich heraus, dass er ein hochintelligenter Mann, der genau zu wissen schien, was er tat, ist. Nach einigen Tagen änderte sich Annes Ansicht und Meinung über den am Existenzminimum lebenden Ermittler und sie öffnete sich ihm. Sie sprachen während der einsamen Zeit über fast alles und kamen sich näher. Das erste Mal schliefen sie nach etwas über 3 Wochen in den Bergen miteinander. An einem kühlen Abend entfachte Joe das Feuer in dem einzigen Ofen der Hütte. Es wurde schnell warm in dem Raum und der getrunkene Rotwein verbesserte die Stimmung der beiden. Bei ihrer Unterhaltung über ihre Kindheitserlebnisse wurde viel gelacht und sich einmal mehr als nötig in die Augen geschaut. Die Hitze in Annes Körper stieg an und die Hormone klopften bei ihr an der Tür. Ohne bestimmten Grund stand sie während der Unterhaltung auf, zog ihr Oberteil aus und ging in ihrem Rüschen-BH die zwei Schritt auf Dexter zu. Beugte sich über ihn und küsste ihn auf den Mund. Der immer so selbstbewusste Schnüffler war plötzlich gar nicht mehr so selbstbewusst und schien nervös. Anne setzte sich auf seinen

Schoss und küsste ihn noch einmal. Dieses Mal öffnete sie ihren Mund und ihre Zunge drängte ihn den Kuss zu erwidern. Dexter spürte die dominante Vorgehensweise Annes und öffnete seinen Mund. Danach verknoteten sich ihre Zungen, nur um sich im nächsten Moment wieder zu lösen. Anne spielte an seinem Gürtel, zog den Reißverschluss seiner Jeans nach unten und ihre Hand verschwand in der geöffneten Hose. Sie spielte mit dem erst kleinen und dann immer größer werdenden Freund Joes, während Dexter die Augen geschlossen hielt und schwer atmete. Anne löste sich von ihm und ließ ihre eigene Hose auf den Fußboden fallen, der Slip und der BH folgten und stand nackt vor ihm. Dexter sah die junge Frau vor ihm stehen. Ihre Scham war nach den ersten Wochen hier wieder dicht behaart und das braune Dreieck lachte ihn an. Er entkleidete sich ebenso schnell wie Anne und stand jetzt erigiert vor ihr. Sie fasste ihn unten an und zog ihn an sich. Wieder küssten sie sich und Anne fühlte seine Hände an ihren Pobacken. Er drückte und massierte ihren Hintern. Sie küsste seine behaarte graue Brust und streichelte weiter an seinem besten Stück. Danach konnte Dexter seine Selbstkontrolle nicht mehr aufrechthalten, packte Anne und legte sie auf den vor ihm stehenden Tisch. Die Gläser samt Weinflache fielen um und zerschellten auf dem Fußboden. Anne hob die Beine auseinander und gab ihrem Liebhaber den Weg zu ihrer feuchten Muschi frei. Dexter glitt in sie ein und begann mit seinen Bewegungen. Anne wollte ihn hart und in ganzer Größe in sich spüren und stieß mit ihrem Unterleib Joes Bewegungen entgegen. Er schaute während des Liebesaktes auf sie herab und sah sie, sich selbst an ihren Brüsten spielen. Dexter spürte seinen Höhepunkt kommen, zog sich aus Anne heraus und verteilte seinen Samen über ihre Brüste. Danach kniete er vor ihr und leckte an ihrer kleinen geschwollenen Knospe zwischen ihren Beinen. Anne hörte die Glocken im Himmel läuten und ergoss sich während ihres

116

Höhepunktes. Als ihr Lover sich wieder über ihr zeigte war sein Gesicht pitschnass durch ihren Orgasmus. Danach liebten sie sich fast täglich und vergaßen die Welt um sich herum. Von dem globalen Chaos blieben sie bis jetzt verschont und nur wenn Dexter die Lebensmittel aus dem naheliegenden Dorf besorgte, erzählte er Anne was in der Welt passierte. Nun waren aber ihre Reserven aufgebraucht und sie mussten ihr Portemonnaie wieder auffüllen. Sie fuhren mit dem Wagen nach Genf in die Schweiz und wollten dort mit Annes Kreditkarten Bargeld am Bankautomaten einer Filiale der Credit Suisse abheben. Der Bankautomat schluckte die Karte und Anne war gezwungen einen Bankberater des Hauses aufzusuchen. Der Bänker erklärte ihr nach der Überprüfung ihrer Kreditkarte und ihren Personalien, dass die Karte als gestohlen gemeldet gesperrt wurde. Auch Annes zweite Geldkarte war gesperrt und sie verließ ohne Bargeld das Bankhaus. Jetzt musste Dexter versuchen von seinem sowieso schon überzogenen Konto wenigstens ein wenig Cash aus dem Bankautomaten zu holen. Mit tausend Euro in den Taschen stieg er zu ihr in das Auto und sie berieten ihre weitere Vorgehensweise.

Fast ein Jahr überprüfe John Carter jeden Tag seinen Computer nach einem Lebenszeichen der Gräfin. Er überprüfte ihre letzten Schritte vor ihrem Verschwinden und überprüfte all ihr Vorgehen. Dabei stieß er auf die Telefonnummer eines ehemaligen Mitarbeiters der Agency. Joe Dexter unterhielt seit seinem Rauswurf bei der Firma eine schlechtlaufende Detektei in Berlin. Bei Dexters Überprüfung stellten seine Agenten dann dessen Verschwinden kurz nach dem Kontakt mit der Grafentochter fest. Seine Sekretärin oder Assistentin wie sie sich selbst nannte, wurde kurz danach in Hamburg Altona aufgespürt und in der hiesigen Polizeidienststelle von den deutschen Kollegen auf seinem Verlangen hin verhört. Die naive und nicht kluge Dame wollte erst nichts sagen, wurde aber durch die eine oder andere Art der Befragung schnell dazu gebracht auszusagen. Dexters Büro und seine Zweizimmerwohnung wurden nach einem halben Jahr wegen fehlender Mieteinnahmen geräumt und sein Inventar verkauft. Dexters persönlichen Sachen lagen in einem feuchten Kellerraum unter seinem ehemaligen Büro. Ein Agent der litauischen Station fand in Wilna auf der Ladefläche eines Lasters Dexters und Annes Handy. Doch keine weitere Spur wurde in den baltischen Staaten gefunden. Am Geldautomaten des Bahnhofs Zoo in Berlin war die letzte Barabholung Annes und in ihrem Haus sah alles nach einer schnellen kopfüber Flucht aus. Die Spezialisten öffneten bei ihrer Durchsuchung den Safe der Gräfin und fanden auch den zweiten versteckten Geldschrank. Der Inhalt wurde abfotografiert und der Akte zugeführt. John Carter sperrte daraufhin alle Konten der Gräfin und hoffte auf einen schnellen Erfolg bei der Suche nach der Flüchtigen. Carter wurde aber enttäuscht und musste sich in Geduld üben. Der Druck des Direktors setzte ihm zu und vereinfachte seine Arbeit nicht. William Smith rief mittlerweile den Notstand in den USA aus und verschob die Präsidentenwahlen auf unbestimmte

118

Zeit. Nachdem über 4 Milliarden Menschen auf dem Planeten gestorben waren, gaben die zusammenarbeitenden Pharmaunternehmen das gefundene Gegenmittel an die Öffentlichkeit bekannt. Als erstes profitierte die Bevölkerung der westlichen Industrienationen von den Impfungen und der Virus wurde in diesen Staaten erfolgreich bekämpft. Erst als die Normalität in den wirtschaftsstarken Ländern wieder anlief, erhielten die Entwicklungsländer ihre Impfdosen. Das Leben konnte nach einem Jahr der Seuche und des Sterbens wieder neu beginnen und die Mitglieder des Schattenkabinetts Justitia verdienten in den kommenden Monaten Milliarden an US-Dollars.

Carter traute seinen Augen nicht als er schon gewohnt und routinemäßig auf seinem Bildschirm den Namen Annes in die Suchfunktion wie jeden Morgen eingab und dieses Mal, nach einem Jahr der Enttäuschungen, der Hinweis ihres Aufenthaltes in Genf bei der Credit Suisse aufleuchtete. Carter griff ans Telefon und beorderte zwei in der Schweiz stationierte Agenten zu dem Kreditunternehmen. Die beiden Männer fanden dann mit gefälschten Behördenausweise schnell heraus, dass Anne versuchte in Genf erfolglos Geld abzuholen. Carter überprüfte daraufhin Joe Dexter und bekam die Information von Dexters Barabhebung in der gleichen Bank. Für John Carter war das Katz- und Mausspiel somit wieder eröffnet. Er ließ das Anwesen der Gräfin wieder überwachen und suchte jede Verkehrskamera in und aus Genf heraus nach dem schwarzen AMG ab.

Über den Schwarzwald ging es für Anne und Dexter dann wieder Richtung Heimat. Mit über 200 Km/h fuhr Anne in eine Autobahnbaustelle bei Heidelberg und wurde geblitzt. Das Foto ging digital sofort an die zuständige Behörde und ein paar Minuten später wusste Carter wo sich die Flüchtenden aufhielten. Die Stadt am Neckar mit ihrer berühmten Eliteuniversität aus dem 14. Jahrhundert und dem über der Stadt stehenden aus roten Sandstein erbauten Schloss der Renaissance, waren durch das Virus stark gebeutelt und die Heidelberger waren froh das Chaos endlich beseitigt zu haben. Carter öffnete eine Landkarte und sah sich den bereisten Weg der beiden auf ihrer Flucht aus Genf bis nach Heidelberg an. Er zog den Strich weiter und interpolierte die zukünftige Strecke. Er vermutete Berlin als Ziel und beorderte all seine Leute zu den Autobahnen in Richtung der deutschen Hauptstadt, um den schwarzen Mercedes aufzuspüren. Auf der A7 bei Fulda war es dann soweit. Von einem Rastplatz aus beobachteten zwei in einem 535i BMW sitzende Angestellte der Firma die vorbeifahrenden Autos. Als Anne und Dexter an ihnen vorbeirasten, nahmen die beiden Agenten vollgasfahrend die Verfolgung auf. Über Handy hielten sie mit ihrem Stationschef Kontakt und dieser informierte John Carter. Kurz hinter Kassel hatte der BMW den Mercedes ein und versuchte Anne durch Ausbremsen und mit dem Winken einer Polizeikelle zum Abfahren auf den nächsten Rastplatz zu bewegen. Anne folgte dem BMW und hielt bei Göttingen hinter dem Auto der für sie geglaubten Polizisten an. Als der Mann an Annes Fenster klopfte und nach den Papieren fragte, meinte Dexter einen leicht amerikanischen Akzent aus der Stimme herausgehört zu haben. Er legte seine Hand auf den Arm Annes und fragte den Mann an seiner Linken nach dem Grund der Verkehrskontrolle. Aus dem Augenwinkel sah Dexter zudem, dass sich der zweite Kerl an seinem Fenster positionierte. Als der erste Mann eine routinemäßige Verkehrskontrolle erwähnte, war sich der Detektiv sicher, einen Amerikaner neben dem Auto stehen zu haben. Er gab Anne die Order das Gaspedal durchzutreten und den Platz so schnell wie möglich zu verlassen. Mit quietschenden Reifen raste Anne vor den völlig überraschten Agenten davon. Die beiden überrumpelten Männer sprangen in ihrem Wagen und nahmen die Verfolgung unangeschnallt auf. Der AMG war schnell, doch der BMW ebenfalls und die beiden Agenten stießen mit ihrem Auto kurze Zeit nach der Flucht, an Annes hintere Stoßstange. Der vor ihr fahrende Verkehr hielt sie einfach auf und sie lenkte den Benz rechts auf die Ausweichspur und beschleunigte ihr Auto an die langsam fahrenden Lastwagen vorbei. Die Verfolger hingen immer noch in ihrem Heck und Anne drückte das Gaspedal bis an den Anschlag. Der AMG machte einen Satz nach vorne und drückte während der Beschleunigung seine Insassen in die Sitze. Jetzt wurde der Abstand zu den Verfolgern langsam größer und die Geschwindigkeit nahm zu. Als Anne an rechts auf dem Mehrzweckstreifen an einem 40 Tonner vorbeifuhr, erschrak der Truckfahrer und verriss ein wenig das Lenkrad. Der LKW scherrte genau in dem Moment nach rechts aus, als der BMW neben ihm fuhr. Im Rückspiegel sah Dexter wie der Wagen der Verfolger über die Leitplanke flog und in den nahen Baumbestand krachte. Anne ging vom Gas und reihte sich in den Verkehr ein. Erst jetzt, als das Adrenalin sich verflüchtigte und der Schock einsetzte, fuhr sie in Northeim ab und suchte den nächsten Parkplatz auf.

Anne stieg mit zittrigen Knien aus dem Wagen und musste sich an der Autotür festhalten. Dexter lief um den Wagen und setzte Anne auf dem Beifahrersitz. Danach setzte er sich ans Steuer und fuhr im Stile eines erfahrenen Rennfahrers an die Autos auf der Autobahn vorbei. Bis kurz vor Braunschweig gab es keine Sorgen, die sie sich machen mussten. Doch dann gab der Verkehrsfunk eine Vollsperrung der Autobahn A3 im Radio bekannt. Joe bremste stark ab, drängte sich in eine enge Lücke zwischen zwei Lastwagen und lenkte den Sportwagen auf die Ausfahrt einer Tankstelle. Drei

Kilometer weiter wäre das Stauende gewesen. Dexter sah sich um und erblickte ein Durchfahrtverbotsschild an einem unbefestigten Wirtschaftsweg, der durch den Wald führte. Der Tank des AMG's war fast zur Neige, also tankte er und bezahlte bar. Anne war die ganze Zeit abwesend in sich selbst vertieft und geistig nicht ansprechbar. Dexter fuhr jetzt unerlaubt den Forstweg im mäßigen Tempo entlang und umging so die Straßensperre auf der A3. Wie gut, dass er die Vorgehensweise der Agency kannte und sie ungesehen an Magdeburg vorbeibrachte, dachte Anne, als sie wieder zu den Lebenden zählte. Mittlerweile war es tiefste Nacht und der Mercedes raste im Scheinwerferlicht auf Berlin zu. Das Radio verkündete die Auflösung der Autobahnvollsperrung und danach klang wieder die Musik der Rolling Stones mit Angie aus dem Soundsystem des Sportwagens. Auf der Köpenicker Straße versteckten sie das Auto in einer Tiefgarage und benutzen von dort ein Taxi zum Kit-Doggy-Club. Dieses Mal rief Anne Ahmed nicht an und Stand deshalb auch nicht auf der Gästeliste des Türstehers. Als sie mit Joe an der Menschenschlange vorbei in den Club wollte, stoppte sie der Fels vor dem Eingang. Anne machte der Dwayne the Rock Johnson-Kopie klar, dass er doch bitte Ahmed an die Tür bitten sollte. Der breitschultrige Kerl sah sie, ohne eine Miene zu verziehen an, wartete einen Augenblick und als Anne nicht verschwand, sprach er durch sein Funkgerät. Ahmed war nicht im Hause, dafür öffnete der Securitychef die Eingangstür und erkannte Anne von ihrem Treffen im Büro des Geschäftsführers wieder. Lächelnd ließ er Anne und Dexter in den Club und führte sie in Ahmeds Büro. Anne erklärte dem Landsmann Ahmeds, dass sie und ihre Begleitung ein sicheres Versteck suchten. Der Securitychef hatte die Idee, den beiden in einem Plattenbau in Neukölln Unterschlupf anzubieten. Er hätte dort ein paar Wohnungen an einige Damen, die Liebe verkauften vermietet und dort wären die beiden relativ sicher.

Neukölln war schon immer der soziale Brennpunkt in der Hauptstadt gewesen und niemand würde eine Gräfin dort vermuten. Anne fand den Vorschlag gut und Joe akzeptierte wegen fehlender Alternativen. Der Chef persönlich fuhr die beiden in die Plattenbausiedlung und lief eiligen Schrittes voraus. Der Platz zwischen den Sozialbauten gehörte den Einwanderern, Asylbewerbern und Illegalen. Hier würde sie bestimmt keiner suchen, dachte Anne beim Eintritt in das Treppenhaus. Hunderte von verwaisten Briefkästen sprangen ihnen entgegen, denn hier kümmerte sich jeder nur um sich selbst und Post bekam hier außer vom Amt niemand. Der Aufzug war natürlich defekt und Anne folgte dem Securitychef in die siebte Etage. Dort oben angekommen, trafen sie auf einem Freier, der gerade den Preis für eine Nacht mit zwei stark geschminkten Frauen aushandelte. Der Türke führte seine Gäste in die hinterste Wohnung des langen Hausflures und öffnete die Tür. Anne traute ihren Augen nicht. Die Wohnung in der Sozialabsteige war mit edlen Designermöbeln und teuren Teppichen ausgestattet. Der Boss der Türsteher im Club erklärte Anne, dass dies sein persönliches Apartment sei und er hier unbehelligt wohne. Im Etageneingang ständen immer zwei Familienmitglieder, die hier für Ordnung sorgten. Während Anne und Joe sich in Neukölln verstecken, demonstrierten die Berliner Studenten und linksgerichtete Gruppen gegen den Profit der riesigen Pharmaindustrie. Aus dem ganzen Elend des letzten Jahres verdienten diese Unternehmen unzählige Milliarden an Dollar. Die größte Boulevardzeitung Deutschlands, die Blitz unterstützte die Demonstration und machte mit ihren Artikeln gegen die Reichen und Mächtigen mobil. Dexter hatte dann den Einfall und rief über den Hausanschluss den Reporter Peter Stein an. Als Stein sich meldete, bat Dexter ihn, das Gespräch aufzunehmen und spielte die Kopie seiner Aufnahme des Treffens im Haus des Grafen ab. John

Carter war nicht amüsiert, dass die beiden Flüchtenden schon wieder entkommen konnten. Zumindest wusste er jetzt, in welchem Bereich er sie suchen lassen durfte.

Er schickte all seine Mitarbeiter aus dem ostdeutschen Raum auf die Straße, um die beiden Flüchtenden zu finden.

Der Hund eines Waldspaziergängers bellte und buddelte abseits des Weges in der Baruther Mark, südlich von Berlin wie verrückt. Der Besitzer des Akitas sah nach dem Treiben seines Hundes und fand zwei verwesende Leichen. Die Polizei vor Ort sperrte den Fundort ab und die Spurensicherung begann mit ihrer Arbeit. Es dauerte einen Tag, bis die Ermittler der Kriminalpolizei die Identität der männlichen Leiche feststellte. Der vor etwa einem Jahr Verstorbene, war ihr ehemaliger Kollege Kai Vollmer. Der DNA-Test wies dies mit einer Wahrscheinlichkeit von 98% aus. Die Tote neben ihm konnte dagegen noch nicht identifiziert werden. Ihre DNA war in keiner Datenbank registriert. Die genauere Untersuchung des Pathologen in der forensischen Abteilung der Charité ergab, dass Vollmer an eine Vergiftung starb. Durch eine letale Injektion des Foltergiftes Natrium Thiopental starben Vollmer und die Unbekannte. Dieses Gift wurde in der europäischen Union schon vor Jahren verboten, wird aber in den Vereinigten Staaten von Amerika bei illegalen Befragungen immer noch angewandt. Die Kripo in Berlin gründete für den Fall ein Sonderdezernat und suchte die ein Jahr alten Vermisstenanzeigen durch. Kommissar Frank Müller untersuchte währenddessen die Akte Kai Vollmers und studierte Vollmers letzten Fall. Was ihn stutzig machte, war der, dass es keine Einträge im System der letzten Arbeitswochen von Vollmer gab. Das war ungewöhnlich, denn der verstorbene Kommissar war vorher penibel genau und dokumentierte all seine Ermittlungen im System. Müller rief beim LKA einen Bekannten aus gemeinsamen Jahren der Polizeiausbildung an und verabredete sich

124

mit ihm um die Mittagszeit auf dem Alexanderplatz. Dort erfuhr er unter vorgehaltener Hand über die letzte Ermittlung von Vollmer. Wieder im Büro schaute Müller in die Akte Vollmer und wunderte sich über die plötzliche Pensionierung aus gesundheitlichen Gründen des Kommissars. Sein letzter krankheitsbedingter Arbeitsausfall war mehr als zwanzig Jahre her. Müller bekam den Ausdruck, der vermisst gemeldeten Frauen und sah eine Vermisstenanzeige gestellt von der Gräfin in Fürstenberg. Die vermisste Person war ihre Haushälterin Martha. Da Vollmer in dem Fall des Grafen ermittelte, sah Müller einen Zusammenhang. Als er die Gräfin erreichen wollte und in der Charité landete, erfuhr er dort, dass auch die Gräfin seit über einem Jahr vermisst wurde. Auf einer Schreibtafel notierte Müller seine neuen Erkenntnisse, ging einen Schritt zurück und schaute sich sein Werk an. Er glaubte den Anfang und die Identität der zweiten Leiche gefunden zu haben.

In den Industriestaaten lief die Wirtschaft langsam wieder an. Die überlebenden Unternehmen stellten wieder Leute ein und fuhren die Produktionen hoch. Die globale Bevölkerungszahl lag nun bei knappen vier Milliarden Menschen und für diese Menschen begann jetzt eine neue Zeitrechnung. Nichts war mehr wie vorher. Der afrikanische Kontinent war von Einwohnern verwaist. Es gab dort nur wenige Überlebende, wobei die genaue Zahl aufgrund fehlender Behörden nicht bekannt war. Das indische Volk schrumpfte von über einer Milliarde Menschen auf unter hundert Millionen. Die Chinesen dagegen konnten ihre Sterblichkeitsrate gegen den allgemeinen Trend aufrechterhalten. China zählte nach der Epidemie noch immer eine Milliarde Einwohner. William Smith las die Zahlen und war ein wenig unzufrieden. Seine Berater hatten eine weltweite Bevölkerung von zwei Milliarden Menschen vorausgesagt. Trotzdem war das Loslassen des Wuhan Erregers ein

Erfolg. Die immer weiter ansteigende globale Bevölkerungszahl wurde gestoppt und auf die Hälfte reduziert. Die Natur könnte sich wieder regenerieren und die Industrienationen die neu aufgestellte Agenda der Nachhaltigkeit politisch durchsetzen. Das Schattenkabinett Justitia hat ihr Ziel erreicht und deren Mitglieder sind mit riesigen finanziellen Gewinnen aus der Epidemie herausgegangen.

Peter Stein war baff. Immer und immer wieder hörte er sich die Aufzeichnung des Telefongespräches an und konnte es nicht glauben. Er verglich die Stimme mit älteren Reden des US-Präsidenten und war sich sicher, die beiden Stimmen gehören den Boss des Oval Office im Weißen Haus. Wenn dieses Wissen an die Öffentlichkeit käme, nichts würde es schaffen, die weltweite Rebellion aufzuhalten. Peter Stein sah sich selbst schon händeschüttelnd den Pulitzerpreis entgegennehmen. Er überlegte, ob und wie er diese Story richtig ausschlachten und dazu noch glaubhaft an den Mann bringen konnte. Er klopfte an die Glastür des Chefredakteurs und berichtete ihm, dass er einen Beweis hätte, der William Smith als Hauptstrippenzieher eines globalen Komplotts und der Auftraggeber für den Mord an vier Milliarden Menschen war. Dem Boss Peter Steins fiel vor Schreck die Zigarre aus dem Mund. Zuerst wollte er eine Kopie des Beweises in dem Redaktionssafe deponieren. Mit dieser Lebensversicherung hätte die hauseigene Druckerei keine Chance verklagt zu werden. Er bat seinen Reporter einen Artikel von 500 Wörtern bis zur Deadline zu verfassen. Seite eins gehörte komplett Peter Stein. Um die Titelseite wollte sich der Chefredakteur selbst kümmern. Dafür hielt er die Druckpressen an und ließ die Drucker warten. Knapp eine Stunde später liefen die Pressen wieder und die Blitz sollte einen Tag später die höchste je erreichte Auflage befeiern.

Noch bevor die erste Zeitung ausgeliefert wurde, titelte die Blitz auf ihrer Homepage folgende Überschrift: Mörder! Und im Hintergrund war das Bild des amerikanischen Präsidenten zu sehen. William Smith Foto zierte die ganze Titelseite. John Carter rief sofort seinen Direktor in Baltimore an und wartete auf die Stimme des Chefs der Firma. Carter erklärte ihm die Situation und sein Boss legte kommentarlos auf, nur um danach seinen Boss aus dem Bett zu werfen. William Smith hörte zu und verlangte von der CIA sich um die Problematik und die passende Lösung innerhalb einer Stunde zu kümmern. Fünf Minuten nachdem der Präsident aufgelegt hatte, war die Internetseite der Blitz aus dem World Wide Web verschwunden. Die Druckpressen wurden nach weiteren zehn Minuten angehalten und Peter Stein in Begleitung seines Chefredakteurs von der Berliner Polizei zum Verhör abgeführt. John Carter war zu der Zeit schon über den Wolken mit dem Ziel Berlin. Als der Lear Jet der Agency auf dem BER Airport landete, stand der persönliche Fahrer des Berliner Polizeichefs schon bereit John Carter aufzunehmen.

Anne hatte genug von dem ewigen Versteckspiel. Sie wollte endlich nach Hause und ihrer Arbeit nachgehen.

Sie wünschte sich das normale Leben zurück. Deshalb sprach sie mit Joe darüber, wieder in das Anwesen zu ziehen. Dexter war weniger von Annes Einfall begeistert, doch die Medizinerin ließ sich davon nicht mehr abbringen und wollte am nächsten Tag wieder in das Grafenhaus ziehen. Vorher noch plante sie, die Kreditkarten bei der jeweiligen Bank wieder freischalten zu lassen.

Es geschah durch einen Fehler des Druckpressenmeisters während der Nachtschicht. Er sah die Druckplatten durch und verglich die Aufträge der Redaktion im Computerprogramm. Der jetzige Druck wurde für die Sensationsstory um den amerikanischen Präsidenten ausgewechselt. Und so machte der nicht schriftlich geänderte Auftrag doch noch Peter Steins Story weltweit bekannt. Die Blitz wurde gedruckt und gegen vier Uhr in der Früh auf die Ladeflächen der Transporter gepackt und an die Verkaufsstellen gefahren. Die Berufspendler kauften die Blitz und dieses Mal rissen sie den Verkäufern die Zeitungen aus der Hand. Um sechs Uhr morgens berichteten die Nachrichten aller Fernseh- und Radiosender von den Morden an über vier Milliarden Menschen. Alle Reporter im Inland waren auf der Suche nach einem Interview mit Peter Stein. Die Linke Szene rief sofort zur Massendemonstration auf und Hunderttausende erhörten den Ruf zum Protest. Vor dem roten Rathaus demonstrierten die gewaltbereiten Jugendlichen und Studenten. Als dann zur Mittagszeit bekannt wurde, dass Stein im Polizeigebäude festgehalten wird, war das der Startschuss zu einer neuen Epidemie, die sich später, wie ein Flächenbrand ausbreitete. Die Demonstrationen verwandelten sich in Revolutionen und steckten alle Länder der Erde an. Peter Stein wurde an diesem Tag zum Aushängeschild der Linken Protestbewegungen. Einige tausend Jugendliche stürmten das Polizeigebäude und durchsuchten alle Räume. Auch das rote Rathaus mit Sitz des Bürgermeisters von Berlin wurde gestürmt. Die Diensthabenden im Polizeigebäude waren machtlos gegen diese große Horde von mehreren tausend Demonstranten und übergaben vor Angst Peter Stein und seinen Chefredakteur an die randalierenden Jugendlichen. Stein führte und einte die Demonstranten danach und ihr Fußmarsch endete vor dem Kanzleramt. Die Reporter aller weltweit bekannten Fernsehsender umstellten den Haupteingang des Kanzleramtes und berichteten in allen Ländern der Welt über das Ereignis in Berlin. Am Abend fanden die Demonstrationen schon in allen deutschen Großstädten statt. Am nächsten Tag weckten die europäischen Nachrichtensender Ihre Zuhörer mit Reportagen über den Versuch

128

von Hunderttausenden das Weiße Haus zu stürmen. Mit dem Helikopter wurden William Smith und seine Familie zu einem geheimen Ort ausgeflogen. Noch hielten die Marines die wütenden Bürger mit ihren Sturmgewehren in Schach, doch lange werden sie die gewaltige Übermacht nicht mehr standhalten können, berichteten die Medien.

In Berlin wurde von der Regierung der Notstand ausgerufen und eine Ausgangsperre geltend in ganz Deutschland auf unbestimmte Zeit ausgerufen. Hundertschaften der Polizei knüppelten die Rebellion der Demonstranten vor dem Reichstag nieder und lösten nach drei Tagen der Gewalt die Demonstrationen auf. Die Gefängnisse fassten keine neuen Insassen mehr und platzten aus allen Nähten. Trotzdem nahm die Gewalt auf dem Globus zu und in vielen Ländern wurden die Demonstranten von den Militärs erschossen. In Honduras passierte es dann als erstes, dass Militär übernahm die Macht und die Generäle verhängten Ausgangssperren. Es drohte jedem der Tod durch Erschießung bei Nichtbefolgung der Befehle.

In dieser schlimmen Zeit fuhren Anne und Joe auf das gräfliche Anwesen. Zu ihrer Überraschung kamen sie völlig unbehelligt dort an. Anne fiel auf, dass das beauftragte Gartenbauunternehmen trotz ihrer langen Abwesenheit die Außenanlagen in Schuss hielt. Beim Eintreten ins Haus kam ihr die abgestandene Luft entgegen und sie öffnete zum Lüften alle Fenster. Zusammen kontrollierte Anne mit Joe das gesamte Haus, fand aber keine Hinweise auf irgendwelche Veränderungen seit ihrem Verlassen vor. Von Martha und Kai fehlte weiterhin jede Spur. Sie rief den Lieferdienst an und gab ihre Bestellung auf, entsorgte die alten Lebensmittel und hörte dann in der Bibliothek den Anrufbeantworter ab. Joe beobachtete sie die ganze Zeit bei ihrem Tun. Die ersten Anrufe kamen fast alle von der Charité. Die letzte Mitteilung ihres Arbeitgebers war die Aussprache ihrer Kündigung. Diese fand Anne später auch in den großen Haufen an Briefen in der Post. Doch die letzten Anfragen auf dem Anrufbeantworter weckten ihre Aufmerksamkeit. Ein gewisser Kommissar Frank Müller meldete sich in den letzten Tagen öfter und fragte wegen Martha nach. Er bat dringend um einen Rückruf. Anne tippte die Nummer des Kommissars ein und wartete darauf, dass Müller sich meldete. Nach ein paar Sekunden hatte sie ihm am Apparat und verabredete sich für den Nachmittag in ihrem Haus mit ihm. Nach all der Hektik wollte Anne jetzt ein wohltuendes Vollbad zu ihrer Entspannung nehmen. Sie bat den bisher unbeschäftigten Joe die bestellten Lebensmittel von dem Lieferanten entgegen zu nehmen. Anne bewegte sich in die obere Etage und ließ das warme Wasser in die Badewanne laufen. Dosierte ein wenig von dem Wohlfühlschaumbad dazu und das Badewasser färbte sich grün. Im Schlafzimmer entkleide sie sich und schaute in dem Spiegel des Kleiderschrankes. Sie sah den Stress des letzten Jahres selbst an ihrem Körper. Die Rippen waren zu sehen und ihr Busen hing etwas herunter. Unter den Augen zeichneten sich dunkle Ringe ab und ihr Haar benötigte schnellstens einen Besuch beim Frisör. Ihre Füße schrien nach einer Pediküre und mit all dem Gesehenen legte sie sich in die Badewanne. Das warme gutriechende Badewasser verwöhnte Annes Haut und sie schloss genussvoll ihre Augen. Eine Schaumschicht bedeckte die Wasseroberfläche und nur ihr Kopf mit den erhitzten roten Wangen schaute aus dem Schaumgebirge heraus. Von außen ungesehen durch die Schaumschicht, bestrich sie ihre Haut mit dem Badewasser und streichelte dabei die berührten Stellen. Als der Schaumberg einbrach, schauten ihre Brustwarzen aus dem Badewasser und kühlten von der kälteren Umgebungsluft schnell ab. Ihre Nippel guckten hart zur Zimmerdecke und Anne spürte ein sexuelles Kribbeln unter der Bauchdecke. Immer noch

130

mit geschlossenen Augen strich sie mit den Fingern über die Innenseiten ihrer Schenkel und weiter zu ihrer Vulva. Die Finger fanden den Eingang ihrer Scheide und spielten an der Liebesknospe. Anne genoss den Augenblick und stöhnte leise vor sich hin als es an der Tür klopfte und sie von Joe gestört wurde. Dexter sah die Brustwarzen aus dem Wasser ragen und kündigte den Kommissar Frank Müller an. Müller wartete in der Bibliothek auf die Gräfin. Anne stieg aus der Wanne und ließ das Wasser ab. Danach warf sie sich einen Bademantel über und kämmte sich schnell die Haare durch. Fünf Minuten später betrat sie den Raum der Bücher und begrüßte den Beamten. Müller gab ihr die Hand und grüßte zurück, kam dann aber sofort zur Sache und erklärte der Gräfin den Fund zweier Leichen in einem Wald südlich von Berlin. Der tote Mann wurde als Kai Vollmer identifiziert, doch die Frau sei bisher noch unbekannt. Wegen Annes Vermisstenanzeige wurde vermutet, dass die Tote vielleicht ihre Haushälterin Martha war. Wegen des fortgeschrittenen Verwesungsprozess möchte Müller Anne den Anblick bei einer Identifizierung ersparen und fragte nach einer Bürste, Kamm oder Zahnbürste von Martha. Müller bekam von Anne die Zahnbürste und die Haare aus der Haarbürste aus Marthas Badezimmer.

Peter Steins Bericht in der Blitz wurde international von den großen Gazetten übernommen und in den letzten Tagen mit seriösen Beiklang, aber auch vielen Vermutungen ausgeschlachtet und beherrschte weltweit die Schlagzeilen. Aus diesem Grunde trafen sich die Mitglieder der Justitia unter der Ausrede eines Wirtschaftsgipfels der wichtigsten Wirtschaftsnationen und stimmten über den nächsten zu machendem Schritt ab. Die Pharmaunternehmen sollten die Auslieferung des Gegenmittels gegen den SARS-Co-Vx an die Bevölkerung einstellen. So würde sich der Erreger wieder ausbreiten, die Todeszahlen ansteigen und die Schlagzeilen um den Virus die Bevölkerung von Steins Behauptung ablenken.

John Carter ließ das Anwesen und Anne wieder observieren. Während Annes Abwesenheit verwanzten die Techniker der Firma das komplette Haus der Gräfin, dazu filmten sie noch den Eingangsbereich der Haustür, die Bibliothek, die Küche und Annes Schlafzimmer. Die Agency wusste so immer genau über Annes nächste Schritte Bescheid. John Carter saß gerade vor Joe Dexters Akte und studierte diese, als sein Computer einen Ton abgab. Carter klickte einen anderen Ordner an und beobachtete auf seinem Bildschirm das Ankommen eines Autos vor dem Grundstück der Gräfin. Der Rechtsanwalt Annes Dr. Udo Schmitt stand in seinem grünen Jaguar F-Type vor dem Anwesen und wartete eingelassen zu werden. Eine Minute später fuhr der dicke Anwalt an der Haustür vor und begrüßte die wartende Anne. John Carter schaltete auf eine andere Schaltfläche und war mit seiner Elektronik in der Bibliothek der Gräfin. Hier zeichnete er das Gespräch des Anwaltes mit seiner Klientin auf. Anne erzählte Schmitt von ihrer Entdeckung des Nachlasses ihres Vaters. Mit dem Diktiergerät in der Hand stand sie vor dem sitzenden Anwalt und alle drei im Raum, sowie John Carter hörten der Aufnahme zu. Schmitt konnte nicht glauben was für ein Komplott sich vor über einem Jahr hier im Hause abgespielt haben sollte, wollte aber die Aufnahme in seinem Büro kopieren und sicher in seinem Safe deponieren. Leider hörte der Zuhörer dieser Aufnahme nur einen Teil des Vortrages und nur die angebliche Stimme des US-Präsidenten war zu vernehmen. Sie wussten also nicht, wer noch alles in die Machenschaften dieser Unternehmung verwickelt war. Joe Dexter meldete sich zu Wort und erklärte dem Anwalt, dass sie die Aufnahme nicht aus der Hand geben würden und er sich hier im Hause eine Kopie erstellen müsste. Also spielten sie die Aufnahme noch einmal ab und Schmitts Handy speicherte das Gesagte des Diktiergerätes.

John Carter musste jetzt eingreifen und verhindern, dass die Aufnahme noch größere Kreise zieht. Er griff zu seinem Telefon und rief den Direktor in Washington an. Fünf Minuten nach seinem Gespräch, summte sein Telefon und das Bundeskanzleramt meldete sich.

Udo Schmitts Telefon meldete sich bei seiner Rückfahrt aus Ravensbrück nach Berlin und er hörte dem Gespräch aufmerksam zu. Er bog von der Bundesstraße ab und fuhr kurz vor Berlin auf den Parkplatz des Stolper Jagdclubs. Dort parkte ein paar Minuten nachdem Schmitt sein Auto abstellte, genau neben ihm ein schwarzer Cadillac Escalade. Das getönte Fenster der Fahrertür des SUV`s ging ein Stück herunter und Schmitt reichte über sein heruntergelassenes Beifahrerfenster sein Handy weiter. Ohne, dass es einen Wortwechsel gab, entfernte der Escalade sich wieder und Udo Schmitt musste sich ein neues Smartphone besorgen.

Mit gefälschten Presseausweisen und Schlüsselkarten schlichen John Carters Männer in der Nacht durch die nicht immer menschenleeren Räumlichkeiten der Blitzredaktion, bis sie endlich im Büro des Chefredakteurs standen. Der Safe war für die Spezialisten der Firma kein großes Problem und in zwei Minuten geöffnet. Da dort mehrere Tonträger, USB-Sticks und andere Speicherträger lagen und die Zeit knapp war, nahmen die Diebe einfach den kompletten Inhalt des Safes mit. Auf dem Weg in die untere Etage zum Ausgang, kamen den drei Agenten sogar grüßend Journallisten der Zeitung entgegen und niemand von denen schöpfte irgendwelchen Verdacht, dass die drei Diebe nicht zum

Zeitungshaus gehören sollten. Jetzt fehlte der Firma nur noch Annes Aufnahme und William Smith könnte wieder beruhigt schlafen. Carter lief die Zeit davon und spürte den Druck des Direktors endlich das Kapitel des Grafen schließen zu können. Er stellte eine Einsatztruppe zusammen und plante den Einbruch in das Haus der Gräfin. Die zusammengestellten Agenten waren dieselben, die in Annes Anwesen die Elektronik montiert hatten.

Am Abend saß Carter in dem Wald vor dem Haus Annes und wartete im Einsatzkleinbus auf die beste Gelegenheit sein Vorhaben in die Tat umsetzen zu können. Er beobachtete Anne und Dexter und schaute ihnen bei ihrem Abendessen zu. Der Pizzalieferdienst brachte dem Paar im Haus ihre Bestellung und bei dessen Einfahrt nutzten die Agenten den Moment des geöffneten Tores aus, um unbehelligt auf das Anwesen zu kommen. Jetzt warteten die Leute versteckt auf das Kommando Carters. John Carter sah, wie Dexter und Anne sich beim Essen näher zu kommen schienen. In der Küche bei Kerzenlicht, ließen die beiden sich ihre Pizzas schmecken. Dexter schüttete den Lambrusco nach und fröhlich schluckten beide ihr zweites Glas hinunter. Als es nichts mehr zum Nachschütten gab, stand Anne auf und bewegte sich in den Keller, um eine neue Flasche Rotwein zu besorgen. Als sie ein paar Minuten später in der Küchentür stand, war sie nackt und hielt die Flasche Merlot vor ihrer Scham. Sie bleib dort stehen und bewegte ihre Hüften und das Becken im Rhythmus der leisen Musik aus dem Radio. Als Dexter sie lüstern ansah, drehte sie sich um und wackelte mit ihrem Gesäß. In dem Moment als Dexter aufstand, schritt Anne die Treppe hoch und legte sich in der oberen Etage auf ihr Bett. Carter schaltete den Bildschirm um und hatte die Kamera in ihrem Schlafzimmer aktiviert. Anne rekelte sich auf dem Bett und spielte mit der geöffneten Flasche Rotwein an ihrem Körper. Sie rollte die Flasche zwischen ihren Schenkeln ein wenig auf und ab und hob ihr Becken dabei immer etwas an. Dexter stand in der Tür und schaute sich das provozierende Schauspiel an. Carter konnte Dexter nicht sehen, denn der Einfallwinkel der Kamera zeigte nur das Bett der Gräfin. Anne ließ etwas von dem Roten in ihrem Bauchnabel laufen, benetzte den Zeigefinger ein wenig mit dem Rotwein und rieb dann mit dem nassen Finger an ihre linke Brustwarze. Carter schaute dem Treiben von weitem genauso zu, wie Joe Dexter in der Tür stehend. Anne schüttete jetzt den Traubensaft über ihre Brüste und der Wein lief an ihrem Körper in allen Richtungen auf das Bettlaken. Anne stellte die Flasche Merlot weg und rieb sich mit dem roten Nass ein. Mit einem Nicken erlaubte sie nun Joe zu ihr zu kommen. Dexter schon ausgezogen und mit steifem Glied wartete nicht lang und leckte Anne den Rotwein von der Haut. Anne rekelte und streckte sich. Sie genoss Dexters Zungenspiel und ließ ihn erst einmal gewähren. Für John Carter war der richtige Zeitpunkt gekommen und er gab dem Einsatzkommando den Befehl jetzt lautlos in die Bibliothek einzusteigen und aus den beiden Tresoren die Aufnahme zu besorgen. Während die Männer in Schwarz die Alarmanlage stilllegten und die Haustür öffneten, beobachtete Carter das sich liebende Pärchen weiter. Der Code der Safes waren durch die Aufnahmen der Kameras bekannt und dreieinhalb Minuten nach dem Öffnen der Haustür verließ der letzte des Kommandos das Haus. Carter sah zu diesem Zeitpunkt, wie Dexter die Gräfin in der Doggy-Stellung nahm. Anne nahm jeden Hub ihres Partners mit Schwung auf und konnte ihn nicht tief genug in sich spüren. Joe massierte ihre Gesäßbacken und seine Bewegungen passten sich dem Verlangen Annes an. Carter sah für einen Augenblick auf eine andere Kamera und erkannte am Eingangstor, dass all seine Leute das Anwesen ungesehen wieder verlassen hatten. Eigentlich war der Einsatz beendet und er hätte mit dem Einsatzwagen das

Waldstück verlassen können. Doch Carter ein wenig eifersüchtig auf Dexter schaute dem Liebespaar bis zum Ende zu. Anne war sehr erregt und Carter sah, wie die geile Gräfin das steife Glied Dexters mit ihrer Hand in ihren Po führte. Dexter bewegte sich nun vorsichtiger und langsamer. Anne streckte ihren Hintern etwas mehr in die Höhe und gab den Takt an. Ein paar Minuten später waren die Bewegungen der beiden genauso wild wie vorher und als Joe zum Orgasmus kam, zog er seinen Ständer aus Annes Po heraus und ejakulierte auf ihrem Hintern. Da die Gräfin noch nicht zum Höhepunkt gekommen war, leckte Dexter ihr jetzt die Klitoris bis auch sie ihren Orgasmus feucht herausspritzte. Jetzt schaltete Carter den Bildschirm aus und gab das Kommando zum Aufbruch. Er hoffte somit den Fall, ohne Anne das Leben genommen zu haben, abzuschließen.

In den Nachrichten berichteten die Journalisten und Reporter wieder überwiegend von den steigenden Infektionszahlen und die daraus folgende hohe Sterbensrate. Auch der US-Präsident William Smith hielt einen Vortrag aus dem Oval Office. Seine Rede an die Nation wurde live von jedem Fernsehsender der USA ausgestrahlt. Er entschuldigte sich für die vielen Tage seiner Abstinenz, begründete dies aber mit der Lüge, durch den Wuhan-Virus krank gewesen zu sein. Jetzt ginge es ihm wieder gut und der Virus in seinem Körper sei besiegt. Alle Anschuldigungen gegen ihn seien erfunden und erlogen und würden durch seinen konkurrierenden Präsidentschaftskandidaten geschürt. Seine Anwälte hätten eine einstweilige richterliche Verfügung erwirkt und würden jeden verklagen, der die Behauptungen des Journalisten aus Deutschland unterstützt. Außerdem beantragte die USA an die Bundesrepublik Deutschland, die Auslieferung Steins wegen Verstoßes der inneren Sicherheit und Gründung einer terroristischen Organisation.

Der deutsche Verfassungsschutz observierte Peter Stein seit der Veröffentlichung seines Artikels gegen den amerikanischen Präsidenten. Als Stein mal wieder vor dem Reichstag in Berlin eine Demonstration mit den Worten des Komplottes gegen die Weltbevölkerung eröffnete, stürmten einige Männer des Kommandos Spezialkräfte abgeschirmt von mehreren Hundertschaften der Polizei, die Bühne und verhafteten Peter Stein. Bevor die vorher noch jubelnden und nun entsetzt schauenden Demonstranten registrierten was geschah, war Stein schon in einem gepanzerten Kleinbus aus deren Einzugsgebiet verschwunden. Die bisher friedliche Kundgebung schwang in eine Gewaltorgie um. Schwarzvermummte gewaltbereite Demonstranten schmissen plötzlich mit Pflastersteinen und Molotowcocktails auf die Polizisten. Mit Schutzschildern und Knüppeln antworteten die uniformierten Beamten. Wasserwerfer kamen schnell zum Einsatz, konnten die Randalierer aber nicht an ihrem Vorhaben hindern. Größere Gruppen von Vermummten lösten sich bei Überzahl der Polizei schnell auf, um an anderer Stelle wieder zusammenzutreffen. Mit dieser Taktik verwüsteten sie die komplette Berliner Innenstadt und Teile des Regierungsviertels. Brennende Autos und geplünderte Geschäfte waren die Bilder Berlins in dieser Nacht. Vor der amerikanischen Botschaft am Brandenburger Tor, wurde von der deutschen Polizei mit Unterstützung einer Panzergarnison der Bundeswehr ein Schutzriegel aufgestellt. Der Innensenator Berlins rief für ganz Berlin den Notstand aus und verhängte bis auf Widerruf eine Ausgangssperre von 17 Uhr bis morgens um 6 Uhr. Für den deutschen Staat rächte sich jetzt der jahrzehntelange Abbau von Polizeistellen. Denn die Gewalt erreichte am folgenden Tag auch andere Großstädte in ganz Deutschland. Hamburg, München Frankfurt und Köln traf es am heftigsten. Im Botschaftsviertel von Bonn, brannten plötzlich die noch besetzten Konsulate anderer Länder und die weltweiten Nachrichtensender eröffneten über Bad Godesberg ihre Sendungen. London, Mailand, Rom, Wien, Madrid, Barcelona, Birmingham überall in Europa brannte es. Es gab bei den gewalttätigen Protesten mehr Verhaftungen als es Inhaftierungsplätze gab und so wurden die Verhafteten in schnell errichteten Haftlagern inhaftiert. Es dauerte nicht lang und es gab den ersten erschossenen Demonstranten. Danach gab es auf beiden Seiten keine Zurückhaltung mehr und das Ausgehverbot wurde erst einmal für den ganzen Tag ausgerufen. Trotzdem hielten sich die demonstrierenden Bürger nicht daran, im Gegenteil, die vorher noch unbeteiligten Bewohner der Städte beteiligten sich immer mehr an den Protestkundgebungen. In Südamerika kam es zu weiteren Umstürzen von Regierungen durch das Militär. In

138

Venezuela wurde der Präsident von dem wütenden Mob aus seinem Regierungspalast gedrängt und vor laufenden Kameras totgeprügelt. In Mexiko übernahmen die Drogenkartelle das Land und die Regierung in Mexiko City versteckte sich im vom Militär geschütztem Regierungsgebäude. Dazu breitete sich der Wuhan-Erreger rasend schnell zum zweiten Male auf dem Globus aus und es gab die ersten Leichen auf offenen Straßen, die aufgrund des nicht mehr funktionierenden Staatapparates in den Großstädten Europas verwesten. Krankenhäuser waren überfüllt und das Personal überfordert. So kam es, dass ein Hospital nach dem anderen ihre Pforten schloss. Auch die Wirtschaft ging bergab. Es konnte durch die fehlenden Arbeiter nicht mehr produziert werden und die Gesellschaften stellten ihre Produktion einfach ein. Die Mitarbeiter wurden entlassen und gesellten sich zu den Demonstrationen. In Madrid wurde das Auto des amerikanischen Botschafters mit einer Panzerfaust angegriffen. Der Diplomat und sein Fahrer starben bei diesem Angriff. William Smith sprach daraufhin das Kriegsrecht aus und ging knallhart gegen alle Widersacher vor. Die börsennotierten Unternehmen verloren den Boden unter den Füßen, der Aktienhandel wurde ausgesetzt und die Kurse zurückdatiert eingefroren. Es kam zu Lebensmittelengpässen, denn die Supermärkte wurden nicht mehr beliefert und glücklich waren die Haushalte, die vorher Konserven angelegt hatten.

Auch Anne konnte den Lieferservice ihres Lebensmittelhändlers nicht mehr erreichen und musste mit dem Wagen los. In den keinen Ortschaften war von den Demonstrationen nichts zu sehen. Trotzdem kam es hier auch zu Hamstereinkäufen und die Regale der Läden leerten sich ziemlich schnell. Anne suchte mit Dexter gar nicht mehr aus, sondern füllte in Fürstenberg den Einkaufswagen einfach mit den Konservendosen, die sie in die Hand bekam. Der Preis beim Bezahlen schockte sie. Für eine Dose Ravioli, die vorher für knapp drei Euro über den Ladentisch ging, bezahlte sie nun zwölf Euro. So waren mehrere hundert Euro in ihrem Einkaufswagen von ihr zu bezahlen. Auf dem Rückweg zum Anwesen tankten sie noch und bezahlten auch hier den Liter Super Benzin mit Sieben Euro. Dexter füllte trotz der hohen Preise die beiden Reservekanister mit jeweils zwanzig Liter Diesel auf. Wieder im Haus der Gräfin angekommen, besprach er mit ihr die Situation. Das Haus müsste vor zukünftigen Plünderungen geschützt werden und sie als Adelstochter wäre mit Sicherheit ein beliebtes Angriffsziel der Demonstranten. Dexter rief einen Freund, dem er schon oft Aufträge zugeschanzt hatte, an. Uwe Roth, deutscher Kickboxmeister in den Neunzigern und ehemaliger Hundestaffelausbilder der Berliner Polizei wurde vor Jahren Opfer des Polizeidienstellenabbaus. Uwe Roth wohnte in Brandenburg nahe Retzow bei der havelländischen Luch. Mit seinen drei Schäferhunden bewohnte er dort ein altes Fachwerkhaus mit großem Grundstück. Roth hörte sich das Gesagte von Dexter am Telefon an und versprach Joe seine Hilfe.

Zwei Tage später klingelte es am Tor vor dem Anwesen und ein großer amerikanischer Pickup wartete auf Einlass. Joe öffnete das Tor und begrüßte seinen Freund Uwe. Danach stellte er Anne Roth vor und beide schüttelten sich die Hände. Auf der Ladefläche lagen die drei Schäferhunde und erst auf Roths Zeichen sprangen die drei vom Pickup und setzten sich neben ihrem Rudelführer. Uwe und Joe packten einige Kisten aus und brachten sie in die Küche. Anne richtete das alte Butlerzimmer für Joes Freund ein und klärte Roth über das Anwesen auf. Uwe Roth übergab Anne zwei Kisten mit haltbarem Lebensmittel, während Dexter gerade Mengen an Mineralwasserflaschen ins Haus schleppte. Doch die wirklich interessanten Kartons, waren die zuletzt hereingetragenen Pappkisten. Der Inhalt des vorletzten Kartons hatte es in sich. Uwe Roth öffnete ihn und legte nacheinander eine Vorderschaftrepetierflinte Mossberg 590 mit einem 20 Zoll Lauf, auch Pumpgun genannt, einen Smith & Wesson Revolver Modell 629 classic Kaliber 44 und einen weiteren Smith & Wesson Revolver Modell 686 Security Special Kaliber 357 auf dem Küchentisch. Dazu kamen einige Packungen an Munition. Dexter und Roth entschieden sich in der jetzigen Situation immer eine Waffe an Mann zu tragen. Im Tresor der Gräfin lagen auch noch zwei Pistolen des verstorbenen Grafen. Eine SIG Sauer Pistole P226 LDC 2 Tacops 9mm und eine Heckler & Koch P30 Pistole ebenfalls 9mm warteten auf ihren Gebrauch. Im letzten Pappkarton lag das Equipment einer Überwachungselektronik. Die beste Alarmanlage waren zwar nach Roths Meinung seine Hunde, aber besser sei noch eine zweite Absicherung, meinte Dexter. Die beiden Männer machten sich sofort an die Arbeit und überprüften die Stellen im Haus und auf dem Anwesen, an denen die Kameras angebracht werden sollten. Als sie in der Küche den Signaldetektor zum Aufspüren von elektronischen Abhörgeräten einschalteten, erlebten die beiden Freunde eine Überraschung. Das Gerät zeigte ihnen sofort die von der Agency versteckte Kamera und zwei Wanzen in der Küche an. Sie brauchten den ganzen Tag, um das Haus von der

Observationselektronik zu befreien und fragten sich seit wann das Haus der Gräfin verwanzt war.

Der Journalist Peter Stein saß im Verhörraum des Verfassungsschutzes und musste sich wegen Volksverhetzung verteidigen. Der Bundesstaatsanwalt hatte gegen den freien Reporter Anklage erhoben. Stein war sich seiner Sache, aufgrund der Beweisaufnahme des Treffens und dem Vortrag des amerikanischen Präsidenten, im Safe der Blitzredaktion sicher, dass er bald wieder auf freiem Fuß wäre. Vor dem Verhörraum, im Flur auf den dort stehenden Stühlen, saß John Carter und wartete auf die Genehmigung sich mit Stein unterhalten zu dürfen. Carter wäre es lieber gewesen, die Befragung in einem seiner Verhörräume durchführen zu können, aber die deutschen Behörden hielten sich strikt an das Protokoll und den Regeln. Peter Stein forderte das Telefongespräch mit seinem Rechtsanwalt, doch verwehrte der Beamte des Verfassungsschutzes es ihm erst. Er wollte Antworten auf seine gestellten Fragen. Stein gab seinen Namen und seinen Wohnort an, blieb ansonsten aber schweigsam. Ohne Essen oder etwas zu trinken wurde der Journalist jetzt schon stundenlang befragt. Als Stein bat, auf die Toilette gehen zu dürfen, schüttelte der vor ihm sitzende Ermittler nur mit dem Kopf. Da Steins Hände mit Handschellen an dem vor ihm stehenden Tisch verbunden waren und er dem Druck seiner Blase nicht mehr standhielt, ließ er die gelbe Flüssigkeit einfach in die Hose laufen. Jetzt saß er in nasser und dazu kalter urinierter Hose da. Stein roch den Geruch seiner Ausscheidung und verfluchte innerlich dem vor ihm sitzenden Mann. Das Frage- und keine Antwortspiel ging noch eine gefühlte Stunde weiter, bis der Ermittler aufstand und den Raum kommentarlos verließ. Jetzt betrat John Carter nach zwei Stunden des Wartens wütend den Raum. Untätig herumsitzen und kostbare Zeit so vergeuden war nicht Carters Stärke. Er sah Stein an und schlug ihn seine Faust ins Gesicht. Der Bruch der Nase war so laut, dass William Smith dies noch in Washington hätte hören müssen.

Das Blut spritzte über die Tischplatte und Stein heulte vor Schmerzen. An einem Taschentuch wischte sich Carter die rechte Hand sauber und stellte dann mit amerikanischem Akzent seine Fragen in Deutsch. Stein, mit dem Wissen der Aufnahme im Safe der Redaktion, blieb weiterhin Stumm und Carters Geduld war am Ende. Mit jeder Frage, die Stein nicht beantwortete, brach Carter ihm einen Finger. Als vier Finger der linken Hand in allen Richtungen abstanden und der Amerikaner sich den Daumen vornehmen wollte, war Steins Willen gebrochen. Er plauderte alles aus und Carter nahm das Gesagte auf seinem Handy auf. Als er danach an die Tür klopfte, um wieder herausgelassen zu werden und der Beamte des Verfassungsschutzes den Journalisten sah, wollte er Carter wegen Körperverletzung festnehmen. Mit dem schwarzen Diplomatenpass in der Hand, marschierte der Agent der Agency aber ohne weiteren Zeitverlust aus dem Gebäude der Behörde. Stein wurde, nachdem Carter den Raum verlassen hatte in das Militärkrankenhaus zur Behandlung seiner zugeführten Blessuren gefahren und im Krankenzimmer von einem Wachposten beaufsichtigt. Die Redaktion der Blitz stellte ihm einen ihrer Rechtsanwälte an die Seite und dieser traf am nächsten Morgen in dem Krankenzimmer ein. Zu der Anklage und der schweren Misshandlung, musste Stein jetzt eine weitere Hiobsbotschaft hinnehmen. Der Jurist klärte seinen Mandanten über den Einbruch und den leeren Safe in der Chefredaktion auf. Ohne den Beweis des Mitschnittes beim Grafen, würde Stein vor Gericht als Lügner und Hetzer dastehen. Jedes Gericht würde ihn als Volksverhetzer verurteilen. Stein bat den Anwalt Kontakt zu Joe Dexter aufzunehmen, denn der hätte noch eine weitere Kopie der gestohlenen Aufnahme.

Die Blitzredaktion recherchierte den ganzen Tag, konnte Joe Dexter aber nicht auffinden. Der Detektiv war seit über einem Jahr, wie vom Erdboden verschluckt. Der Chefredakteur rief verzweifelt einen alten Schulfreund an und wartete, dass dieser an sein Handy ging. Nach einigen Sekunden meldete sich Frank Müller am Telefon. Müller hörte seinem alten Klassenkameraden zu, wollte am Telefon aber nichts dazu sagen. Die beiden verabredeten sich im Verlagshaus der Blitz zur Mittagszeit. In der Kantine beim Essen tauschten die beiden sich heimlich aus und der Kommissar glaubte nicht, was ihm der Chefredakteur da auftischte. Jetzt ahnte Müller, dass Vollmers Tod vielleicht auch mit dem Fall Stein zu tun hatte. Nach den ganzen Informationen, die er von dem Redakteur bekommen hatte, informierte ihn Müller, wo er Dexter finden könnte.

Joe Dexter und Uwe Roth montierten ihre Überwachungskameras und die dazugehörigen Mikrophone, als Anne Dexter ihr Haustelefon in die Hand drückte. In der Leitung meldete sich der Chefredakteur der Blitz und wollte mit ihm über Peter Stein sprechen. Noch am frühen Abend war der Redakteur im Haus der Gräfin und erzählte Dexter, Roth und Anne die eigentlich unglaubliche Geschichte. Anne hörte der Erzählung genaustens zu und versprach Peter Stein zu helfen. Anne öffnete den Tresor und den dahinter befindlichen kleinen Safe. Sie staunte nicht schlecht, denn auch ihre Aufnahme war verschwunden. Steins Probleme wurden mit einem Schlag unlösbar groß für ihn. Anne fiel sofort Udo Schmitt, ihren Anwalt ein. Der Dicke und seine Vorfahren berieten die Familie des Grafen seit je her und waren immer loyal zuverlässig. Anne tippte die Handynummer Schmitts ein und wartete einen Moment. Statt des Anwalts Stimme hörte sie nur die Ansage, dass der gewünschte Gesprächsteilnehmer zurzeit nicht erreichbar sei. Sie rief die Kanzlei an und dort teilte die Anwaltsgehilfin ihr mit, dass Schmitt sich für die nächsten Tage freigenommen hat. Ihr letzter Anruf ging an Schmitts Privatanschluss, doch auch in seinem Zuhause nahm niemand den Hörer ab. Die Situation geriet langsam außer Kontrolle und die vier in der Bibliothek diskutierten, wie es weiter gehen sollte. Dexter nahm Anne zur Seite und zog sie aus der Bibliothek. Als die beiden allein in der Küche waren, konnte Joe Anne ungestört seinen Plan erklären. Auf gar keinen Fall dürften sie die Schließfächer an den sechs Bahnhöfen öffnen und sich so für Peter Stein die Lebensversicherung nehmen lassen. Außer für sich selbst, sollten die beiden das Geheimnis einer weiteren Aufnahme für sich behalten. Anne sollte den Schließfachschlüssel aus dem Safe nehmen und ihn an einer Kette, unter ihrem Oberteil, um den Hals tragen.

Mit leeren Händen und ohne wirklich neue Erkenntnisse besuchte der Strafverteidiger Peter Stein am nächsten Morgen. Er empfahl seinem Klienten jetzt, durch die fehlende Rückversicherung auf eine andere Verteidigung umzuschwenken. Doch Stein blieb stur, denn er hörte die Ansprache des US-Präsidenten mehr als einmal und wusste, er war im Recht. Doch Recht haben, war noch längst nicht vor Gericht auch Recht zu bekommen, klärte der Anwalt seinen Klienten auf. Auf Druck des Bundeskanzleramtes schlachtete die Blitz das Thema nicht als Titelstory aus. Auf Seite 3 druckte sie einen kleinen Artikel mit der Überschrift: Wahrheit oder Lüge? Zum ersten Male wurde Peter Stein in Frage gestellt. Für den Journalisten wurde die Situation aber noch schlimmer. Dem Auslieferungsantrag der amerikanischen Behörden wurde stattgegeben und Stein stand ein One-Way-Flug in die USA bevor.

146

Anne war unsicher und fragte Dexter wie es nun weiterlaufen sollte. Joe war sich wegen der Unruhen draußen auch nicht sicher, meinte aber, dass es Sinn machen würde, erst einmal ein paar Tage hier im Anwesen zu bleiben, bis sich die Lage in den Städten wieder beruhigt hätte.

Am Abend saßen Anne und Joe am Küchentisch und aßen das im Topf erhitze Konservenangebot. Heute gab es Cevapcici und mit etwas Ketchup schmeckte es den beiden sogar. Anne schüttete mal wieder die Weingläser mit einem guten Roten auf, als Uwe Roth aus dem angrenzenden Badezimmer kam. Seine drei Hunde lagen seit der Fütterung still und leise in seinem Zimmer und warteten herausgelassen zu werden. Uwe hatte geduscht und war nur mit einem Handtuch um die Hüften und seine Bekleidung in den Händen haltend aus der Tür getreten. Anne schaute ihn an und sah den durchtrainiert gutaussehenden Körper eines reizvollen Mannes. Uwe legte seine getragene Kleidung ab und ließ die Hunde auf das Grundstück heraus. Danach setzte er sich so wie er war an den Esstisch, goss sich ebenfalls das Glas aus der geöffneten Flasche Wein ein und hielt Anne den Teller aufmerksam hin, um den Rest des Essens aufgeschöpft zu bekommen. Anne sah, wie die Muskeln an seinem Körper bei jeder seiner Bewegungen arbeiteten. Sie dachte an Dexter, der mit seinen fünfzig Jahren auch noch sehr durchtrainiert war, doch gegen den mindestens zehn Jahre jüngeren Roth konnte er nicht mithalten. Rot saß Anne gegenüber und Dexter direkt neben ihr, als sie plötzlich Joes Hand auf ihrem linken Oberschenkel wahrnahm. Sehr gefühlvoll streichelte seine Hand ihren Schenkel und Anne genoss die Berührung Dexters. Während sie alle an den Weingläsern nippten und sich unterhielten, wanderte die streichelnde Hand weiter in Richtung Venushügel und Anne öffnete ein wenig mehr die Oberschenkel. Roth öffnete die zweite

147

Flasche Dornenfelder und goss allen nach. Anne merkte nach ihrem dritten Glas Wein leichten Schwindel, trotzdem steigerte sich ihre sexuelle Stimmung. Dexters Hand spielte an ihrer Scham und Anne sank etwas tiefer auf ihrem Stuhl und streichelte nun ebenfalls Joe Schambereich. Sie fühlte seine Erhebung in der Hose und machte fröhlich weiter. Während das Pärchen nebeneinander an sich herumspielte, blickte Anne Roth in die Augen und ihr rechter Fuß suchte unter dem Tisch die Öffnung seines um die Hüften gewickelten Handtuches. Ihre linke Hand öffnete Dexters Hose und sein erigierter Penis sprang aus der Jeans. Sie massierte das steife Glied und ihr suchender Fuß fand währenddessen den Schritt Uwe Roths. Ihre Zehen spielten an seinen Hoden und sie fühlte die wachsende Erregung des ihr gegenübersitzenden Mannes. Anne selbst lief die sexuelle Lust in flüssiger Form die Innenseiten ihrer Schenkel herunter. Auch Dexter stöhnte nun mit geschlossenen Augen. Nur Roth hatte sich anscheinend noch nicht von der Lust überrumpeln lassen. Anne hielt es nun nicht mehr aus, nur die Hand Joes an sich zu spüren. Sie unterbrach ihre eigenen Aktivitäten, stellte sich zum Erstaunen der beiden Freunde auf dem Tisch und ließ tanzend ihre Kleidung vom Körper fallen. Nackt wie Gott sie schuf bewegte sie sich zu den aus dem Radioboxen strömenden Klängen. Roth schaute auf ihren wackelnden Po und das Handtuch um seine Lenden wölbte sich zur Zimmerdecke. Dexter ging es nicht anders und als Anne sich von der Tischplatte aus zu ihm kniete, stand er auf. Sein Phallus stand von ihm ab und berührte fast Annes Nase. Sie nahm sein ausgestreckten Liebesstab in den Mund und saugte leidenschaftlich an dem zu ihr gestreckten Penis. Annes Po dagegen war nun dem Gesicht Roths ganz nah und Dexters Freund berührte das Gesäß der vor ihm beugenden Frau. Anne fühlte Roths Hände an ihr und streckte ihm ihr Hinterteil noch etwas mehr entgegen. Freund nippte noch einmal an seinem Glas mit dem

148

Rotwein und ließ das Handtuch auf den Boden gleiten. Seine Finger waren von ihrer Stimulation ganz feucht und er drang von hinten in ihr ein. Anne stöhnte kurz auf und umschloss dann wieder Dexters Glied mit dem Mund. Mit jedem Stoß ihres hinter ihren stehenden Liebhabers, bewegte sich ihr Mund in gleicher Bewegungslänge über Joes Penis. Es dauerte auch nicht lang und Dexter fand seinen Höhepunkt. In ihrer Ekstase schluckte Anne den Liebessaft herunter und konzentrierte sich nun auf den in ihr zustoßenden Roth. Sie bewegte sich ein kleines Stück zu ihm und schaute Dexter dabei in den Augen. Der Detektiv und Liebhaber des letzten Jahres erwiderte ihren Blick und schaute dem sich liebenden Paar einfach zu. Anne bemerkte, wie sich ihr Orgasmus ankündigte und ihr Becken tanzte plötzlich heftiger. Roth spürte dies und ließ sich selbst auch fallen und unterbrach seine Zurückhaltung. Im Abstand von wenigen Sekunden kamen die beiden zu ihrem Höhepunkt und das MMF-Spiel war vorerst beendet.

John Carter war mal wieder nicht erfreut und schlecht gelaunt. Seine Leute hatten keine Gelegenheit mehr bekommen, die Observationselektronik aus dem Haus der Gräfin wieder zu entfernen. Jetzt hatten die beiden erfahrenden Profis diese entdeckt und demontiert. Carter konnte auf keine Kamera oder Wanze mehr zurückgreifen. Eigentlich war der Fall für die Firma so gut wie abgeschlossen, doch aus Neugier und ein wenig aus Eifersucht schaute er trotzdem jeden Tag von seinem Bürocomputer in Annes Haus hinein. Seine Aufgabe war somit erledigt. Die Agency wartete nur noch auf die Auslieferung Peter Steins, um ihn in den Vereinigten Staaten vor Gericht zu verurteilen. Mal wieder hatte er einen Fall mit Blut an seinen Händen abgeschlossen. Carter war gestresst und urlaubsreif. Er hatte seine Familie schon lange nicht mehr gesehen und wollte in den USA reisen. Der Stationsboss in

Paris genehmigte den Urlaubsantrag seines Agenten, mit der Order zu warten und von Berlin als Wachbegleitung mit Peter Stein nach New York zu fliegen.

Carter packte seinen Koffer und flog vom Charles de Gaulle Airport zum BER nach Berlin. Eine amerikanische Limousine stand wartend auf dem Abholparkplatz und beförderte Carter in die US-amerikanische Botschaft. Dort quartierte er sich in den Bereitschaftsräumen der Agency ein und hoffte die deutschen Behörden bearbeiteten den Fall Stein schnell und unkompliziert. Auf dem Weg vom Flughafen zum Brandenburger Tor in dessen Nachbarschaft die Botschaft lag, stellte er fest, wie leergefegt die Straßen waren. Das Ausgehverbot in Deutschland und seine konsequente Überprüfung durch die Behörden zeigten jetzt Wirkung. Demonstrationen gab es in Berlin keine mehr. Die Richter verzagten jeden Antrag einer Demonstration die Genehmigung. In den anderen Ländern der Welt war es ähnlich. Die Staaten gingen rigoros gegen gewaltbereite Demonstranten vor. Es gab überall Tote und dazu schlug der Wuhan-Virus wieder unbarmherzig zu. Hundertausende auf allen Kontinenten starben. Die Weltgemeinschaft einigte sich im UNO-Gebäude am East-River in New York und stellte den Flugverkehr ein. Im mittleren Osten kam es zu einem zweiten arabischen Frühling und die Scheichs mussten eine Erdölförderanlage nach der anderen schließen. Es fehlte ihnen einfach immer mehr an qualifizierten Arbeitern. Der Erdölpreis stieg in Höhen, die niemand mehr bezahlen konnte und so drehte sich das Rad weiter. Die Raffinerien konnten das wenige Erdöl nicht mehr cracken und die chemische Industrie nicht mehr produzieren und das weltweit. Die Mitarbeiter wurden entlassen und die Unternehmen geschlossen. Um Hetze und Verabredungen zu Demonstrationen zu unterbinden, wurde in den meisten Ländern das freizugängliche Internet abgeschafft und die Nachrichten in den Medien zensiert. Wieviel Menschen in der zweiten Welle des Erregers starben wurde nicht veröffentlicht. Der Planet befreite sich mit Hilfe der Großen und Mächtigen und entsorgte den Parasiten Mensch. Als die Staaten die globale Rebellion erstickte und die Lage wieder im Griff hatten, wurde wieder großflächig geimpft. Der Virus damit eingedämmt und der weltweite Inzidenzwert fiel gegen Null. Die Wirtschaft lag am Boden. Nur die Pharmaunternehmen, die an der Herstellung des Gegenmittels gegen den Wuhan-Virus beteiligt waren, machten Milliarden Gewinne. Die Mitglieder der Loge scheffelten Millionen an Dollars und wurden immer reicher. Die Wut der Bevölkerung wuchs, wurde aber in allen Ländern mit Militärgewalt unter Kontrolle gehalten.

Die Regierung in Deutschland rationierte die Lebensmittel für die Bevölkerung. Deutschlands Bürger spielten das Spiel noch geduldig in der Hoffnung auf bessere Zeiten mit, doch in anderen Ländern der Welt sah es anders aus. Plünderungen, Tod und Gewalt beherrschten das Tagesgeschehen. Es herrschte das Recht des Stärkeren. In dieser Zeit entschied das Oberlandesgericht in Berlin die Auslieferung Peter Steins an die Amerikaner. Steins Anwalt klagte daraufhin beim Bundesverfassungsgericht und John Carter saß weiter in Berlin fest. Das Ausgehverbot in Deutschland wurde gelockert und die Straßen waren wieder etwas belebt. Die Logistikunternehmen konnten wieder ihre Arbeit aufnehmen und Lebensmittel von den Herstellern zu den Endverbrauchern liefern. Auch die Industrieunternehmen fuhren ihre Produktionen vermindert wieder an. Der Virus jedoch kostete vielen Facharbeitern das Leben und den Gesellschaften fehlte weiter das qualifizierte Personal.

Udo Schmitt meldete sich die ganze Zeit nicht mehr bei seiner Klientin. Als das Ausgehverbot gelockert wurde, stand Anne in Begleitung von Joe Dexter vor der Kanzlei ihres Rechtsanwaltes. Anne wollte Antworten wegen seines Verschwindens. Sie schritt in das Büro des Dicken, ohne bei der Vorzimmerdame anzuhalten und um Einlass zu fragen. Schmitt wurde bei Annes Anblick kreidebleich im Gesicht und hätte sich am besten in Luft aufgelöst. Er führte Anne und Dexter aus seinem Büro in den Hinterhof nach draußen. Schmitt war sich nicht sicher, ob seine Kanzlei auch wirklich abhörfrei war. Er versuchte in seinen Worten Anne zu erklären, was vorgefallen war und er keine Chance gesehen hatte, der Aufforderung des Telefonats nicht Folge zu leisten.

Enttäuscht von ihren Familienanwalt kehrte Anne mit Dexter dem Dicken den Rücken zu und verließ ihn kommentarlos. In Berlin wollte sie ihren Hausarzt aufsuchen, doch vor der Praxis stehend, wurde ihnen durch ein Schild an der Tür mitgeteilt, dass der Doktor den Kampf gegen den Virus mit dem Leben bezahlt hatte. Anne musste sich einen anderen Arzt suchen, um sich gegen das Virus impfen zu lassen. Auf dem Rückweg nach Ravensbrück hielten sie an dem Supermarkt in Fürstenberg und kauften ihre Rationen dort an Lebensmitteln ein. Im Autoradio hörten sie dann kurz vor dem Anwesen über die Auslieferung Steiners an die USA. Dexter und Anne wussten ja, dass der Journalist im Recht war und sie etwas für ihn tun müssten. Bei der Einfahrt auf das Anwesen warteten die drei Schäferhunde am Tor und knurrten den Audi Q5 indem Anne und Dexter saßen an. Uwe Roth pfiff seine Jungs zurück und Joe steuerte den Wagen zu der Haustür. Als die beiden ausstiegen erkannten die Hunde die Insassen des Autos und ließen sie unbehelligt. Anne marschierte in die Bibliothek und durchblätterte die Telefonliste ihres Vaters. Ralf Becker Jurist in Potsdam und Geschäftspartner des verstorbenen Grafen stand mit seinen Telefonnummern in seinem Notizbuch. Anne bekam ihn in seinem Büro ans Telefon und verabredete sich für den nächsten Morgen mit ihm. Anne gab Dexter den Schließfachschlüssel, den sie um ihren Hals trug und bat ihm, die im Bahnhof Zoo versteckte Aufnahme zu kopieren. Joe saß eine halbe Stunde später in dem AMG und fuhr die Autobahn A2 mit Vollgas Richtung Ruhrgebiet. Sein Ziel war der Hauptbahnhof in Luxemburg.

John Carter sah den schwarzen Mercedes von dem Anwesen fahren. Beim zweiten Hingucken erkannte er Joe Dexter auf dem Fahrersitz. Carter blieb mit seinem Auto versteckt stehen, denn sein Zielobjekt war die Gräfin. Es brach die Nacht herein und für Carter wurde es eine kalte ungemütliche Zeit bis zum nächsten Morgen. Mit Keksen vertrieb er gerade seinen Hunger, als Anne den Q5 auf die Straße lenkte. Die Kekse landeten auf der Rückbank und der Agent folgte Anne im gewissen Abstand nach Potsdam. Er beobachtete sie beim Aussteigen aus ihrem Auto und wie sie in die Kanzlei eines gewissen Ralf Becker verschwand. Der Anwalt begrüßte die für ihn noch unbekannte Tochter des verstorbenen Grafen und bot ihr einen Platz und Getränke an. Nachdem die Sekretärin Anne einen Milchkaffee serviert hatte, fragte Becker nach dem Grund von Annes dringenden Termin mit ihm. Anne klärte Becker über ihr ganzes Wissen auf. Sie erzählte ihm, wie sie vom Tod ihres Vaters erfuhr bis hin zu Peter Steins bevorstehende Auslieferung. Einmal entschuldigte sich der Anwalt, griff zum Telefon und bat seine Angestellte alle Folgetermine zu verschieben. Danach hörte er ihr wieder aufmerksam zu. In der Presse hatte er schon viel über die Verschwörungstheorien gelesen, doch dass daran auch nur ein Fünkchen an Wahrheit sein sollte, nie gedacht. Becker wollte gerne die Aufnahme hören, doch Anne erklärte ihm, dass er mit etwas

153

Glück in den nächsten Tagen ein Teil des Vortrages während des Treffens in dem Haus des Grafen zu Ohr bekommen könnte. Anne wollte die Wahrheit an die Öffentlichkeit bringen und somit Peter Stein vor der Auslieferung retten. Seine Unschuld ist für sie klar, nur lag es jetzt an sie, Steins unrechtmäßige Inhaftierung an die Öffentlichkeit zu bringen. Becker schlug vor, mit dem Rechtsanwalt des Verlagshauses Kontakt aufzunehmen und mit ihm die weitere Vorgehensweise abzuklären.

Fast vier Stunden und nun völlig übermüdet beobachtete John Carter den Eingang der Kanzlei, bis die Gräfin wieder zu ihrem Auto ging. Carter beobachtete wie Anne in ihren hohen Pumps elegant über das Kopfsteinpflaster und die Straßenbahnschienen lief. Der kurze blaue Rock betonte ihre schlanken Beine bei jedem Schritt und ein blauer Blazer über ihre Haut verdeckte ihren Oberkörper. Nur die Spitzen ihres ebenfalls blauen BH`s schauten oben aus dem Blazer hervor und bedeckten ihren Brustansatz. Anne war für Carter eine sehr begehrenswerte Frau und der Sex im Club mit ihr machte ihn süchtig nach mehr. Er wollte sie erobern, ihr Herz gewinnen und bei ihr sein. Jetzt bereute er in die Staaten fliegen zu wollen und zu müssen. Anne fuhr zum Parkhaus in einer Nebenstraße des Kudamms, lief über die Hauptstraße und nahm ein frühes Abendessen in einem der vielen Restaurants dort ein. John Carter hatte das Glück, dass seine Verfolgung von Anne bisher unbemerkt geblieben war. Er wartete zwei Zigarettenlängen ab und schlenderte äußerlich völlig relaxt in das italienische Restaurant. Carter setzte sich in dem nur zu einem Viertel gefüllten Raum so an einem Tisch, dass Annes Blick irgendwann auf ihn fallen musste. Er zwang sich nicht zu ihr herüberschauen zu müssen. Bestellte eine Pizza Tonno, als Vorspeise einmal Bruschetta und ein Glas Lambrusco zum Essen. Als Anne die ihr bekannte Stimme mit dem amerikanischen Akzent

154

hörte, schaute sie auf und zu Carter herüber. Carter schaute erst auf, als Anne vor ihm stand und das Wort an ihn richtete. Mit gespieltem Lächeln und völligem Erstaunen bot er ihr den Platz gegenüber an. Mit dem eigenen Glas in der Hand setzte sich Anne an den Tisch Carters und begann ein belangloses Gespräch. Die Vorspeise wurde gemeinsam gegessen und die Pizzas danach verdrückt. Mittlerweile stand die zweite Flasche Roten auf dem Tisch und die Stimmung lockerer. Die gedämmte Beleuchtung, dazu die flackernde Kerze und die Musik der italienischen Schmusesänger im Hintergrund machten das zufällige Wiedersehen zu einem Candlelight-Dinner. Carter ließ den italienischen Kellner kommen und bestellte die dritte Flasche. Anne merkte die Ausgelassenheit in ihr und die Hitze in sich aufsteigen. Sie knöpfte ihren Blazer einen Knopf auf und befreite so den eingezwängten Brustansatz von ihr. Jetzt hatte Carter freie Sicht, sah den Spitzen-BH und den von ihm gehaltenen Inhalt. Das lustige Gespräch wandelte sich und es floss mehr erotischer Inhalt hinein. Mit der dritten Flasche Wein, wurden beide Zungen lockerer und die Unterhaltung ging endgültig zu den sexuellen Wünschen über. Carter berichtete Anne von seinen Sehnsüchten dominiert und bestraft zu werden. Der Schmerz beim Sex würde seine Lust steigern, erzählte er Anne. Annes Interesse war geweckt worden und sie rief dem Kellner zu und verlangte die Rechnung bezahlen zu dürfen. Mit einem großzügigen Trinkgeld verließen die beiden den Italiener und visierten das schräg gegenüberliegende zweite fünf Sterne Hotel in Berlin an. Es dauerte nur ein paar Minuten und beide betraten das gemietete Zimmer. Im Stehen vor dem Bett küssten sie sich und ihre Hände befummelten den Körper des jeweils anderen. Anne knöpfte den Gürtel und die Hose auf und zog Carter die Hose aus. Jetzt kniete sie vor ihm und fasste in mit beiden Händen festzudrückend an die Genitalien. John schien es zu gefallen, denn in Annes Hand wuchs etwas zu enormer

Größe an. Sie massierte mit den Händen festzudrückend weiter und ließ ihn das Oberhemd ausziehen. Er stöhnte und jammerte nach mehr. Anne schubste ihn auf das Bett und sah den muskulösen Kerl vor sich liegen. Mit dem Absatz des rechten Schuhs drückte sie gegen seine Hoden und Carter genoss den Schmerz. Je fester sie den Absatz in seine Weichteile drückte, desto erregter wurde der Mann unter ihrem Fuß. Sein Glied zeigte feuerrot zum Himmel und Carter spürte jeden Herzschlag. Ann befreite John von dem zugeführten Schmerz, indem sie ihren Fuß wegzog, nur um ihm den Absatz auf den Brustkorb zu stellen. Sie hielt ihn so in der liegenden Stellung und zog sich ihren Slip herunter. Der blaue String lag jetzt auf der Brust Johns und Anne stieß ihn mit dem Fuß beiseite. Carters Glied war nun reif genug und Anne setzte sich, mit den Pumps auf seiner Brust abstützend auf ihn und fing an sich auf und ab zu bewegen. Sie spürte das ausgehende Pochen von ihm. Sein Pulsschlag wurde von ihrer Vagina eingefangen und ihre Bewegung passte sich seinem Herzschlag an. Als er ihre Brüste durch den Blazer anfassen wollte, schlug sie ihm auf die Finger. Er wollte dominiert werden, jetzt bekam er ihre Dominanz zu spüren. Als Anne fühlte, wie sein Höhepunkt anstand, erhob sie sich und setzte sich auf sein Gesicht. Seine Zunge fand ihren Anus und leckte ihn. Anne half sich selbst mit ihren Fingern und massierte ihren Kitzler. John Carter bekam ihren nassen Orgasmus mitten ins Gesicht gespritzt und wartete sehnsüchtig auf seinen eigenen Höhepunkt. Anne stieg von ihm ab, gab ihm einen Kuss auf die Wange und verließ das Zimmer. Der völlig verwirrte John Carter blieb allein zurück.

Währenddessen kam Joe Dexter mitten in der Nacht am Luxemburger Hauptbahnhof an und checkte in einem nahegelegenen Stundenhotel ein. Hier boten käufliche Damen ihre Liebesdienste an und Dexter wunderte sich über die vielen normal aussehenden Frauen hier auf der Straße. Um die Familie und sich selbst wegen der auf der bodenliegenden Wirtschaft und der damit verbundenen Arbeitslosigkeit zu ernähren, standen die Mütter hier und warteten auf Freier. Dexter nahm sich ein Zimmer und schlief ein paar Stunden. Früh am Morgen stand er auf, frühstückte am Bahnhofbistro und öffnete das Schließfach. Mit dem nächsten Schlüssel ging die Autofahrt über Köln, Dortmund, Hannover und Magdeburg zurück nach Berlin. Überall an den Hauptbahnhöfen tauschte er die Schlüssel aus. Der letzte Schlüssel passte in das Schließfachschloss des Bahnhofs Zoo und Dexter öffnete dies am späten Nachmittag. Das Diktiergerät lag unberührt dort und wartete auf seinen Abholer. Auf der Toilette kopierte Joe die Aufnahme, indem er das Band laufen ließ und mit seinem Handy die Ansprache aufnahm. Danach legte er das Diktiergerät wieder in das Schließfach und verließ den Bahnhof. Er fuhr über Potsdam nach Berlin und tauschte dort am Bahnhof den Schlüssel noch einmal vorsichtshalber aus, bevor er die 96 Richtung Ravensbrück befuhr. Am frühen Abend endete die Odyssee für ihn. Völlig übermüdet und hungrig stieg Joe aus dem Auto aus und drückte der in der Tür wartenden Anne den Autoschlüssel in die Hand. Anne tippte die Telefontaste mit der Nummer Ralf Beckers und hatte ihn sofort in der Leitung. Dexter spielte die Aufnahme ab und Becker hörte über das Mikrophon mit. Danach sendete Joe ihm die Aufnahme über sein Smartphone an den angegebenen Messenger Dienst. Ralf Becker hatte nun die Teilaufnahme, in der, der amerikanische Präsident das Vorhaben vortrug, mehr als die Hälfte der auf diesem Planeten lebenden Menschen töten zu wollen. Becker war sich der

Brisanz dieses Geheimnisses sofort bewusst und legte eine weitere Sicherungskopie an. Er rief noch am selben Abend den Verteidiger Peter Steins an und bat auf der Mailbox um Rückruf.

John Carters Handy summte und der Agent der Agency hörte, dass sein Auftrag noch nicht vorüber sei. Die Firma hörte das Handy des Anwalts des Blitzverlages ab und bekam den Anruf Beckers mit. Carter musste schnell handeln und fuhr zu Beckers Privatadresse. Er überprüfte die SIG Sauer, drehte den Schalldämpfer auf und klingelte an der Eingangstür. Als der Lautsprecher über der Klingel nach seinem Anliegen fragte, stellte er sich unter falscher Identität als Steins Anwalt vor. Becker traute dem Mann vor seiner Tür nicht und rief den Notruf der Polizei. Carter wurde ungeduldig und kletterte über den Gartenzaun. Nun war er auf der Rückseite des Hauses und blickte durch die Terassentür in das Wohnzimmer des Anwaltes. Es schien, als sei Becker allein im Haus, denn Carter sah sonst niemanden. Becker legte nach dem ausgesandten Notruf das Telefon beiseite und ging in die obere Etage in sein Schlafzimmer. Im Schrank holte er seine Jagdflinte heraus und versteckte sich hinter seinem Bett. Carter knackte schnell das Schloss der Terrassentür. Die Alarmanlage war durch die Anwesenheit des Hausbesitzers von ihm ausgeschaltet worden und John Carter kam unbemerkt in das Haus. Er schlich, die Waffe im Anschlag durch das Erdgeschoss und suchte Becker. Unten fand er ihn nicht und er betrat die Treppenstufen, die in die obere Etage führten. Carter bewegte sich vorsichtig, denn das Licht war ausgeschaltet. Er orientierte sich im Dunkeln und sah vier Zimmertüren. Carter fragte sich, wo Becker sich versteckt hielt. Er fasste die erste Türklinke an und drückte sie vorsichtig herunter. Becker sah den Türgriff sich nach unten bewegen und legte sein doppelläufiges Jagdgewehr an und zielte auf die Tür. Becker sah die Silhouette des Eindringlings und wartete noch den Bruchteil der Sekunde ab, um abzudrücken. Carter öffnete die Tür und schaute in das Schlafzimmer Beckers. Einen Wimpernschlag später erkannte er den Doppellauf auf sich gerichtet. Instinktiv sprang er zur Seite und fiel die Treppe herunter. Dabei verlor er seine Pistole, konnte den Treppensturz aber so abfangen, dass er keine Verletzung davontrug. Als er nach seiner SIG schauen wollte, hörte er mehrere Martinshörner näherkommen. Carter rannte aus dem hinteren Teil des Hauses, sprang über den Gartenzaun und fand sich im Garten eines anderen Hauses wieder. Er versteckte sich dort solange, bis die Luft wieder rein war und er sich zu seinem Auto bewegen konnte.

Frank Müller wurde aus dem Bett geklingelt und fuhr ein paar Minuten später zur Ermittlung nach Potsdam zu Ralf Becker. Die Spurensicherung war im Haus beschäftigt, als Müller dort eintrat. Der Rechtsanwalt Ralf Becker saß in seinem Wohnzimmer und wurde von einem Polizeipsychologen betreut. Kommissar Müller sah einen nervlich geschockten Mann auf seiner Couch sitzen und stellte sich vor. Behutsam stellte er die Frage nach dem Tathergang und Becker berichtete ihm sein Erlebnis ab dem Klingeln des Mannes an seiner Tür. Müller machte sich seine Notizen und gab dem ängstlichen Mann für den Fall, dass ihm noch etwas Wichtiges einfiel seine Visitenkarte. Da die Nacht fast vorbei war und die Morgendämmerung anbrach, nahm Müller den Weg zum Präsidium, anstatt nach Hause zu fahren. Dort gab er den Namen des Anwaltes in die Suchmaschine seines Computers ein und erfuhr alles Wissenswerte über Ralf Becker. Zu seinem Erstaunen las er, dass Becker auch für das Verlagshaus der Blitz arbeitete. Jetzt fing es an in Müllers Kopf zu leuchten. Er zählte seine Kenntnisse zusammen und erkannte vielleicht einen Zusammenhang. Steins Inhaftierung, des Grafen Tod, die Ermordung Vollmers und die der Haushälterin der Gräfin. Dazu die Geschichte des Chefredakteurs der Blitz. So viele Zufälle kann es gar nicht geben, dachte Müller noch, als sein Telefon klingelte. Es war kurz vor sechs und er fragte sich, wer so früh außerhalb der Dienstzeit etwas von ihm wollte. Müller nahm den Hörer ab und lauschte dem Gesagten seines früheren Klassenkameraden. Der Chefredakteur der Blitz berichtete ihm, dass ihr Anwalt heute Nacht überfallen und glücklich mit dem Leben davongekommen war. Der Zeitungsangestellte wollte ihn so schnell wie möglich sprechen und fragte Müller, wann es ihm am besten passen würde. Als sie sich verabredeten und der Kommissar aufgelegt hatte, klopfte es an seiner Bürotür und ein Kollege von der nächtlichen Spurensicherung trat ein. In einer durchsichtigen Tüte legte er dem Ermittler die von Carter verlorene Pistole auf den Tisch. Müller sah keine Waffennummer und der Mann von der Spurensicherung hob nur die Schultern. Diese SIG Sauer gehörte also einem Mitarbeiter eines Geheimdienstes oder hatte von solch einer den Auftrag und die Pistole bekommen. Müller konnte die Waffe also nicht zurückverfolgen. Die Fingerabdrücke auf der Waffe waren nicht in der Datenbank der Polizei erfasst und somit erstmal unbrauchbar.

Zwei Stunden recherchierte Müller noch von seinem Schreibtisch aus, bevor er sich zu seinem Treffen mit dem Redakteur in Beckers Haus aufmachte. Dort traf Müller dann gegen zehn Uhr morgens ein und Becker öffnete ihm die Tür. Der alte Klassenkamerad saß schon mit einem Kaffeebecher in der Hand an dem ovalen Esstisch zwischen der offenen Küche und dem Wohnzimmer. Beide schienen auf den Kommissar gewartet zu haben und machten einen nervösen Eindruck. Becker hatte die ganze Nacht nicht geschlafen und kurz vor Müllers eintreffen noch schnell geduscht. Deshalb hatte er nur noch Zeit gehabt in seinem Bademantel zu schlüpfen und ihm leicht bekleidet ins Haus zu lassen. Der Chefredakteur hatte es eilig und tischte dem Kommissar seine Geschichte auf und verabschiedete sich von den beiden. Als Becker dann die Geschichte des Redakteurs bestätigte und Müller die Aufnahme vorspielte, wusste der Kommissar wegen seiner fehlenden Englischkenntnisse nicht was er gerade hörte. Becker schüttet noch Kaffee nach und fasste dem sitzenden Polizisten dabei an die Schulter. Müller fragte seelenruhig weiter und bekam seine Antworten. Er trank seinen Kaffee aus und wollte sich den Tatort noch einmal ansehen. Der Täter kam durch die geöffnete Terrassentür und Müller begutachtete den Ausgang zur Terrasse. Als Frank Müller sich im Wohnzimmer im Tageslicht umsah, erkannte er viele Aktmalereien an den Wänden. Gut gebaute Männerkörper posierten auf den Bildern. Eines dieser Bilder besaß Müller als Druck selbst. Es hing in seinem Schlafzimmer über dem Kopfteil seines Bettes. Becker beobachtete den Kommissar bei dessen Blick auf den Bildern und erzählte ihm von dem Künstler. Er selbst erstand die Malereien bei einer Vernissage in einer Hamburger Galerie. Müller war begeistert, denn er wusste um den ungefähren Wert dieser Gemälde. In dem gläsernen Schrank waren Torsos von Männern ausgestellt, manche mit erigiertem Glied. Jetzt verließ Müller auch der letzte Zweifel, Becker fühlte sich zu dem männlichen Geschlecht hingezogen. Als Müller sich umdrehte, sah er, dass Becker seine neue Erkenntnis jetzt mitbekommen hatte. Müller sah ihm in die Augen und schenkte Becker ein mildes Lächeln. Der Anwalt folgte dem Beamten durch das Erdgeschoss und beantwortete die gestellten Fragen. Müller wollte auch noch die obere Etage in Augenschein nehmen und ging die Treppe voranschreitend empor. Oben blieb er stehen und gab Becker den Vortritt. Der Anwalt öffnete das Schlafzimmer und zeigte dem Kommissar, wo er sich vor dem Eindringling versteckte. Müller schaute sich in dem geräumigen Schlafzimmer um und auch

161

hier waren viele erotische Bilder und Fotografien von männlichen Models. Müller drehte sich zu Becker um und sah, dass der Stoffgürtel den Bademantel nicht mehr ganz verschloss und Beckers bestes Stück ein wenig zu sehen war. Becker sah den Blick des Beamten und schnürte den Bademantel wieder fest. Müller fragte nach dem Badezimmer und Becker zeigte mit dem Finger auf die Durchgangstür. Müller legte seine Jacke auf dem Bett ab und war mit drei Schritten im Badezimmer verschwunden. Becker hörte das Geräusch des Wasserlassens in einer Toilette und blieb dort stehen, wo er war. Danach klang das Geräusch des Händewaschens an sein Ohr. Danach war es für einige Augenblicke ruhig. Die Tür öffnete sich nicht und Becker ging zwei Schritt in sein Schlafzimmer und fragte durch die geschlossene Tür, ob alles in Ordnung sei. Statt einer Antwort wurde die Türe einen Spalt weit geöffnet und blieb so stehen. Die Neugier trieb den schwulen Anwalt zur Badezimmertür, er stieß sie leicht an und die Tür öffnete sich ganz. Was er sah, erschreckte und erfreute ihm zugleich. Müller stand nackt vor ihm. Becker spürte wie die Hitze in seinen Lenden anstieg und der Bademantel den Weg für sein größer werdenden Freund freigab. Müller ging einen Schritt auf Becker zu und dieser schritt einen Meter zurück. Er setzte sich auf die Bettkannte und in Augenhöhe stand Müllers Glied direkt vor ihm. Er zog ihn an sich und die beiden hatten an diesem Tag eine gleichgeschlechtliche Liebesbeziehung.

Am nächsten Morgen überschlugen sich die Ereignisse. In der Blitz war der Leitartikel dem eigenen Journalisten Peter Stein gewidmet. Auf der ersten Innenseite wurde über Steins Unschuld und unberechtigte Inhaftierung geschrieben. Seite zwei berichtete über das geheime Treffen und die Leser konnten die Übersetzung des Vortrags William Smiths lesen. Es dauerte keine Stunde und die Nachrichtensender der großen Nationen berichteten über den Artikel. Ein Privatsender, der dem Verlagshaus nahestand, erstand die Exklusivrechte und kündigte eine Livesendung für den heutigen Abend um acht Uhr an.

Das Telefon neben dem Bett des Präsidenten klingelte. In Washington war es mitten in der Nacht. William Smith schrak aus seinem Schlaf auf und nahm den verfluchten Hörer ab. Er Sagte nichts und hörte nur zu. Als der Direktor der Firma fertig war, orderte ihn Smith ins Oval Office. Dreißig Minuten nach dem Telefongespräch saßen sich die beiden Männer gegenüber. William Smith war wütend über die schlampige Vorgehensweise seines Auslandsgeheimdienstes und machte das dem Direktor mit jedem ausgesprochenen Satz klar. Er gab nun alle erforderlichen Mittel zur Verhinderung der Veröffentlichung seiner Ansprache vor über einem Jahr frei. Der Direktor nickte, stand auf und verließ das Büro. Der Telefonanruf aus den USA erreichte John Carter nur wenige Augenblicke, nachdem der Direktor das Weiße Haus des Präsidenten verlassen hatte. Carter wurde daraufhin aktiv und stellte eine Söldnertruppe aus Killern, die für die Agency in Europa die Drecksarbeit verrichteten, zusammen. Die Ziele zum Besorgen der weiteren Aufnahmen und der späteren Eliminierungen der betroffenen Personen wurden ausgegeben. Hauptziel war die Blitzredaktion mit ihrem Chefredakteur und ihrem Anwalt. Ein zweites Kommando sollte die Gräfin und ihre Begleiter besuchen.

Um den Kommissar Müller sollten sich dann noch zwei dafür abgestellte Killer kümmern.

Über das Kanzleramt wurde der Innensenator Berlins informiert. Er gab dem Polizeichef Bescheid und erklärte ihm das genaue Vorgehen ihrer Beamten bei dem bevorstehenden Einsatz.

Carters erste Anlaufstelle war das Privathaus des Anwalts Becker. Seine Männer drangen in das Haus ein und überrumpelten den überraschten Ralf Becker ohne Gegenwehr. Carter ließ den Mann an seinem eigenen Stuhl festbinden und ein anderer seiner Leute mit Gesichtsmaske bearbeitete den Anwalt. Erst kurz vor dessen Ohnmacht, fragte Carter ihn nach der Aufnahme. Der blutüberströmte Ralf Becker nickte zu seinem Handy und erzählte John Carter alle Einzelheiten. Nachdem Carter genug gehört hatte, schoss er dem Anwalt schallgedämpft eine Kugel in den Kopf.

Das Einsatzteam um John Carter fuhren mit ihren Autos in die Tiefgarage des Verlagshauses der Blitzredaktion. Mit zwölf weiteren Männern in schwarzen Overalls und Sturmmasken über den Köpfen stiegen Carter und seine Leute aus den Autos, die dann wieder die Fahrt aus der Tiefgarage aufnahmen. Mit dem Fahrstuhl fuhr das Kommando in die siebte Etage und stürmte das gesamte Geschoss. Niemand durfte seinen Platz verlassen. Carter befahl, jeden der versuchte zu telefonieren zu liquidieren. Er selbst betrat mit zwei Mitarbeitern das Büro des Chefredakteurs, hielt ihm die Pistole vor seinem Gesicht und ließ ihn den Tresor öffnen. Das alles geschah mitten am Tag in Berlin. Carter fragte den Chefredakteur nach weiteren Kopien. Als dieser verneinte, schoss Carter auch ihm eine Kugel in die Stirn. Über die Notfalltaste konnte ein Mitarbeiter der Redaktion die Polizei verständigen und ein Team der Kommando Spezialkräfte umstellte mit Unterstützung einer Hundertschaft der

Polizei das Gebäude. Carter floh mit seinen Leuten in die oberste Etage und ließ den Aufzug lahmlegen. Die schwarzen Overalls wurden abgelegt und die Killer trugen darunter die Einsatzkleidung der KSK. Eine Minute danach sprach Carter in seinem Funkgerät und orderte die Abholung an. Ein unnummerierter Armeehubschrauber der Marke Aérospatiale AS 332, auch Super Puma genannt, landete direkt nach dem Funkspruch auf dem Dach des Gebäudes. Die Männer der Agency stiegen mit ihrer deutschen Polizeibekleidung getarnt in den Truppentransporter. Der Pilot startete und der Helikopter verschwand in der tiefliegenden Wolkendecke. Der ganze Einsatz dauerte elf Minuten und wurde von Carter ohne eigene Verluste beendet.

Ein anderes Team stand vor dem Anwesen der Gräfin und wartete auf das O.K. der Einsatzleitung. Als dieses kam überwanden sie die Mauer, die das Grundstück nach außen hin absperrte. Was das Einsatzteam nicht kannte, waren die neuangebrachten Kameras durch Uwe Roth und diese gaben sofort einen Alarm an den angeschlossenen Computer ab. Roth und Dexter unterhielten sich gerade mit Anne und dem Kommissar Müller als der Alarm einlief. Beide sprangen auf und schauten auf den Bildschirm. Sofort schnappten sie sich ihre Waffen und befahlen Anne die beiden Pistolen aus dem Tresor zu holen. Müller reagierte blitzschnell und zog seine Dienstwaffe aus dem Holster. Roth sah auf den Bildschirm und wählte die einzelnen Kameras an und sortierte diese so, dass er alle Bilder der installierten Kameras auf einem Bildschirm hatte. Er zählte auf die Schnelle sechs Eindringlinge, aber dies war nur eine Schätzung wegen der fehlenden Zeit und ohne Gewähr. Sie schickten Ann mit der Glock nach oben in ihr Schlafzimmer. Sie sollte auf jeden, ohne zu fragen sofort schießen, der durch die Tür zu ihr wollte. Roth ließ an den Fenstern die Rollos herunter und die drei Profis teilten sich im Erdgeschoss auf. Mit einem ohrenbetäubenden Knall sprengten die Eindringlinge die Verriegelung der Haustür und stürmten in das Foyer. Roth eröffnete von der Bibliothekstür das Feuer. Als ehemaliger Polizeiausbilder wusste er um die kugelsicheren Westen der anstürmenden Killer und schoss in Höhe ihrer Becken. Die 44er Magnum gab drei Schuss ab, die unüberhörbar den Klang dieser Waffe ausmachten. Zwei der Angreifer lagen schreiend am Boden, die anderen Eindringlinge flüchteten rückwärts ins Freie und suchten irgendwo Deckung. Über Funk gab ein Agent der Firma die Situation vor Ort bekannt und orderte Verstärkung an. In der Zwischenzeit bemühte Müller sich, über sein Handy Verstärkung durch die Kollegen herbeizurufen. Dexter wartete in der Küche hinter dem umgeworfenen Küchentisch Deckung suchend auf die Angreifer. Er hatte die Tür zum Foyer, sowie die beiden Zimmer und die Badezimmertür seitlich im Blick. Anne saß oben in ihrem Schlafzimmer und rief die Redaktion der Blitz an. Es dauerte eine ganze Weile, bevor sich jemand Unbekanntes dort meldete. Anne klärte den Mitarbeiter auf und bat um Hilfe. Danach war ihr Handy tot. Auch Müllers Smartphone hatte plötzlich keine Verbindung mehr zum Netz und nun waren sie auf sich allein gestellt. Immer noch hinter der schweren Bibliothekstür versteckend lugte Roth in das Foyer. Seine drei Schäferhunde saßen angespannt hinter ihm und warteten auf sein Kommando. Er sah noch wie die Handgranate im hohen Bogen in das Foyer flog und trat mit dem Fuß die Bibliothekstür zu. Im selben Moment explodierte die Granate und das ganze Haus wackelte. Roth lud seinen Revolver nach und schnappte sich die Pumpgun. Die beiden schwerverletzten Einbrecher, die vorher noch schreiend vor Schmerzen im Eingangsbereich lagen, waren nun tödlich getroffen ruhig. Das Einsatzteam warf nach der Explosion noch zwei Rauchgranaten ins Haus und zwei Mann stürmten durch

166

die Haustür hinein. Der erste rollte sich hinter der Treppe, vorbei an der geschlossenen Bibliothekstür und suchte dort Deckung. Der zweite Killer sprang zu seinem Unglück aus dem Rauch links in die Küche, um dort Schutz zu suchen. Dexter sah den schwarzgekleideten Mann aus dem Rauch in die Küche springen und drückte mit der 357er ab. Er schoss die ganze Trommel leer und der Killer war trotz Schutzweste durch einen Kopftreffer tödlich verwundet. Die beiden letzten Agenten der Firma hielten sich den Hauseingang beobachtend im Schutz ihrer Deckung auf und warteten auf die angeforderte Verstärkung. Als Roth die Bibliothekstür öffnete schoss der Agent hinter der Treppe sein halbes Magazin leer. Roth hatte Glück, denn die dicke Vollholztür schluckte die Kugeln und er blieb unversehrt. Unbemerkt von dem Killer schaute Kommissar Müller über das Treppengeländer und zielte auf den Kopf des sich duckenden Mannes. Ein Schuss, ein Treffer und der vierte Eindringling war erledigt. Jetzt fuhr Roth die Rollos der hinteren Bibliotheksfenster ein Stück hoch und ließ seine drei Hunde raus. Er selbst schlich sich ungesehen zur Eingangstür und rief Dexter zu sich. Die beiden letzten Killer beobachteten den Hauseingang und Roth schoss einmal in ihre Richtung, ohne eigentlich zu wissen, wo sie waren. Trotzdem lenkte der Schuss die beiden ab und ihre ganze Aufmerksamkeit gehörte dem Hauseingang. Die drei Schäferhunde gelangten so unbemerkt in den Rücken der wartenden Killer und griffen diese kontrolliert an. Als die beiden Agenten aufsprangen, um sich gegen die Hunde zu wehren, rannten Roth und Dexter hinaus und stellten die beiden mit vorgehaltenen Waffen. Sie entwaffneten die Männer und banden ihnen die Hände und Beine mit deren eigenen Kabelbindern fest. In der Zwischenzeit holte Müller Anne aus dem Schlafzimmer und zusammen traten sie aus dem Haus. Dexter verband den Gefangenen die Augen und ließ sie liegen, wo sie waren. Roth schnappte sich seine Hunde und sprang in seinem Pickup. Müller setzte sich auf dem Beifahrersitz und Roth gab Gas. Dexter und Anne folgten im AMG Mercedes und gemeinsam flüchteten sie aus der Gefahrenzone. Sie rasten die Straße durch den Wald zur Landstraße und Anne sah als erstes den Hubschrauber auf ihr Grundstück zu fliegen. Der Helikopter mit den Presseaufklebern des Blitzverlages senkte seinen Flug und blieb in der Luft über das Anwesen der Gräfin stehen. Ein Mitarbeiter filmte mit einer Kamera aus der offenen Schiebetür des Hubschraubers. Sie filmten das Haus und die offene Eingangstür. Dabei entdeckten sie die beiden auf dem Boden liegenden gefesselten Personen. In dem Moment als sie zur Landung ansetzen wollten, fuhren zwei Cadillac Escalades durch das offene Tor auf das Haus zu. Instinktiv unterbrach der Pilot den Landevorgang und hob den Helikopter wieder in die Lüfte. Der Kameramann filmte noch die aus den Autos springenden getarnten Männer, als er durch das Objektiv die auf ihn gerichtete Panzerfaust sah. Der Mann mit der Kamera rief dem Piloten das Gesehene zu und der Hubschrauber änderte spektakulär die Richtung. Just in diesem Moment zischte das Geschoss an dem Bug des Helikopters vorbei. Mit Vollgas und niedrigem Flug über den Baumspitzen jagte der Pilot davon. Der Träger mit der Panzerfaust schaffte es nicht mehr schnell genug nachzuladen und einen zweiten Schuss abzugeben. Die Presseleute waren hinter dem Wald verschwunden. Als John Carter den Hubschrauber wieder sah, war dieser für einen gezielten Schussversuch zu weit weg. Carters Männer trugen die Toten in ihre Autos und verließen in größter Eile das Grundstück. Da ihnen die Flüchtenden auf ihrem Hinweg nicht entgegenkamen, konnten sie nur die Landstraße Richtung Norden genommen haben, dachte Carter noch und befehligte dem Fahrer die Strecke nach Norden zu nehmen. Sie ließen den Thymensee östlich hinter sich und fuhren auf der 96 nach Mecklenburg-Vorpommern. In

Neustrelitz dann gabelte sich die Bundesstraße und Carter musste entscheiden, ob er die B96 Richtung Neubrandenburg oder die B193 nach Altschwerin nehmen sollte. Er entschied sich auf der 96 zu bleiben und hoffte die Flüchtenden noch vor der Stadt abfangen zu können.

Roth mit Müller auf dem Beifahrersitz holten das Maximale aus dem durstigen Pickup heraus, doch bei Plau am See war der Tank leer. Er parkte seinen geliebten Truck am Straßenrand und beide stiegen aus. Der AMG SL war leider ein Zweisitzer und so konnte Dexter die beiden nicht mitnehmen. Dexter und Anne verabschiedeten sich von ihren Helfern und fuhren davon. Roth und der Kommissar waren nun auf sich selbst gestellt. Dexter raste über den Asphalt der B191 und gelang hinter Parchim auf die Autobahn A24 Richtung Hamburg. Roth und Müller überlegten, wie sie weiter vorgehen sollten und entschieden, sich auf einem nahegelegenen Campingplatz zu verstecken. Sie öffneten die verschlossene Tür eines der hinteren verlassenen Wohnmobilheimen und verkrochen sich dort mit den Hunden in der Hoffnung die Besitzer blieben fern. Müller wollte seine Kollegen in Berlin benachrichtigen, doch Roth glaubte an eine undichte Stelle in der Polizeibehörde und riet dem Kommissar davon ab.

Während John Carter erfolglos die Flüchtenden verfolgte, Roth und Müller sich in Plau am See unsichtbar machten und Anne mit Dexter kurz vor Hamburg waren, sendete ein befreundeter Privatfernsehsender der Blitz in seiner Nachrichtensendung von der Schießerei auf dem Anwesen der Gräfin. Dazu strahlte der Sender die Aufnahmen des Hubschrauberkameramannes aus. Die kommentierende Journalistin des Beitrages fragte zum Abschluss ihrer Reportage, ob der Überfall auf dem Anwesen der Gräfin etwas

mit der Auslieferung des Reporters Peter Steins zu tun haben
könnte und stieß mit dieser Äußerung den ersten Dominostein einer
lang aufgestellten Reihe von weiteren Dominosteinen um. Carter
wurde über seinem Handy mit seinen Leuten sofort in das nächste
Safehouse beordert und musste die Verfolgung aufgeben. Dexter
parkte den Mercedes in einem Parkhaus im Hamburger Stadtteil St.
Pauli und das Pärchen nahm sich ein Billighotel, dass auf eine
Registrierung ihrer Kunden verzichtete. In der Wohlwillstraße, bei
einem türkischen Internetcafé suchte Anne mit Dexter auf der
Homepage der Blitz die Kontaktaufnahme. Nachdem sie gefunden
hatten was sie suchten, notierten sie sich die Telefonnummer und
benutzten eines der im Internetcafé angebotenen Telefone. In Köln
beim dort ansässigen Fernsehsender nahm eine freundlich
sprechende Dame ab und Anne fragte nach dem angestellten
Chefjournalisten. Die nette Frau hatte wohl den Auftrag nicht jedes
Gespräch zu ihrem Chef durchzustellen und sagte ihren auswendig
gelernten Satz auf. Doch Anne ließ sich nicht abwimmeln und
erklärte der weiblichen Stimme ganz genau wer sie war und was sie
wollte. Jetzt wurde die Telefonistin unsicher und bat Anne in der
Leitung zu bleiben. Es dauerte etwa fünf Minuten bis sich eine
männliche Stimme als Lothar König, Chefjournalist des Senders
meldete. Anne klärte den Mann auf wer sie war und bat ihm das
Gespräch aufzunehmen. König bestätigte die Bitte und Anne spielte
die Aufnahme von Joes Handy ab. Danach verabschiedete sie sich,
ohne auf weitere Fragen des Journalisten zu warten. Dexter legte
den Hörer auf und sie verließen das Internetcafe. Auf dem Weg
zurück ins Hotel hielten sie an einem osmanischen Schnellimbiss an
und bestellten beide eine Dönertasche für unterwegs. Die
Fleischtasche mit dem bestellten Salat und der scharfen Soße
schmeckte und stillte den angewachsenen Hunger der beiden. An
einer Tankstelle kauften sie zwei Flaschen Rotwein und betraten

kurz danach ihr Zimmer im Hotel für Liebesdienste. Das Zimmer war klein und das Bad eng. Doch es gab eine Dusche und das Bett war auch frisch bezogen. Dexter versuchte mit dem dort liegenden Korkenzieher den Korken aus der Rotweinflasche zu ziehen und Anne besuchte das Badezimmer. Es gab dort auf dem Waschbecken ein Stück Seife, aber kein Duschgel oder Shampoo. Anne zog sich aus, wobei dies in dem engen Raum fast unmöglich war, denn sie stieß dabei mit allen Körperteilen irgendwo an und war froh irgendwann das warme Wasser über sich laufen zu spüren. Während sie duschte, hatte Dexter es geschafft, die Flasche zu öffnen. Der gute Rote schmeckte mehr nach saurem Essig als nach den Trauben des Badener Anbaugebietes. Joe stellte die Flasche ab und schaltete den Fernseher ein. Das alte Röhrenmodell mit einer 32 Zentimeter Bildschirmdiagonale funktionierte noch und so flimmerte die Werbung vor den Mitternachtsnachrichten über den Bildschirm. Eine Minute später verkündete der Moderator Lothar König eine sensationelle Nachricht an. Trotz der niedrigen Einschaltquoten ließ der Chefjournalist es sich nicht nehmen, selbst die Sensation anzukündigen. Nach einem kurzen Bericht über Peter Steins Inhaftierung, wurde ein Bild des amerikanischen Präsidenten eingeblendet und die Aufnahme in mittlerweile schlechter Qualität abgespielt. Im unteren Drittel des Bildschirmes lief die deutsche Übersetzung als Untertitel mit. Dexter rief Anne und nahm einen großen Schluck aus der Flasche. Danach rief er die Gräfin ein weiteres Mal und setzte sich mit der Flasche in der Hand auf die Bettkante, ohne den Blick von der Mattscheibe zu nehmen. Anne hörte Dexter rufen, stellte das Wasser ab und hörte ihn ein zweites Mal nach ihr rufen. Da es sich eilig anhörte, stürmte sie nackt und nass aus dem Bad. Ihr Blick fiel auf den laufenden Fernseher und sie blieb mit offenem Mund wie angewurzelt stehen. Sie verfolgte die Berichterstattung genauso gefesselt wie Dexter und bemerkte die

Kälte auf ihrer Haut gar nicht. Auf ihrem ganzen Körper zeichnete sich eine Gänsehaut ab und ihre Brustwarzen wurden steinhart. Erst als die Nachrichten beendet waren, bewegte sich einen Schritt, legte sich ins Bett und nahm Dexter die nur noch halbvolle Flasche ab. Er sah sie an und wollte sich auf sie legen, doch Anne zeigte in Richtung Badezimmer und ihm blieb nur der Gang zur Dusche. Anne trank einen kräftigen Schluck aus der Pulle und hustete kräftig. Fast hätte sie das Essigwasser wieder ausgespukt, doch ein zweiter Schluck verhinderte dies. Es wurde ihr schnell warm im Bauch und sie spülte den letzten Rest der Flasche herunter. Danach bewegte sie sich aus dem Bett und öffnete die zweite Flasche. Es dauerte ein wenig bis der Korken aus dem Flaschenhals verschwunden war und sie einen weiteren Schluck Rotwein zu sich nahm. Der Wein tat seine Wirkung und Anne fielen vor Müdigkeit die Augen zu. Ein angenehmes Gefühl an ihren Füßen ließ sie wieder die Augenlider anheben. Dexter, frisch geduscht kniete vor dem Bett und lutschte an ihren rotlackierten Zehen. Anne schloss ihre Augen wieder und genoss im Halbschlaf Joes Liebkosungen. Eine ganze Zeit beschäftigte sich Joe mit ihren Füßen, bis Anne bemerkte, dass seine Zunge an ihren Beinen höher wanderte. Instinktiv öffnete sie ihre Schenkel ein wenig und empfing seinen Mund an ihrer Klitoris. An Schlaf war jetzt vor Erregung nicht mehr zu denken, trotzdem behielt sie ihre Augen verschlossen. Sie fühlte wie Dexters Zunge weiter in sie eindrang und mit ihren Bewegungen das Feuer in ihr schürte. Das Nass ihrer Geilheit lief ihr zwischen den Pobacken herunter und Anne bewegte ihr Becken im Gleichklang mit Joes Zungenbewegungen. Sie wollte jetzt seinen Liebesstab in ihr spüren, konnte aber nicht genug von seinem Zungenspiel bekommen. Sie spürte den Höhepunkt auf sich zukommen und stieß Dexter mit den Füßen fort. Einen Wimpernschlag später, saß sie auf ihm und ritt ihn wie ein Cowboy den Hengst bei einem Rodeo. Es fühlte sich

172

fantastisch an, ihn in sich ausgefüllt zu spüren. Dexter ging dem vorgegebenen Rhythmus mit und beide kamen gleichzeitig zum Orgasmus. Anne fiel neben ihn ins Bett und versank in eine Traumwelt.

Als Anne nach einigen Stunden Schlaf die Augen öffnete, lag sie allein im Bett. Dexter war verschwunden und sie fühlte sich hundeelend. Ihr Hals schmerzte und ihre Stirn glühte. Die Kopfschmerzen standen kurz davor ihr Gehirn explodieren zu lassen. Sie war durstig, jedoch zu schwach zum Aufstehen und so nippte sie an der neben dem Bett stehenden Flasche mit dem Rest an Rotwein. Ihr Magen drehte sich um und sie erbrach den Inhalt auf den Teppich vor dem Bett. Ihre Haut war mit Schweißperlen bedeckt, trotzdem fröstelte es ihr. Sie legte sich wieder unter der Decke und schloss zittrig die Augen.

Auch Roth und Müller erlebten den nächsten Morgen unbemerkt in ihrem Versteck. Sie schlichen sich vom Campingplatz und steuerten die Dorftankstelle an. Mit einem fünf Liter Kanister Super Benzin machten sie sich auf dem Weg zu dem abgestellten Pickup. Müller wollte zurück nach Berlin und bedrängte nun Roth zurückzufahren. Roth wusste auch nicht wohin, zu ihm nach Hause war es zu gefährlich, also nahm er sich des Kommissars Wunsch an, tankte auf dem Weg von seinem letzten hundert Euro für die Hälfte und fuhr Richtung Südosten auf Berlin zu. Die Fahrt war unauffällig und verlief bis zu der Polizeidienststelle problemlos. Dort fand Müller einen verwaisten Dienstparkplatz und Roth stellte sein Auto dort ab. Im Büro von Müller, startete er seinen Computer und wollte die Dienstberichte über den Überfall auf dem Anwesen der Gräfin lesen. Egal wo er suchte, er fand keinen Bericht, als wenn es dort die Schießerei mit den vier Toten nicht gegeben hätte. Er griff zum Telefon und bestellte einen der jungen Wachtmeister zu sich. Als der Jungpolizist anklopfend eintrat, bemerkte Roth sofort den Respekt, den der junge Uniformierte vor dem Kommissar an den Tag legte. Sein Dienst fing heute Morgen um sechs Uhr in der Früh an und Roth fragte ihn, ob es irgendetwas Außergewöhnliches gab.

Der junge Wachtmeister schüttelte mit dem Kopf und verneinte. Roth entließ ihn und schaute in dem Einsatzanforderungsordner nach und dort sah er, die Anforderung einer Hundertschaft am späten Nachmittag durch die Polizeidienstelle Fürstenberg. Trotzdem gab es keinen Bericht über diesen Einsatz. Er schaute im Computer nach den gewählten Notrufanrufen um Fürstenberg und fand nicht einen einzigen Notruf am gestrigen Nachmittag. Das war ungewöhnlich und roch nach Manipulation des Polizeicomputers. Müllers Überlegungen waren, wer hat die Macht und die Befähigung die Einträge in dem bundesweiten Register der Polizei zu löschen? Roth zuckte mit den Schultern. Auch er konnte sich keinen Reim daraus machen, doch die Order wird wohl von oberster Stelle gekommen sein. Müller vermutete mindestens das Innenministerium hinter der Verschleierung stecken. Die Befehlskette wird in jeder deutschen Behörde eingehalten, also würde der Polizeipräsident von Berlin Bescheid gewusst haben. Danach der Polizeidirektor, der Polizeirat und weiter runter. Ein einfacher Polizist hatte nicht die Befugnisse ein solches Projekt durchzuziehen. Als Müller das Programm beendete und die Homepage der Berliner Zeitung anwählte, sprang ihm die Überschrift der gestrigen Mitternachtsnachrichten in die Augen. Die komplette Ansprache stand übersetzt auf der ersten Seite des Blattes. Das Video der Mitternachtsnachrichten kursierte im Netz bei jedem Anbieter von Videodateien. Die Presse bombardierte die Bundesregierung die Auslieferung Peter Steins aufgrund der entlastenden Beweise zurückzuziehen. Die Menschen gingen wutentbrannt auf die Straße und dieses Mal ließen sie sich nicht durch den gewalttätigen Einsatz der Polizei oder des Militärs zurückweisen. Nicht nur in Berlin wurde vor dem Kanzleramt demonstriert, in ganz Deutschland trafen sich die Leute in den größeren Städten, um ihren Unmut über das Gehörte aus den

Nachrichten kundzutun. In anderen Ländern sind die Proteste der dezimierten Bevölkerung nicht so glimpflich vonstattengegangen. In Paris und Marseille schlug der Protest, der meist muslimischen Demonstranten in purer Gewalt um. Autos und Geschäfte brannten. Straßensperren wurden von dem wütenden Mob errichtet und angezündet. Die Behörden waren gegenüber der großen Anzahl der Protestierenden machtlos dagegen zu halten. Die Nachrichten in Frankreich sprachen von über eine Million nordafrikanisch abstammenden Protestlern allein in Paris. In Moskau sprach der russische Präsident zum Volk und forderte den amerikanischen Präsidenten sofort zum Rücktritt auf. Er stellte zudem in Den Haag vor dem Gericht für Menschenrechte Anklage gegen William Smith und seinen Helfern. Dem mächtigsten Mann der Welt wurde nun offiziell die Tötung von über fünf Milliarden Menschen zur Last gelegt. Die Welt brannte und die Ordnungen in den Staaten bröckelte gewaltig. Die südamerikanischen Staatsoberhäupter der einzelnen Länder stellten sich auf die Seite des russischen Präsidenten und brachen alle wirtschaftlichen Beziehungen zu den USA ab. Auch Japan und China lösten alle Verträge mit den Amerikanern auf. William Smith sprach von einer Fälschung der Aufnahme seiner Stimme und versuchte seine eigenen Bürger zu beruhigen. Doch auch in seinem eigenen Land gelang es ihm nicht mehr. Die Menschenmengen bei den Demonstrationen wurden immer größer und gewalttätiger. In Los Angeles, Hochburg der lateinamerikanischen Einwanderer, fanden bürgerkriegsähnliche Zustände statt. Das einfache Volk plünderte in den Geschäften, steckte Luxusautos und die Villen der Reichen an. Es gab Tote auf beiden Seiten. Das Problem des amerikanischen Militärs, der Heimatschutzbehörde und der Nationalgarde waren die, dass ihre Besetzung auch aus einfachen Menschen bestand und diese sich zum Großteil weigerten auf die Protestler zu schießen. Die Gewalt

176

aus der südkalifornischen Großstadt schwappte in die anderen Urbanisationen des Landes über und die Kanadier machten wegen der großen Flüchtlingswelle aus den USA ihre Grenzen dicht. Die demokratische Partei stellte kurz danach im Parlament ein Amtsenthebungsverfahren gegen den amerikanischen Präsidenten. Der Direktor der Bundespolizei bekam den Auftrag William Smith in Hausarrest zu stellen und der Vizepräsident, bis zur endgültigen Klärung die Amtsgeschäfte übernehmen sollte. Das Problem, was die Öffentlichkeit nicht wusste, auch der Direktor der Bundespolizei, sowie der Vizepräsident waren Mitglieder der Loge Justitia.

Joe Dexter spazierte gutgelaunt in das Hotelzimmer. In den Händen frisch belegte Brötchen und zwei Coffee to go. Er blickte auf die im Bett liegende Anne und der Anblick schockierte ihn. Der Geruch von dem Erbrochen lag in der Luft und Dexter sah den Mageninhalt Annes auf dem Teppich liegen. Die Gräfin sah übel aus und er stellte das Frühstück ab und fühlte an ihrer mit Schweiß bedeckten Stirn. Die Frau in dem Bett schien innerlich zu verbrennen, so heiß war ihr Körper. Dexter rief über das Haustelefon den Notarzt und half Anne mit kalten Wadenwickeln aus den Hotelhandtüchern. Er wartete eine unendlich lange Zeit, ohne dass der Notarzt eintrat. Er wählte noch einmal den Notruf und vergewisserte sich, dass sein erster Anruf auch bearbeitet wurde. Die Dame der Notrufstelle teilte ihm mit, dass die Personaldecke wegen des Wuhan-Virus so weit ausgedünnt war, dass es kaum noch Ärzte in den noch verbliebenden Krankenhäusern in und um Hamburg gebe. Zwei Stunden kümmerte er sich um Anne. Wusch ihr mit einem feuchten Lappen die Stirn trocken und nässte immer wieder die Wadenwickel. Anne ging es immer schlechter. Sie hatte kaum noch die Kraft zu reden oder die Augen zu öffnen. Dexter wollte gerade ein Taxi zum nächsten Krankenhaus bestellen, als der Krankenwagen mit Blaulicht und eingeschalteten Martinshorn vor dem Hotel anhielt. Die Leute des Krankentransportes kamen in Vollschutz und Atemmaske ins Zimmer und baten Dexter zur Seite zu treten. Sie legten die Patientin auf eine Bahre und schleppten sie zum Abtransport in den Krankenwagen der Hamburger Feuerwehr. Auch Dexter musste auf Anweisung des Notarztes in die Krankenhausquarantäne. Joe und Anne wurden in die Universitätsklinik St. Georg gefahren und unter Quarantäne gestellt. Während Anne in das letzte Bett der Intensivstation gelegt wurde, musste Dexter in dem geschlossenen Bereich der Station Eins vorliebnehmen. Dort wurden alle neuaufgenommenen Patienten in

178

einem Schnelltest auf den SARS-CO-Vx-Erreger getestet. Dexter wartete auf das Ergebnis des Tests und Anne kämpfte um ihr Leben. Ihr Herz schlug nur noch langsam und der Blutdruck sackte in den Keller. Um ihren Kreislauf zu stabilisieren setzten die Ärzte sie ins künstliche Koma. Dexters Testergebnis kam am anderen Morgen und wies auf einen positiven Befund hin. Die Symptome brachen zwar noch nicht aus, sollten aber nicht mehr lange auf sich warten lassen. Dexter wurde in die Station für positiv auf den Wuhan-Erreger getestete Patienten verlegt. Dort erlebte er dann Unglaubliches. Ein Krankenpfleger der Nachtschicht bot Dexter an, ihn gegen einen kleinen Obolus mit dem Gegenmittel zu impfen. Fünftausend Euro verlangte der Pfleger für seine lebensrettende Injektion. Natürlich hatte er dieses Geld nicht an sich, einigte sich mit dem Krankenpfleger darauf, dass er seinem Pickup bei ihm verpfändet. Er übergab ihm den Wagenschlüssel, die Papiere und das Parkhausticket. In der Nacht, als die anderen Patienten schliefen, stach der Angestellte des Krankenhauses Dexter die Spritze in den Arm und drückte seinem Patienten die Injektion in die Vene. Der Pfleger wünschte seinem Patienten viel Glück und gab ihm eine Woche, dass Geld zu besorgen. In einer Woche sollte Dexter ihn morgens nach Schichtende am Ausgang der Klinik das Geld unbemerkt zustecken. Wenn nicht, wäre er sein Auto los. Joes Frage nach Anne beantwortete der Pfleger nur mit einem Achselzucken. Drei Tage später wurde er aus dem Krankenhaus entlassen. Der Arzt bei seiner letzten Visite beantwortete Dexters Frage nach Anne nur ganz wage, mit der Aussage, dass Anne im künstlichen Koma läge. Mehr konnte er einem Nichtfamilienangehörigen nicht erzählen und verabschiedete sich von einem weiteren Patienten. Joe suchte sich ein Hotel und nahm sich ein Zimmer in der Nähe des Hospitals auf der Borgfelder Allee. Er legte die SIM-Karte ins Handy und rief Uwe Roth an.

Kommissar Müller machte sich auf dem Weg zur Blitzredaktion. Mit Roth im Schlepptau fuhr er in die siebte Etage und fragte nach dem Verantwortlichen in der Redaktion. Eine hübsche brünette Frau, das Gesicht dezent geschminkt, die Fingernägel schwarz lackiert und die Haare hochgesteckt begrüßte in ihrem roten Kostüm den Kommissar. Sie stellte sich las Evelyn Vortmann vor und war nach dem Tod von Müllers Schulfreund auf dessen Posten gerückt. Müller wollte alle Einzelheiten über die Schießerei von den Helikopterkameramann wissen und fragte nach dessen Namen. Evelyn Vortmann nahm den Telefonhörer ab und tippte mit ihren langen Fingernägeln eine Nummer ein. Als sie eine Stimme am anderen Ende der Leitung hörte, rief sie den Kameramann zu sich ins Büro. Roth beobachtete die adrette Chefredakteurin ganz genau, sie bemerkte seinen Blick und schenkte ihm ein kleines Lächeln. In ihrem Büro gab es eine Sitzecke und sie zeigte darauf. Alle drei warteten dort auf den Kameramann des Hubschraubers. Frau Vortmann schenkte jedem eine Tasse Kaffee ein und rückte, bevor sie sich setzte ihren Rock zurecht. Sie setzte sich und Roths Blick wanderte zu ihren Beinen. Ihre Pumps hatten die gleiche Farbe wie das Kostüm. Die Frau ihm gegenüber legte großen Wert auf ihr Aussehen. Kleider machen Leute, dachte Roth noch als sie die Beinstellung wechselte. Dabei erkannte Roth für einen kurzen Moment die Straps Bänder an ihren Strümpfen. Er hätte schwören können, sie spiele mit seinen Gedanken. Die Frau war nicht umsonst auf diesen Posten gerückt. Sie hatte eine natürliche Autorität, wirkte sicher und selbstbewusst. Mit Sicherheit hatte auch ihr Aussehen Einfluss auf die Beförderung, dachte Roth noch bevor es klopfte und der Kameramann eintrat. Müller fragte und der Kameramann antwortete. Er war froh lebend davongekommen zu sein. Auf ihrem Tiefflug über den Bäumen um das Anwesen, sahen sie noch mehrere Polizeiautos ohne Blaulicht auf der Landstraße in

180

Richtung Anwesen fahren. Das war die Aussage, die Müller hören wollte, bedankte sich bei dem Kameramann und verabschiedete sich bei der Chefredakteurin. Roth stand mit auf und gab der Brünetten zum Abschied die Hand. Sie sah ihm in die Augen, lächelte und drückte ihm ihre Visitenkarte in die Hand. Auf dem Rückweg zum Auto, steckte er die Visitenkarte in sein Portemonnaie und sah auf der Rückseite handschriftlich ihre private Handynummer stehen. Im Wagen des Kommissars sitzend beratschlagten sie die weitere Vorgehensweise und entschlossen sich erstmal getrennte Wege zu gehen. Bei der Polizeidienstelle parkte Müller neben Roths Pickup und ließ den ehemaligen Cop in sein Auto steigen. Roth begrüße seine seit Stunden wartenden Hunde auf der verschlossenen Ladefläche und Müller sah ihn danach fortfahren. Er selbst suchte sein Büro auf und recherchierte weiter. Er rief eine nichtlegale Software auf und überprüfte die eingehenden und ausgehenden Anrufe von dem Handy des Polizeidirektors sechs Stunden vor und sechs Stunden nach dem Überfall auf das Anwesen der Gräfin. Auf dem Diensthandy fand er keine Auffälligkeiten, die ihm weiterhelfen konnte. Er suchte weiter und gab die private Handynummer des Direktors ein und siehe da, der Polizeipräsident persönlich meldete sich ebenfalls mit seinem eigenen Handy bei ihm. Was dabei auffiel, waren sieben Anrufe in genau der Zeit, die Müller in die Suchmaschine eingab. Der Direktor wählte kurz nach dem ersten Anruf des Polizeipräsidenten, den Einsatztruppenleiter für Überfälle und Entführungen in Brandenburg an. Diese Eingreiftruppe hätte theoretisch zu der Gräfin fahren und später einen Bericht weitergeben müssen. Müller suchte den Namen des Truppenführers heraus und wollte diesen befragen. Eigentlich wollte er den Computer schon herunterfahren, doch eine innere Eingebung ließ ihm die Anrufe vom und zu des Polizeipräsidenten Handys überprüfen. Zu seiner Überraschung gingen dort zwei Stunden vor bis kurz nach dem Überfall, neun Anrufe aus dem Innenministerium ein oder raus. Für Müller war somit der Indizienbeweis, der seine Theorie stärkte, mehr als gegeben. Der Überfall wurde von ganz oben gedeckt und vertuscht. Er selbst wollte noch am späten Abend zu Ralf Becker fahren. Vielleicht konnte er ihm noch einige offene Fragen beantworten. Im Dunkeln fuhr er zu des Anwalts Haus und hoffte vielleicht über Nacht bei ihm bleiben zu können. Er parkte direkt vor dem Eingang und sah das Auto des Anwalts genauso vor der Garage stehen, wie er ihn beim letzten Mal verlassen hatte. Doch auch nach mehrmaligen Klingeln öffnete Becker nicht die Tür. Müller sah sich um und im Haus brannte nirgendwo ein Licht. Er umrundete die Immobilie und stand auf der Terrasse im Garten des Grundstückes. Er zog an dem Griff der Schiebetür und die unabgeschlossene Tür öffnete sich. Müller trat ein und rief den Anwalt. Er schaltete das Licht ein und suchte Ralf Becker. Im Schlafzimmer fand er ihn dann. Das Blut, das aus dem Einschussloch lief, war schon schwarzgefärbt getrocknet. Becker lag tot auf seinem Bett. Müller rief die Kollegen und meldete den Leichenfund.

Roth war auf dem Weg nach Retzow, wo er und seine Hunde wohnten. Als kurz vor seinem Grundstück das Handy summte. Als er sich meldete, hörte er die Stimme von Evelyn Vortmann. Sie musste ungewöhnliche Methoden angewandt haben, um seine Nummer herausbekommen zu haben. Sie sprach erst belanglos herum, bis sie zum Punkt kam. Evelyn Vortmann wollte ihn heute Abend treffen und Roth lud sie zu sich ein. Er fütterte die Hunde, bezog das Bett neu und duschte ausgiebig. Mit sauberen Klamotten am Körper fühlte er sich für das Rendezvous gerüstet. Er öffnete eine Flasche seines besten Rotweins, schüttete diesen in eine Karaffe. Der Wein konnte somit atmen und sein ganzes Aroma an den Gaumen seines Genießers abgeben. Die Hunde Roths standen alle drei mit aufgerichteten Ohren gleichzeitig auf und blickten zur Tür. Uwe Roth schaute aus dem Fenster und sah die Lichter eines Autos auf dem kurzen Zufahrtweg der zum Haus führt, zufahren. Roth ging zur Tür und öffnete der aussteigenden Frau die Tür. Evelyn Vortmann sah umwerfend aus. Sie hatte ihr Kostüm gewechselt und hatte jetzt ein gleiches Kostüm in marineblauer Farbe an. Ihre Haare trug sie offen und ihre Füße steckten in schwarzen offenen High Heel Sandaletten. Die beiden oberen Knöpfe des Blazers waren geöffnet und Roth konnte die herausguckenden Hälften ihrer Brüste sehen. Er küsste zur Begrüßung ihre Hand und ließ sie eintreten. Als sie sich setzte, kreuzte sie die Beine genauso wie in ihrem Büro und beobachtete Roth dabei. Sie wusste mit Männern zu spielen und Roth schüttete ihr den Wein ins Glas. Da beide nach kurzem Smalltalk feststellten, dass sie hungrig waren, schob Uwe Roth zwei Pizzas in den Ofen. Füllte diese noch mit eine Extraportion Thunfisch aus der Dose auf und zwanzig Minuten später verspeisten die beiden ihre italienischen Teigfladen. Roth öffnete die zweite Flasche Rotwein und zündete eine Kerze an. Seine Hunde lagen im Wohnzimmer verteilt und rührten sich nicht. Evelyn Vortmann hob kurz ihren Po und zog ihren Rock in eine bessere Position zum Sitzen. Da sie jetzt nicht mehr mit gekreuzten Beinen vor ihm saß, ihr Rock höher als gewöhnlich hochgeschoben worden ist, erblickte Roth den Ansatz ihrer Strümpfe. Evelyn provozierte Uwe Roth erneut und wollte ihn nach ihren Regeln ihr Spiel aufdrücken. Roth nippte an seinem Weinglas und schaute auf die ihm gegenübersitzenden erotischen Frau. Sie nahm ihre Hände und streichelte selbst die Innenseite ihrer Schenkel. Roth sah wie die Finger den Übergang der Nylons auf die Nackte Haut berührten. Mit leicht geöffnetem Mund schaute sie ihm immer noch ins Gesicht. Ihre Finger wanderten weiter und ein Teil von ihnen verschwanden unter ihrem Slip. Roth nahm jetzt einen kräftigen Schluck aus dem Glas und wurde unsicherer. Evelyn spielte mit ihren Fingern an ihrer Scheide und ließ Roth dabei ungeniert zusehen. Als sie ihre Augen für einen Bruchteil einer Sekunde auf Roths Schoß richtete, sah sie seine Jeans etwas abstehen. Sie schob sich den Slip über die Nylons herunter und spreizte die Beine auseinander. Roth sah nun ihre nackte Vagina und wie sie weiter mit ihren Fingern an sich selbst spielte. Als sie richtig feucht geworden ist und ihre Finger nass aus dem Inneren kamen, stand sie auf und steckte dem zuschauenden Roth ihre Finger in den Mund. Intuitiv lutschte er an ihren Fingern. Sie öffnete die letzten beiden Knöpfe ihres Blazers und ließ diesen von ihren Schultern auf den Boden rutschen. Danach knipste sie ihren BH auf und auch der fiel auf den gefliesten Fußboden. Ihre Brüste schauten nun direkt vor Roths Gesicht und dieser fasste sie streichelnd an. Danach ging alles ganz schnell. Die Redakteurin öffnete die Hose Roths und zog sie herunter. Er schlüpfte gleichzeitig aus seinem T-Shirt und stand nackt vor ihr. Mit einer Hand schob sie die auf dem Tisch stehenden Teller beiseite und legte sich breitbeinig auf dem Esstisch. Roth drang in ihre rufende Vulva ein und die beiden liebten sich wild und hemmungslos. Roth

184

spürte ihre Fingernägel in seine Haut am Rücken eindringen, nur um kurz danach zu fühlen, wie sie in seinen Brustwarzen biss. Vom Schmerz noch mehr erregt, stieß er fester zu und sie grub ihre Nägel noch tiefer in seine schon schmerzende Haut. Die Frau unter ihm schrie bei jedem seiner Stöße ihre Ekstase laut heraus und seine drei Hunde lagen unbeeindruckt da und schliefen seelenruhig. Roth ergoss sich in ihr, bevor sie ihren Höhepunkt erreicht hatte. Als er seinen Mann nicht mehr standhalten konnte, stieß sie ihn von sich, führte seinen Kopf zwischen ihren Beinen und Roth leckte sie zum Orgasmus. Eine halbe Stunde später, es war kurz vor Mitternacht, saß Evelyn Vortmann wieder in ihren BMW-Cabrio und war auf der Straße zurück nach Berlin.

John Carter saß in einem sicheren Haus in Mecklenburg-Vorpommern seit Tagen fest. Sein Einsatzteam ist schon abgeholt und aufgelöst worden. Carter wurde noch von einem Spezialisten der Agency verhört und musste Rechenschaft über den vermasselten Einsatz ablegen. Durch seine Inkompetenz stand der amerikanische Präsident in Erklärungsnot und vor einer Amtsenthebung. Die Firma war sauer und Carters Karriere dort beendet. Er wurde zum Innendienst nach Anchorage in Alaska versetzt, wartete aber in der Nähe von Rostock auf seine Abholung.

Zwei Tage später setzten zwei Hünen der Firma ihn in einem amerikanischen SUV und steuerten auf der Autobahn A20 Hamburg an. Mit einem der selten gewordenen Linienflüge sollte er in der Touristenklasse nach New York gebracht werden. Sie hatten Lübeck hinter sich gelassen, als John Carter zum ersten Mal nieste. Ein paar Minuten danach hustete er und Carters Begleitung schaute verunsichert in den Rückspiegel. Carter sah den ängstlichen Blick des vor ihm sitzenden Mannes und versuchte ihn zu beruhigen. Er selbst war einer der Ersten, die mit dem Gegenmittel geimpft wurden. Am Hamburger Flughafen stand Carter mit seinen beiden Aufpassern am Check In-Schalter in der Reihe der wenigen Passagiere und wartete von der Airport Angestellten mit dem Fiebermessgerät kontrolliert zu werden. Mit geröteten Augen und triefender Nase stand er dort, als die Dame ihm mitteilte 39°C Fieber zu haben. Sofort rückten alle Menschen von ihm ab. Der Flug nach Amerika fand auf alle Fälle ohne ihn statt. Die beiden Begleiter setzten ihn in ein Taxi, gaben den Fahrer hundert Euro und schickten das Taxi in ein Hamburger Krankenhaus. Der Taxifahrer, ein Pakistani, der deutschen Sprache nicht wirklich mächtig, fuhr seinen Fahrgast in die Klinik St. Georg und lud ihn dort am Eingang ab. In der Notfallabteilung des Krankenhauses mit Blick auf die Außenalster wurde Carter sofort in Quarantäne gesteckt. Er schüttelte noch den Kopf und erklärte der behandelnden Krankenschwester, dass er gegen den Wuhan-Virus geimpft wurde, doch das Krankenhaus nahm von jedem neuen Patienten einen Abstrich und testete diesen auf den SARS-CO-Vx-Erreger.

Carters Zustand verschlechtere sich in den nächsten Stunden erheblich und der Stationsarzt ließ ihn in auf die Intensivstation verlegen. Da dort aber kein Platz mehr frei war, wurde Carter mit seinem Bett in den Gang geschoben und wartete dort, dass ein Bett frei wurde. Mit einer Kochsalzinfusion im Arm verschlechterte sich sein Zustand mit jeder weiteren Stunde.

Dexters Anruf an Roth kam nach vier Tagen. Und Joe erklärte seinem Freund das Geschehen der letzten Tage. Er bat Uwe Roth nach Hamburg zu kommen. Roth zögerte keine Sekunde, beendete das Telefongespräch und packte seine Reisetasche. Seine Hunde brachte er zu seinem Nachbarn, der in ein paar hundert Metern

Entfernung einen Bauernhof führte. Danach machte er sich auf dem Weg in die zweitgrößte Stadt Deutschlands.

Am nächsten Morgen warteten Joe Dexter und Uwe Roth in der Nähe des Personalausgangs des Krankenhauses und beobachteten die gehenden und kommenden Angestellten. Irgendwann erkannte Dexter den Krankenpfleger, der ihm sein Auto für die Injektion abnahm. Mit dem Kopf nickend, machte er Roth auf den Pfleger aufmerksam. Während Roth dem Fremden folgte, holte Dexter den Wagen Roths und fuhr im großen Abstand hinter dem Verfolgten her. Der Krankenpfleger stieg in einem alten gelben Käfer und fuhr nach Barsbüttel. Dort angekommen parkte er auf der Hauptstraße auf dem letzten freien Parkplatz eines alten Mehrfamilienhauses. Dexter fuhr zehn Meter weiter und Roth stieg aus. Er sah noch wie der Verfolgte in den Hauseingang verschwand, rannte so schnell es ging dort hin und bekam gerade noch den Fuß in die Tür, bevor sie sich schloss. Unten im Flur wartete er zehn Minuten, bis er Dexter die Tür öffnete. Der Krankenpfleger bewohnte in der zweiten Etage eines der beiden Appartements. Sie lauschten an beiden Türen und entschieden sich die Tür zu öffnen, an denen nichts zu hören war. Sie erwischten den schon schlafenden Mann in seinem Bett und weckten ihn nicht ganz so sanft. Als erstes presste Dexter seinen Autoschlüssel und die Papiere von dem Krankenpfleger heraus. Mit ein paar Ohrfeigen machten die beiden dem unter ihnen liegenden Mann klar, die Sache auf sich beruhen zu lassen.

William Smith saß dem Untersuchungsausschuss gegenüber und musste deren Fragen wahrheitsgemäß beantworten. Da er unter Eid stand, sollte er die Wahrheit sagen, log aber und stritt alle Vorwürfe ab. Die meisten der Mitglieder des Untersuchungsausschusses waren auch Ringträger der Loge Justitia, doch nicht alle und die Demokratin Susan Lance bombardierte den Präsidenten mit unangenehmen Fragen. NBC übertrug das Verhör live in alle Welt und William Smith versteckte sich bisher glaubwürdig hinter seinen Unwahrheiten. Es wurden Zeugen gehört und alle entlasteten den Präsidenten. Alles ging scheinbar für den gewieften und redegewandten William Smith gut aus und das Verhör sollte dem Ende zu gehen, als Susan Lance ihren einzigen Joker ausspielte. Sie hielt ein Dokument in die Luft, in dem berichtet wurde, dass ein Forschungsteam zwei Wochen vor Ausbruch des Wuhan-Virus in China, erfolgreich ein Gegenmittel hergestellt hatte. Das Dokument stammt aus dem Virenlabor auf Plum Island. William Smith erwarb kurz vor der Entdeckung große Aktienpakete der herstellenden Pharmaunternehmen. Susan Lance brachte mit diesem Beweis den amerikanischen Präsidenten gehörig unter Druck und Smith fragte nach einer Pause des Verhörs. In der Unterbrechung zog er sich mit seinen Beratern zurück.

Als Susan Lance den Waschraum aufsuchte und in der Toilette verschwand, saß sie dort gerade mit heruntergelassenem Rock, als ein brauner Briefumschlag unter der Tür geschoben wurde. Noch im Sitzen öffnete sie den Umschlag und holte den Inhalt heraus. Sie hielt Fotos von ihren beiden Töchtern und dessen Kindern in den Händen. Zitternd wollte sie die Bilder wieder in den Umschlag stecken, als ihr einige Fotos herunterfielen. Sie sah Fotografien von ihr und ihrem Liebhaber in Flagranti und die ihres Mannes beim Gärtnern im eigenen Garten. Die Botschaft war eindeutig und sie weinte vor Wut und Enttäuschung. Sie musste sich ihre Niederlage eingestehen noch bevor sie sich erhoben hatte. William Smith schien sich gegen sie erfolgreich gewehrt zu haben. Sie verließ die Toilette und fand sich allein an dem Spiegel des Waschbeckens vor. Sie konnte also nicht sagen, wer ihr den Umschlag untergeschoben hatte. Als sie aus der Tür in den Gang trat, standen zwei Männer mit Dienstausweisen der Bundespolizei vor ihr und erklärten Susan, dass ihr Mann mit Verdacht auf einen Herzanfall ins Memorial Hospital in Baltimore gefahren wurde. Susan Lance ließ sich bei dem Vorsitzenden des Untersuchungsausschusses entschuldigen und verließ das Kapitol. William Smith hatte nach der Unterbrechung keinen Gegenwind mehr und wurde aufgrund keiner eindeutigen Beweise wieder in seinem Amt als Präsident der Vereinigten Staaten von Amerika gehoben.

John Carter kämpfte gegen den Virus in seinem Körper an. Er verstand nicht, warum er trotz Impfung an den Erreger erkrankte. Er sah die ganze Zeit im Delirium wie Betten mit Verstorbenen aus der Intensivstation herausgeschoben wurden. Irgendwann fiel er in den Schlaf und als er noch einmal die Augen öffnete, lag er an Schläuchen und Kabeln angeschlossen in der Intensivstation.

Anne wurde langsam aus dem Koma geweckt. Ihr Zustand hatte sich stabilisiert. Über dem Berg war sie trotzdem noch nicht. Sie blickte um sich und sah sieben weitere Betten mit anderen Patienten im Raum stehen. Zu ihrer Überraschung waren hier Frauen und Männer untergebracht. Sie lag mit geöffneten Augen im Bett und schaute verschlafen durch den Raum nach links zum Fenster. Plötzlich war sie wach, denn sie meinte einen Bekannten in dem letzten Bett auf der gegenüberliegenden Seite zu erkennen. Sie strengte sich an und versuchte genauer hinzusehen, doch mit

Sicherheit konnte sie nicht sagen, dass der Patient der Amerikaner John war. Während sie noch überlegte, schlossen sich ihre Augen von selbst und Anne schlief wieder ein.

Dexter stand im Foyer des Krankenhauses an der Information und wurde aufgrund der weltweiten Epidemie nicht eingelassen. Auch erfuhr er als Annes Freund und nicht als ihr Mann keinerlei medizinischen Aussagen über ihren Gesundheitszustand. Roth hatte danach den Einfall und sie fuhren noch einmal zur Hauptstraße nach Barsbüttel. Ohne, dass der schlafende Krankenpfleger es bemerkte, durchsuchten die beiden die Wohnung und fanden was sie suchten. Eine gute Stunde danach öffneten sie mit der Karte des Krankenpflegers die Personaleingangstür und betraten das Krankenhaus. Im Umkleideraum lagen genügend Kittel und andere medizinische Bekleidung, die Roth und Dexter sich überzogen. Mit einer Schutzmaske vor Mund und Nase suchten beide den Weg zur Intensivstation und standen kurz danach vor Annes Bett. Sie schlief, war aber am Leben. Dexter berührte ihre Stirn und meinte zu fühlen, dass das Fieber nicht mehr in ihr schlummerte. Er ließ ihr eine vorher geschriebene Nachricht da und machte sich auf dem Weg zurück. Roth wartete an der Tür, um Dexter vor plötzlichem Personal zu warnen. Als Dexter sich vor dem Verlassen des Raumes noch einmal umdrehte und nach Anne sah, blickte er auch auf die anderen schlafenden Intensivpatienten. Im letzten Bett meinte er jemanden zu erkennen. Joe ging die wenigen Schritte zu dem Patienten und erkannte seinen früheren Führungsoffizier bei der Agency wieder. John Carter hatte ihn damals bei einem Einsatz ins offene Messer laufen lassen. Dexter selbst, noch unerfahren vertraute bei einem Einsatz John Carter. Dieser schätzte die Lage damals falsch ein, es gab unschuldige Menschen, die zu Tode kamen und Carter schob Dexter die Schuld zu. Um seinen Kopf aus der

Schlinge zu ziehen und seine Karriere zu retten, sagte er in seiner internen Aussage gegen Dexter aus. Joe wurde von der Firma daraufhin fallen gelassen und fand sich in Deutschland auf der Straße wieder. Um über die Runden zu kommen und seine Familie zu ernähren, gründete er damals in Berlin die Detektei. Der Hass auf John Carter verebbte nie und nun stand er vor dem hilflosen Agenten des Auslandgeheimdienstes der Vereinigten Staaten und überlegte ihn mit einem Kissen zu ersticken. Genau in diesem Moment machte Roth auf sich aufmerksam und teilte Dexter mit, dass sich jemand näherte. Die beiden verließen das Zimmer und gingen an der erstaunten Nachtschwester vorbei. Durch den Personalausgang verschwanden sie aus dem Hospital und fuhren zu dem Parkhaus, wo Dexter seinen Pickup abgestellt hatte.

Im Oval Office des Weißen Hauses nahm William Smith wieder die Amtsgeschäfte des Präsidenten auf und schaute die Briefumschläge und wichtigen Dokumente, die sich während seiner Abwesenheit an stapelten, durch. Ein Umschlag mit einer Schattierung, aus der ein Hammer und ein Zirkel hervorzustechen schien, lenkte Smiths Aufmerksamkeit auf sich. Er erkannte das Zeichen des Umschlages, es war das Gleiche, wie an dem Siegelring seiner linken Hand. Die königlichen Künstler oder auch als Freimaurer bekannt, riefen zu einem dringenden Treffen auf. Die Mitglieder der Freimaurerloge haben sich seit Generationen als ethischer Bund freier Menschen zusammengeschlossen. Ihre Grundideale der Freiheit, Gleichheit, Brüderlichkeit, Toleranz und Humanität müssen von jedem Freimaurer respektiert werden. Organisiert sind sie in sogenannten Logen und leben nach dem Grundsatz der Verschwiegenheit. Sie sind gottesfürchtig und halten zusammen. Islamisten waren in ihren Reihen unerwünscht, denn der Islam sah das Freimaurertum als unvereinbar an. Um in der Loge aufgenommen zu werden, benötigt ein Bewerber ein Mitglied als Leumund. Dieser muss dann die zwei Stufen als Lehrling und Geselle durchlaufen, um in die dritte Stufe des Meisters zu gelangen. Dabei muss er die Unvollkommenheit des Menschen, die Selbstdisziplin und die Vergänglichkeit des menschlichen Lebens erkennen. William Smith war nicht der erste Präsident der USA, der einer solchen Freimauerloge beitrat. Schon Georg Washington gab offiziell zu, Mitglied einer solchen Loge gewesen zu sein. Nach ihm folgten viele Freimaurer, die das Amt des Präsidenten bestiegen. Sogar der mächtigste Mann der Welt musste sich den Anordnungen der Loge beugen und deren Wünschen nachkommen.

Drei Tage später trafen sich die Mitglieder aus allen Teilen der Welt in Washington unter dem Mantel einer Einigung im Kampf gegen die Epidemie, um ihr weiteres Vorgehen zu besprechen. Dieses Mal durfte es keine Fehler und undichte Stellen geben, deshalb musste jedes Mitglied sich nackt ausziehen und eine rote Logenrobe tragen. So war es gewiss, dass niemand irgendetwas Verbotenes mit in dem Saal hineinführte und es später wieder eine Aufnahme gäbe. Der deutsche Kanzler war ebenso wie sein britischer und französischer Kollege dabei. Viele führende Politiker, Adel und Großindustrielle aus allen Ländern der Erde trafen sich an diesem Abend hier in der amerikanischen Hauptstadt. Dieses Mal sprach nicht William Smith, sondern ein anderer Großmeister der Loge. Es wurde den Mitgliedern erklärt, dass der Wuhan-Virus mutiert habe und das bisher geimpfte Gegenmittel nicht mehr vor ihm schütze. Einige Hunderttausend der geimpften Menschen seien schon verstorben. Die Forscher auf Plum-Island würden alles Menschenmögliche tun, um den Erreger zu bekämpfen. Doch bis jetzt sei es ihnen noch nicht gelungen durch ein Gegenmittel die mutierte Form des Virus zu töten. Danach kam der Forschungsleiter aus Plum-Island zu Wort und erklärte den anwesenden Zuhörern den Forschungsstand und dass er optimistisch sei, in den nächsten Wochen das Virus bekämpfen zu können.

Evelyn Vortmann saß noch mitten in der Nacht an ihrem
Schreibtisch in der Redaktion des Verlagshauses und recherchierte
zu dem Freispruch des amerikanischen Präsidenten durch den
Untersuchungsausschuss. Obwohl sie schon den ganzen Tag ihrer
Arbeit nachging, sah sie noch immer umwerfend anziehend aus. Ihr
Hosenanzug war faltenfrei und ihre weiße Bluse darunter ebenso.
Die offenen Pumps zeigten ihre perfekt gepflegten Füße und ihr
Gesicht war noch immer dezent geschminkt. Nur eine Haarsträhne
fiel ihr über die Stirn ins Gesicht. Ansonsten waren die Haare noch
alle streng nach oben zusammengebunden. Völlig in ihrer Aufgabe
vertieft, kaute sie an ihrem linken Zeigefinger an dem rotlackierten
Nagel herum. Die Aufnahme wurde als Fälschung erklärt, um so die
Weltöffentlichkeit zu beruhigen und William Smith im Amt zu
bestätigen. Evelyn Vortmann ließ sich davon aber nicht täuschen
und ging ihrem Gespür nach. Sie recherchierte nach irgendwelchen
Beweisen, die Susan Lance im Untersuchungsausschuss gegen den
Präsidenten ansprach. Sie stieß dabei auf große Aktienpakete der
Pharmaunternehmen, die vor über einem Jahr an einem Tag
geordert wurden. Anne Lance hatte mit ihren Behauptungen recht.
Einige wenige Personen müssen Bescheid gewusst haben und sich
durch die Beteiligungen an diesen Pharmaunternehmen bereichert
haben. An diesen genannten Tag wurden so viele Aktien geordert,
wie sonst in zwei Monaten von diesen Unternehmen gehandelt
werden. Doch was Evelyn Vortmann noch so spät in der Nacht an
ihrem Schreibtisch sitzen ließ war ein anderer Grund. Bei ihrer
Internetrecherche stieß sie auf ein altes Foto aus Studentenzeiten
aus der Universität Havard in Cambridge. Dieses Foto zeigte einen
Haufen lachender junger Männer, die ihre Fäuste dem Fotografen
entgegenstreckten. Das Ungewöhnliche an diesem Bild war, dass sie
bei der Großaufnahme des Fotos sah, dass alle dieser Studenten
den gleichen Ring am Finger der ausgestreckten Faust trugen. Das

194

Foto selbst hätte Evelyn Vortmann gar nicht s interessiert, wenn sie nicht gemeint hätte, einen von den Studenten erkannt zu haben. Mit auf dem Bild mit den zwanzig jungen Männern, war ganz eindeutig der jetzige deutsche Bundeskanzler. Guido Feldmann war damals Jurastudent in Havard und gehörte, wie auf dem Foto zu erkennen war, der gleichen Studentengruppe wie William Smith an. Jetzt war Vortmanns Instinkt geweckt worden und sie versuchte die Namen der anderen jungen Männer aus dem World Wide Web herauszufinden. Aus den Jahrbüchern der Universität fand sie dann, was sie suchte. Das Foto zeigte die jungen Kommilitonen bei ihrer Aufnahme in einer Studentenverbindung. Diese Verbindung war eine Unterverbindung der Freimaurerloge Justitia und Evelyn Vortmann recherchierte durch die Jahrbücher und Fotos der Jahre vor und nach der Studentenzeit von Smith und Feldmann in Cambridge. Das Netz spukte Namen aus und die Chefredakteurin schrieb mit und recherchierte in allen Richtungen weiter und entdeckte bei Großaufnahmen vieler mächtiger Männer den gleichen Siegelring wie bei William Smith und Guido Feldmann. So standen dann um weit nach Mitternacht Namen wie der Bundeskanzler, der britische Premierminister oder der französische Präsident ganz oben auf ihrer Liste. Es kamen noch viele Politikgrößen, meist aus Amerika dazu. Industriebarone und Adlige komplettierten ihr Schriftstück. Fast hundert Namen schmücken das Blatt Papier und Evelyn Vortmann sah an 88. Stelle den Namen des Untersuchungsausschussvorsitzenden dem William Smith das Weiterführen seines Amtes zu verdanken hatte. All diese Leute gehörten wohl einer gemeinsamen Zunft an. Peter Stein hatte mit seinen Artikeln recht und ein politisches Erdbeben ausgelöst. Sie war dem größten Komplott der Menschheitsgeschichte auf der Spur. Als die ersten Sonnenstrahlen durch das Fenster schienen und langsam Bewegung in der Redaktion kam, kopierte Evelyn

Vortmann ihre handgeschriebenen und ausgedruckten Dokumente. Sie verschloss einen Ordner der recherchierten Informationen in dem Safe der Redaktion. Den anderen wollte sie in ihrem Bankschließfach deponieren und steckte sich den Ordner in ihrer Handtasche. Aus der Tiefgarage rief sie Uwe Roth über ihr Handy an und fragte ihn, ob er zuhause sei. Roth war gerade auf dem Rückweg von Hamburg nach Retzow, wo er gleich seine Hunde bei seinem Nachbarn abholen wollte, hatte aber gegen ein gemeinsames Frühstück nichts einzuwenden. Also fuhr Evelyn nicht nach Hause und dann zur Bank, sondern steuerte ihren Wagen Richtung Westen nach Retzow. Kurz bevor Roth seinen Pickup auf den Hof seines Nachbarn lenkte, wurden seine Hunde unruhig. Sie spitzten die Ohren und standen dann mit dem Blick zur Eingangstür auf. Aus allen drei Hundekehlen kam ein leises Winseln und der Bauer wurde aufmerksam, stand auf und beobachtete aus dem Fenster, wie Roth auf den Hof fuhr. Er öffnete die Tür und für die Hunde gab es kein Halten mehr. Sie stürmten alle drei an den Bauern vorbei und begrüßten freudig ihren Rudelführer beim Aussteigen aus seinem Auto. Wieder zu Hause angekommen, ließ Roth seine Hunde in dem umzäunten Garten und setzte die Kaffeemaschine an. Auf dem Weg hatte er bei einem Bäcker frische Brötchen und den Belag an Wurst und Käse besorgt. Er tischte alles auf und verzog sich ins Badezimmer. In dem Moment, als er sich zum Duschen vorbereitete und sein T-Shirt über den Kopf zog, bellten seine Hunde. Roth lief barfuß und mit nacktem Oberkörper zur Tür und öffnete Evelyn Vortmann die Tür. Sie sah wieder perfekt gestylt aus. Dieses Mal sah er sie in ihrem schwarzen Hosenanzug. Den Blazer ein Stück aufgeknöpft und darunter eine weiße Bluse tragend. Elegant stieg sie aus und stöckelte in ihren hohen Absätzen auf dem gepflasterten Weg zum Hauseingang. Uwe Roth war ihr gegenüber unangepasst gekleidet, nämlich nur in seiner schwarzen

Jeanshose. Mit einem strengen Blick, aber dann doch einem schelmischen Lächeln, begrüßte sie ihm mit einem Kuss auf der Wange noch in der Haustür stehend. Während Roth den Kaffee servierte, setzte sich die Redakteurin an der gleichen Stelle des Tisches wie beim letzten Mal. Jetzt erst bemerkte sie den Hunger und mi Appetit verspeiste sie drei belegte Brötchen. Dabei erzählte sie Uwe Roth von ihren Recherchen und ihren neuen Informationen. Roth hörte aufmerksam zu und unterbrach sie nicht. Als sie ihren Vortrag beendete, zeigte sie Roth den Ordner mit den Beweisen für ihre Behauptungen. Roth fragte sie nun, warum sie noch keinen Artikel darüber in die Zeitung gesetzt habe und Evelyn antwortete, dass sie erst einen Zusammenhang der Logenmitglieder und dem Freisetzten Virus finden müsse. Als Roth nickte und um neuen Kaffee einzugießen aufstand, schlüpfte Evelyn aus ihren Schuhen und massierte sich die gestressten Füße. Roth goss den Kaffee nach und stellte die Kanne auf dem Tisch. Er sah sie noch immer an ihren Füßen reiben, rückte seinen Stuhl näher an ihrem, nahm den Fuß in seine Hand und massierte diesen. Nach einer Weile schloss sie die Augen und genoss die Fußmassage. Als er ihren anderen Fuß anhob, um ihm die gleiche Wohltat zukommen zu lassen, behielt sie ihren massierten Fuß in seinem Schoss. Die Augen noch immer verschlossen entspannte sie sich und streichelte mit den Zehen des im Schoss liegenden Fußes die Stelle an der Jeans, wo sein bestes Stück ruhte. Durch seine Hose fühlte sie mit ihrem Fuß wie sich die Jeans von innen spannte. Auch seine Massage an ihren Füßen weckte ihre sexuelle Erregung. Doch sie fühlte sich nicht frisch genug und wollte erst einmal unter die Dusche. Vor seinen Augen stand sie plötzlich auf, zog sich vor seinen Augen aus und marschierte ins Bad. Roth hörte das Wasser aus dem Duschkopf laufen, öffnete die Badezimmertür und legte ihr ein großes Handtuch bereit. Evelyn sah in ins Bad kommen und öffnete die

Duschkabinentür. Er sah das Wasser an ihr herunterlaufen. Die nassen Haare fielen ihr über die Schultern und lagen auf ihrem Rücken. Die runden Pobacken lachten ihn an und riefen ihn zu sich. Sie schaute ihn über ihre linke Schulter blickend an und sah zu, wie Roth die Jeans auf den Boden gleiten ließ. Er stieg zu ihr in die Duschkabine und seifte ihren Rücken ein. Seine Hände massierten ihren Rücken und wanderten langsam nach unten zu ihrem prallen Po. Dort massierte er die Pobacken weiter und das Wasser spülte die Duschcreme wieder ab. Roth bückte sich und küsste ihren Hintern. Als seine Zunge in dem Ritz zwischen ihren Pobacken verschwand, hörte er sie trotz des Geräusches des Wassers leicht stöhnen. Evelyn stützte sich mit den Händen an der vor ihr stehenden Duschwand ab und streckte ihren Po etwas weiter ab. Jetzt fühlte sie, wie seine Zunge ihre erogenen Stellen besser erreichte. Roth fand die Öffnung zwischen ihren Beinen und streckte seine bewegende Zunge soweit er konnte in sie hinein. Evelyn keuchte jetzt lauter und genoss seine Liebkosungen. Doch sie wollte nun auch sein Glied in sich spüren und brach das Zungenspiel ab. Sie rieb ihren Hintern an seinem steifen Geschlechtsteil und ließ ihn von Hinten in sie eindringen. Während die sich noch immer abstützend mit ihrem Becken vor und zurück bewegte, massierte Roth nun mit seinen Händen ihre Brüste. Er fühlte wie ihre Brustwarzen zwischen seinen Fingern wuchsen und hart wurden. Ihre Bewegungen wurden schneller und aus dem Stöhnen wurde erotisches Geflüster. Als sie kurz vor dem Orgasmus war, bewegte sie ihren Unterleib in einer nie zuvor dagewesenen Heftigkeit und schrie ihren Höhepunkt so laut heraus, dass Roths Nachbar in ein paar hundert Metern Entfernung sie noch gehört haben musste. Danach kniete sie sich vor dem groß aufgerichteten Freund Roths und befriedigte ihn bis zu seinem Erguss mit dem Mund, blickte ihm in die Augen und schluckte alles herunter. Ein paar Minuten später lagen die beiden engumschlungen in Roths Bett und versuchten ein paar Stunden Schlaf der letzten Nacht nachzuholen.

.

Frank Müller wurde ins Büro des Polizeidirektors gerufen. Der Direktor fragte den Kommissar nach seinem aktuellen Fall. Obwohl die Akte Ralf Becker sichtbar auf seinem Schreibtisch lag, stellte der Direktor ihm Fragen, dessen Antworten er alle in den Berichten nachlesen konnte. Müller ahnte was jetzt kommen würde. Er wusste auch, dass der Direktor von seinen Nachforschungen über die Telefongespräche Bescheid bekommen hatte. Am Ende des Gespräches entzog er Müller den Fall Becker und versetzte ihn in die Asservatenkammer im Untergeschoß des Polizeidienstgebäudes. Müller räumte sein Büro und richtete seinen Schreibtisch im Keller ein. Am anderen Morgen meldete er sich zum ersten Mal nach über zwanzig ununterbrochenen Jahren Polizeidienst krank. Nachdem der Arzt ihm wegen Stress am Arbeitsplatz und dessen psychischen Folgen für zwei Wochen arbeitsunfähig schrieb, suchte der Kommissar die Redaktionsbüros des Blitz-Verlages auf. Er suchte und fragte nach Evelyn Vortmann. Man unterrichtete ihm, dass die Chefredakteurin heute erst nach dem Mittag zum Dienst erscheinen würde. Müller schaute auf die Uhr, die kurz nach Zehn anzeigte. Er entschied sich Frau Vortmann in ihrer Wohnung aufzusuchen. Aus dem Verlag rief er sie an und hatte sie sofort am Telefon. Evelyn Vortmann war auf dem Weg nach Hause und verabredete sich mit dem Kommissar in ihrem Appartement. Die Chefredakteurin war gegen halb Elf daheim, duschte auf die Schnelle und kleidete sich an. Schminkte sich und gelte die Haare mit einem Zopf streng nach hinten. Kurz danach, gegen halb Zwölf klingelte ihre Schelle. Evelyn Vortmann wohnte in einem Luxusappartement in der vierten Etage in Berlin Mitte mit Blick auf das Regierungsviertel. Müller war beeindruckt und das sah sie ihm beim Öffnen der Tür auch an. Der Kommissar setzte sich und die Redakteurin stellte ihm einen Kaffee aus dem Vollautomaten auf dem Tisch. Müller fing an zu reden und sprach ohne Unterbrechung immer weiter. Evelyn Vortmann

200

notierte sich einige Schwerpunkte und wartete, bis der Kommissar mit seinem Bericht zu Ende war. Als die Uhr drei Uhr nachmittags anzeigte, war sie über alle Ermittlungsergebnisse und die Versetzung Müllers in Kenntnis. Sie paarte die neuen Informationen mit ihren und konnte es nicht glauben welchem Komplott sie auf der Spur waren. Müller verabschiedete sich von der Redakteurin und auch aus dem Fall, der mit dem Tod des Grafen begann.

Anne wachte nach einigen Stunden Schlaf am Morgen auf und entdeckte den Briefumschlag auf ihrem Rolltischchen neben dem Bett. Wie der Brief zu ihr kam, wusste sie nicht, trotzdem war sie glücklich, dass Joe auf sie in Hamburg warten wollte. Sie fühlte sich schon etwas besser und hoffte bald in ein normales Krankenzimmer wechseln zu können. Nach und nach kamen die Mitarbeiter der Frühschicht ihrer Arbeit auf der Station nach und gaben sich die Türklinke in die Hand. Bis der Stationsarzt plötzlich vor ihr stand und sie nach ihrem Empfinden fragte. Eine Woche lag sie jetzt auf der Intensivstation und kämpfte gegen den Tod an. Die Chancen bei ihrer Einlieferung standen vielleicht bei zehn Prozent, doch ihr Körper und ihr Geist wollten das Spiel gegen das Virus nicht ohne Kampf verloren geben und schafften es, dass sie nun eine reelle Chance hatte zu überleben. Der Mediziner stimmte ihren Wunsch auf ein anderes Zimmer verlegt zu werden, zu und sprach mit dem nächsten wachen Patienten. Als er am letzten Bett ankam und den Assistenzarzt nach John Carter fragte, wusste Anne, dass sie richtig lag mit dem Patienten. Der Amerikaner war in seiner Verfassung kaum wiederzuerkennen gewesen und dazu lag er im Koma. Jetzt waren die Vorhänge zwischen den Betten vorgezogen und Anne sah John Carter nicht. Sie hörte aber, wie der Arzt seinem Kollegen mitteilte, dass er nur wenig Hoffnung hat, dass der Patient überleben wird.

Am gleichen Tag, nachmittags lag Anne in ihrem Einzelzimmer und teilte Dexter ihren Umzug über das Zimmertelefon mit. Zwei Tage verbrachte sie dort und wurde dann am dritten Tag als SARS-CO-Vx-frei entlassen. Am Ausgang stand Dexter und empfing Anne überglücklich. Die Umarmung der beiden wollte nicht enden und dauerte eine ganze Weile. Doch irgendwann saßen sie dann doch in Dexters Pickup und fuhren von Hamburg zurück nach Ravensbrück.

Auf dem Weg dorthin hielten sie bei Roth in Retzow an. Als sie in die Einfahrt fuhren, versperrte ein BMW-Cabrio ihnen die letzten Meter und Dexter parkte seinen amerikanischen Kleintruck direkt dahinter. Roths Hunde bellten schon seit einer guten Minute und Dexters Freund stand schon in der Tür, bevor sein Besuch ausgestiegen war. Als Anne mit Dexter und Roth das Haus betrat, sah sie eine brünette Schönheit am Tisch sitzen. Anne erkannte sofort das teure Channel-Kostüm und die Pumps von Christian Louboutin an ihren Füßen. Auch geizte die Fremde nicht mit ihren Reizen, so dass sogar Anne sie als ungeheuer attraktiv befand. Sie streckte der Frau ihre Hand entgegen und stellte sich vor. Evelyn lächelte der neu dazugekommenen Frau zu und schüttelte die von ihrer angebotenen Hand. Von der ersten Minute an waren die beiden Frauen sich sympathisch und unterhielten sich angeregt. Roth bestellte beim italienischen Restaurant mit Lieferservice genügend Pasta und mehrere Flaschen Lambrusco, um den Hunger und Durst der Vier zu stillen. Beim Essen erzählte Evelyn von ihren Recherchen und den hinzugewonnenen Informationen und alle hörten ihr zu. Anne erzählte ihr, von ihrer Aufnahme und den Überfall auf ihrem Anwesen. Danach schlug die Unterhaltung nach der dritten Flasche Wein in eine andere Richtung um. Die Atmosphäre wurde ausgelassen und irgendwie, keiner wusste später mehr warum, war der Kit-Doggy-Club ein Thema. Wie sich herausstellte, kannte Evelyn Ahmed auch gut. Sie war eine Zeitlang dort Stammbesucherin und verbrachte viele Wochenendabende dort mit anderen Gästen. Anne fragte sie dann wegen der Louboutin Pumps und Evelyn zog einen der Schuhe aus und reichte ihn Anne über den Tisch. Sie schaute sich den Schuh an und reichte ihn an Evelyn zurück. Sie nahm den Schuh und stellte ihn auf den Fußboden, zog den anderen aus und stellte ihn daneben. Als sie dann ihre Füße auf Uwes Schoss legte und er ihre Sohlen massierte, sah sie die schönen perfekt lackierten Zehen. Diese Frau war wirklich ein Hingucker und zwar von Kopf bis Fuß dachte Anne noch, als plötzlich die drei Tenöre aus den Lautsprechern der Stereoanlage zu hören waren. Die vierte Flasche wurde entleert und Dexter öffnete die letzte Flasche Lambrusco. Anne fühlte unter ihrem Shirt Joes Hand ihren Rücken streicheln und schloss genussvoll die Augen. Als sie kurz danach ihre Augenlider öffnete tanzte Evelyn auf dem Tisch zwischen den teilweisen noch halbvollen Tellern. Sie bewegte ihre Hüften aufreizend und streckte Anne beide Hände hin. Anne nahm diese und wurde von ihr auf die Tischplatte gezogen. Zusammen bewegten sie sich nun nach den Klängen, die aus den Boxen in den Raum produziert wurden. Evelyn umschloss mit ihren Armen die Hüften ihrer Tanzpartnerin und die beiden Männer saßen dort unten und schauten schweigend zu. Jetzt fühlte Anne Evelyns Hände auf ihrem Rücken und ihrem Po. Die beiden tanzten weiter und ihre Körper bewegten sich synchron zu der Musik. Nach einer Weile hatten die beiden Männer die letzte Flasche geleert und Annes Kopf lag auf Evelyns Schulter. Ihr Hals war so freigelegt und Evelyns Mund verteilte die ersten Küsse auf Annes Haut am Hals. Ihre Hände streichelten noch immer ihren Po und Annes Finger wanderten automatisch Evelyns Rücken rauf und runter. Anne merkte plötzlich, dass ihre Tanzpartnerin, wie vorher Joe, ihre Hände unter ihrem Shirt hatte. Sie spürte Evelyns Fingernägel zärtlich über ihren Rücken kratzen und ihre Zunge warm und feucht an ihrem Hals lecken. Evelyn selbst vergaß die Männer am Tisch und wollte die Frau in ihren Armen verführen. Ihre Hände öffneten den BH-Verschluss und zogen ihn mit dem Shirt über Annes Kopf. Anne wiederum ließ die sexy Frau walten und knöpfte nun selbst den Kostümblazer Evelyns auf. Die Brüste unter der weißen Bluse wollten gestreichelt werden und warteten auf ihre Befreiung durch Annes Hände. Anne nahm sich ein Knopf von

204

Evelyns Bluse nach dem anderen vor, bis sie den BH freigelegt hatte. Jetzt lag es an ihr, den Verschluss des BHs genauso elegant zu öffnen, wie es vorher Evelyn bei ihr tat. Das alles schafften die beiden Damen, ohne die tanzenden Bewegungen zu unterbrechen. Evelyn ließ die geöffnete Oberbekleidung auf den Tisch fallen und beide Frauen tanzten mit nackter Brust noch immer vor den gaffenden Männern. Die beiden Frauen spielten sich gegenseitig an den Brüsten und küssten sich. Evelyn nahm sich nun Annes Hose vor und einige Wimpernschläge später rutschte Anne die Jeans an den Beinen herunter. Sie schlüpfte aus den Schuhen und danach aus der Hose. Anne war nun nackt und Evelyn zog sie an sich. Evelyn übernahm von Anfang an die Führung und stieg nun selbst aus ihrem Rock. Jetzt stand auch sie nur in Straps Bändern, Nylons und ihren tausend Euro Pumps vor Anne. Evelyn bat die zuschauenden Männer die Teller und den Rest vom Tisch zu räumen. Uwe und Joe gehorchten sofort und taten, um was sie die beiden bat. Als die beiden Jungs zum Tisch zurückkehrten, lagen Anne und Evelyn in der 69er-Stellung auf der Tischplatte und küssten sich am Vorhof zum Paradies. Jetzt versuchten die beiden Männer sich selbst bei diesem Spiel einzuwechseln und streichelten die beiden Frauen während ihres Liebesaktes. Die beiden Frauen ließen sich nicht ablenken und machten einfach weiter. Evelyn spürte Uwes Hände an ihrem Po und genoss sein einsteigen in den Liebesakt. Jetzt war auch Joe animiert und massierte Annes Brüste sanft durch. Jetzt kümmerten sich auch die beiden Frauen um ihren männlichen Part. Auf allen Vieren knieten die beiden Frauen Gesicht an Gesicht auf dem Tisch und streckten ihre Hintern den Männern entgegen. Während die Frauen sich küssten, drangen die beiden Männer in ihren Frauen ein und fingen mit langsamen Stößen an, ihre Partnerinnen zu beglücken. Alle Vier kamen fast gleichzeitig zum Orgasmus und beendeten das sexuelle Spiel erleichtert.

Während Anne mit Joe wieder seit Tagen auf ihrem Anwesen wohnte und Evelyn ihren Zeitungsartikel vorbereitete, breitete sich der mutierende Virus wieder in der Welt aus. Dieses Mal traf es aber alle Schichten der Weltbevölkerung, denn noch immer schafften es die forschenden Pharmaunternehmen nicht, ein schützendes Gegenmittel herzustellen. Die Menschen auf dem Planeten erkrankten und viele starben. Die Bevölkerungszahlen dezimierten sich weiter. Es herrschte Panik und die Bewohner flohen aus den Ballungsgebieten in ländliche Gegenden. Da es dort aber nicht genügend Nahrungsmittel gab, kam es erst zu Plünderungen und dann zu gewaltsamen Aktionen mit den ländlichen Anwohnern. Niemand traute mehr seinem Nächsten und es herrschte das Recht des Stärkeren, um zu überleben. Die Regierungen dieser Welt wurden immer machtloser. Da auch ihre schützenden Militärs an der Krankheit starben, hielt das protestierende Volk niemand mehr auf. Es fiel eine Regierung nach der anderen. Zuerst waren es die lateinamerikanischen Länder, die vom eigenen Volk überrannt wurden. Es folgten die arabischen Staaten und dort übernahmen die Anhänger der Terrormiliz Islamische Revolution die Führungen in den muslimischen Staaten. Ihre Hassprediger machten den teuflischen Westen für die Seuche verantwortlich und mobilisierten zum Krieg gegen die Ungläubigen. Frankreich war das erste europäische Land mit einer muslimischen Bevölkerung von knapp fünfzig Prozent, die den Hass ihrer islamischen Bürger zu spüren bekam. Die Attentate auf den Westen breiteten sich schneller als der Wuhan-Erreger aus und die europäischen Staaten verhängten Ausgehsperren für alle männlichen Einwohner. Trotzdem explodierten Bomben an öffentlichen Plätzen. Kirchen, Sex-Shops, Museen, Bahnhöfe und sogar Botschaften wurden Opfer dieses Terrors. Auch in Deutschland kam es zu Terrorattentaten und die noch vorhandene

206

Regierung um Kanzler Guido Feldmann rief den Notstand aus. Die Wirtschaft lag auf dem Boden. Die Aktienmärkte stürzten ins Bodenlose ab und das Geld der Anleger löste sich in Staub auf. Die Menschen standen nicht mehr im Lohn und konnten ihre Familien nicht mehr ernähren. Die Kraftwerke lieferten kein Strom mehr und so wurden wir wieder ins Mittelalter zurückversetzt. Männer, die ihre Familien schützen wollten, wurden auf offener Straße erschossen und die Frauen wurden sich mit Gewalt fügig gemacht. Nur wer als erstes sein Gegenüber tötete, konnte sich und seinen Anhang vor den gewaltbereiten Horden retten. Der Höhepunkt des Terrors in Deutschland wurde mit der Sprengung des Kölner Doms mit vielen Toten erreicht. Danach herrschte Bürgerkrieg auf den Straßen. Jeder der eine Waffe hatte oder sich besorgte, schoss auf arabischaussehende Migranten. Der Asphalt in den deutschen Ballungsgebieten war mit stinkenden verwesenden Leichen übersät. Keiner hielt sich mehr an Gesetz und Ordnung und das war das Ergebnis, weil die Mitglieder der Justitia-Loge sich das Recht herausnahmen und sich für Gott hielten. Sie allein waren mit dem Aussetzen des Virus dafür verantwortlich. In dieser Phase beendete Evelyn Vortmann ihren Artikel und stellte ihn mit allen Beweisen ins Netz der Blitz-Homepage.

John Carter starb zwei Tage nachdem Anne die Klinik im Hamburg verlassen hatte. Er wurde ohne trauernde Gäste eingeäschert und in einem Massengrab anonym beigesetzt. In der Firma wurde sein Name ad acta gelegt und vergessen.

Evelyns Internetbeitrag in der Blitz sorgten für den Rest. Die Namen auf einer Liste, die zum Freimaurertum gehörten und die aufgespielte Teilaufnahme des amerikanischen Präsidenten bei seiner Verkündung die Zahl der Weltbevölkerung zu halbieren, brachten das Fass zum Überlaufen. Im Bundestag wurde Guido Feldmann von der eigenen Partei zum Rücktritt aufgerufen. Mit ihm sollten die Minister für Justiz und für das Innere abdanken. Der Bundespräsident, ein parteiloser ehemaliger Gewerkschaftler und Friedensnobelpreisträger, löste trotz des Notstandes das Parlament auf und übernahm die Regierungsgeschäfte. Um die sinkende Zahl der Polizeieinheiten zu unterstützen, wurde die Bundeswehr mit einbezogen. Der Bundeskanzler und die beiden Minister wurden noch im Bundestag verhaftet und in Spandau in Untersuchungshaft genommen. Andere Mitglieder der Loge hatten weniger Glück. In ihren Villen wurden sie mit ihren Familien von den wütenden Demonstranten gestellt und durch Selbstjustiz liquidiert. In Frankreich wollte der Präsident sich in einer Pressekonferenz den Vorwürfen stellen und alles als Fakenews abwehren, als ein Journalist seine Pistole auf ihn richtete und abdrückte. Keine Fahne in ganz Frankreich hing am anderen Tag, als er seinen Schussverletzungen erlag, auf Halbmast. Der britische Premier wurde von Spezialeinheiten mit Panzern und Maschinengewehren vor seinem Amtssitz Downing Street Number 10 beschützt und wagte sich nicht in die Öffentlichkeit. In Washington saß William Smith in dem Atombunker des Capitols und wurde vom Secret Service beschützt. Auch in den USA ist der Notstand ausgerufen worden und das Militär sorgte dafür, dass die Bürger sich weiter an die Ordnung hielten. Demonstrationen wurden aufgelöst und die Rädelsführer in gerichtlichen Schnellverfahren wegen Volksverhetzung und Gründung von terroristischen Vereinigungen verurteilt.

Evelyn Vortmanns Artikel im Netz erreichte den letzten Zipfel dieser Welt und sie wurde mit Peter Stein als Ikone der demonstrierenden Menschen ausgewählt. Aber sie wurde nun praktisch von allen

Staaten für vogelfrei erklärt und zum Abschuss freigegeben. Die Chefredakteurin musste sich verstecken und ihr fiel Uwe Roths Haus als erstes ein. Sie packte ihre Reisetasche, nahm so viel Bares mit, wie sie in der Wohnung hatte und ließ das Handy zuhause. Sie fuhr in der Nacht nach Retzow und stand vor dem Haus von Roth. Doch weder er noch die Hunde waren dort anwesend und Evelyn überlegte, wo er sein könnte. Da das Haus verschlossen war, konnte sie auch nicht eintreten und blieb einige Minuten im Auto sitzen. Dann fiel ihr Anne ein und der BMW machte sich auf Richtung Ravensbrück.

Uwe Roth lag im Bett des ehemaligen Butlers des Grafen. Seine drei Hunde lagen vor dem Bett und schliefen. Seit etwa einer halben Stunde hörte er Anne bei ihrem Liebesspiel mit Joe laut stöhnen. Ihr Schlafzimmer lag direkt über seinem und Roth bekam kein Auge zu. Als er dann doch gerade eingeschlafen war, knurrten plötzlich seine Hunde und er sah im Dunkeln ihre aufgerichteten Köpfe und Ohren. Die drei schauten zur Tür und Roth stand auf, um zu kontrollieren was los war. Im Foyer war es still. Von oben hörte er auch nichts mehr, also waren die beiden dort auch fertig geworden. Er drehte sich um und wollte gerade wieder zurück ins Bett gehen, als die Glocke des Eingangstors läutete. Überrascht meldete sich Roth an der Sprechsäule und war plötzlich guter Stimmung, denn Evelyn bat um Einlass. Roth begrüßte Evelyn, indem er ihr die Autotür öffnete und beim Aussteigen die Hand reichte. Anne und Joe bekamen von dem nächtlichen Besuch nichts mit und Roth führte Evelyn in Marthas Zimmer, denn seines hatte nur ein enges Singlebett. Evelyn Vortmann bedankte sich bei Roth mit einem Kuss auf die Wange und schloss, ihn außen stehen lassend die Tür. Roth schaute ungläubig auf die geschlossene Tür und spazierte enttäuscht mit seinen drei haarigen Jungs in seinem Zimmer. An Schlaf war für ihn jetzt gar nicht mehr zu denken.

Evelyn wollte nur noch schlafen und Uwe Roth tat ihr ein wenig leid, doch sie war einfach nicht in der Stimmung, um sexuell aktiv zu werden. Ein stressiger Tag und nun schon fast die ganze Nacht lagen hinter ihr. Sie war glücklich, es überhaupt bis zu dem Haus der Gräfin geschafft zu haben. Auf der Fahrt nach Ravensbrück fiel die Tankanzeige ihres Cabrios bis auf null und alle Tankstellen hatten wegen Benzinmangel geschlossen. Evelyn schlüpfte aus ihren Kleidern und huschte aus dem Zimmer durch die Küche, an Roths Tür vorbei zum Badezimmer. Es tat ihr gut, dass warme Wasser über ihrem Körper laufen zu spüren. Sie stand eine ganze Zeit einfach regungslos da und genoss die Dusche. Müde fiel sie danach ins Bett und trat sofort in die Traumwelt ein. Sie träumte von Anne und der Traum war sehr erotisch. Evelyn wurde während des Traumes feucht und erregt. Sie befand sich dann irgendwann in einem Halbschlaf und ihr Unterleib rief nach Liebe. Sie fasste sich selbst unten in ihrem Feuchtgebiet an und spielte mit ihren Fingern an ihrem nassen Schlitz. Ihre Erregung wuchs mit jedem Wimpernschlag und ihre Finger kreisten um ihren Kitzler. Sie fühlte den warmen Saft aus ihrer Vagina an den Fingern. Ihre Gedanken sahen Anne nackt bei sich liegen. Ihre Brustwarzen wurden hart und mit der freien Hand rieb sie über die Knospen ihrer Brüste. Ihr Verlangen wurde von Minute zu Minute größer und an Schlaf war nicht mehr zu denken. Sie huschte aus dem Bett und trat in Uwes Zimmer ein. Stieg teilweise über die sich nicht bewegenden Hunde und kletterte ins Bett. Roth wurde sofort wach und fühlte ihre Hände in seinem Schritt. Seine Lanze richtete sich sofort auf und Evelyn setzte sich auf ihm. Sie ritt ihn wild und heftig. Ihr sexueller Hunger war immens und musste gestillt werden. Roth hielt sich

210

stark zurück und versuchte seinen Höhepunkt noch weiter hinauszuzögern, was ihm aber nicht mehr gelang. Er ejakulierte in ihr und hielt danach nicht mehr stand. Evelyn bemerkte nach Roths Orgasmus das Nachlassen seiner Manneskraft, wollte aber noch zu ihrem Glück kommen. Sie hob ihren Hintern an, rutschte zu ihm hoch und setzte sich so auf seinem Gesicht, dass er sie lecken konnte. Seine Zunge kreiste und rollte um ihre Klitoris und Evelyn fühlte das Kribbeln von dort auf ihren ganzen Körper übersteigen. Ihren Orgasmus spritzte sie mit warmer Flüssigkeit und lautem Gestöhne heraus. Danach stand sie auf und verließ Roths Zimmer, um in ihrem Gästebett den erholsamen Schlaf zu finden.

Frank Müller sortierte im Keller des Polizeipräsidium Akten ein, als zwei Kollegen der Dienstaufsicht bei ihm vorstellig wurden. Beide stellten sich ihm vor und baten Müller mit ihnen zu kommen. Müller ahnte mal wieder, was ihm bevorstand und folgte dem vorausgehenden internen Ermittler. In einem in Grau gehaltenen Raum, mit drei Stühlen und einem Tisch, dazu eine Leuchtstoffröhre an der Decke, wurde der Kommissar verhört. Müller wurde der ausgedruckte Artikel Evelyn Vortmanns vor die Nase gelegt und gefragt, was er davon halte. Müller kannte den Bericht der Redakteurin noch nicht und las ihn sich in aller Ruhe durch. Ihm war klar, dass dort viel Polizeiwissen eingeflossen war und das es eine undichte Stelle in der Behörde geben musste. Nur, dass er dieser Maulwurf sein sollte, mussten die beiden erst noch beweisen. Müller beendete sein Lesen und blickte die beiden Männer von der Dienstaufsicht fragend an. Einer der beiden fragte ihn dann nach einer stillen Schweigeminute, warum er internes Polizeiwissen an die Presse verraten hatte. Müller antwortete, dass er nichts preisgegeben hat und verlangte einen Polizeianwalt zu sprechen. Da die beiden sein Bitte ignorierten, machte Müller nach jeder Frage der beiden Ermittler auf sein Recht, einen Anwalt hinzuziehen zu dürfen, gebrauch. Für Müller war es ein stundenlanges nerventreibendes Verhör. Er hielt dem aber stand und die Verhörspezialisten verließen irgendwann unbefriedigt den Raum. Einer der beiden kam nach fünf Minuten wieder und drückte Müller ein Telefon in die Hand. Müller rief die Polizeigewerkschaft an und verlangte die Hilfe eines Anwaltes. Zwei Stunden nach seinem Anruf, durfte Müller in Begleitung seines Rechtsbeistandes das Präsidium verlassen. Aus Mangel an Beweisen wurden einer Klage der Dienstaufsicht keine großen Erfolgschancen vor Gericht eingeräumt und Müller wieder aus den Fängen der internen Ermittler befreit. Der Kommissar suchte danach wieder seinen

212

Hausarzt auf und ließ sich arbeitsunfähig schreiben. Wieder zuhause angekommen überlegte er sich sein weiteres Verhalten. Müller wusste, er war nun auf der roten Liste von mächtigen Personen. Er wollte nicht so enden, wie Vollmer und fasste den Entschluss, seine Wohnung für eine Weile zu verlassen und sich unsichtbar zu machen. Er nahm die Simkarte aus dem Handy und schaltete dieses aus. Danach setzte er sich mit einem gepackten Koffer ins Auto und fuhr aus Berlin heraus.

Auf Plum Island gab es einen Erfolg zu vermelden. Einem Forscherteam im Labor der Insel, gelang der Durchbruch. Bei allen Patienten, die mit dem mutierten SARS-CO-Vx-Virus infiziert waren, wurde nach der Injektion der Krankheitsverlauf gestoppt. Jetzt musste eine schnelle Phase drei Studie stattfinden, damit die Genehmigung bei der amerikanischen Arzneimittelbehörde FDA beantragt werden konnte.

William Smith erfuhr als einer der ersten von diesem Durchbruch auf Plum Island und hielt schnellstens eine Rede zur Nation. Alle noch sendenden Fernsehsender unterbrachen ihr Programm und über den Bildschirmen lief die Ansprache des Präsidenten. Der Vortrag an die Welt, war eher ein Selbstlob an sich. Smith redete nur davon, wie er dafür verantwortlich war, dass die Mitmenschen auf diesem Planeten durch ihn jetzt ein Heilmittel gegen den Wuhan-Erreger hätten. Mit den Worten, dass Sterben würde gestoppt werden, beendete William Smith nach zwanzig Minuten unter eingespielten Applaus seinen Vortrag. Seine Anhänger feierten den Präsidenten als den Erlöser und trotzdem blieben mehr Fragen offen, als beantwortet.

Die dritte Arzneimittelstudie wurde im Schnellverfahren durchgeführt. In den amerikanischen Metropolen New York und Chicago wurden die Menschen aufgerufen sich kostenlos impfen zu lassen. Es gab lange Schlangen vor den Hospitälern, die für diese Studie ausgewählt wurden. Mehr als siebzig tausend Dosen wurden an einem Tag injiziert und von den Probanden fiel keiner tot. Im Gegenteil, nach einer Woche gab es bei den geimpften Personen keinen Fall eines Krankheitsausbruches. Auf die Langzeitnebenwirkungsuntersuchung wurde dann aufgrund der Eile und Wichtigkeit verzichtet. Neuesten Schätzungen nach, trug der

Erdball noch eine Bevölkerungszahl von zwei Milliarden Menschen und diese mussten geschützt werden. Die nach der Epidemie aufzubauende Wirtschaft würde jede Person als Mitarbeiter gebrauchen können. Die mächtigen Regierungsoberhäupter der wichtigsten Wirtschaftsstaaten setzten sich in New York zusammen und diskutierten, wie der Impfstoff an die Menschen verteilt werden sollte. Sie einigten sich auf einen Verteilerschlüssel, der prozentual nach der Einwohnerzahl berechnet wurde. Mit einer Ausnahme. William Smith bestand darauf, China als Verursacher der tödlichen Epidemie aus der Verteilung auszuschließen. Dieser geniale Schachzug des amerikanischen Präsidenten, lenkte die Weltöffentlichkeit von seiner Beteiligung ab, denn die Presse stürzte sich auf seine Vorlage und schlachtete das Thema mit großen Leitartikeln in den Gazetten und Nachrichten aus. Die beteiligten Pharmaunternehmen produzierten den Impfstoff in hunderttausenden von Dosen täglich und Transportflugzeuge verteilten das Serum in die ganze Welt. Die Unternehmenswerte dieser Firmen stiegen bis in den Himmel und bei der Wiederaufnahme der Börsengeschäfte waren die Aktien der fünf Gesellschaften auf über das zehnfache gegenüber der Zeit vor den Ausbruch des Erregers gestiegen.

Als sich die ganze Welt nach Wochen des Wiederaufbaus ein wenig beruhigt hatte und die Wirtschaft wieder in ruhigeren Fahrgewässern gesteuert wurde, riefen die westlichen Länder nach Arbeitskräften aus den Ländern mit hoher Arbeitslosigkeit. Jetzt diente die frühere Flüchtlingsroute über den Balkan für viele Afrikaner und Araber als Straße des Glücks, um in Europa am Wohlstand teilnehmen zu können. In dieser Zeit rief William Smith, der zuvor mit überwältigender Mehrheit bei der Wahl zum Präsidenten in seinem Posten von den Wählern bestätigt wurde, den Direktor der Agency zu sich. Smith vergaß nicht und erklärte dem Boss des Geheimdienstes, dass er die Verursacher des Sturzversuches seiner Person zur Rechenschaft rufen möchte. Der Direktor nickte dem Wunsch des Präsidenten ab und beauftragte die europäische Abteilung sich um die Erledigung zu kümmern.

Während Evelyn Vortmann sich wieder täglich von ihrem Appartement zur Redaktion aufmachte und Uwe Roth sich vor Aufträgen der Hundeausbildung nicht beschweren konnte, lebte Joe Dexter noch immer bei Anne in ihrem Haus. Die Gräfin selbst, startete einen neuen Versuch im Klinikum Ostbrandenburg in Potsdam auf der Charlottenstraße. Sie arbeitete dort in der Notfallaufnahme und besuchte wieder die Schulbank. Anne wollte noch das Fachgebiet der Chirurgie medizinisch abschließen. Joe Dexter dagegen kümmerte sich um das Anwesen der Gräfin. Er war Hausmeister, Gärtner und Sicherheitschef in einer Person. Da er aber mit diesen Jobs nicht glücklich wurde, überlegte er, wieder eine Detektei zu eröffnen. Er suchte nach der Adresse seiner früheren Assistentin und machte sich auf dem Weg dorthin. Lisa, eigentlich auf den Namen Elisabeth getauft, öffnete überrascht die Tür und war überglücklich Joe Dexter gesund vor sich stehend zu sehen. Ihr sonst so hellblondes Haar zeigte die Ansätze ihres normalen Haares. Auch die Fingernägel und Fußnägel waren unlackiert. Dexter kannte seine frühere Sekretärin sonst nur als sehr auf ihr Aussehen bedachte Person. Lisa stand im Sweater und Jogginghose barfuß vor ihm im Hauseingang. Eigentlich war es die Wohnung ihrer Mutter, doch die ältere Frau überlebte den Virus nicht und verstarb, bevor der rettende Impfstoff die Bevölkerung erreichte. Sie umarmte ihren Chef und ließ ihn vorerst nicht mehr los. Dexter musste sich von der wie eine Anakonda zudrückenden Frau regelrecht befreien und bat um Einlass in ihrem kleinen Haus.

216

Lisa entschuldigte sich und dabei sah Joe ihre Tränen die Wangen herunterlaufen. In der Küche, bei einem Becher Kaffee, erzählte er ihr dann von seinem Vorhaben beruflich noch einmal neu zu starten. Dexter erklärte Lisa, dass er sie als seine Assistentin einplanen möchte und hoffte, sie würde seinem Angebot zusagen. Lisa war nach seiner Erklärung zum zweiten Male an diesem Morgen glücklich. Natürlich stimmte sie seinem Vorschlag, für ihn zu arbeiten freudig zu. Dexter sah sie in ihren pinken Sweater dort sitzen und freute sich mit ihr. Dexter sah sie an und gab ihr den ersten Auftrag. Lisa sollte einen Büroraum in Berlin für ihre Wiedereröffnung finden. Joe Dexter hatte die Tür hinter sich noch nicht richtig ins Türschloss gezogen, da tippte Lisa schon die Tasten ihres Laptops. Dort waren alle Kundendaten und Berichte der letzten zehn Jahre, seit sie für die Detektei Dexter arbeitete gespeichert. Sie sortierte in den Immobilienanzeigen die interessantesten Projekte aus und verglich die Angebote. Am Abend hatte sie alle offenen Inserate studiert, aussortiert und in einer Dokumentenmappe abgeheftet. Sie rief Dexter an und verabredete sich am nächsten Morgen mit ihm. Jetzt hatte sie noch acht Stunden Zeit sich zurechtzumachen und ein wenig Schlaf zu finden. Als erstes benutzte sie eine neue Blondierung, die sie auf ihre Haare auftrug. Nach der Einwirkzeit spülte sie alles wieder ab und kämmte die nassen Haare durch. Danach rasierte sie sich die Achseln und ihre Scham. Zum Schluss wurde, auf den Nägeln ihrer Zehen und Finger roter Nagellack aufgetragen. Als sie mit allem fertig war, durfte sie sich noch vier Stunden Schlaf gönnen. Der Wecker klingelte früh und Lisa trank eine Tasse Milchkaffee und zog sich ihr bestes Kostüm über. Es war das Geschenk Dexters zu ihrem fünften Firmenjubiläum. Der Rock reichte gerade so bis zu den Knien und zeigte viel von ihren Beinen. Der Blazer in dem gleichen Schwarz, wurde gebügelt und ohne Bluse angezogen. Vorher hatte sie den richtigen Push-up-BH aus der Schublade gezogen und ihren Busen darin wohlgeformt zurechtgerückt. Es schien nun so, als wollten die Brüste unter dem Blazer gleich herausfallen. Sie suchte noch den passenden offenen Stöckelschuh und war gegen acht Uhr fertig. Ihre Verabredung mit Dexter war gegen zehn und nun musste sie ungeduldig zwei Stunden auf ihn warten. Alle fünf Minuten starrte sie aus dem Fenster und schaute auf die Straße vor der Tür. Sie hatte wieder ihr altes Handy eingeschaltet und obwohl das Gerät kein Geräusch von sich gab, schaute sie immer wieder nach Anrufen oder Nachrichten von Dexter. Aber nichts geschah. Aus Nervosität musste sie in der Zeit vier Mal auf die Toilette und genau dann, als sie das Höschen zum fünften Mal herunterrutschen ließ und sich auf die Klobrille setzte, klingelte es an der Tür. Lisa fluchte leise und öffnete mit ungewaschenen Händen die Haustür, nur um sofort wieder ins Bad zu spazieren und den Wasserhahn zu benutzen.

Als Dexter sie die Tür öffnen und sofort ins Badezimmer flitzen sah, trat er ein und schloss die Tür. Eine Minute später stand Lisa frisch bemalt mit Make-up und Lippenstift vor ihm. Nichts mehr von gestrigen Ansätzen auf ihrem Kopf zu sehen und auch der Nagellack an den Füßen und Händen erstrahlten im neuen Glanz. So kannte er sie. Immer sexy und sündig aussehend. Bei ihrer Begrüßung hauchte sie ihm einen Kuss auf die Wange und zurück blieb ein wenig von ihrem roten Lippenstift. Sie setzten sich nebeneinander auf die Couch im Wohnzimmer und Lisa reichte ihm die Mappe mit den geordneten Büroobjekten. Sie schüttete ihm ein Glas Wasser in ein Glas und stellte es auf dem Tisch. Dabei beugte sie sich weit vor und Dexter sah ihren seitlichen Brustansatz fast aus dem BH springen. Zehn Jahre spielte sie nun schon ihr Spiel mit ihm und beide zogen sich bis auf einen kleinen immer haltenden Abstand erotisch an. Joe liebte Anne und wollte sie für nichts in der Welt verlieren, doch er

218

selbst war auch nur ein schwacher Mann. Als er den Ordner durchblätterte und sie zu jedem Exposé eine Erklärung abgab, berührte sie ihn ab und zu mit ihren Händen. Mal ließ sie ihre Hand auf seinem Bein liegen und ein anderes Mal auf seiner Schulter. Dexter roch ihr Parfüm. Souffle de Soei von Dior war ihr bevorzugter Duft. Ihre Zusammenarbeit wurde lustiger und die beiden lachten viel. Dexter war angetan von ihrer mühevoll aussortierten Dokumentensammlung und schrieb mit Zahlen, die Platzierungen der Objekte auf. Das Büro musste in Berlin sein, durfte aber ihren kleinen Budgetplan nicht sprengen. Viele Immobilien kamen da nicht mehr zusammen. In der Durchsicht vertieft, merkte Dexter gar nicht, dass Lisa nun ihre rechte Hand gar nicht mehr von seinem Bein nahm und zu seinem Überfluss streichelte sie die ganze Zeit seinen linken Oberschenkel. Joe unterbrach seine Aufmerksamkeit dem Ordner gegenüber und hielt ihre Hand fest. Er sah ihr in die Augen und klärte Lisa über seine Liebe zu Anne auf. Lisa selbst liebte Joe schon immer, verschwieg dies aber und sagte ihm, dass sie ihm alles Glück der Welt mit Anne wünschte. Sie würde nie einer anderen Seele über sich und ihm erzählen. Trotzdem streichelte sie ihn weiter als er seine Hand von ihrer löste. Lisa spürte beim Streicheln die Beule in seiner Hose und berührte diese jetzt immer öfter unbeabsichtigt. Joe ließ sie gewähren und versuchte die Manuskripte zu lesen. Sein Ständer wuchs und sprengte fast die Hose. Lisa hatte dann Erbarmen und öffnete seinen Gürtel und die Knöpfe des Hosenschlitzes. Dexter schüttelte noch den Kopf, doch seine Erregung siegte gegen die Vernunft. Als sein Glied aus der Jeans guckte, strich Lisa mit ihrem angefeuchteten Daumen über seine Spitze. Joe genoss den Augenblick. Sie legte ihre Lippen um seinen vorlugenden Freund und saugte an ihm. Dexter lehnte sich mit geschlossenen Augen zurück und stöhnte leise vor sich hin. Noch einmal meldete sich sein Gewissen und er sagte seiner

Assistentin sie möge aufhören. Doch auch Lisa war nun feucht im Höschen und wollte mehr. Sie befreite sich von ihrem Slip und öffnete den Blazer. Kurze Zeit später schauten ihre nackten Brüste aus dem heruntergezogenen BH hervor. Auf Dexters Schoss sitzend ritt sie ihn und er nuckelte dabei an ihren Brüsten. Lisa stöhnte laut auf und schrie nach mehr. Sie war nicht zu bändigen und er musste ihr leicht in die empfindlichen Brustwarzen beißen, bis sie zufrieden war. Wie eine wilde Amazone bewegte sie ihren Hintern auf und ab und als sie spürte, dass sein Höhepunkt bevorstand, gab sie alle Unterdrückung auf und ließ ihren anstehenden Orgasmus auf sich zu laufen. Kurz nachdem Joe seinen Liebessaft in ihr losgeworden war, explodierte ihre Vagina und Lisa rief ihren Höhepunkt lustvoll heraus.

In der Zentrale der Agency, im Botschaftsgebäude am Brandenburger Tor, wurde ein Einsatzteam zusammengestellt. Pierre Lavette, ein in Amerika geborener Sohn eines Franzosen und einer Deutschen Auswanderin lebte sein ganzes Leben in Louisiana. Er wurde dreisprachig erzogen und durchlief nach der Universität, die Ausbildung in Langley. In dem Ort vor der Hauptstadt Washington kämpfte sich Lavette gegen seine interne Konkurrenz von einem Posten auf den anderen hoch. Sogar der Director of National Intelligence, der als höchste Instanz den kompletten Ablauf der Intelligence Community zu überwachen hatte, erinnerte sich an Pierre Lavette und beauftragte ihn persönlich mit dem Flugticket nach Berlin zu reisen. Er übernahm die Führung dort für den verstorbenen John Carter. Lavette studierte während des zehnstündigen Fluges von Baltimore nach Berlin die Akte John Carters und notierte sich die wichtigsten Punkte in seinem Notizbuch. Evelyn Vortmann stand in seiner Liste ganz oben. Direkt darunter schrieb er den Namen Peter Stein. Frank Müller würde er auch befragen müssen und dann war da noch die jetzige Gräfin, die den ganzen Wahnsinn bisher immer rechtzeitig entfliehen konnte. Obwohl Lavettes Hauptsitz in der Zentrale in Paris sein würde, flog der Ermittler direkt in die bundesdeutsche Hauptstadt. Er benötigte ein Kommando von sechs erfahrenden Leuten für diesen Auftrag und diese sechs Agenten standen nun vor ihm und hörten sich alle zusammen seine Ansprache an.

Lavette nahm sich selbst vor, als erstes die Gräfin zu kontrollieren. Er kannte ihren Dienstplan in der Klinik Ostbrandenburg, ihre Fahrtstrecke von Ravensbrück nach Potsdam und studierte gerade die Pläne ihres Anwesens. Er hatte Fotografien und Carters Berichte von ihr auf dem Schreibtisch vor sich liegen. Carter hatte viele Möglichkeiten ausgelassen, die hübsche Gräfin aus dem Spiel zu nehmen. Dies würde ihm nicht passieren, dachte Lavette noch als er plötzlich ein Foto von ihr mit einem ihm bekannten Mann sah. Joe Dexter kannte er aus Virginia. Die ganze Firma kannte die Geschichte, wie John Carter den jungen Agenten Joes Dexter damals über die Klinge springen ließ und dadurch seinen Kopf aus der Schlinge zog. Carter machte Karriere und Dexter kämpfte ums Überleben. Er schrieb den Namen Dexters unter dem Annes in seinem Notizbuch und suchte auf seinem Computer alle Informationen, die er über Joe bekommen konnte. Nachdem er die letzten Infos Dexters, mit denen der Gräfin verglich, wusste er, wie die junge Ärztin sich vor Carter verstecken und ihm immer wieder entwischen konnte. Sein Gegenspieler in diesem Match war also ein ehemaliger Angestellter der Agency.

Anne fuhr am frühen Morgen mit dem AMG die 96 herunter. Sie konnte aufgrund der noch nächtlichen Zeit und der wenig befahrenden Bundesstraße ihren Wagen sportlich beanspruchen. Dabei fiel ihr nach einiger Zeit im Rückspiegel das Licht eines anderen Autos auf. Egal wie oft sie die Geschwindigkeitsbegrenzungen erheblich überschritt, der PKW hinter ihr tat es ihr gleich. In Oranienburg hielt sie an einem Pendlerparkplatz an und ließ den schwarzen SUV an sich vorbeiziehen. Auf die Schnelle im Dunkeln konnte sie die Insassen hinter den schwarzgetönten Scheiben nicht erkennen. Sie wartete fünf Minuten und startete ihren Wagen, um den Weg nach Potsdam wieder aufzunehmen. Auf der Autobahn 10 kam der SUV wieder in ihrem Blickfeld, als dieser mit langsamer Geschwindigkeit vor ihr auftauchte. Anne überholte den Benzinfresser und gab Vollgas. Die 400 PS auf der Autobahn erbrachten ihr den Vorteil, dass die Verfolger nicht mithalten konnten und sie denen davonfuhr. Im Rückspiegel waren die Verfolger nicht mehr zu sehen oder bildete sie sich nur etwas ein, waren ihre Gedanken beim Einbiegen auf dem Angestelltenparkplatzes für Ärzte des Klinikums. In ihrem Büro angekommen, wählte sie Dexters Handynummer über ihrem Dienstapparat und erzählte ihm von ihrer Befürchtung verfolgt worden zu sein. Lavette beobachtete im Schatten einer dicken Kastanie, wie Anne in die Klinik verschwand. Kurz danach betrat er auf der gegenüberliegenden Straße den Van der Firma und sah dem Abhörspezialisten bei seiner Arbeit zu. Dieser spielte dann Lavette das Telefongespräch aus Annes Büro vor. Lavette ärgerte sich über die Unfähigkeit seines Observationsteams nicht unerkannt geblieben zu sein. Jetzt ist Dexter auf sie aufmerksam gemacht worden und kann sich einen Plan zur Verteidigung ausdenken. In der Rushhour des Krankenhauses begab sich Lavette in das Durcheinander der Notfallaufnahme und beobachtete aus dem

Wartebereich das Geschehen. Ab und zu sah er Anne durch die Türen über den Gang flitzen und konnte sich so ein Bild von ihr machen.

Dexter rief seinen Freund Uwe Roth an und bat ihm auf das Anwesen Annes zu kommen. Roth hatte aber zu viel mit den Hunden zu tun und so sagte er ein Treffen erst zum Abend zu. Joe dagegen war mit Lisa unterwegs und begutachtete die möglichen Büroalternativen. Die Mietpreise waren in Berlin-Mitte aber so hoch, dass sie sich für ein Ein-Raum-Büro in Köpenick, in einem Altbau auf dem Fürstenwalder Damm entschieden. Die Müggelspree floss praktisch am Fenster vorbei in den nahen Müggelsee. Das Büro würde zwei Schreibtische, einen für Joe und einen weiteren für Lisa benötigen. Zwei Computer, einen Telefonanschluss, Schränke für Akten und die Mietkaution würden fällig werden. Joe wollte Anne um ein Darlehen bitten.

Uwe Roth rief auf dem Weg zu Anne über sein Handy Evelyn an und erklärte ihr, wo sie ihn heute Abend treffen könnte und so kam es, dass Anne mit Joe, Uwe und Evelyn als Gäste im Haus empfingen. Im Backofen stand die Auflaufform und beinhaltete eine köstlich duftende Lasagne. Mit einem guten Roten im Glas ließen die Vier sich das Essen schmecken. Anne erzählte den Dreien von ihren Verfolgern und die anderen um den Esstisch hörten ihr zu. Dexter übernahm das Wort und teilte den um ihn Sitzenden seine Meinung mit. Sie als Mitwisser des Komplotts um William Smith und seinen Helfern, wären eine Gefahr, falls der Präsident vor der Grand Jury aussagen müsste. Smith durfte keine Zeugen, die seine Beteiligung an der Freisetzung des Virus bestätigen könnten, zulassen. Er würde alle Hebel in Bewegung setzen, um dies zu verhindern. Dexter glaubte an ein Einsatzkommando der Agency und hoffte er würde falsch liegen. Uwe meinte daraufhin, dass die beiden Frauen mit einer Pistole ausgerüstet sein sollten und legte zwei Beretta 418 auf den Tisch. Diese kleine handgroße Waffe ließe sich gut in der Tasche einer Jacke verstecken und könnte ihnen bei Gefahr das Leben retten. Anne und Evelyn bekamen es mit der Angst zu tun. Trotzdem erklärte Roth ihnen bei der zweiten Flasche Rotwein die Funktionsweise der Pistole. Er selbst, wollte seine Magnum im Holster bei sich führen und riet Dexter auch seine Pistole mit sich zu führen. Evelyn wollte aus Angst nicht mehr in ihr Appartement zurück und bat Anne hier bleiben zu dürfen. Anne nickte und zeigte auf das Zimmer, dass sie schon vorher als Gästezimmer benutzt hatte. Uwe Roth musste noch Erledigungen am nächsten Tag durchführen und wollte zu später Stunde nach Hause fahren.

Lisa war mit dem Einrichten des Büros beschäftigt. Sie durchstöberte online die besten Angebote von Büromöbeln und druckte mehrere Seiten Papier aus. In einer Mappe zusammengelegt, machte sie sich am frühen Morgen auf nach Köpenick. Dexter sollte sie dort im Büro treffen. Doch als Lisa dort eintraf, war von ihrem Boss nichts zu sehen. Sie zückte ihr Handy aus der Tasche und tippte die Taste mit seiner Nummer.

Durch das Summen des Handys schreckte Joe aus dem Bett hoch. Er sah auf die Uhr und wusste, dass er verschlafen hatte. Lisa meldete sich und fragte nach seinem Verbleib. Mittlerweile war der Immobilienmakler für den Vertragsabschluss und der Schlüsselübergabe eingetroffen. Dexter sprach mit Lisa und gab ihr feie Hand alles weitere zu erledigen. Dexters Assistentin unterschrieb in seinen Namen den Vertrag und nahm die Schlüssel entgegen. Der Makler verabschiedete sich um eine Provision reicher von seiner Mandantin und schloss von außen die Tür. Lisa bestellte die Büroeinrichtung und richtete den Telefonanschluss ein. Ihr Laptop sollte vorerst genügen, bevor sie die ausgewählten Computer mit Zubehör aufstellen konnten. Sie wollte gerade gehen, als es an der Tür klopfte. Sie dachte nicht groß nach und öffnete die Tür. Vor ihr stand ein Mann mittleren Alters und bat Joe Dexter zu sprechen. Lisa meinte einen französischen Dialekt aus seiner Stimme herauszuhören. Obwohl der Fremde sich größte Mühe machte freundlich zu sein, traute ihm Lisa nicht. Irgendwie warnte ihr siebter Sinn sie vor dem Mann. Da das Büro noch keine Einrichtung hatte, standen die beiden sich in der Tür gegenüber. Lisa wollte wissen, in welcher Angelegenheit der Fremde mit Dexter reden wollte und der Mann erklärte ihr, dass er seine Frau beobachten möchte. Lisa schrieb sich die Telefonnummer von dem möglichen ersten Klienten auf und versprach ihm, dass ihr Boss sich bei ihm melden würde. Lavette drehte sich zufrieden um und verabschiedete sich höfflich. Der erste Schritt wäre getan.

Evelyn Vortmann hatte Angst und wollte sich ihrem Umfeld entziehen. Sie ließ sich ein ärztliches Attest für ihre Arbeitsunfähigkeit bescheinigen und schickte diesen mit der Post zu ihrem Verlag. Danach fuhr sie wieder zu Anne und versteckte sich dort. Anne verabschiedete sich gerade von Joe, der zu Lisa in seinem neuen Büro wollte, als Evelyn den Hauseingang betrat. Die beiden Frauen waren nun erst einmal allein in dem großen Haus und saßen gemeinsam bei einem Kaffee in der Bibliothek. Anne sah Evelyn die Angst und den daraus resultierenden Stress an. Die vorher immer so adrett und perfekt aussehende Frau verlor ihre Perfektion. Das Makeup und der Lidschatten übertünchten die kleinen Flecken in ihrem Gesicht nicht mehr. Ihr Kostüm war nicht mehr ganz faltenfrei und ihr Nagellack zeigte erste abgeblätterte Stellen auf. Als sie die Tasse anhob, um einen Schluck zu trinken, erkannte Anne die zitternde Hand. Anne stand auf, stellte sich hinter der sitzenden Evelyn hin und massierte ungefragt ihren verspannten Nacken. Evelyn schloss die Augen und genoss den Augenblick. Anne tat ihr gut und sie konnte entspannen. Sie lehnte sich in die Sessellehne und Anne erblickte eine Träne, wie sie an ihrer Wange herunterlief. Anne massierte sie kommentarlos weiter, als Evelyn sich plötzlich vorbeugte und die Massage unterbrach. Sie wollte ihren Blazer nicht noch mehr zumuten und zog ihn mit der Bluse aus. Danach setzte sie sich wieder in den Sessel und Anne machte weiter. Evelyn fühlte wie Annes Hände die verspannten Nackenmuskeln zu lösen begannen. Sie legte ihren Kopf nach hinten auf die Kopfstütze und blickte der über ihr stehenden Anne in die Augen. Anne wusch mit ihrem linken Zeigefinger die Spur der Träne auf Evelyns Wange ab. Beugte sich herunter und küsste sie auf dem Mund. Evelyns weiche Lippen öffneten sich und ihre Zunge suchte die Zunge Annes, um sich mit ihr zu vereinigen. Anne ließ ihre Hände nun nach unten wandern und massierte Evelyns Busen. Durch den BH fühlte sie die hart gewordenen Brustwarzen und griff etwas fester zu. Evelyn ließ sich nun ganz fallen und verschmolz wie Butter in der Sonne unter ihren Händen. Mit dem Daumen und ihrem Zeigefinger spielte Anne an den Brustwarzen ihrer Gespielin. Sie öffnete den BH und legte die Brüste frei. Evelyn hatte schöne große Brüste und die fielen nun, nicht mehr von dem Büstenhalter gebunden etwas hinab. Ihre Hände waren zu klein, um die Brust zu umfassen. Anne hörte mit der Massage auf und kniete sich nun vor dem Sessel. Evelyn schaute zu Anne und beobachtete neugierig ihre nächste Handlung. Anne zog ihr die Pumps aus und zog den Rock über ihre Beine nach unten. Evelyn saß nun in Strümpfen und Slip vor ihr. Sie streichelte ihre Beine und ließ die Hände dabei aufwärts wandern. An dem Slip angekommen, wurde dieser von Anne auch entfernt. Ann sah nun die nackte Vagina Evelyns vor sich und diese

226

zeigte erste Anzeichen einer noch kurzen schwarzen Behaarung. Ihr dunkles Dreieck war dicht bewachsen und Anne strich mit ihren Fingern darüber. Evelyn hatte die Augen wieder verschlossen und legte ihre Füße nun auf der Sitzfläche des Sessels ab. Anne massierte ihr die Füße und Zehen. Beugte sich zu ihr vor und lutschte an ihrem großen Zeh. Evelyn stöhnte leise auf und fand Gefallen an Annes Spiel. Sie spreizte die Beine auseinander und gab Anne den Weg zu ihrem Feuchtgebiet frei. Die Gräfin verstand ihre Reaktion und ihre Zunge wanderte zu Evelyns Klitoris, um sie zu verwöhnen. Evelyns Becken bewegte sich im Rhythmus auf und ab. Anne selbst wurde nun auch erregt und fühlte ihr nasses Höschen zwischen ihren Beinen. Während sie Evelyn weiter mit der Zunge liebkoste, streifte sie sich mit der rechten Hand ihre Hose von den Hüften und den Beinen. Evelyn half ihr dann das T-Shirt über den Kopf zu ziehen und nun waren beide Frauen nackt im gemeinsamen Liebesspiel. Der Sessel wurde zu klein und die beiden suchten Annes Schlafzimmer auf. Jetzt lag Evelyn über Anne und nuckelte an die kleineren Brüste der Gräfin. Anne stöhnte dabei laut und rieb ihren Oberschenkel an Evelyns Vulva. Beide Frauen waren hoch erregt und küssten sich nun gegenseitig an ihrer Scham zwischen den Beinen. Völlig in ihrem Sexspiel gefangen, bemerkten die beiden nicht, dass die Überwachungskameras auf dem Computer in der Bibliothek angeschlagen haben. Lavettes Männer sind zu viert auf das Grundstück getreten und öffneten gerade unbemerkt die Haustür. Der erste Agent, der in der Tür zu Annes Schlafzimmer stand, staunte nicht schlecht, als die beiden Frauen gerade gemeinsam zu ihren Höhepunkten kamen. Eine Minute später waren die beiden erstaunten Damen nackt auf dem Bett geknebelt und an den Händen mit Kabelbindern zusammengebunden.

Frank Müller parkte vor dem großen Eingangstor der Gräfin und stieg aus seinem Auto aus. Was er vorher komisch fand, war der schwarze am Rand der Straße abgestellte amerikanische SUV. Warum stellte jemand seinen Wagen in einer Privatstraße ungesehen vom Haus der Gräfin ab, fragte sich Müller und sein Ermittlerinstinkt warnte ihn vor einer unerkannten Gefahr. Er suchte Deckung in den Büschen des Waldes und schlich zu dem abgestellten SUV. Aus der Ferne beobachtete er das Auto, kam aber nach einigen Minuten zu dem Entschluss, dass der Wagen verwaist war. Von hinten schlich er sich näher, bis er am Heck die Heckklappe überprüfen konnte. Zu seiner Überraschung war das Auto nicht verschlossen und Müllers Spürnase nahm das Innere des Autos auf. Beim ersten Blick konnte er nichts Außergewöhnliches feststellen, doch als er die Ablage des Kofferraumes anhob, glaubte er zu träumen. Sein Instinkt ließ ihn auch dieses Mal nicht im Stich und meldete sich bei ihm, um den Wagen nicht unbeachtet zu lassen. Er fand dort zwei israelische Uzis mit 40 Schuss-Magazinen. Seine Alarmglocken läuteten von jetzt auf gleich in höchsten Tönen. Müller nahm die Waffen an sich und bewegte sich wieder durch die Büsche zum Tor des Anwesens. Doch bevor er den abgestellten SUV verließ, machte er sich noch an die Reifen zu schaffen. Alle vier Räder waren nun ohne Luft und der Wagen so nicht mehr fahrbar. Aus seinem Versteck beobachtete er jetzt den Vordereingang des Hauses. Unbeweglich harrte er dort aus und versuchte nicht die Geduld zu verlieren. Seine Erfahrung zahlte sich aus, denn plötzlich öffnete sich die Haustür und zwei ganz in Schwarz mit Sturmhauben bekleidete Personen unterhielten sich, bevor eine der Personen sich auf dem Weg zum Eingangstor machte. Der andere schloss die Haustür wieder und Müller begutachtete aus der Ferne das Tun der auf ihm zulaufenden Person. Das Tor öffnete sich und die fremde Gestalt nahm den Weg zu dem SUV. Müller schlich vorsichtig hinter ihm her und als der Fremde den platten Wagen sah, war der Kommissar unbemerkt so nah, dass er ihn mit dem Griff der Uzi auf dem Kopf schlagen konnte. Der Fremde fiel hin, ging aber nicht K.O. Müller musste noch mehrmals mit der Waffe auf ihn einschlagen, bis er sich nicht mehr rührte. Der Kerl hatte doch tatsächlich Kabelbinder am Gürtel und mit diesen band Müller ihm die Hände und Füße fest. Danach zog er ihn von der Straße in ein naheliegendes Gebüsch. Dort kniete er sich zu ihm und durchsuchte den Kerl. Müller zog sich den schwarzen Overall und die Sturmhaube über und schlich unbemerkt von den Kameras zu der Haushinterfront. Zu seinem Leidwesen konnte er nichts Ungewöhnliches erkennen. Doch er sah ja vorher einen zweiten Mann und so wusste er über die Anzahl von Eindringlingen nicht Bescheid. Müller wartete gebückt unter eines der Küchenfenster und hatte so Sicht auf den Hauseingang und in die Küche. Es dauerte auch nicht lang und die Haustür öffnete sich. Im Eingang stand der zweite Kerl und sprach gerade in seinem Funkgerät, als der Funkspruch in Müllers Overall-Tasche ankam. Blitzschnell drehte der Maskierte sich zu Müller um, erkannte nur einen wie er selbst gekleideten Mann und zögerte dadurch einen kurzen Moment. Als er registrierte, dass der in Schwarz Gekleidete ein Fremder und nicht sein Kumpan war, riss er seine Uzi hoch. Müller reagierte aber genau in dem Bruchteil der Sekunde, als sein Gegner kurz zögerte. Die Uzi feuerte auf Dauerfeuer das halbe Magazin leer und die kugelsichere Weste konnte den Eindringling nicht vor den beiden Kopftreffern schützen. Er brach im Hauseingang tot zusammen. Müller lief nun schnell hinter Annes AMG, der vor den Garagen stand und duckte sich. Nicht eine Sekunde zu spät, denn am Hauseingang suchten weitere zwei Fremde Deckung und inspizierten die Lage. Müller bewegte sich nicht und verhielt sich ruhig. Wenn er seinen Standort verriet, wäre er im Nachteil. Die beiden Einbrecher im Haus wussten nicht mit wem und mit wie vielen sie es zu tun hatten und verhielten sich auch zurückhaltend. Müller konnte jetzt nicht mehr agieren und wartete das Geschehen ab. Im starken amerikanischen Akzent rief einer der Männer über den Anfahrweg nach den Gegnern, doch Müller verhielt sich weiter ruhig. Er saß versteckt hinter dem Hinterreifen der Beifahrerseite und merkte, wie der Schweiß ihm von der Stirn tropfte. Seine beiden Gegner wurden ungeduldig und feuerten eine Salve ohne direktes Ziel über das vordere Anwesen ab. Eine Minute später stand einer der Männer hinter Anne als Schutzschild in der Tür. Er hielt ihr eine Pistole an den Kopf und teilte dem unsichtbaren Gegner mit, sie zu töten, falls sich der oder die Gegner nicht ergeben sollten. Müller wusste, dass dies nur Drohgebärden waren, denn sollte Ane sterben, wären die beiden ihren Trumpf los. Noch immer rührte sich Müller nicht und der Kerl, der Anne als Deckung benutzte kam einige Schritte auf den AMG zu. Müller konnte nur hoffen vom Heck des Wagens für den anderen schussbereiten Mann nicht gesehen zu werden, denn sollte der Mann mit Anne näherkommen, müsste Müller um das Heck kriechen. Es kam, wie er vorausgesehen hatte. Hinter Anne geschützt bewegte sich der Agent immer weiter auf Müller zu. Dem Kommissar blieb nichts anderes übrig als hinter das Heck zu kriechen. Er legte sich flach dahinter und sah die Füße Annes und die des Einbrechers. Als die beiden vor der Front des Autos standen zielte Müller auf die Füße des Mannes und drückte ab. Die Schreie Annes und des Getroffenen gingen im Laut der Schießerei unter. Der Mann fiel mit Anne in den Kies und lag mit dem Rücken gerichtet vor dem schwarzen Mercedes. Müller drückte noch einmal die Uzi durch und entleerte das Magazin in den Körper des Gegners. Jetzt schoss aber der in der Tür stehende Kumpan des im Kies sterbenden Mannes auf Müller. Anne kroch an den Händen noch verbunden Deckung suchend an die Stelle, an der vorher Müller gesessen hatte. Der Kies vor Müller spritzte von den Kugeln getroffen vor ihm auf. Der Kommissar versuchte noch zu entkommen, schaffte es aber nicht mehr und wurde von mehreren Kugeln in der Brust und in den Beinen getroffen. Das Letzte was er sah, war die zitternde Anne hinter ihrem Auto. Anne schaute zu ihrem Helfer und sah den sterbenden Kommissar vor sich auf dem Boden liegen. Die benutzte Uzi lag leergeschossen neben ihm. Anne erblickte dann aber die zweite israelische Maschinenpistole und rutschte vorsichtig auf Müller zu. Der kalte Kies war an ihrer nackten Haut unangenehm und hinterließ Schürfwunden an ihrem ganzen Körper. Doch sie blickte unter dem Wagen und sah den letzten Eindringling gebückt auf den Wagen zukommen. Anne griff sich die zweite Uzi und stellte sich hinter dem verstorbenen Müller tot. Der letzte Gegner schaute sich seinen sterbenden Mitstreiter an und bewegte sich auf die still liegende Anne und Müller zu. Er zielte auf den Kopf des Kommissars und drückte ab. Genau in dem ohrenbetäubenden Knall des Schusses, drehte Anne sich um und leerte das Magazin in den Körper des letzten Angreifers. In Bein und Rumpf getroffen sackte der Kerl auf den Boden und Anne hielt weiter die Pistole auf ihn. Als der Verschluss der Waffe auf Metall klickte, hatte sie vierzig Kugeln in den Körper des Mannes gejagt. Die meisten blieben in der kugelsicheren Weste hängen, aber nicht alle und so war auch der letzte Einbrecher für immer erledigt.

Mit wackeligen Beinen richtete Anne sich an ihrem mit Schusslöchern übersätem Auto auf und schlurfte zum Hauseingang. Der erste Weg, nachdem sie die Haustür verschloss, war der in die Küche. Mit der Geflügelschere befreite sie sich von den Kabelbinder und stieg dann die Treppe zu ihrem Schlafzimmer empor. Evelyn lag dort mit verängstigten Augen und schluchzte vor sich hin. Erst als sie Anne in der Tür stehen sah, wurde sie ruhiger. Anne befreite Evelyn von ihren Kabelbindern und rief danach aus der Bibliothek Joe Dexter an. Evelyn stand umarmend bei ihr und ließ sie während des Gespräches nicht mehr los. Sie weinte bittere Tränen und zitterte noch immer am ganzen Körper. Beide Frauen waren noch nackt und hatten bisher keine Gelegenheit zum Ankleiden gehabt. Anne spürte während des Gespräches mit Joe ihre Blessuren am ganzen Körper. Jetzt setzte auch bei ihr das vorher ausgeschüttete Adrenalin aus und der Schock übernahm die Oberhand.

Dexter klopfte gerade an der Tür seines neuen Büros als sein Handy in seiner Hosentasche vibrierte. Als Lisa die Tür freudestrahlend mit dem Schlüssel vor ihrer Nase öffnete, hatte Dexter sein Handy schon am Ohr. Er nahm den Schlüssel entgegen und betrat sein Büro. Lisa schloss hinter ihm die Tür und drückte sich von hinten an ihm. Joe wurde leichenblass und gab Anne schnell Verhaltensratschläge. Er packte Lisa an die Hand und beide flüchteten schnellen Schrittes aus dem Gebäude und stiegen in Joes Auto. Auf dem Weg nach Ravensbrück erzählte Dexter Lisa was auf dem Anwesen der Gräfin passiert war. Lisa hörte zu und erwähnte eher beiläufig von den komischen Klienten, der plötzlich in der Tür stand. Joe rief noch während der Fahrt Uwe Roth an und kündigte sein Kommen und das der Frauen an. Lisa saß nun verängstigt auf dem Beifahrersitz und kaute an ihren Fingern. Tausend Fragen gingen ihr durch den Kopf, doch keine einzige der Fragen stellte sie ihrem Boss. Der Verkehr in und um Berlin ließ ein schnelles Vorankommen nicht zu und Dexters Nerven waren bis zum Zerreisen gespannt. Endlich vor dem Tor des Anwesens angekommen, tippte er den Zahlencode in die Tastatur und das Tor öffnete sich. Natürlich sah er den schwarzen SUV und den Wagen Müllers auf der Straße stehen und er erkannte das bevorzugte Auto der Agency. Er hielt vor dem Haus und betrat mit Lisa das Foyer. Anne, jetzt bekleidet, kam ihm die Treppe von oben entgegengerannt und küsste ihn vor Erleichterung ab. Lisa fühlte die Eifersucht in sich hochsteigen, unterdrückte das Gefühl aber und lächelte Anne künstlich an. Jetzt sah Joe auch Evelyn Vortmann oben am Treppenansatz stehen. Mit dem zweiten Blick erkannte er die SIG in ihrer rechten Hand. Joe hob die Arme und stieg mit beruhigenden Worten zu Evelyn die Stufen hinauf und nahm ihr die Pistole aus der Hand. Das Haus war nicht mehr sicher und er glaubte, dass ein zweites Kommandoteam schon auf dem Weg hierher sein müsste. Er fackelte nicht lang und schleppte die Frauen zu seinem Wagen. Für die hundert Kilometer über die B96 und die L164 benötigte er statt neunzig Minuten nur etwas über eine Stunde. An keine Geschwindigkeitsbegrenzung auf der Strecke hielt sich Dexter und fuhr die Einfahrt zu Roths Haus unbeschadet hoch. Uwe Roth wartete schon mit seinen drei Lieblingen auf seine Gäste und hielt allen die Tür zu seinem Heim auf. Auf dem großen Esstisch standen zwei Flaschen Portwein und eine Flasche Jack Daniels. Keiner wollte den Wein probieren. Also füllte Roth fünf Gläser mit honigfarbenem Bourbon und prostete allen zu. Die drei Damen husteten nach dem ersten Schluck gemeinsam um die Wette, doch nach dem dritten Schluck gewöhnten auch sie sich an den Whiskey und wurden ruhiger. Dexter hatte noch nicht zu Ende erzählt als der Jack Daniels leer war. Roth stellte eine neue Flasche auf den Tisch und besprach mit Dexter das weitere Vorgehen.

Pierre Lavette stand vor dem SUV auf der Straße zu Annes Anwesen. Sein Fahrer, das sechste Teammitglied blieb im Wagen sitzen. Lavette stand draußen vor dem platten Escalade und orderte ein Reinigungsteam an. Danach ging er zu dem großen Flügeltor und drückte die Ruftaste. Aus dem Haus meldete sich niemand, aber er sah von weitem seine Leute unbeweglich auf dem Kies vor dem Gebäude liegen. Er beorderte seinen Fahrer an, dass Tor mit einem Brecheisen zu öffnen. So geschah es dann auch und sie Einlass auf das Grundstück der Gräfin fanden. Lavette stand vor der verschlossenen Haustür und fummelte mit seinem Spezialwerkzeug an dem Türschloss herum. Nach einer Weile öffnete sich die Tür wie von Geisterhand und er betrat das Innere des Hauses. Lavette durchsuchte jedes Zimmer, konnte aber nichts finden was ihn weiterbrachte. So übergab er dem Aufräumtrupp der Firma das Feld und ließ sich zurück zur Botschaft fahren. Den Namen des Kommissars Frank Müller konnte er jetzt von seiner Liste streichen, denn der tote Fremde hatte die Papiere des Polizisten bei sich gehabt. Er fragte sich nur, wie es wieder zu solch einem Desaster für die Firma kommen konnte. Die in Berlin stationierten Mitarbeiter der Agency waren schlecht ausgebildet und bezahlten ihre Unwissenheit mit dem Leben. Lavette hatte vier durchgeschnittene Kabelbinder im Schlafzimmer der obersten Etage gefunden. Hatten seine Leute damit vier Personen an den Händen gefesselt oder nur zwei an Händen und Füßen, wie es in der Ausbildung gelehrt wurde. Er wusste es nicht. Jetzt tippte er in der Suchmaschine einige Namen der Beteiligten ein und versuchte den Aufenthaltsort der Gräfin und den anderen Personen ausfindig zu machen. Als erstes nahm er sich vor, an jedem Einsatz selbst vor Ort mit aktiv zu werden. Er wollte noch Zu Evelyn Vortmann, aber bei ihr ging niemand bei seinen Anrufen ans Telefon. Sie wird nicht zuhause sein und dies war eine günstige Gelegenheit ihre Wohnung zu besuchen. Noch in der Nacht durchwühlte er in Vortmanns Appartement die Sachen der Chefredakteurin. Er fand viele unbrauchbare Notizen, doch nichts was seinem Fall zugeordnet werden konnte. Auch die Handys der Flüchtenden konnten nicht geortet werden. Sie wurden nach den letzten Gesprächen auf der Flucht ausgeschaltet und wohl zerstört. Dexter war ein Profi und ein ernstzunehmender Gegner. Lavette bestellte eine Todesschwadron bei dem Direktor in Langley. Sie durften sich jetzt keine Fehler mehr erlauben und mussten die Flüchtenden schnell unschädlich machen. Lavette präparierte die Wohnung der Chefredakteurin genauso wie das Haus der Gräfin mit elektronischem Spielzeug. Auch in Dexters neuem Büro war er, doch dieses stand unmöbliert leer da und so konnte er dort nichts versteckt anbringen. Nach zwei Tagen holte sein Fahrer mit einem Van der Firma die bestellten Killer vom Berliner Flughafen BER ab. In einem Unterschlupf der Agency außerhalb Berlins bereitete sich das Kommando auf den Einsatz vor. Es wurden die einzusetzenden Waffen geprüft, gereinigt und mit Munition bestückt. Die Reservemagazine wurden mit Patronen aufgefüllt. Hand- und Blendgranaten wurden verteilt und Chloroform Behälter aus Kunststoff mit genügend Wolllappen an jedem übergeben. Jetzt fehlte den fünf Männern nur noch ihr Einsatzbefehl.

Pierre Lavette fand den untergetauchten Journalisten Peter Stein. Ein aufmerksamer Mitarbeiter der Firma machte ihn im Ruhrgebiet im Herzen Deutschlands ausfindig. Stein versteckte sich bei einem befreundeten Paar im Gelsenkirchener Süden. Lavette landete mit einer Cessna 408 Sky Courier auf dem Kleinflugplatz Lohmühle. Von dort holte ihn und sein Team ein ansässig stationierter Mitarbeiter der Firma ab und sie fuhren direkt zu der Adresse nach Ückendorf, wo sie Stein vermuteten. Als sie dort durch die Straßen fuhren, erinnerten die Gebäude ihn an Kreuzberg in Berlin. Der gleiche Baustil der Häuser aus dem Anfang des letzten Jahrhunderts machten diesen Ort hier zu einem nostalgischen Fleckchen aus der Vergangenheit. Vor einem Altbau Anno 1902 hielt der Wagen am späten Abend an und Lavette und seine Männer waren einsatzbereit. Sechs Wohneinheiten gab es dort und Lavette wartete, bis alle Lichter der Wohnungen erloschen waren. Eine halbe Stunde später knackten seine Leute die Haustür und danach die Tür im Erdgeschoss der linken Wohnung, ohne auch nur ein Geräusch verursacht zu haben. Sie fanden Stein auf der Couch im Wohnzimmer schlafend vor, drückten ihm einen mit Chloroform getränkten Lappen ins Gesicht und schleppten ihn durch die Dunkelheit in ihrem Transporter. Fünf Minuten dauerte der ganze Einsatz und Lavette war mit seinem entführten Journalisten unbemerkt verschwunden. Trotz Flugverbotes in der Nacht, hob der Flieger mit dem Einsatzteam von Lohmühle in Richtung Osten ab. Lavette hatte einen ersten Erfolg verbuchen können.

Peter Stein dagegen wurde zur Air Base nach Ramstein gebracht und wachte erst im Flieger einer Militärmaschine über dem Atlantik auf. Seine Augen waren verbunden und seine Hände und Füße an Handschellen gekettet. Stein durfte demnächst in warmen Karibiknächten seine Zeit verbringen. Dort wo andere ihren Urlaub verbrachten, auf Kuba nämlich, würde Stein in Guantanamo Bay keine süße Zeit erleben. Dort in dem Gefangenenlager der U.S. Navy wartete das Camp Delta auf den deutschen Journalisten. Kein Gefangener konnte sich dort auf Kuba auf das amerikanische Recht berufen, denn dieses Recht galt nur auf amerikanisches Territorium. In der Bucht auf Kuba, wurde kein Sträfling nach amerikanischen Recht behandelt und das war auch der eigentliche Grund der Regierung, Guantanamo weiter zu finanzieren. Rechte gab es dort für die Gefangenen keine und sie mussten die Willkür ihrer Bewacher über sich ertragen.

Der Aufruhr in der Welt flachte ab. Das Gegenmittel bekämpfte den Virus bisher erfolgreich und die Menschen wurden langsam die Sorgen eines frühen Todes los. Jetzt wurden auch Dosen des Impfstoffes nach China exportiert, denn auch William Smith kam zu der Einsicht, dass die Chinesen ohne das Gegenmittel den Erreger weiter in die Welt verteilen würden. Er ließ sich feiern und machte seinen Spitznamen Billy the Kid alle Ehre. Wie ein Popstar vor kreischenden Groupies bewegte sich Smith vor den Pressekameras. Vergessen schien die Anklage des Präsidenten mehr als die Hälfte der Weltbevölkerung eliminiert zu haben oder zumindest daran beteiligt gewesen zu sein. Mit seinen früheren Kommilitonen und Freimaurerfreunden präsentierte er sich für jedes Pressefoto in vorzeigenden Zahnpasta Lächeln. Oft genug war dabei auch Guido Feldmann mit auf den Bildern zu sehen und sein Lächeln war keinen Deut weniger als das seines amerikanischen Freundes. Immer öfter steckten die beiden Regierungsoberhäupter mit ihren französischen und britischen Amtskollegen die Köpfe einander und sprachen miteinander. Voller Zuversicht und optimistisch redeten sie vor den fragenden Reportern über ihre rettenden Zukunftsaussichten. Die Wirtschaft würde wieder angekurbelt und gestärkt aus der Epidemie hervorgehen. Es sollte Vollbeschäftigung geben und genügend Arbeit mit gerechtem Lohn für alle auf dieser Welt nicht nur ein Traum bleiben. Der Virus selbst würde keine Chance mehr haben sich auf den Ländern dieses Planeten ausbreiten zu können. Auch die Natur würde sich nach dem Raubbau des Menschen wieder erholen können. All diese Wünsche und Vorhersagen erzählte der mächtigste Mann der Welt jedes vor ihm gehaltene Mikrofon.

238

Eines dieser Mikros aus dem großen Haufen der anderen Mikrofone, stach wegen seines orangenen Schaumstoffüberzuges aus der Menge heraus. Im öffentlich-rechtlichen Fernsehen strahlte der zweite deutsche Sender, dass Interview mit William Smith ungekürzt und live zur besten Sendezeit für seine Zuschauer aus. Anne saß mit Evelyn auf der Couch in Roths Wohnzimmer vor dem Flachbildschirm und sah neben der schlafenden Evelyn Vortmann das Interview mit dem amerikanischen Präsidenten. Dabei fielen ihr die belastenden Dokumente im Tresor ihrer Bibliothek ein. Drei Wochen schon meldeten sie und die Chefredakteurin sich arbeitsunfähig geschrieben bei ihren Arbeitgebern krank. Doch irgendwann musste das normale Leben wieder weitergehen und so entschied sie sich am nächsten Tag wieder in ihrem Haus zu wohnen und auch ihre Arbeit in Potsdam erneut aufzunehmen. Als Roth und Dexter mit Lisa ins Haus kamen und Anne ihnen ihr Vorhaben berichtete, war Joe Dexter nicht sehr erfreut. Er hielt es noch für zu früh, sich wieder dem Alltag und somit der Gefahr entdeckt zu werden auszusetzen. Roth hingegen nahm Annes Entscheidung scheinbar gleichgültig hin und verzog sich mit seinen drei Begleitern in seinem Schlafzimmer. Auch Anne und Evelyn, die sich eines der beiden Gästezimmer im Hause des Gastgebers teilten gingen gemächlich die Treppenstufen hinauf. Nur Joe und die immer um ihn herumflitzende Lisa waren noch nicht so müde, um das Bett aufzusuchen. Während Joe seinen Unmut über Annes Vorhaben in einem zweiten Glas Southern Comfort Black ertrank, lackierte sich seine Assistentin am Tisch vor der Couch die Fußnägel pink. Als Joe sich ein drittes Mal das braune Gesöff über die im Glas liegenden Eiswürfel schüttete, verlangte Lisa plötzlich auch ein Glas von diesem ihr unbekannten Whiskey. Sie trank einen kräftigen Schluck und als die dunkelbraune Flüssigkeit, mit dem subtilen Gewürzen und fruchtigen Aromen, sich den Weg zu ihrem Magen suchte und dabei alles erwärmte, hustete Lisa kräftig. Joe musste lachen und nahm ebenfalls einen kräftigen Schluck aus seinem Glas, jedoch ohne zu husten. Im Fernsehen lief immer noch die Reportage über den Helden der Welt William Smith und Dexter verteilte gelangweilt den Rest der Flasche in beide Gläser. Lisa fühlte schon nach dem ersten Glas leichte Schwindelgefühle. Doch bei dem zweiten Glas verengte sich ihr Tunnelblick und die Welt um sie herum schien ihr egal zu werden. Instinktiv legte sie ihre Hand auf Joes Oberschenkel und streichelte über die Jeans sein Bein. Dexter ließ es geschehen, denn seine Beziehung zu Anne war in den letzten Wochen zu einer Freundschaft herabgekühlt. Nichts war mehr von ihrem Liebesleben zurückgeblieben und Joe wusste nicht warum. Jetzt saß er mit seiner verliebten Assistentin allein auf der Couch und sie fummelte an ihm herum.

Evelyn stieg aus der Dusche und umwickelte ihre nassen Haare mit einem Handtuch. Anne lag schon schlafend im Bett und träumte vor sich hin. Für Evelyn stand fest, dass sie Anne morgen früh fragen werde, sie nach Ravensbrück begleiten zu dürfen. Das Licht des Badezimmers fiel in das Schlafzimmer ein und spendete Evelyn genügend Licht, um sich umsehen zu können. Sie fand ihre Handtasche mit dem Kamm nicht. Egal wo sie suchte, die Tasche war weg. Nachdem sie überlegte, fiel ihr wieder ein, dass die Tasche neben der Couch im Wohnzimmer von ihr abgelegt wurde. Nur mit ihrem selbstzusammengewickelten Turban bekleidet, öffnete sie die Tür und schlich auf die Treppe zu. Ohne den Lichtschalter zu betätigen, war sie für Lisa und Joe nicht zu sehen gewesen. Evelyn hörte die beiden und bückte sich, um unter das Treppengeländer hindurch zu schauen. Im flackernden Licht des Flachbildschirmes erkannte sie Joe und seine Assistentin in Flagranti auf der Couch. Lisa saß nackt auf Dexters Schoss und genoss seine Küsse auf ihrem

Busen. Ihre Arme umarmten seinen Hals und drückten seinen Kopf so noch mehr zu ihrer Büste. Joes saugte und lutschte an Lisas Brustwarzen und Evelyn schaute aus sicherer Entfernung zu. Erst als die kesse Sekretärin ihren Hintern auf Joes Schoss auf und ab bewegte, erhob sie sich und schlich leise ins Zimmer zu der schlafenden Anne zurück. Mit einem zärtlichen Kuss auf dem Mund weckte sie Anne und gab ihr mit dem Finger auf den Lippen zu verstehen ruhig zu bleiben. Anne gehorchte und folgte, ohne sich anzukleiden Evelyn durch die Tür zur Treppe. Als Evelyn sich bückte, um durch das Geländer nach unten zu sehen, schaute Anne ihr auf dem Po. Die Frau vor ihr war hübsch und wohlgeformt. Anne nahm ihre Hand und beugte sich zu Evelyn vor, um ihren kleinen Popo zu berühren. Aber mit dem Blick ins Innere des Wohnzimmers blieb ihre eigene Hand abrupt auf der Pobacke Evelyns unbewegt liegen. Sie erstarrte fast, denn sie sah Joe und Lisa beim Liebesakt auf der Couch. Die dumme Blondine lag auf ihrem Rücken und ihre Beine standen ausgebreitet Richtung Zimmerdecke. Joe lag auf ihr und bewegte seinen Hintern auf und ab. Anne verharrte in der gebeugten Haltung, ohne sich zu bewegen und schaute den beiden da unten zu. Evelyn spürte Annes Brüste auf ihrem Rücken und die Hand auf ihrem Po liegen. Auch sie bewegte sich nicht. Beide Frauen schauten unbeweglich, ohne entdeckt zu werden, dem Treiben dort unten zu. Die Füße nun auf Dexters Brust abgelegt, stemmte Lisa sich seinen heftigen Stößen entgegen. Sie hatte es geschafft, ganz gegen ihre Natur, bisher bei diesem Akt der Liebe nur ganz leise zu stöhnen. Doch der Druck des bevorstehenden Höhepunktes erhöhte sich mit jeder Bewegung Joes. Sie ließ den aufgestauten Druck dann frei und stöhnte laut aus sich heraus. Evelyn spürte plötzlich Annes zuvor ruhige Hand ihren Po streicheln. Sie rührte sich nicht. Auch nicht als Annes Finger in ihre Pofalte verschwanden, den Weg über ihren Anus zu ihrer Vagina fanden,

241

um dort in die Feuchtigkeit einzutauchen. Evelyn hatte genug gesehen, nahm Annes Hand zwischen ihren Beinen in ihre, stand auf und zog Anne hinter sich her. Im Gästezimmer angekommen, verriegelte sie dir Tür und legte sich mit der Gräfin ins Bett. Joe ergoss sich in Lisa und die Assistentin erlaubte sich gleichzeitig mit ihm die Pforten des Glücks zu öffnen.

Anne und Evelyn hatten gerade das Haus der Gräfin betreten, als auch schon das Telefon läutete. Ein Inspektor Meier vom Landeskriminalamt meldete sich und wollte dringend eine Aussage Annes zu dem vermissten Kommissar Müller von ihr haben. In Meiers Bericht, der vor ihm lag, stand in Schwarz auf Weiß, dass Müllers Handysignal zuletzt in der Nähe ihres Anwesens geortet wurde. Danach sei das Ortungssignal erloschen und seitdem fehlt jede Spur des Kommissars. Natürlich wusste Meier nicht, dass ein Reinigungsteam der Firma immer gründlich vorgeht und keinerlei Spuren zurückließe. Anne lud den Inspektor zu sich ins Haus ein und erklärte Evelyn sich bei dem Treffen mit der Sig Sauer P226 im Hintergrund versteckt zu halten und nur mit der Waffe einschreiten sollte, wenn für Anne absolute Gefahr bevorstehen würde. Die beiden Frauen kauften in Fürstenberg im wieder aufgefüllten Supermarkt ein und riefen den ortsnahen Mercedeshändler an, den AMG zur Reparatur abzuholen. Als die beiden auf das Eingangstor auffuhren, erkannten sie von weitem schon ein seitlich geparktes Auto davor stehen. Als Anne parallel zu dem Volkswagen Kombi stand und die beiden Frauen aus dem X5 zu dem Passat herübergUckten, sahen sie einen Mann hinter dem Steuer mit seiner Dienstmarke winken. Mit dem kleinen Funksensor öffnete Anne das Tor und bevor es sich wieder schloss, fuhren beide Autos auf das kiesbedeckte Anwesen. Meier stellte sich vor und schüttelte den beiden Damen die Hände. Das er wesentlich zu früh zu seiner Verabredung mit der Gräfin kam, war pure Absicht. So schaffte Meier es beruflich viele zu verhörende Personen schon vorher zu verunsichern und zu Fehlern zu provozieren. Anne aber lächelte ihm entgegen und bot ihm an einzutreten. Bei einer Tasse Kaffee befragte der Kommissar Anne dann nach seinem Kollegen Müller. Anne log und sagte aus, den vermissten Polizisten an dem Tag seines Verschwindens nicht getroffen zu haben. Sie sagte aber auch, in den letzten Wochen krankheitsbedingt bei einem Freund in Retzow verbracht zu haben. Meier beäugte sie und versuchte einzuschätzen, ob Anne die Wahrheit aussagte. Er sah sich um und fragte Anne, ob er draußen vor dem Haus nach Spuren oder anderen Beweisen suchen dürfte. Vom Küchenfenster beobachteten die beiden Frauen den fremden Inspektor, wie er vor dem Haus auf und ab ging. Manchmal bückte er sich, um auf den Boden zu schauen oder er schob ein paar kleine Kieselsteine zur Seite. Einmal nahm er eine durchsichtige Tüte aus seiner Jackentasche und legte dort vorsichtig ein paar Steinchen rein, bevor er die Tüte verschloss und wieder in seiner Jacke verschwinden ließ. Danach begutachtete er den AMG und untersuchte die Einschusslöcher auf der Fahrerseite. Als Meier seine Untersuchung beendet hatte, klopfte er an die Tür zum Haus und kurz danach öffnete Anne die Tür. Er zeigte auf den SL und fragte Anne was geschehen sei. Anne hob die Schultern an und tat erstaunt. Unwissenheit vortäuschend ließ sie sich von Meier die Einschusslöcher zeigen und der Inspektor verbot ihr das Auto zu bewegen oder das Grundstück zu reinigen. Ein Untersuchungsteam der Spurensicherung wäre mit einem Gerichtsbeschluss unterwegs. Meier wollte eine echte Aussage der Gräfin und ließ sich auf ihr Lügenspiel nicht ein. Er bat Anne noch einmal für eine Befragung ins Haus kommen zu dürfen oder sie würde eine offizielle Aufforderung zu einer Anhörung bekommen. Anne hielt ihm die Tür auf und zeigte ihm an hereinzukommen. In der Bibliothek erzählte sie ihm dann die ganze Geschichte von Anfang an. Meier hörte genau zu und notierte sich die wichtigsten Eckpunkte in seinem Notizbuch. Der Inspektor hörte in seiner Karriere bei der Polizei schon allerlei unglaubliche Geschichten, doch was die Gräfin ihm da auftischte übertraf jede seiner Vorstellungen. Er konnte es kaum glauben, doch so wie Anne ihm alles erzählte, sagte seine innere Stimme ihm, dass die Story nicht erfunden war.

In der Zwischenzeit hatte die Spurensicherung ihre Arbeit aufgenommen und den Tatvorgang nachgestellt. Das Geschriebene in deren Bericht, deckte sich mit Annes Erzählung. Als Meier sich von Anne und Evelyn verabschiedete war es spät am Abend. Meier fuhr trotzdem noch ins Präsidium und setzte sich vor seinem Computer. Mitten in der Nacht fand er dann den ersten Hinweis, der Annes Geschichte bestätigen könnte. Bei seiner Recherche im Internet, stieß der Inspektor auf einen alten Artikel einer Studentenzeitung aus Harvard. Dort wurden neue Mitglieder in einer der ältesten Studentenverbindungen des Landes aufgenommen. Dabei zeigte ein Foto den noch jugendlich lächelnden, damals zukünftigen amerikanischen Präsidenten mit einer Faust auf den Fotografen gerichtet. Was aber Meiers Interesse weckte, war nicht der prahlerische William Smith, sondern der jugendliche Kommilitone neben ihm. Genauso stolz wie Billy the Kid, grinste Guido Feldmann in die Kamera. Meiers weitere Recherche führte ihn von der Studentenverbindung zur der Freimaurerloge Justitia. William Smith machte ja kein Hehl zu seiner Mitgliedschaft zum Freimaurertum. Doch der deutsche Bundeskanzler behielt das Geheimnis für sich. Aber bei den Vergrößerungen der Aufnahmen im Internet, erkannte Meier den gleichen Siegelring an Feldmanns linken Ringfinger wie bei William Smith. Der Ring war die zweite Spur, die Meier verfolgte. Er untersuchte die öffentlichen Fotos des Kanzlers bei seinen Auftritten und Benefizveranstaltungen. Ein zwei Jahre altes Bild aus einer politischen Tageszeitung zeigte den Kanzler bei seinem Besuch in Peking mit der chinesischen Delegation. Einige Vorstandsvorsitzende deutscher Aktienunternehmen posierten mit dem Bundeskanzler auf dieser Fotographie. Das wäre eigentlich uninteressant für Meier gewesen, wenn nicht zwei Mitglieder dieser Delegation ihre Fäuste wie damals der amerikanische Präsident in der Studentenzeitung der Kamera entgegenstreckten. Bei der Bildvergrößerung konnte er auch an deren Finger Ringe erkennen. Ob es sich um die gleichen Ringe handelte wie bei Smith und Feldmann, konnte Meier nicht erkennen. Er notierte all seine neuen Erkenntnisse in sein Notizbuch, tippte aber kein Bericht in seinem Computer. Kein Vorgesetzter oder eine andere Intuition wussten etwas über den Ermittlungsstand von Meier. Lavette und sein Arbeitgeber hatten so keinen blassen Schimmer über die Ermittlungen von Inspektor Meier. Als Meier müde auf seine Armbanduhr schaute, zeigte diese halb sechs in den Morgenstunden an. Der Inspektor hatte die ganze Nacht an seinem Schreibtisch verbracht. Mit der aufgehenden Sonne verließ er sein Büro und machte sich auf nach Hause zu kommen.

Lisa saß an ihrem neuen Schreibtisch, der genau drei Meter vor dem von Dexter stand. Ihr Laptop stand aufgeklappt vor ihr als sich ohne anzuklopfen die Tür öffnete. Der Fremde mit dem französischen Akzent stand in der Tür und trat ein. Lavette blickte sich kurz um und checkte die Umgebung. Mit einem höfflichen Gruß und dem Kompliment über Lisas hübsches Aussehen, eröffnete er den Dialog. Dexters Assistentin war von dem französisch angehauchten Kompliment angetan und lächelte den unbekannten Mann an. Trotzdem riet ihre Vernunft sie zur Vorsicht. Joe Dexter war noch nicht anwesend und Lisa wusste auch nicht, wann er hineintrudeln würde. Lavette stellte sich als Monsieur Marquis vor und küsste dabei leicht gebeugt den Handrücken Lisas. Die Blondine fühlte sich geschmeichelt und errötete ein wenig. Er fragte nach Joe Dexter und wann er ihren Boss endlich persönlich sprechen durfte. Lisa terminierte ein Treffen für den anderen Nachmittag und verabschiedete Monsieur Marquis an der Tür. Lavette schaute die attraktive Vorzimmerdame von unten nach oben an, bestaunte ihren kurzen Rock und die darunter stehenden Beine. Mit einem Lächeln zog er die Tür zu und war verschwunden.

Drei Stunden später, Joe Dexter war mittlerweile auch aufgetaucht und saß an seinem Schreibtisch. Er hatte im Gegensatz zu Lisa nichts zu tun und schaute verträumt in den Raum hinein. Er beobachtete den Rücken der vor ihm sitzenden Assistentin und wie sie die Tastatur ihres Notebooks bearbeitete. Ihre Füße hatte sie aus ihren Schuhen gestreift und Dexter starrte minutenlang auf ihre Zehen. Mitten in seinen Tagträumen klopfte es an der Bürotür und ein Pakistani mit einem großen Blumenstrauß betrat den Raum. Lisa quittierte den Empfang und nahm den Strauß an sich. Mit einer Karte bedankte sich Lavette, als Marquis für die nette Unterhaltung bei Lisa. Dexter bekam den Mund nicht zu und die Eifersucht meldete sich in seinem Hirn. Er stand auf und verriegelte die Bürotür, als sie die Blumen in einem Eimer stellte und diesen mit Wasser füllte. Von Hinten umarmte er seine Angestellte und drückte sich an ihr. Lisa spürte sein Glied durch die Hose an ihrem Popo. Sie hielt inne und wartete auf eine weitere Aktion Dexters. Er küsste ihren Nacken und fasste ihr mit beiden Händen an die Brüste. Jetzt bewegte Lisa ihren Po und rieb ihn an Joes Vorderseite seiner Hose. Sie fühlte den Druck auf ihren Hintern größer werden und seine Hände packten fester zu. Mit ihren Händen suchte sie ihren Slip und zog ihn unter ihrem Rock an den Beinen herunter. Jetzt öffnete sie Dexters Jeans und zuppelte die Hose auch herunter. Sein ausgestrecktes Glied fand sofort das geöffnete Tor zwischen ihren Beinen und Joe stieß mit leichten Bewegungen in sie hinein. Lisa passte sich seinem Rhythmus mit ihrem Unterleib an und tanzte mit ihrem Becken einen Salsa. Dexter konnte daraufhin seinen Orgasmus nicht mehr hinauszögern und ließ seine Liebesflüssigkeit in sie hineinlaufen. Lisa hatte ihren Höhepunkt noch nicht erreicht, spürte aber das Nachlassen seiner Manneskraft und versuchte noch mit dem schlappwerdenden Sperr ihren Spaß zu bekommen. Doch es war zwecklos, Dexters Zauberstab war eingeschlafen und benötigte jetzt seine Ruhe. Enttäuscht mal wieder nur benutzt worden zu sein, zog sie ihren Slip wieder an und setzte ihre Arbeit am Computer fort. Obwohl sie ihren Chef liebte, war der Sex eine Katastrophe. Er schaffte es einfach nicht, dass bei ihr auch mal die Glocken im Himmel zu spielen begannen. Plötzlich dachte sie an Marquis. Sie hatte keine Ahnung warum, doch der unheimliche Mann mit dem französischen Akzent, war von seinem Äußeren ein ganz taffer Kerl. Lisa wünschte Dexter würde das Büro jetzt verlassen, damit sie sich noch streicheln konnte, doch Joe erfüllte ihr auch diesen heimlichen Wunsch nicht und so flachte die Erregung bei ihr ab.

Am späten Nachmittag verließ sie nach Dexter das Büro, schloss die Tür ab und bewegte sich auf ihr Auto zu, als hinter ihr jemand ihren Namen rief. Sofort hörte sie die französische Untermalung der Stimme und drehte sich lächelnd um. In riesigen Schritten kam Marquis auf sie zu und tat, als wenn er sie gerade noch so, auf dem letzten Moment erwischt hat. Lavette schmeichelte ihr wieder und fragte, ob ihr die Blumen gefallen haben. Lisa klimperte mit den Augen und zupfte vor Nervosität mit den Händen an ihrem Rock herum. Den ganzen Tag beobachtete Lavette den Eingang des Büros und hoffte auf einen frühen Feierabend der Assistentin. Genau um 17 Uhr schritt sie dann auf den Gehweg vor dem Büro und er stieg aus seinem Auto aus, rief ihren Namen und eilte ihr nach. Die Wasserstoffblondine lächelte ihn an und Lavette wusste sie, um den kleinen Finger zu wickeln. Seine Einladung mit ihr ein Restaurant zu besuchen, schlug sie dann auch nicht ab und so fanden die beiden sich eine Stunde später in einem angesagten griechischen Restaurant auf der Leibnizstraße in Berlin-Mitte. Das rustikale Ambiente und die Live-Musik, dazu das flackernde Kerzenlicht auf ihrem Tisch, machten den Restaurantbesuch fast zu einem Rendezvous. Die Flasche Imiglykos war schon zur Hälfte entleert, als die Vorspeise auf dem Tisch gestellt wurde. Während Lisa sich an das Bougourdi, aus Feta-Käse, Spitzpaprika, Tomaten, Knoblauch und Olivenöl machte, schüttete Lavette den Rotwein nach und bestellte eine neue Flasche. Mit dem Hauptgang, der Mykonosplatte für zwei Personen, leerten die beiden auch die zweite Flasche Imiglykos. Lavette behandelte Lisa die ganze Zeit wie eine Prinzessin und sie erlag ihm. Immer öfter, der Alkohol tat seinen Teil dazu, schaute sie ihm in die Augen. Das scharfe Essen erhitzte sie und sie knöpfte sich nach dem Essen den oberen Knopf ihrer Bluse auf. Lavette sah den Ansatz ihrer Brüste und schmeichelte ihr noch mehr. Als der Kavalier die Rechnung bezahlte, stellte der Wirt noch einen Ouzo für jeden auf den Tisch. Lisa kippte diesen herunter und konnte danach nicht mehr allein laufen. Lavette stützte sie ein wenig gentlemanlike und setzte sie auf dem Beifahrersitz ihres Autos. Im Süden Berlins, genauer gesagt in Rudow, hielt Lavette vor einem Mehrfamilienhaus an. Er stieg aus und öffnete Lisa die Beifahrertür ihres eigenen Autos. Wieder stützte er sie etwas und brachte Lisa an die Haustür. Sie wühlte in ihrer Tasche und fand den Haustürschlüssel nicht sofort. Als sie das Schlüsselbund dann in der Hand hatte, schaffte sie es nicht, den Schlüssel in das Schloss zu stecken. Lavette nahm ihr lächelnd den Schlüssel aus den Fingern und öffnete die Tür. Mit dem Aufzug ging es in die vierte Etage und Lavette entriegelte auch ihre Wohnungstür. Lisa zog nun ihre Stilettos aus und marschierte in ihre Wohnung. Lavette drehte sich um und beäugte den Hausflur, niemand schien die beiden zusammen gesehen zu haben und er schloss von innen die Tür. Lisa fiel ihn sofort um den Hals und küsste Lavette. Er trug sie auf seinen Armen in ihr Schlafzimmer und legte sie auf ihr Bett. Er fragte nach dem Badezimmer und Lisa zeigte mit dem Finger auf die richtige Tür. Lavette bedankte sich und betrat das Badezimmer. Er benutzte die Toilette, um Wasser abzulassen und als er wieder ins Schlafzimmer kam, lag die Blondine nackt in ihrem Bett. Mit provozierendem Blick holte sie ihn zu sich. Lavette kroch zu ihr und küsste sie. Lisa Hände schienen überall. Ruckzuck fand sie den Eingang zu seinem besten Stück und massierte den in ihrer Hand anschwellenden Penis in seiner Hose. Mit der anderen Hand öffnete sie den Gürtel und die Knöpfe seiner Jeans. Sein Prachtexemplar lag nun frei und Lisa küsste die Spitze seiner Lanze. Sie lag jetzt verkehrt herum auf ihm und lutschte an seinem besten Freund. Ihre glattrasierte Scheide lag auf seinem Mund und Lavette spielte mit seiner Zunge an ihrem Kitzler. Lisas Geilheit wuchs und sie saugte und lutschte immer mehr an dem erigierten Glied des

250

Mannes unter ihr. Lavette gab sein Bestes und er schaffte es, dass die Blondine über ihm zum ersten Mal an diesem Abend die Englein im Himmel singen hörte. Lisa war voller Leidenschaft und ritt auf Lavettes bestes Stück. Sie wurde schneller und wilder. Als er im Einklang mit ihr seine Stöße variierte, kam sie zum zweiten Mal. Lavette hatte aber noch nicht genug und drehte sie nun auf den Rücken. Er hob ihre Beine in die Luft, spreizte sie auseinander und drang in sie ein. Lisas Becken tanzte mit ihm. Sie selbst spielte mit ihren Fingern an ihre hartgewordenen Brustwarzen. Als sie zum dritten Mal, gleichzeitig mit ihm zum Höhepunkt kam, war ihre ganze vorhandene Energie aufgebraucht. Sie schrie den Orgasmus in den Raum und lag danach erschöpft unter Lavette. Der Mann der Firma nahm sie in den Arm und Lisa legte ihren Kopf auf seiner Brust. Jetzt fragte Lavette sie ein wenig über Dexter aus und die liebestrunkene Blondine erzählte, was Lavette hören wollte. Sie sprach sogar über den Überfall auf dem Anwesen der Gräfin und Dexters Verdacht, der tödliche Virus sei absichtlich über die Menschen gebracht worden. Lavette hatte genug gehört, wartete, bis Dexters Assistentin eingeschlafen war und ging ins Badezimmer. Als er angezogen wieder im Schlafzimmer vor ihrem Bett stand, hatte er seine Heckler & Koch schallgedämpft in der rechten Hand. Er zielte auf ihre Stirn und drückte einmal ab. Danach reinigte er ihre Wohnung und wusch seine Fingerabdrücke ab. Er saugte noch, nahm den Staubsaugersack und den Filter mit und zog die Tür hinter sich zu. Niemand hatte ihn kommen oder gehen sehen und Lavette bereitete sich mit ein wenig Schlaf auf sein Treffen mit Dexter vor.

Joe Dexter wunderte sich über Lisa. Noch nie war sie unpünktlich bei der Arbeit gewesen, doch heute war sie nicht im Büro als er dort die Tür aufschloss. Dexters Armbanduhr zeigte 15 Uhr an. Er wählte Lisas Handynummer, doch sie nahm nicht ab. Er hatte für jetzt den

Termin mit einem Monsieur Marquis und konnte so nicht sofort auf die Suche nach seiner Assistentin gehen. Marquis verspätete sich um fünf Minuten. Um fünf nach drei klopfte er und trat nach dem Öffnen der Tür in Dexters Detektei ein. Er grüßte und während er sich setzte, fragte Lavette nach der netten Sekretärin. Dexter beäugte seinen Klienten und fragte, was genau er für ihn tun könnte. Lavette beauftragte ihn, seine Frau während seiner Abwesenheit zu obervieren. Er nannte ihm die Adresse eines von der Firma gemieteten Hauses, indem eine Angestellte der Agency die Ehefrau Marquis spielte. Dexter notierte sich alle wichtigen Punkte und nannte Marquis sein Honorar. Lavette unterschrieb als Marquis den Vertrag und verabschiedete sich nach der Anzahlung von 300€ bei Dexter. Joe fuhr zur Hagenstraße nach Grunewald und knipste von dem Haus der Marquis einige Fotos. Es dauerte nicht lang und eine attraktive Enddreißigerin öffnete das elektrische Garagentor, setzte sich in den weißen Z4 BMW und fuhr Richtung Berlin Mitte. Von der Köpenicker Straße bog sie in die Alexanderstraße ein und suchte sich einen der wenigen freien Parkplätze. Dexter fuhr an ihr vorbei und parkte ein paar Meter weiter. Marquis gespielte Frau stöckelte in hohen Hacken, kurzen Lederrock und einer schwarzen Lederjacke in den Eingangsbereich des Kat-Doggy-Clubs. Sie zeigte dem Türsteher ihren Ausweis und durfte den Club, ohne sich in die Schlange eingereiht zu haben, betreten. Dexter tat es ihr gleich, nur war für sein sofortigen Einlass, zwei hundert Euro-Scheine verantwortlich. Der Club hatte an diesem frühen Abend seine Wiedereröffnung und war bis zum Bersten mit Menschen gefüllt. Das Motto dieses Abends war der freie Körper Kult und Joe brauchte sich so keinen Kopf über seine Kleidung machen. Er suchte Marquis Frau unter all den nackten feiernden und intim gewordenen Gästen. Was er nicht wusste, Lavettes Lockvogel wollte von Dexter gefunden werden und hielt

252

nach ihm Ausschau. Als sie ihn in der Menge am Rande der Tanzfläche um sich blicken sah, stellte sie sich auf die 2. Treppenstufe zum VIP-Bereich. Sie hob sich nun von den anderen Teilnehmern der Party ab und konnte schnell gesehen werden. Dexter schaute sich um und war genervt. Eine halbe Stunde suchte er schon zwischen den sich einander reibenden Körpern, ohne die Dame gesichtet zu haben. Doch dann erkannte er sie. Sie schien gerade vom oberen VIP-Bereich in den normalen Bereich zu kommen und Joe folgte ihr unauffällig. Sie verließ den Tanzsaal und verschwand in einem der speziellen Räume. Dexter blieb nichts anderes übrig, als jeden Raum zu inspizieren. Als er in dem Doktorraum schaute, saß Marquis Frau auf dem Frauenarztstuhl und wurde von einem Mann älteren Alters untersucht. Auch eine zweite weibliche Person war anwesend und gab in ihrem Rollenspiel als Arztassistentin ihrem Mediziner gerade einen dicken Dildo in die Hand, den der Arzt Marquis Frau einführen wollte. Mit ausgebreiteten Beinen saß die von Dexter gesuchte Dame vor dem mit dem Dildo spielenden Mann und wartete auf das Einführen des Gummipenises. Plötzlich schaute sie Joe in die Augen und leckte sich mit ihrer Zunge über die Lippen. Genau in diesem Moment stieß der Fremde ihn den Dildo langsam in ihre aufnahmebereite Vagina. Das Spiel begann und Joe war zum Zuschauen verdammt. Die Arzthelferin nuckelte mittlerweile an Frau Marquis Brüsten und der Arzt benutzte nun sein eigenes Glied, um die auf dem Frauenstuhl sitzende Dame zu beglücken. Nach einer kurzen Zeit widmete sich der spielende Arzt sich seiner Arzthelferin. Auf der einzigen Liege in dem Raum, lag sie rücklings mit hoch ausgestreckten Beinen und der Mittfünfziger bestieg die halb so alte Frau. Marquis Ehefrau saß noch immer in dem Stuhl und schaute den beiden genauso zu wie Joe Dexter. Der ältere Mann hatte eine enorme Ausdauer und beglückte die unter ihm liegende Dame jetzt

253

schon eine ganze Zeit, als Dexter wieder zu Marquis Frau herüberblickte. Sie spielte nun mit ihren Fingern an sich selbst herum und Dexter ging erregt die paar Schritte auf sie zu. Er nahm sich eines der bereitgelegten Kondome aus dem nebenstehenden Glas, benutzte dies und drang, ohne ein Wort gesprochen zu haben, in seine zu observierende Person ein. Marquis Frau bewegte ihren Unterleib bei jedem seiner Stöße mit und schien gefallen an diesem Liebesakt zu haben. Dexters Verstand setzte vor Geilheit aus und genau mit seinem Höhepunkt spürte er einen Stich in seiner rechten Pobacke. Zu spät reagierte er. Sofort wurden seine Knie weich und er sackte langsam zu Boden. Marquis Frau stieß ihm noch mit beiden Füßen von sich und erhob sich aus dem Frauenstuhl. Der Arzt und die beiden Frauen legten Dexter auf die Liege und verschwanden unerkannt aus dem Arztzimmer.

Ein paar Minuten nachdem Dexter in dem Doktorzimmer gestorben war, wurde er von einem Pärchen entdeckt. Der schnell herbeigeholte Notarzt stellt den Herztod des Gastes des Clubs fest und die Leichenbestatter verfrachteten Dexter in einem Alusarg in ihrem Leichenwagen. Da niemand die Identität des Toten feststellen konnte, ermittelte die zuständige Polizeidienstelle, um die Personalien des Verstorbenen festzustellen. In der Todesanzeige des Notarztes wurde der Tod durch Herzversagen bestätigt und für die Beamten war der Fall damit erledigt. Lavettes Team hatte Dexter das Gift Botulinumtoxin injiziert. Das Gift blockierte sofort die Nervenimpulse, die für die Übertragung der Herzmuskeln zuständig waren. Der Vergiftete konnte keinen seiner Muskeln mehr bewegen, fühlte jedoch den Schmerz bis zum kurzen Ende. In der Medizin wird Botulinumtoxin zur Faltenbekämpfung eingesetzt und heißt in der Umgangssprache einfach nur Botox. Die Dosis, die Dexter injiziert wurde, war aber 10000-fach höher und so sofort tödlich. Die beiden Polizisten warteten bis der Kat-Doggy-Club seine Pforten schloss und alle Gäste die Räumlichkeiten verlassen hatten. Ahmed, der Geschäftsführer kontrollierte danach mit den Polizisten die Umkleidekabinen und fand einen noch verschlossenen Spind vor. Mit dem Bolzenschneider machte er kurzen Prozess mit dem Vorhängeschloss und öffnete die Spindtür. Wie sich herausstellte waren die Kleidungsstücke, die des Verstorbenen und in seinem Portemonnaie fanden die uniformierten Beamten die Papiere zur eindeutigen Identifikation der Leiche.

Inspektor Meier saß vor dem PC an seinem Schreibtisch und durchstöberte die Berichte der Nacht, als er auf den Verstorbenen im Kat-Doggy-Clubs stieß. Da Anne den Namen Joe Dexter in ihrer ganzen Erzählung immer wieder erwähnte, widmete der Inspektor den Tod Dexters seine Aufmerksamkeit. Er recherchierte und schrieb sich die Adresse von Dexters Detektei in Köpenick auf. Auch den Wohnort seiner Assistentin notierte er sich. Er tippte die Telefonnummer von Dexters Büro erfolglos in die Tasten des Telefons, denn niemand nahm den Hörer ab. Meier machte sich daraufhin auf dem Weg nach Köpenick. Kurz danach stand er vor der verschlossenen Detektei. Er fragte in der Nachbarschaft ein wenig nach und erfuhr nichts Neues. Also setzte er sich wieder hinters Lenkrad seines Autos und fuhr Richtung Süden zu Dexters Assistentin im Stadtteil Rudow. Er schellte unten an der Haustür mehrmals, doch Lisa öffnete die Tür nicht. Meier ließ sich daraufhin von einer Anwesenden Nachbarin aus der ersten Etage die Haustür öffnen, stellte sich vor und befragte die alte Witwe nach Dexters Assistentin. Die alte Frau zeigte auf die Haustür und wies Meier auf Lisas geparktes Auto hin. Er bedankte sich und spurtete die Treppen zur vierten Etage hinauf. Er klingelte an der Wohnungstür und wartete auf ein von innen abgegebenes Geräusch. Nichts geschah, die Wohnung war totenstill. Er musste also zurück ins Dienstbüro oder sich von hier, über die Dienststelle Lisas Handynummer besorgen. Entschied sich für die Dame der Dienststelle, als der Zufall ihm half. Denn plötzlich klingelte ein Smartphone in der Wohnung und niemand meldete sich. Eine Minute später, der gleiche Klingelton und wieder kein Lebenszeichen dessen Besitzers oder Besitzerin. Meier schellte noch einmal im Erdgeschoss bei der Witwe und fragte nach dem Hausmeister. Dreißig Minuten später entriegelte der Mann der Wohnungsgesellschaft, der als Hausmeister mehrere Wohnblöcke in der Umgebung beaufsichtigte die Wohnungstür. Er wollte noch vor Meier neugierig die Wohnung betreten, doch Meier hielt ihn davon ab. Um keine eventuellen Spuren unkenntlich zu machen, betrat nur er mit Bedacht den Korridor. Der Hausmeister blieb noch immer neugierig an der Tür stehen. Als Meier die Schlafzimmertür öffnete sah er Dexters Assistentin mit dem Einschussloch in der Stirn auf dem blutverkrusteten Bett liegen. Er rief die Spurensicherung und den Notarzt und schaute sich weiter in der Wohnung um. Er konnte keine Einbruchspuren erkennen und fasste den Entschluss, Lisa musste ihrem Killer freiwillig den Zugang zu ihrer Wohnung erlaubt haben. Als die zuständigen Kollegen am Tatort auftauchten, übergab der Inspektor den Fall und schrieb deshalb auch keinen Bericht. Nur sein kleines Notizbuch benutzte er und notierte sich jede auffällige Kleinigkeit. Inspektor Meier war sich sicher, dass die beiden Toten im Zusammenhang ermordet wurden. Er rief die Gerichtsmedizin und erklärte dem diensthabenden Gerichtsmediziner seinen Verdacht. Meier wollte eine Obduktion an Dexter vornehmen lassen.

Anne hatte an diesem Tag in der Notaufnahme alle Hände voll zu tun und war froh am späten Nachmittag ihre erste Pause in der Klinik nehmen zu können. Sie musste noch für die Vorlesung in der Uni ihren Vortrag über einen Blinddarmdurchbruch vorbereiten und war in ihrer Arbeit vertieft, als es an der Tür klopfte. Anne in ihrer Konzentration gestört öffnete die Tür und vor ihr stand Inspektor Meier. Anne musste sich setzten als Meier ihr die Nachricht über den Tod Dexters und seiner Assistentin beibrachte. Anne rief tränenüberströmt Evelyn an und berichtete ihr was mit Joe und Lisa geschehen war. Meier erzählte Anne von seinem Verdacht und auch, dass er die Gräfin in Gefahr sah. Anne wusste nicht mehr weiter und heulte vor sich hin. Meier bot ihr an, sie nach

Dienstschluss nach Hause zu fahren und Anne verabredete sich mit ihm um 20 Uhr am Ausgang der Tiefgarage.

Evelyn war nach dem Telefongespräch mit Anne geschockt. Sie war gerade erst wieder in der Redaktion eingestiegen und saß noch kreidebleich an ihrem Schreibtisch. Ohne groß nachzudenken, schnappte sie sich ihr Handy und drückte die Schnellwahltaste von Uwe Roth. Roth, gerade auf der Wiese hinter seinem Haus bei der Ausbildung eines Rottweilers nahm sein summendes Handy und meldete sich. Mit offenem Mund und starren Blick nahm er die Nachricht über den Tod Dexters auf. Er riet Evelyn zu ihm zu kommen. Die Redakteurin versprach ihm, nach der Arbeit bei ihm vorbeizuschauen. Roth warnte sie noch, nicht mehr in ihrem Appartement zu fahren und immer unter Leuten zu bleiben und hoffte sie befolgte seinen Ratschlag.

Evelyn Vortmann blickte auf ihrem Desktop und fing instinktiv an auf die Buchstaben der Tastatur zu hämmern. Sie vergaß die Zeit, während ihre ganze Energie und Konzentration in dem Geschriebenen flossen. Als sie ihren Artikel beendet hatte, blickte sie geistesabwesend durch ihre Glastür und fand eine fast leere Redaktion vor ihrem Büro vor. Sie korrigierte den verfassten Text noch einmal und stellte ihn online in der Blitz ins Netz. Auch in der Papierform des Boulevardblattes für den anderen Tag reservierte sie sich die Titelseite. Der Artikel handelte in der Kurzform vom Tod Dexters und alle anderen verstorbenen Personen, die dem Komplott der Justitia Loge auf die Schliche gekommen waren. Sie schrieb über bestätigte, aber gestohlene Beweise die im direkten Zusammenhang mit dem Freiwerden des Virus und das Sterben von Milliarden Menschen auf diesen Planeten zu tun hatte. Sie beschrieb die oberste Stufe der Meister des Freimaurertums Justitia und nannte die führenden Köpfe der Loge. Sie gab den Artikel, nach dem er ins World Wide Web gestellt wurde für die gedruckte Fassung der Gazette frei und packte ihre Sachen zusammen. Evelyn Hatte immer ein frisch gebügeltes Kostüm und ein passendes Paar Schuhe als Reserve im Schrank ihres Büros und mit einer gepackten Tasche verließ sie das Verlagsgebäude. In ihrem Cabrio machte sie sich auf den Weg zu Uwe Roth und rief unterwegs Anne, die sich ebenfalls im Auto auf dem Heimweg mit dem Inspektor im Schlepptau befand, an. Anne wollte ein paar Sachen zusammenpacken und sich dann auch auf die Straße nach Retzow begeben.

Das Team von Pierre Lavette lag versteckt hinter den Sträuchern des umliegenden Waldes und beobachteten die beiden vorbeifahrenden Autos wie diese auf das Anwesen der Gräfin fuhren. Der Teamführer erkannte beim Aussteigen Anne als gesuchte Person wieder, den anderen Mann, der mit ihr im Haus verschwand, kannte er nicht. Über sein gesichertes Handy nahm er Kontakt zu Lavette auf und dieser befahl das Haus bis zu seiner Ankunft weiter zu observieren und nichts zu unternehmen. Nur sollte auf gar keinen Fall die Gräfin das Grundstück verlassen dürfen.

Meier untersuchte jedes Zimmer und den Keller des Hauses. Er konnte keinen Einbruch erkennen und Anne bestätigte ihm, dass sie alles wieder so vorfand, wie sie das Haus heute Morgen verlassen hatte. In der Bibliothek öffnete sie den Tresor und den dahinterliegenden Safe. Nahm beide Pistolen und die Aufnahme an sich. Meier sah zu wie sie die SIG Sauer P226 LDC 2 Tacops 9mm und eine Heckler & Koch P30 ebenfalls 9mm in ihre Tasche packte. Sie kopierte das Band auf ihrem Handy und sendete die Ansprache

William Smiths auf die Handys von Evelyn und Uwe Roth. Meier hörte mit und wurde immer neugieriger. Er fragte nach dem von Anne zurückgelegten Abspielgerät und sie sendete auch ihm eine Kopie der Ansprache des amerikanischen Präsidenten.

Lavette bekam von der Zentrale die von Anne gesendeten Kopien während seiner Fahrt nach Ravensbrück auf sein Smartphone gesendet. Auch die Nummern und den dazugehörigen Namen der Besitzer schickte ihm die Zentrale. Die Todesschwadron wartete also auf Lavette und Anne packte im Beisein Meiers eine Sporttasche mit Kleidung. Sie duschte im Badezimmer ihres Schlafzimmers und der Inspektor wartete auf der Bettkannte sitzend. Die Badtür war einen kleinen Spalt geöffnet und durch den leicht grauen Dunst des warmen Wassers sowie durch die beschlagenen Duschtür, erkannte Meier die Silhouette Annes. Er konnte einfach nicht wegschauen und sah ihr beim Duschen zu. Als Anne sich vorbeugte, um ihre untere Hälfte der Beine einzuseifen, drückten ihre Pobacken gegen das beschlagene Glas der Duschtür und wurden so für den zuschauenden Inspektor sichtbar. Die Gräfin war eine attraktive Frau und Meiers Gedanken schweiften von seiner eigentlichen Aufgabe ab. Anne drehte kurz danach das Wasser ab und verließ die Duschkabine. Im Badezimmer nahm sie sich ein Handtusch und trocknete sich ab. Meier beobachtete jede ihrer Bewegungen und sah ihre wohlgeformten handgroßen Brüste. Anne bemerkte den Türspalt und schaute in vorgebeugter Haltung zu dem Beamten in Zivil. Meier kreuzte den Blick Annes und wurde vor Peinlichkeit rot im Gesicht. Anne ging auf ihm zu, warf ihm das Handtuch in dem Schoß und forderte ihn, da er ja sowieso schon alles gesehen hätte, auf, sich nützlich zu machen, indem er ihren Rücken abtrocknete. Der ewige Junggeselle Meier, schon Ewigzeiten keine reale nackte Frau vor sich habend, war peinlich desorientiert und tat was Anne verlangte. Mit abgetrocknetem Körper zog sich Anne vor dem Inspektor an und war dann für die Abreise gerüstet. Meier musste erst einmal zu sich kommen und stand nur langsam auf, als Anne mit Furcht in den Augen auf den kleinen Bildschirm gegenüber ihrem Bett zeigte. Beide beobachteten wie eine Handvoll Männer die Grundstücksmauer überwältigten. Meier war sofort wieder da und fragte nach einem zweiten Ausgang. Anne nickte und beide rannten zusammen in den Keller. Von dort gab es hinter dem Haus ein Lieferanteneingang und den wollten die beiden als Fluchtweg benutzen. Das einzige Problem für eine erfolgreiche Flucht war der, dass der Weg zur Straße vorne durch das einzige Tor der Grundstücksmauer war. Anne erinnerte sich an einem von ihr als Kind gegrabenen Loch unter der hinteren Mauer. Als Teenager ging sie dort immer heimlich am nahen See zum Schwimmen. Doch musste sie dort erst einmal unbemerkt hinkommen. Die Eindringlinge verstanden offenbar ihr Handwerk und sicherten den hinteren Teil des Hauses mit zwei Leuten ab. Meier schaute aus dem kleinen Kellerfenster und sah einen der beiden Bewacher des Hintereinganges. Er fragte Anne nach ihren Schießkünsten und gab ihr ein Zeichen die P226 an sich zu nehmen. Hinter einigen Kisten in denen die letzte Lieferung des Grafen seines Lieblingsrotweins war, versteckte Anne sich. Meier öffnete die Tür und nahm hinter einem Schrank Anne schräg gegenüber Deckung. Keine fünf Sekunden dauerte es, bis die erste in Kevlar bekleidete Person in der Tür stand. Er sprach in sein an der Jacke befestigten Mikrofon und gab den anderen Eindringlingen Bescheid. Meier wusste nun, ihnen beide blieben nur wenige Sekunden, um aus dem Keller zu fliehen. Der Mann betrat den Keller und ging mit angesetzter Maschinenpistole auf den Schrank hinter dem sich Meier versteckte, zu. Plötzlich stand ein zweiter Mann in der Kellertür und rief seinen Kumpel etwas in Englisch zu. Direkt vor den noch nicht entdeckten Inspektor drehte sich der Erste um und Meier schoss ihm in den Hals. Der andere Mann reagierte und hielt den Abzug durchgedrückt. Ohrenbetäubender Lärm durchschlug die vorher angespannte Stille. Anne erhob sich und ballerte ihr Magazin auf den in der Tür stehenden Mann. Dieser fiel um, war aber nicht tödlich getroffen. Meier rannte Anne zurufend auf den am Boden liegenden Killer zu und schoss ihm eine Kugel seines Dienstrevolvers ins Gesicht. Die beiden rannten über die Wiese zu dem Loch in der Mauer, während Lavette mit seinen Leuten vom Inneren in den Keller lief. Deckung suchend arbeiteten sich die Killer um Lavette durch den Keller vor, bis sie bemerkten, dass die Flüchtenden schon das Haus verlassen hatten. Dies waren die kostbaren Sekunden, die Anne und Meier benötigten, bis an den hinteren Mauerabschnitt zu gelangen. Das Loch war kleiner und enger als in Annes Erinnerung. Mit größter Anstrengung schaffte sie es auf die andere Seite. Meier drückte ihre Tasche unter der Mauer zu Anne durch und versuchte dann selbst auf die andere Seite zu gelangen. Mit den Händen grub er das Loch ein wenig breiter Und zwängte sich wie ein Maulwurf zu der wartenden Anne. Ohne sich die Erde von der Kleidung zu klopfen rannten die beiden in den schützenden Wald hinein und waren ersteinmal unsichtbar für ihre Verfolger geworden.

Als Lavette durch die Kellertür den hinteren Bereich des Anwesend begutachtete, war Meier gerade durch das Loch unter der Mauer entschlüpft. Der Mann der Agency konnte also nicht genau sagen, wo sich die Flüchtenden verkrochen haben. Er schicke zwei Teammitglieder auf die Suche und rief das Säuberungskommando auf das Anwesen der Gräfin. Nach all seinen vorherigen Ermittlungserfolgen in diesem Fall, musste er nun den ersten herben Rückschlag einstecken. Lavettes Wut ließ sein Hirn kochen. Er war es nicht gewohnt solche Demütigungen über sich ergehen zu lassen. Mit dieser Wut im Bauch durchsuchte er das Haus und beschädigte dabei Annes ganzes Inventar. Kurze Zeit später meldeten sich die beiden Männer vor dem Loch unter der Mauer und erklärten Lavette, wo genau sie waren. Bevor der reagieren und antworten konnte, waren die zwei Auftragsmörder schon auf die andere Seite gekrochen und auf der Spurensuche nach den Flüchtenden.

Anne und Meier rannten um ihr Leben und als der Inspektor Hilfe rufen wollte, war sein Handy totgeschaltet. Auch der Versuch über Annes mobiles Telefon Hilfe herbeizurufen schlug genauso fehl. Sie waren auf sich selbst gestellt. Annes SIG war leergeschossen und Meier hatte noch vier Patronen in der Trommel seines Revolvers. Er bat Anne ihre Heckler & Koch Pistole gegen die P226 auszutauschen. Gemeinsam erreichten sie das Ufer des Thymensees. Nun mussten sie schnell überlegen welche weitere Richtung sie einschlagen wollten. Zurück gehen war wohl die falsche Entscheidung und der nächste Ort Godendorf war etwa vier Kilometer nördlich entfernt. Sie entschieden sich für Godendorf und liefen das östliche Ufer Richtung Norden entlang. Dabei übertraten die die Grenze von Brandenburg und Mecklenburg-Vorpommern. Meier spürte die Jäger im Nacken, ohne sie zu sehen. Er hoffte nicht viele Fußspuren in der Seenlandschaft zu hinterlassen und den Verfolgern das Aufspüren nicht ganz so leicht zu machen. Sie hatten noch etwa einen Kilometer vor sich, als neben Annes Fuß die abgefeuerte Kugel ins Erdreich drang. Instinktiv schubste Meier seine Begleitung auf den Boden und suchte kriechend selbst Schutz vor den auf sie zielenden Maschinenpistolen. Meier schaute unter einem Busch in Richtung Süden, konnte aber keinen der Verfolger entdecken. Anne lag bäuchlings noch immer zitternd auf dem Boden. Meier flüsterte ihr zu, sich langsam so hinzulegen, dass sie die Umgebung mit beobachten konnte. Sie sollte nur keine Zweige durch unbeabsichtigte Berührungen zum Bewegen bringen. Meier erkannte nach einigen Minuten der Stille die Professionalität der Gegner. Sie warteten versteckt auf einen Fehler der Flüchtenden, um dann loszuschlagen. Doch Meier tat ihnen den Gefallen nicht und wartete auch nur auf ein kleinstes Zeichen der Auftragskiller. Im Wald wurde es langsam dunkler und die Sonne ging am westlichen Horizont ungesehen unter. Der Inspektor schickte nun Anne bodenkriechend weiter in Richtung Godendorf. Sie sollte sich Deckung durch Bäume, Sträucher und Bodenvertiefungen suchen. Er wollte erst noch hier abwarten und ihr dann folgen. Sollte sie das Dorf ohne ihn erreichen, befahl er ihr ein Taxi zu nehmen und weit weg zu fahren. Anne schob, während sie durch den Morast kroch, ihre Tasche vor sich her. Die Pistole in der rechten Hand steckte sie dennoch nicht weg. Sie drehte sich nicht mehr um und hoffte Meier schließe schnell zu ihr auf.

Der Inspektor lag unbeweglich in seinem Versteck und beobachtete die immer schlechter zu durchschauende Umgebung. Die Abenddämmerung setzte ein und brachte den Jägern einen Vorteil. Sie konnten sich nun ungesehen näher anschleichen. Meier nahm einen längeren auf dem Boden liegenden Zweig und raschelte an den Blättern des Busches etwa einen Meter neben ihm. Sofort flogen dem Busch die Kugeln um die Ohren. Die Lautstärke der Maschinenpistolen war ohrenbetäubend und sicher bis in die Ortschaft zu hören. Doch nun wusste er wo die Jäger waren. Sie kamen beide getrennt voneinander von der rechten und linken Flanke auf ihn zu. Meier wusste nur einen Ausweg, er kroch auf den Gegner der linken Seite zu und hoffte auf das Glück nicht gesehen zu werden. Langsam robbte er auf seinen Angreifer zu, immer bedacht kein Geräusch oder eine falsche Bewegung zu erzeugen. Er war ungefähr dreißig Meter weiter nach links gekrochen, als er ein leises Geräusch direkt vor sich hörte. Meier rollte sich vorsichtig unter einem Gebüsch zur Seite und sah einen Wimpernschlag später den Feind an seinem Versteck vorbeischleichen. Jetzt war der Inspektor hinter dem Killer und zielte auf dessen ungeschütztes Hinterteil. Die Kugel drang von Hinten in den ungläubigen Verfolger ein, zerfetzte die Gedärme und trat vorne wieder aus. Der Jäger wurde zum Gejagten und schrie jetzt seinen Schmerz lautstark aus. Durch die verursachten Geräusche, die der Getroffene erzeugte, konnte Meier sich etwas schneller von der Stelle entfernen, ohne selbst gehört zu werden. Er musste den anderen auch erledigen oder ihm zu entfliehen versuchen.

Anne hörte die Schüsse der Maschinenpistolen und duckte sich flach auf den Boden. In der Ferne konnte sie durch das Blätterwerk die Straßenbeleuchtung sehen. Es war nicht mehr weit, vielleicht noch sechs- oder siebenhundert Meter. Aber diese Distanz zu robben, machte die Strecke zu einer Mammutaufgabe.

Der zweite Mann in Schwarz war nun gewarnt und kannte den Aufenthaltsort seines Gegners. Er beobachtete den Bereich mit seinem Infrarotfernglas und konnte Meier auf dem Boden kriechend Richtung Norden ausmachen. Er würde ihm den Weg abschneiden und ihn dann eine Salve aus der Pistole verpassen, dachte der Auftragskiller. Er rannte jetzt so schnell es geräuschlos ging in die Richtung, wo er vermutete Meiers Weg zu kreuzen. Dort angekommen lag er mit seinem Feldstecher auf der Lauer. Er konzentrierte sich ganz darauf den Inspektor ausfindig zu machen. Nach einigen Sekunden hatte er ihn erfasst. Der Killer stellte sich hinter dem dicken Stamm einer alten Eiche und wartete auf den ahnungslosen Gejagten. Als Meier auf dem Bauch kriechend am

Stamm des Baumes war, drückte der Jäger seinem Opfer die Pistole über ihm stehend ins Genick. Meier hörte noch die Worte, good bye my friend und dann den Knall.

Auf dem Weg hörte Anne dann noch einen einzelnen Schuss und dieser beflügelte sie noch mehr. Sie kroch jetzt nicht mehr und bewegte sich von Baum zu Baum Deckung suchend in dem Forst. Die Sonne versank gerade am Horizont und ihre letzten lichtspendenden Strahlen zeigten Anne den Wald in einem dunklen Grau. Sie wollte gerade hinter ihrem Baum auf den nächsten zulaufen, als sich der stamm der Eiche bewegte. Anne erkannte den schwarzgekleideten Mann fünf Schritte vor ihr, legte die P30 an und schoss dem Kerl in den Hinterkopf. Ihrer Intuition folgend, war sie zurückgekehrt und mit dem Erretten des Inspektors auch gerechtfertigt. Anne half dem blutbesudelten Polizisten auf die Beine und zusammen rannten sie die letzten Meter in die Ortschaft hinein. Meier nahm die Karten aus den Handys und schaltete sie aus. Sie erwischten an der ersten Bushaltestelle den Bus nach Fürstenberg und von dort nahmen sie sich ein Taxi nach Retzow zu Uwe Roth.

Evelyn Vortmann bog in die Einfahrt zu Roths Haus ein und wurde von ihm und seinen drei getreuen Hunden liebenswürdig empfangen. Roth hatte nach dem Anruf der Chefredakteurin ins Internet geschaut und ihren Artikel gelesen. Er wusste das Geschriebene als Stich ins Wespennest einzuschätzen und packte sofort einige Sachen in Taschen zusammen. Die zusammengestellten Taschen verlud er dann auf seinem Pickup und fuhr den Wagen mit der Front zum Ausgang in seine Parkposition. Roth wollte sofort los, doch Evelyn hielt ihn mit der Aussage, dass Anne auf dem Weg zu ihnen wäre auf. Die beiden gingen also ins unbeleuchtete Haus und ließen das Licht aus. Die Hunde legten sich draußen vor die Haustür und bewachten das Grundstück. Evelyn versuchte Anne anzurufen, doch das angewählte Handy war tot und so keine Kommunikation möglich. Roth machte daraufhin ihre Handys mit den entnehmen der SIM-Karte und das Ausschalten der Telefone unaufspürbar. Sie saßen am gleichen Tisch, auf dem Evelyn und Anne vor einiger Zeit getanzt hatten. Roth stellte zwei Gläser auf die Tischplatte des Massivholztisches und schüttete diese mit Jack Daniels halbvoll. Er reichte ein Glas Evelyn, stieß mit ihr an und schluckte die golden braune Flüssigkeit in einem Zug herunter. Evelyn tat es ihm nach und hustete danach fast alles wieder aus. Als sie mit dem Husten fertig war, stand ein weiteres halbvoll gefülltes Glas vor ihr auf dem Tisch. Dieses Mal nippte sie nur daran und hustete nicht mehr. Roth tat es ihr gleich und stieß mit ihr erneut an. Dabei berührten sich ihre Finger und Evelyn spürte in diesem Moment ein Kribbeln durch ihren Körper schleichen. Sie sah Roth in die Augen und ohne Vorankündigung liefen ihr die Tränen die Wangen herunter. Sie nahm einen kräftigen Schluck, stellte das leere Glas auf den Tisch und umarmte den Mann neben ihr. Roth konterte die Umarmung und ließ Evelyn sich an seiner Schulter ausweinen. Sie drückte sich fester an ihm und er bemerkte ihre schweren Brüste an seinem Bauch. Sie schluchzte immer noch, doch ihre Hände streichelte nun seinen Rücken und fanden den Eingang unter seinem Holzfällerhemd. Roth spürte leicht ihre Fingernägel über seinem Rücken kratzen. Evelyn löste sich nun etwas von ihm und ihr Blick nach oben verrieten ihm ihre Hilflosigkeit. Ihre Hände wanderten unter seinem Hemd nach vorne und mit den Daumen rieb sie an seinen Brustwarzen. Ihre Augen suchten dabei seine und als sich ihre Blicke trafen legte sie den Kopf in den Nacken und küsste ihn. Evelyns Beine wurden schwach und sie ließ sich auf den Tisch gleiten. Mit ihren Beinen um seine Hüften zog sie Roth an sich und küsste den vorn übergebeugten Liebhaber erneut. Keine zwei Minuten später lagen beide nackt auf dem Tisch. Evelyn mit dem Rücken auf der Tischplatte und Roth über ihr. Ihre Nägel bohrten sich bei jedem Stoß tiefer in seine Haut. Sie weinte nun nicht mehr stöhnte genussvoll bei jedem seiner Hübe in ihr. Sie legte ihre Beine über seine Schultern und Roth konnte so noch tiefer in sie eindringen. Evelyn braucht ihn jetzt so weit in sich und stöhnte immer lauter. Sie explodierte förmlich mit ihrem Höhepunkt und ließ einige Zeit später auch Roth zu seinem Orgasmus kommen.

Als die beiden sich wieder angezogen gegenübersaßen, wunderten sie sich, dass Anne noch nicht angekommen war. Roth wollte nicht mehr warten, denn die Zeit spielte vielleicht gegen sie und half seinen Hunden auf die Pritsche des Pickups. Genau in diesem Moment leuchteten die Scheinwerfer eines unbekannten Autos die Einfahrt herauf. Roth zog Evelyn an sich und duckte sich hinter seinem Auto. Die Hunde bellten und wollten von der Ladefläche springen, doch Roth gab ihnen das Kommando liegen zu bleiben. Er zog seine 44er Magnum und wartete auf den ungebetenen Gast. Als das Taxi vor seinem Wagen hielt, stieg Anne mit Inspektor Meier aus. Das Taxi fuhr rückwärts die Einfahrt von dem Grundstück und Roth mit Evelyn begrüßten Anne und ihrem Begleiter.

Susan Lance saß in ihrem Zuhause, in Baltimore vor ihrem Notebook und las die englische Übersetzung von Evelyn Vortmanns Online-Artikel. Die Demokratin schüttelte den Kopf und sprach ihren Mann auf den Zeitungsartikel an. Sie würde William Smith so gerne von seinem Sockel stoßen, doch der Präsident hatte die Geheimdienste hinter sich. Trotzdem fasste sie zusammen mit ihrem Mann den Entschluss, den Fall weiter zu verfolgen. Wenn sie doch nur die deutsche Journalistin mit der Aufnahme vor die Grand Jury bringen könnte, wäre Billy the Kid erledigt. In einem späteren Gespräch mit ihrem persönlichen Leibwächter, einem ehemaligen Secret Service Mann, der von Smith vor die Tür gestellt wurde, beklagte sie sich über die Handlungsweise, wie der Präsident sie durch kriminelle Erpressung zum Stillschweigen aufgefordert hatte. Ihr Personenschützer, Mike Stone hasste den Präsidenten. Er lehnte sich damals gegen die nicht immer legalen Handlungen Smiths auf und verlor seinen Job. Stone hatte aber Kontakte zu paramilitärischen Einheiten und würde für seine Chefin ein Treffen arrangieren. Susan Lance war sich nicht sicher, denn sich mit privaten Söldnern einzulassen, war in diesem Falle auch nicht mehr legal.

Die Fernsehnachrichten weckten ihre Aufmerksamkeit. Die Berichterstattung lobte in großem Maße William Smith als Retter der Menschheit, indem er die Impfung der amerikanischen Bevölkerung auf Kosten der Staatskasse finanzieren ließ. Das die impfstoffproduzierenden Pharmaunternehmen weiter ihr Geld bekamen, deren Gewinne und die Börsenkurse weiter stiegen und die Privatperson William Smith durch seine Beteiligungen an diesen Unternehmen immer reicher wurde, verschwieg die Reportage. Die Ausbreitung des SARS-CO-Vx-Virus wurde aber gestoppt und die Inzidenzzahlen fielen ins Bodenlose. Es schien, dass durch die

Massenimpfungen der letzten Wochen der Virus besiegt war. Smith ließ sich von seinen Anhängern feiern und gab reihenweise Interviews zu dem Thema. Als bei einer Pressekonferenz im Weißen Haus aber trotzdem ein Reporter der Potomac-Post nach dem in Deutschland erschienenen Artikel fragte, tat der Präsident unwissend und beendete die Pressekonferenz. Der fragende Journalist wurde des Hauses verwiesen und bekam Hausverbot auf Lebenszeit. Susan Lance benötigte einen halben Tag und hatte ein geheimes Treffen mit dem Journalisten der Post. In einer Tiefgarage eines Einkaufzentrums trafen die beiden sich. Stone kontrollierte den Journalisten auf Mikrofone oder Aufnahmegeräte. Als Stone nickte, besprach die Politikerin mit dem Reporter unter Geheimhaltung ihrer Identität die gemeinsame Strategie gegen Smith vorzugehen. Unter dem Schutz eines von Mike Stones Leuten, sollten die beiden in Deutschland die Gräfin aufsuchen und die Aufnahme, die bewies, dass der amerikanische Präsident an der Freisetzung des Virus beteiligt war, nach Washington bringen. Die Kosten dieser Aktion würde die Politikerin finanzieren. Auch gab sie dem Journalisten, der sich als Martin Wallace vorstellte, wertvolle Informationen zu den Freimaurern der Justitia-Loge. Danach war das Treffen für Susan Lance beendet und sie fuhr mit Stone als Fahrer ohne weiteren Kommentar davon.

Martin Wallace stand noch minutenlang in der dunklen Ecke der Tiefgarage und machte sich eifrig Notizen. Als er dann zu seinem Auto lief, bückte er sich am vorderen Radkasten und nahm sein Game Capture HD Pro mit der Video-Aufzeichnung des Treffens an sich. Noch bevor er sein Auto startete, vibrierte sein Handy und eine Nachricht von unbekanntem Sender, sagte ihm wann und wo er sich einzufinden hatte, um den Flug nach Europa anzutreten.

Wallace war ein noch junger Endzwanziger, der aber schon einige national und auch international bedeutsame Zeitungsberichte veröffentlichte. In seinem Mercedes SUV steuerte er den Highway 295 Richtung Süden an. In Severn einem Vorort Baltimores auf der Bush-Street, war er zuhause. In seinem Arbeitszimmer recherchierte er an seinem Computer nach der Loge Justitia. In den offiziellen Suchmaschinen war nur sehr wenig über diesen Geheimbund ehrenwerter Mitglieder der Oberschicht zu finden. Natürlich leugnete der amerikanische Präsident nie, solch einer Gesellschaft nicht anzugehören, doch wer weitere Mitglieder sein sollten, war im Netz nicht zu finden. Im Dark Room des World Wide Web beschaffte sich Wallace dann mehr an Informationen und diese deckten sich mit der Aussage von Susan Lance. Es gab Behauptungen und Fotos von angeblichen Mitgliedern dieser Loge. Nichts Handfestes an wirklichen Beweisen fand Wallace. Alles nur Indizien und Spekulationen. Er suchte weiter und fand einen Eintrag mit dem Hinweis, dass die Freimaurerloge schon Mitte des neunzehnten Jahrhunderts von damals gewichtigen Größen der amerikanischen Gesellschaft gegründet wurde. Ein Bild von einer handgezeichneten Skizze, auf der ein in Kohle bemalter Siegelring zu erkennen war, rundete den Beitrag ab. Wallace suchte Fotos William Smiths aus dem Internet und suchte nach dem Siegelring an einen seiner Finger. Auf einem offiziellen Pressefoto eines Wirtschaftstreffens der wichtigsten Industriestaaten letzten Jahres in Berlin, fand er seine wirklich erste richtige Spur. Bei der Vergrößerung des Fotos war deutlich ein ähnlichen oder sogar gleichen Ring wie auf der Skizze an der linken Hand William Smiths zu erkennen. Auch andere Mitglieder dieser Delegation hatten um ihren linken Ringfinger einen solchen Ring. Dazu zählten, der deutsche Bundeskanzler, der britische Premier oder der französische Präsident und noch einige mehr. Wallace druckte alles auf Papier und legte eine Dokumentenmappe und eine weitere Kopie an. Als er dann zufällig auf die Lokalzeitung in Berlin traf und diese einen Tag nach dem Wirtschaftsgipfel vom Tod des Grafen durch eine Zigarre in seinem Bett berichtete, meldete sich Wallace innere Alarmanlage. Mit einem Hacker-Programm, dass er sich einmal installieren ließ, um an nicht offiziellen Beweisen und Informationen zu kommen, versuchte er mehr Material zu sammeln. Er tippte und suchte vergebens, bis er in dem Behördencomputer des Ordnungsamtes in Oranienburg bei Berlin gelangte. Dort auf der Bundesstraße 96 im Löwenberger Land steht eine festinstallierte Radarfalle und diese schoss im Minutentakt an dem Abend des Wirtschaftstreffens zwischen fünf und sechs Uhr sieben Fotos von Autos, die mit erhöhter Geschwindigkeit in Richtung Norden unterwegs waren. Vier, der geblitzten Automobile waren mit Diplomatenkennzeichen ausgestattet und drei davon waren Escalades der amerikanischen Botschaft. Wallace öffnete die Map eines Suchdienstanbieters und schaute sich auf der Karte die für ihn unbekannte Umgebung an. Mit dem Finger ging er die B96 von Berlin kommend über seinem Bildschirm entlang. Über Oranienburg blieb er kurz stehen und führte den Finger dann weiter die Straße entlang, bis er in Fürstenberg stehen blieb. Dort erkannte er nördlich der Ortschaft den Namen Ravensbrück. Dies war doch der Ort, wo der Graf starb und Wallace kratzte sich an die Stirn. Er schrieb seine ermittelten Informationen zusammen und war sich bewusst, dass vielleicht diese wegen erhöhter Geschwindigkeit erfassten Diplomatenautos auf dem Weg zu dem Grafen gewesen sein könnten. So langsam füllte sich sein Ordner und als Wallace gähnend vor Müdigkeit aus dem Fenster blickte, sah er die Sonne aufgehen. Er schaute auf die Uhr und hatte noch drei Stunden Zeit, um am Baltimore-Washington Airport vor dem Lufthansa-Check-In-Schalter zu erscheinen. Er sah in den Badezimmerspiegel und schäumte sein Gesicht mit Rasierschaum ein, drehte das Duschwasser an und kam frisch rasiert und geduscht aus dem Badezimmer heraus. Packte seine Reisetasche und rief ein Taxi für die kurze Strecke zum Flughafenterminal. Im Terminal nahm er ein Schließfach und deponierte die gesammelten Informationen und Beweise dort. Danach wartete er auf Mike Stones Mann, der sich auch sofort nach Wallace Ankunft am verabredeten Ort bei ihm vorstellte. Albert Green nannte er sich und seine Dokumente, die er am Schalter vorlegte, bestätigten seine Angabe. Eine Stunde später saßen Wallace und Green nebeneinander in der Boing 747 und waren in der Luft über dem Atlantik Richtung Osten.

Zwei Wochen schon suchte Lavette nach Anne. Sie fehlte seit ihrer Flucht unentschuldigt in der Klinik und der Klinikleiter teilte ihr schriftlich die Kündigung mit. Lavette kannte nun auch ihren neuen Helfer. Es war der ebenfalls seit Wochen untergetauchte Inspektor Meier. Evelyn Roth war auch unaufspürbar, wahrscheinlich mit Uwe Roth verschwunden. Lavette hatte alles probiert und konnte die vier geflohenen Personen bisher nicht aufspüren. Dann bekam er einen Tipp eines Informanten. Roths Pickup sei in einem Parkhaus in Neukölln gesichtet worden. Lavette selbst war eine Stunde später dort und bestätigte den Verdacht. Er ließ das Auto von seinen Leuten Rund um die Uhr beobachten, um so sofort die Nachricht zu bekommen, sollte ein Mitglied der gesuchten Personen sich des Fahrzeugs nähern.

Ein Frischling der Firma saß ein paar Tage später in einem unauffälligen Golf einige Parkreihen vor dem Pickup Roths und spielte mit seinem Handy Tetris. Er war so vertieft in dem Spiel, dass er Roth nicht sah. Erst der bullige Klang des V8-Motors schreckte ihn auf. Roth fuhr an den Golf vorbei und der Agent startete sein Auto, um die Verfolgung aufzunehmen.

Roth fuhr nur wenige Straßen weit und hielt sein Automobil vor einem Plattenbau der sozialen Unterschicht. Der junge Mann rief seinen Chef an und erklärte ihm, wo er sich gerade befand.

Evelyn war wie immer nervös, wenn Roth sie für wenige Minuten verließ. Meier und Anne versuchten sie dann immer zu beruhigen. Roth selbst vermisste seine Hunde, die er beim Nachbarn gut aufgehoben hoffte. Zwei Wochen schon hatten sie sich bei Ahmeds Sicherheitschef Murat einquartiert. Mittlerweile fiel ihnen die Decke auf den Köpfen und sie beschlossen wieder in Annes Haus zu ziehen. Murat wollte persönlich das Anwesen überprüfen und seinen unfreiwilligen Gästen sein O.K. geben. Mit seinem Kollegen Recep half er dem Quartett beim Bepacken von Roths Auto. Als sich Roth und seine Freunde auf dem Weg machten, war Lavette noch nicht an Ort und Stelle und der Frischling startete den Golf und nahm die Verfolgung auf. Murat, der mit Recep ebenfalls in seinem Audi A8 Quattro Roth folgen wollte, wunderte sich über den Fahrer des Kompaktwagens, der sofort hinter Roth herfuhr. Murat behielt die beiden Autos folgend im Auge und war sich nach einigen Minuten sicher, dass Roth und seine Begleiter observiert wurden. Um den Vorrausfahrenden zu helfen, überholte Murat den Golf und scherrte vor ihm auf der Spur ein. An der nächsten Ampel blieb er bei Grün stehen und ließ so Roth davonfahren. Als die Ampel auf Rot umsprang hatte der Golffahrer Roth aus den Augen verloren. Murat fuhr so ein Tempo, dass die nächsten Ampelphasen auf Rot sprangen und Roth für den Verfolger nicht mehr einzuholen war. Danach bog er ab und entfernte sich auch aus dem Blickfeld des Amateurs. Auf der B96 hatte Murat auf Roth wieder aufgeschlossen und gemeinsam erreichten sie gegen Mittag das Haus der Gräfin. Alles schien so wie Murat es bei seiner Überprüfung vorgefunden hatte. Von den beiden Leichen im Keller waren keine Spuren mehr zu erahnen gewesen. Das Reinigungsteam hatte wieder professionell gearbeitet und nichts wies mehr auf die Schießerei hin. Den Hintereingang verbarrikadierten die Männer von innen mit einem Eisenrohr, so das die Tür von außen nicht zu öffnen war. Sie fuhren die Rollos an den Fenstern herunter, verschlossen auch diese und überprüften die Überwachungskameras. Die Autos wurden in die Garagen gefahren und waren so von außen nicht mehr zu sehen. Roth baute eine Verriegelung für die schwere Holzeingangstür und danach besprachen sich alle in der Küche. Roth und Meier bezogen die beiden ehemaligen Zimmer von Martha und dem Butler im Erdgeschoss. Anne nahm mit Evelyn ihr eigenes Schlafzimmer in

276

Beschlag und Murat und Recep durften mit des alten Grafen Räumlichkeit vorliebnehmen. Aus dem Kofferraum Murats holte Recep zwei Pumpguns plus jede Menge Munition ins Haus. Roths Waffen lagen schon in der Bibliothek griffbereit. Murat legte noch einige Sprengfallen in den toten Winkeln der Überwachungskameras und verschanzte sich mit den anderen im Haus.

Lavette beobachtete das Haus der Gräfin kurz nachdem Murat mit dem Legen der Sprengfallen fertig war. Er bereitete mit seinen Leuten den Ansturm auf das Haus vor und wollte dieses Mal die Akte des Grafen endgültig schließen. Sein achtköpfiges Team wartete auf die Anweisung Lavettes endlich beginnen zu können. In zwei Mann Teams nahmen die Männer um Lavette wie besprochen ihre Positionen ein und begannen den Ansturm nach Lavettes Zeichen. Mit dem Überklettern der Grundstücksmauer begann das Spektakel. Der erste Mann löste eine von Murats Fallen aus und die präparierte Handgranate aus russischen Armeebeständen riss mit einer lauten Explosion seine Beine vom Rumpf. In der Mauer klaffte jetzt ein riesiges Loch. Nun waren die Männer der Firma gewarnt und wussten was sie erwartet.

Im Haus hörten sie die Explosion und aus den Fenstern der oberen Etage schauten die im Inneren verschanzten Freunde zu der kaputten Grenzmauer herüber. Roth teilte nun die Leute auf ihre Positionen ein. Die beiden Frauen sollten die Rollos unten behalten und durch die kleinen Schlitze das Grundstück beobachten. Auf gar keinen Fall dürfte irgendwer das Licht einschalten und so benutzten sie nur einige Kerzen auf den Fußböden, um sich zu orientieren. Eine zweite Explosion gab Murat bekannt, dass erneut ein Angreifer in eine seiner Fallen getreten war. Trotzdem schafften es sechs

Männer bis zum Haus vorzudringen. Zwei der Killer versuchten sich an der Hintertür, doch die hielt dem ersten Versuch geöffnet zu werden stand. Meier bewachte den ihm bekannten Bereich mit seinem Revolver. Die anderen Vier sprengten die Vordertür auf und machten so den Eingang ins Innere frei. Roth hatte vorher damit gerechnet und die Eingänge der Küche und der Bibliothek, sowie den Treppenaufgang mit Möbeln und anderen sperrigen Dingen aus dem Haus verbarrikadiert. Sie duckten sich hinter ihrem Schutz und sahen noch die Granate auf den Boden im Foyer aufschlagen als diese einen Wimpernschlag später explodierte. Roths Ohren nahmen kein Geräusch mehr wahr und es meldete sich nur noch ein Piepen in seinem Gehörgang. Murat und Recep die in der Bibliothek und am oberen Treppenabsatz Stellung bezogen ging es wohl ähnlich. Murat sah die beiden Rauchgranaten durch die Tür fliegen und danach nichts mehr. Er wartete wie die anderen mit einem vorbereiteten nassen Handtuch im Gesicht einige Sekunden ab und als er meinte etwas zu vernehmen, warf er die letzten beiden Handgranaten in den Raum vor ihm. Der Knall brachte ihre Trommelfälle an dem Rand des Zerplatzens und als sich der Rauch verzog lagen drei Leute mit Gasmasken mit abgetrennten Gliedmaßen auf dem Boden. Jetzt knallte es aus dem Keller und Meier war auf sich allein gestellt. Doch niemand von den Angreifern stürmte den Keller. Sekunden vergingen und Meier fragte sich gerade was passieren würde als der Brandsatz durch die Kellertür flog. Die Flasche zerschellte auf dem Fußboden und das Benzin verteilte sich im ganzen Raum. Die Flammen breiteten sich rasend schnell aus und Meier konnte seine Deckung nicht mehr halten. Er wuchtete mit aller Kraft den Schrank um und warf sich dahinter auf dem Boden. Gleichzeitig flogen ihm die Kugeln der Maschinenpistolen um die Ohren. Er versuchte mit feuerndem Revolver noch die Treppe zu erreichen, doch wurde er von den

278

Angreifern, die von außen ins Innere schossen tödlich getroffen. Das Feuer brannte lichterloh und die Angreifer konnten nicht mehr durch die Tür das Untergeschoß betreten. Der Qualm zog durch die Schlitze der Kellertür ins Foyer und nun mussten die im Haus wartenden Verteidiger agieren. Als Anne nach dem ersten Schock aus dem Schlitz des Rollos nach draußen schaute, sah sie einen Mann mit einer Panzerfaust auf die Küchenfenster zielen. Sie schrie sofort so laut wie sie konnte ins Erdgeschoß herunter und ein paar Sekunden später explodierte die Küche. Von Roth war kein Lebenszeichen mehr zu hören. Jetzt stürmten die vier übriggebliebenen Angreifer das Loch in der Hausmauer und gelangten so in die Küche des Hauses. Sie sicherten die Küche und räumten die Barrikade an der Tür zum Foyer zur Seite. Warfen erneut eine Rauchbombe in den Raum und warteten ab. Nichts geschah und der Erste schaute um die Ecke. Als drei der vier Männer geduckt ins Foyer verschwanden, sicherte einer der Eindringlinge den Rückraum der Küche ab.

Roths Piepen ließ gerade nach, als er Anne schreien hörte. Mit seiner Magnum in der Hand rannte zu Marthas Zimmer und sprang genau in dem Moment der Explosion dort hinein. Er kroch hinter ihrem Kleiderschrank und war so erstmal nicht zu sehen. Wieder war er taub und lugte kurz danach aus seinem Versteck in die Küche. Er sah nur noch einen der Männer an der Tür stehen. Plötzlich brach im Vordereingang die Hölle los. Murat schoss auf den ersten sich zeigenden Gegner, der mit seinen Kameraden das Feuer erwiderte. Der letzte Mann an der Küchentür war abgelenkt und beachtete den Raum in seinem Rücken nicht mehr. Mit der Magnum im Anschlag schlich sich Roth von hinten an und schoss dem Killer in dem Nacken. Jetzt suchte er Schutz hinter dem umgestürzten Küchentisch, denn sein Schuss wurde von allen im

Haus bemerkt. Murat konnte mit der Pumpgun nur verstreut schießen und schaffte es nicht, auch nur einen Angreifer kampfunfähig zu machen. Die Zeit wurde knapp, denn der Rauch aus dem Keller wurde dichter. Während sich einer der Auftragskiller um Murat kümmerte, kehrten zwei von ihnen in die Küche zurück. Sie kamen von rechts und links auf den Küchentisch zu geschlichen und Roth saß in der Falle. Er entschied sich für den linken Mann und kam aus seiner Deckung genau in dem Moment vor, als der Angreifer eine Granate hinter dem Tisch werfen wollte. Roth schoss ihm ins Knie, der Mann ließ die Granate fallen und die Explosion zerfetzte beide Gegner Roths. Er selbst blieb unverletzt, denn die dicke Holzplatte hielt der Granate stand. Roth musste aus dem Raum und verließ die Küche durch das mit der Panzerfaust erzeugte Loch. Jetzt kam er durch den Haupteingang ins Foyer und hatte den Gegner, der Murat in Schacht hielt rücklings vor sich. Roth schoss auch ihn in den Hinterkopf und machte so den letzten im Haus befindlichen Gegner unschädlich. Er rannte aus dem Haus zum Hintereingang, nahm den dort befestigten Gartenschlauch, drehte das Wasser auf und spritzte durch die Hintertür das Wasser auf die Flammen. Murat und Recep räumten die Barrikaden aus dem Weg und holten die beiden Frauen von oben herunter. Anne fiel im Foyer in Ohnmacht, als sie die Zerstörung und die vielen Toten sah. Recep tippte den Notruf und klärte die Dame in der Zentrale auf. Evelyn und Murat versuchten Anne aufzuheben, als plötzlich Lavette mit der geladenen Panzerfaust vor der Eingangstür stand. Seine Chance war gekommen und mit dem Betätigen des Abzugs wären seine Probleme erledigt.

Roth schaffte es tatsächlich die Flammen zu löschen. Der Qualm wurde von einem Satz Autoreifen erzeugt. Das Feuer zerstörte weniger als erst gedacht. Er drehte das Wasser ab und machte sich auf die Strecke zum Vordereingang. Als er um den Anbau ging, sah er den Mann mit der Panzerfaust, ohne zu überlegen legte er an und die Kugel durchbohrte die linke Kopfseite des Mannes mit der Bazooka. Tödlich getroffen sackte Lavette in sich zusammen, drückte aber noch den Abzug und das Geschoss flog an den anvisierten Verteidigern vorbei in die obere Etage, wo es dort im Flur einschlug und explodierte. Die Wände dort oben barsten auseinander und die obere Etage war nicht mehr zu gebrauchen. Holz und Steinfetzen flogen umher und bedeckten die im Foyer stehenden wehrlosen Freunde. Murat lag auf Anne und schütze sie so vor den umherfliegenden Holz- und Gesteinsbrocken. Recep und Evelyn hatten nicht so viel Glück und lagen mit einigen blutenden Platzwunden und Frakturen auf dem Boden. Murat blutete am Hinterkopf und besudelte bewusstlos die unter ihr liegende Anne. Alle vier waren mit einer dicken Staubschicht überzogen und Roth versuchte sich durch die Staubwolke zu ihnen vorzutasten. Evelyn stöhnte vor Schmerz und Recep kroch mit letzter Kraft dem Ausgang entgegen. Die Staubwolke löste sich langsam auf und Roth konnte seinen verletzten Freunden endlich helfen. Er schnappte sich Evelyn und zog sie nach draußen vor die Tür. Recep schaffte dies allein. Er sah Murat unbeweglich auf Anne liegen und befürchtete das Schlimmste. Als er den kräftigen Türken von der zierlichen Gräfin hob, bewegte sich Anne und öffnete die Augen. Roth half ihr auf ihre noch wackligen Beine und stütze sie auf dem Weg vor dem Haus, wo sie sich auf dem Treppenabsatz hinsetzte. Als letztes schob Roth Murat ins Freie und versuchte ihn durch Schütteln wach zu bekommen. Nach einigen Sekunden hob er die Augenlider an und hustete den eingeatmeten Staub aus. Roth rannte ins Haus und sammelte die eigenen Waffen ein und versteckte diese in seinem Pickup. Danach suchte er im Keller nach Inspektor Meier und sah ihn mit jede Menge Einschusslöcher tödlich verwundet vor dem

Treppenaufgang liegen. Als er wieder am Vordereingang bei seinem Team war, durchsuchte er noch den Mann mit der Panzerfaust, fand aber keine Dokumente bei ihm. Kurz danach hörten sie mehrere Martinshörner auf das Grundstück zufahren und Roth öffnete vom Hauseingang das Durchfahrtstor zum Anwesen.

Mit gezogenen Waffen stiegen die Polizisten einer Hundertschaft aus ihrem Mannschaftswagen und forderten alle Überlebenden auf, sich mit ausgestreckten Armen und Beinen auf den Boden zu legen. Erst als alle Anwesenden dem Befehl folge leisteten, kamen die Polizisten näher und winkten den Notarzt und seine Begleiter heran.

In den bundesweiten Nachrichtensendern wurde über das Ereignis berichtet und Martin Wallace saß in seinem Hotelzimmer vor dem englischsprachigen Kanal und schaute der Reportage aufmerksam zu. Albert Green saß im Nachbarzimmer und wartete auf seinen Einsatz. Wallace schnappte sich seine Tasche, klopfte an Greens Zimmertür und gemeinsam fuhren sie zur Ober-Havel-Klinik an den Gransee. Eine Stunde später besetzten sie zwei Stühle in der Notaufnahme und beobachteten das Kommen und Gehen der Notfälle. Ein Mann saß ihnen die ganze Zeit gegenüber und schien auf irgendwen zu warten. Wallace schenkte ihm keine Aufmerksamkeit, bis sich Anne aus einem Behandlungszimmer kommend zu ihm setzte. Wallace schaute sich aus seiner Tasche eine Fotographie an und freute sich mal wieder über sein wundervolles Gespür. Er stand auf und stellte sich den beiden im langsamen amerikanischen Englisch als der Mann vor, der er war. Wallace zeigte sich einfühlsam und mitleidsvoll und fragte nach dem Gesundheitszustand der anderen Verletzten. Roth wollte gerade aufstehen und dem Journalisten an den Kragen, als Anne ihm ihre Hand auf seinem Arm legte und ihn so zurückhielt. Sie hörte sich das Gesagte des Amerikaners an und ließ sich seine Handynummer geben. Danach wünschte sie ihm einen schönen guten Abend. Wallace verstand den Wink und verließ mit Green die Notaufnahme. Mit gebrochenem eingegipstem Arm und mehreren vernähten Platzwunden setzte sich Evelyn neben Roth im Wartebereich auf dem Plastikstuhl. Wenig später kam einer der behandelnden Ärzte und erklärte, dass Recep beide Beine gebrochen hätte und hier im Krankenhaus bleiben müsste. Murat mit einer Gehirnerschütterung und einigen Platzwunden könnte aber mit den anderen die Klinik verlassen dürfen.

Das Quartett befuhr Roths Grundstück bei Retzow nach Mitternacht. Roth selbst ließ die beiden Frauen und Murat in sein Haus, bevor er seine Hunde bei seinem Nachbarn abholte. Als er dann sein Haus mit seinen drei Lieblingen betrat, knurrten die Hunde, den auf der Couch liegenden Türken an. Erst auf Roths Kommando legten sie sich entspannt auf den Fußboden.

Wallaces Handy summte, als er noch beim Frühstück saß. In einer schriftlichen Nachricht wollte Anne ihn allein in der Sauna-Therme bei Neuruppin am Nachmittag sprechen. Nach dem Aufguss, gegen 16:20 Uhr, wäre die Sauna für einige Minuten leer und dort sollte er dann seine Fragen stellen. Anne wurde von Roth begleitet, während Evelyn mit Murat und den Hunden im Haus warten sollten. An der Seepromenade in Neuruppin parkte er den Pickup abseits der Therme und die beiden liefen die letzten Meter zu Fuß in die Saunalandschaft. Roth wartete nach dem Umziehen vor dem Ausgang der Damenumkleidekabinen auf Anne, als diese wenig später vor ihm auftauchte. Annes Augen wurden für einen Moment größer, als sie Roth mit nacktem Oberkörper und dem Badetuch um seine Hüften sah. Mal wieder konnte er ihre Begeisterung mit seinem durchtrainierten Körper gewinnen. Sie dachte plötzlich an Dexter und fragte sich, wann die Behörden den Leichnam zur Bestattung freigeben würden. Die Uhr zeigte halb vier an und die beiden machten gemeinsam den ersten Saunagang. In der See Sauna genoss Roth nicht nur den herrlichen Blick durch das Glas auf das Außengewässer. Anne sah trotz ihrer Platzwunden umwerfend hübsch aus und konnte mit der umwerfenden Landschaft locker mithalten. Roth bemerkte, wie die ersten Schweißperlen sich ihren Weg von Annes Hals zwischen ihren Brüsten nach unten suchten. Eine Minute später war auch ihr Gesicht feucht überzogen und die Wangen rötlich angehaucht. Roth musste aus der gläsernen Sauna auf den See schauen und so auf andere Gedanken kommen. Die Sauna füllte sich und Anne verließ mit Roth den heißen Schwitzbereich. Die kalte Dusche machten ihre Brustwarzen hart und Roth musste wieder zu ihr schauen. Jetzt lächelte sie zum ersten Mal wieder und legte im Vorbeigehen Roth kurz ihre Hand auf die Schulter. Als Uwe Roth unter dem kalten Wasser stand, erlaubte Anne sich beim Abtrocknen auch einen längeren Blick auf den Körper ihres attraktiven Begleiters und bewunderte ihn im Inneren heimlich. Er war nicht nur sportlich muskulös, auch zwischen den Beinen war er gut gebaut und zog damit ihren Blick auf sich. Von den Liegen aus beobachteten die beiden, wie die Leute zum Aufguss in die Sauna drängten. Es war 16 Uhr. Anne nickte kurz ein und wurde von Roth geweckt, als der Aufguss beendet war und die Sauna sich leerte. Gemeinsam sahen sie dann den Journalisten dort eintreten und folgten ihm direkt danach. Roth setzte sich am Eingang und beobachtete den Amerikaner aus einer noch eingreifenden Distanz. Anne setzte sich neben ihm und gab ihm zur Begrüßung die Hand. Er fragte sofort, warum dieser Treffpunkt gewählt wurde und Roth gab ihm die Antwort. Nackt brauchte er nicht durchsucht werden und hätte keine Möglichkeit unerlaubt das Gespräch aufzuzeichnen. Außerdem könnte er so keine Waffen bei sich tragen. Roth hatte vor dem Treffen Martin Wallace über den Computer gecheckt und stimmte einem Treffen unter den jetzigen Vorsichtsmaßnahmen zu.

Wallace berichtete ihr über seinen Antrieb die Story an die Öffentlichkeit und Smith noch einmal vor die Grand Jury zu bringen. Susan Lance ließ er aber aus dem Spiel. Er erzählte ihr, wie er einen Zusammenhang zwischen des Grafen Tod und den Fotos der Diplomatenautos aus der Radarfalle bei Oranienburg herstellte. Wie er den Auftrag von einer politisch oppositionellen Person bekam, die Aufnahme als Beweis für eine Klage gegen Smith vor dem höchsten Gericht der USA zu besorgen. Er wollte Anne beweisen, dass der amerikanische Präsident und seine Freimaurerfreunde die Verantwortung für ihres Vaters Ermordung hatten. Mittlerweile saßen Anne und der Journalist im Whirlpool und Roths Uhr zeigte 18 Uhr an. Green gesellte sich aus dem Hintergrund dazu und beobachtete nun aus der Nähe Anne und Roth. Im Restaurant der Therme beantwortete Anne dann die Fragen des Journalisten und gegen neun Uhr verließ sie mit Roth den Wellnesstempel.

Evelyn wartete schon seit Stunden auf die Heimkunft Annes und Roths. Im Minutentakt schaute sie aus dem Vorderfenster über die Einfahrt zur Straße. Je weiter die Uhrzeit voranschlich, desto ungeduldiger wurde sie. Murats Kopf pochte noch und ihm war übel. Doch der schwammige Blick wurde klarer und er versuchte Evelyn mit gutgesagten Worten zu beruhigen. Endlich gegen zehn Uhr am Abend strahlten die Lichter des Pickups beim Einbiegen in die Auffahrt durch das Vorderfenster. Sofort standen die drei Hunde unruhig vor der Eingangstür und begrüßten noch vor der Redakteurin ihr Herrchen. Auf dem Weg nach Hause hielten die beiden beim Chinesen und nahmen ein paar Gerichte für die wartenden Freunde mit. Mit dem Essen kam der Appetit und auch Murat stopfte sich die Entenbrust süß sauer mit jede Menge Reis in den Schlund. Auch Evelyn aß einige Bissen und auf den Rest freuten sich die Hunde. Roth öffnete eine Flasche Portwein und schenkte diesen in vier Gläser ein. Schnell kam eine zweite Flasche dazu und Murat winkte ab. Er trank nie Alkohol und hatte heute nach einem als Medizin gedachten Glas genug. Evelyn, Anne und Roth tranken noch ein zweites Glas und verabschiedeten sich dann in die Betten.

Anne lag in Uwes Gästezimmer und hörte im Nachbarraum Evelyn stöhnen. Roth mit seinem beeindruckenden Stück Fleisch zwischen den Beinen tröstete sie wohl gerade so, wie Evelyn es brauchte. Anne beneidete ihre Freundin in diesem Moment. Auch sie wollte jetzt nicht allein sein und wünschte sich ein wenig Trost. Nackt wie sie unter der Decke war, stand sie auf und lief durch die Dunkelheit zu Murat, der auf der Couch lag. Sie nahm seine Hand und führte ihn hinter sich zu ihrem Bett her. Ohne seine Hand loszulassen legte sie sich hin und zog ihn, ohne ein Wort zu verlieren zu sich. Er küsste sie. Anne spürte sein wachsendes Glied an ihrem Oberschenkel drücken und nahm dieses massierend in die Hand. Murats Körper stand dem von Roths fast gleich und Anne fühlte die voluminösen Muskelberge an den Mann neben ihr. Murat verlor nun seine Scheu ihr gegenüber und ergriff langsam die Initiative. Erst streichelte er ihren Po, dann den Bauch und kurze Zeit später fühlte Anne ihn an ihren Brüsten spielen. Ihre Brustwarzen stellten sich auf und automatisch fasste sie mit der aufkommenden Erregung fester an seinem Glied. Murat hatte danach ihre linke Brustwarze zwischen seinen Zähnen und knabberte daran herum. Ann fühlte die Feuchtigkeit zwischen ihren Beinen herauslaufen und wollte ihn nun in sich haben. Sie half ein wenig nach, indem sie ihn mit ihren Armen auf sich rollte, die Beine spreizte und ihn in sich einführte. Murats Unterleib startete sofort mit der natürlichen Bewegung und Anne genoss das Ausgefüllt sein. Nach ein paar Minuten in der Missionarsstellung, wechselte Anne die Position und kniete nun auf Händen und Knien mit ihrem Po vor ihm. Von Hinten fiel seine Zunge in ihrem Schlitz ein und leckte tänzerisch ihre Vagina. Anne hielt es kaum noch aus und wollte ihren Orgasmus mit voller Wucht auf sich zu rollen lassen. Als Murat seine Zunge durch seinen besten Freund ersetzte war es so weit. Mit vollem Anlauf kam der Höhepunkt über Anne. Sie presste ihren Hintern noch fester gegen seinen Unterleib, nur um seine Stöße noch tiefer in sich aufzunehmen. Mit dem Orgasmus spritzte sie ihre Scheidenflüssigkeit aus und kurz danach spürte sie seinen warmen Liebessaft in sich ausbreiten. Danach war es still. Auch aus dem Zimmer nebenan war es ruhig und Anne schlief mit dem Po an Murats Unterleib ein.

Drei Tage wartete Martin Wallace auf eine Nachricht von Anne. Die Gräfin räumte in der Zwischenzeit ihr Haus im Beisein Murats auf. Das Haus musste grundsaniert werden und der nette Türke half ihr dabei. Murat hatte sich extra die nächsten Tage Urlaub genommen und den Job des Sicherheitschefs im Kat-Doggy-Club seinem Stellvertreter übergeben. Auf seinem Zuruf halfen ihm zwei Handvoll Leute mit seiner Herkunft und in der Einfahrt vor dem Haus häufte sich schnell der Sperrmüll. Murat besorgte auch die Maurer und Schreiner und so brauchte Anne sich um nichts mehr als die Aufsicht der Arbeiten zu kümmern. Die Polizei hatte natürlich jede Menge Fragen, doch ihr neuer Anwalt ließ eine Befragung ohne ihn nicht zu. So kam es, dass sie von der ermittelnden Staatsanwältin ein offizielles Schreiben zu einer Anhörung zugestellt bekam. Die vielen Toten waren noch immer nicht identifiziert und die amerikanische Botschaft leugnete eine eventuelle amerikanische Staatsbürgerschaft dieser Terroristen. Die gefunden Waffen, waren alle ohne Seriennummern und die schwarze Bekleidung aus dem Berliner Kaufhaus des Ostens erstanden. Nicht ein Dokument fanden die untersuchenden Polizisten bei den Toten und tappten so noch immer im Dunklen. Anne öffnete in der unbeschadeten Bibliothek die Safes und kopierte die Aufnahme auf ihrem Handy. Danach tippte sie über einen Messengerdienst Martin Wallaces Nummer und sendete den schon ungeduldig werdenden Journalisten die Aufnahme auf seinem Smartphone. Wallace glaubte einfach nicht was er da auch beim sechsten Abspielen hörte. Es war für ihn ganz eindeutig die Stimme Smiths, die auf dem Band unter späteren Applaus, mit dem Freisetzen eines Virus, die Welt von der Überbevölkerung bereinigen wollte. Er hatte was er wollte und buchte mit der Eastern seinen und Greens Rückflug für den folgenden Tag. In den drei wartenden Tagen suchte und fand er im Internet noch eine Menge Fotos, auf denen viele Prominente aus

Politik und Wirtschaft ebenfalls einen Siegelring wie William Smith trugen. Einige von den überführten Siegelringträgern waren am Todestag des Grafen in Berlin oder Potsdam in einigen Hotels als Gäste eingeschrieben gewesen. Über seine illegale Software fand Wallace dies heraus. Er hoffte mit genügend Beweisen nach Baltimore zurückzukehren, um mit seinem Wissen an die Öffentlichkeit zu gehen.

Zwei Tage später landete die Maschine der Eastern sicher in Baltimore und der Journalist betrat wieder amerikanischen Boden. Mike Stone fing Green und Wallace am Ausgang der ankommenden Passagiere ab und führte sie in die Tiefgarage des Flughafens. Dort saß wartend Susan Lance in einer mit schwarz getönten Scheiben, dunkelblauen Limousine und lächelte dem Journalisten beim Einsteigen entgegen. Greens Auftrag war beendet. Stone überreichte ihm einen Umschlag mit Banknoten und die beiden Freunde verabschiedeten sich. Lance nahm die Dokumente Wallaces entgegen und beschlagnahmte sein Handy. Sie spielte die Aufnahme ab, hörte dort hinein und kopierte sie sich. Danach durfte Wallace mit seinem Handy das Auto verlassen und an seinem Artikel arbeiten.

Susan Lance reichte bei dem Supreme Court Klage gegen den amtierenden Präsidenten William Smith ein. Smith nahm durch seine Delegation zum Freisetzen des SARS-Co-Vx-Virus in Kauf, hunderttausende von amerikanischen Bürgern in den Tod zu schicken und verstieß damit gegen die amerikanischen Grundrechte und deren Verfassung.

Noch am gleichen Tag veröffentlichte die eher zu den Demokraten gerichtete Potomac-Post, den von Martin Wallace veröffentlichten Artikel über den Fall des deutschen Grafen und Wallace Beteiligung an der Ermordung von mehreren Milliarden Menschen auf dieser Erde. Eine Liste mit Mitgliedern der Justitia Loge im inneren der Zeitung über drei Seiten rundete den Beitrag Wallaces ab.

Dem Chef der Bundespolizei blieb nichts anderes übrig, als William Smith in Gewahrsam zu nehmen. Da aber auch der Vizepräsident und der Justizminister auf dieser Freimaurerliste standen, übernahm die oppositionelle Sprecherin des Repräsentantenhauses, Susan Lance die kommissarische Präsidentschaft. Den ersten Beschluss, den Susan Lance nach ihrer Vereidigung befahl, war der, Peter Stein aus Guantánamo Bay ins Zeugenschutzprogramm zu beordern. In einer der bisher größten Pressekonferenzen des Landes, erklärte Susan Lance wohl die Richtigkeit des Artikels in der Post. Danach liefen in jedem Nachrichtensender weltweit die gleichen Reportagen ab. Die Bevölkerungen gingen wieder protestierend auf die Straßen, doch dieses Mal hielt das Militär und die Polizei sie nicht von ihren Demonstrationen ab. In Deutschland forderten die Menschen bei den Massenkundgebungen den Kopf des Bundeskanzlers und dem Präsidenten im Schloss Bellevue blieb nichts anderes übrig, als den Kanzler und seine beteiligten Minister erst einmal zeitlich abzusetzen. Das Land durch diese Krise und die politischen Geschäfte zu führen, war jetzt seine Aufgabe und bis zum Beweis der Unschuld des Kanzlers oder bis zur Neuwahl, dass Schiff wieder in ruhigeren Gewässern steuern. Auf der ganzen Welt rollten Köpfe und es ging nicht überall gesetzlich zu. Viele Politiker und Wirtschaftsbarone fanden durch die Hand des einfachen Volkes den Tod.

Einen guten Monat später hat sich für Evelyn Vortmann und Anne ihr Leben wieder normalisiert. Evelyn trat wieder ihren Job bei dem Verlag der Blitz an. Sie schrieb ihr Appartement zum Verkauf aus und konnte sich kurz danach vor Anrufen und E-Mails nicht mehr retten. Die Entscheidung, dass Roth und sie in Zukunft gemeinsam bei ihm leben wollten, machte Evelyn glücklich. Auch ihr altes Ich übernahm wieder die Oberhand über sie. Ihre Kostüme und ihre abgestimmten Pumps, waren wieder genauso perfekt, wie ihr sonstiges Aussehen.

Anne arbeitete erst einmal nicht mehr. Sie wollte sich eine Auszeit nehmen und die Fertigstellung ihres Hauses begleiten. Einzig das Studium zur Chirurgin, wollte sie zu Ende bringen. Murat stand die ganze Zeit an ihrer Seite und befehligte seine Landsleute bei der Renovierung der gräfischen Villa. Ein paar Wochen später zog Anne in ihr frisch renoviertes Haus ein und bedankte sich bei Murat als einen der wenigen wirklichen Freunde, den sie hatte. Roth und Evelyn kamen genauso wie alle an der Renovierung beteiligten Arbeiter zur Party die Anne in ihrem Garten organisierte. Sie bezahlte pünktlich die Rechnungen und war durch ihre nette Art den türkischstämmigen Arbeitern ins Herz gewachsen. Es gab an diesem Abend viele Umarmungen, Küsschen und auch die eine und andere Abschiedsträne.

Als sie am nächsten Abend zum ersten Male nach langer Zeit allein in der Bibliothek saß und ihren Gedanken freien Lauf ließ, verdrückte sie noch eine dicke Träne an Joe Dexter, der anonym ohne trauernde Gäste eingeäschert und beigesetzt wurde. Lisa erging es ohne weiteren Verwandten ersten Grades ähnlich, nur eine Cousine mütterlicherseits nahm sich die Zeit an ihrem Grab ihr den letzten Gruß bei ihrer Reise mitzugeben. Anne nahm sich vor, beide Grabstätten zu besuchen und eine Rose des Abschiedes dort abzulegen. In den nächsten Wochen wird ihr Anwalt noch genügend Zeit für sie opfern müssen. Die Gebäudeversicherung weigert sich bis zum jetzigen Tage, den entstandenen Schaden zu bezahlen. Auch die Staatsanwältin gab keine Ruhe und lud sie immer wieder vor. Sie dachte an die glücklichen Wochen in Paris und an Louis Bernard mit seinen unglaublich strahlenden Augen. Martha, die als sie Kind war, mehr als die Küchenfrau für sie gewesen ist. Vollmer und Meier, die Polizisten, die ihren Einsatz für die Gerechtigkeit mit dem Leben bezahlt hatten. Und natürlich der Butler und ihr Vater. Sie würde wohl nie herausfinden, wie und warum der Graf in die ganze Sache hineingeschlittert war.

Anne war auf dem Weg zur Oberhavel-Klinik am Gransee. Dort wo sie damals selbst als Patientin die Notaufnahme besuchte, würde sie gleich ihre neue Stelle in der Unfallchirurgie antreten. Sie fuhr die B96 in südlicher Richtung, als im Autoradio die Nachricht über die Verurteilung William Smiths verkündet wurde. Das Supreme Court hatte den abgesetzten Präsidenten zu einer nie dagewesen tausendjährigen Haft verurteilt. Er hatte noch Glück, denn in einem anderen Bundesstaat hätte es für ihn vielleicht die Todesstrafe gegeben.

Doch ihr Ziel hatten die Freimaurer erreicht. Die Wirtschaft erholte sich wieder und es gab nahezu Vollbeschäftigung unter den Industrienationen. Die benötigten Arbeitskräfte wurden mit Menschen aus dem Ausland aufgefüllt und die Börse machte die Reichen wieder reicher. Die Natur erholte sich nach Jahrzehnten der Ausbeutung immer mehr und die Umweltverschmutzung nahm aufgrund der niedrigen Weltbevölkerung rapide ab. Auch gab es keine Hungersnöte mehr. Es gab genügend Getreide, um auch die ärmeren Länder damit zu beliefern. Die Meere wurden nicht mehr überfischt und deren Fischbestände erholten sich auch. Doch den größten Anteil am Emissionsabbau und damit das deutliche Reduzieren der Treibhausgase, hatte die Rinderindustrie. Deren Rinderbarone waren die eigentlichen Verlierer, denn die Bevölkerungszahl der Welt war um zweidrittel gesunken und so benötigten die Menschen auch nur noch dreißig Prozent der vor dem Virus verbrauchten Menge an Rindfleisch. In diesem Winter war die Eisdecke des Nordpolarmeeres dicker als Jahrzehnte davor und die Eisbärenpopulation nahm wieder zu.